EDITION 21

T.S. Freytag

Goodbye Ruby Tuesday

Thriller

EDITION 211

1. Auflage
Lektorat: Christiane Geldmacher
Satz/Layout: Martina Stolzmann
Covergestaltung: Nele Schütz Design, München
Druck: CPI – Clausen & Bosse, Leck
Made in Germany
ISBN 978-3-95669-036-5
www.bookspot.de

Zu diesem Buch

Ruby findet in ihrer Spülmaschine einen weiblichen Daumen und ihre Nachbarin Abenaa ist seit gestern verschwunden. Es gibt wie immer mehrere Möglichkeiten. Entweder hat Ruby während eines nächtlichen Filmrisses die Nachbarin ermordet und zerstückelt oder jemand aus dem Mietshaus will sie in den Wahnsinn treiben. Jemand der einen Schlüssel zu ihrer Wohnung besitzt. Oder der Daumen ist ein böser Fingerzeig, ein Erinnerungsflash an die Zeit nach dem Abi, an Ron, der so sein Okay-Zeichen machte, bevor er mit ihr schlief. An die Zeit, als Ruby noch Melanie Dinstag hieß. Ron, mit dem sie 1981 nach Frankreich abgehauen ist, dann nach Spanien, der weiter zu seinen Casablanca-Träumen wollte, Rock'n'Roll, Ron'n'Ruby, on the road auf dem Highway to Hell.

Jetzt aber kriechen Gestalten aus dem Nebel vor Rubys Schädelrückwand und mit ihr immer mehr einzelne Finger. Gespenster der Vergangenheit. Zuerst Kalli, der die 30-Jahre-Abi-Feier organisiert, wo sich die Bonnies und Clydes von früher als Herr und Frau Bieder treffen; Ruby wird den Teufel tun, daran teilzunehmen. Dann erscheint Ron wie eine vergessene Moorleiche auf der Bildfläche. Er will nichts als Rache für die Hölle.

Am Schluss sitzt Ruby in ihrer Wohnung, wiegt Abenaas und Kallis Kopf in ihrem Schoß und singt *Goodbye Ruby Tuesday.*

Eine Geschichte aus der Generation danach, nach 68 und Woodstock, die in den 80ern schon Übriggebliebene der rockigen 70er waren, und was sich davon bis heute rübergerettet hat: Traurige Philosophen, alkoholisierter Restmüll oder die Coolen von damals.

»Die Hölle, das sind die anderen«

Jean-Paul Sartre

Für den unverfälschten Genuss vorbereiten:

Imagine	John Lennon
Hotel California	Eagles
All along the watch tower	Bob Dylan
Moon over Bourbon Street	Sting
Es ist vorbei, bye bye Junimond	Rio Reiser
Sympathy for the devil	Rolling Stones
Highway to hell	AC/DC
Wish you were here	Pink Floyd
Mercedes Benz	Janis Joplin
Goodbye Ruby Tuesday	Melanie Safka

Disclaimer

Nennt mich Kalli. Wenn ihr dies lest, bin ich schon nicht mehr im Rennen. Ich habe mich bemüht, alles wahrheitsgetreu aufzuschreiben und nichts zu beschönigen. Sämtliche Ähnlichkeiten mit lebenden und ehemaligen Menschen oder Hunden sind purer Zufall. Falls sich dennoch jemand wiedererkennt, hat er sich geirrt. Also fragt nicht.

»Was kann euch Angst noch rühren?
Ihr sterbt mit allen Tieren
und es kommt nichts hinterher«
Bertolt Brecht

Inhalt

I

Warm-up

Sie kniet am Boden. Sie hält Kallis Kopf im linken Arm und Abenaas im rechten. Beide wiegt sie wie Babys in den Schlaf. Kallis Blut rinnt warm in ihren Schoß. Jemand singt mit leiser, hoher Stimme *Goodbye Ruby Tuesday, who is gonna hang a name on you?*

Melanie

Der Daumen steckt in der Spülmaschine zwischen drei goldenen Löffeln. Heißer Dampf flutet ihr Gesicht und beschlägt die Brille. Ihr Mund öffnet sich, aber kein Laut verlässt die Kehle. Sie weicht zurück, unsicher auf den Beinen. Dann sieht sie nichts mehr. Sie hat die Augäpfel nach oben gerollt, bis nur noch das Weiße das Deckenlicht reflektiert. Sie kann das, viel weiter als andere. Ihre Mutter sagte, irgendwann bleiben sie dort. Sie stolpert rückwärts, Flaschen klirren und sie fällt aufs Bett. Dann ist es still.

Die goldenen Löffel sind von Kryst, dem Billig-Juwelier, der sich in jedes Kaufhaus einnistet, auch in das, wo sie die geklaut hat. Etwa einen Monat her, sie hat kein Zeitgefühl. Der Kaufhausdetektiv hat sie dabei erwischt.

»Rück raus, Baby.«

Den Tonfall hatte er bei einem Fernsehcop geliehen, dem auch kein besserer einfiel. Sie waren in seinem Büro, unbeobachtet. Er fühlte sich stark, cool, sonstwas. Sie hatte nur den Kopf geschüttelt.

»Ich weiß, wo du sie hast.«

Er stieß sein Kinn in Richtung ihres Rocks. Sie kniff die Beine zusammen und zog ein verzweifeltes Gesicht.

»Du stinkst«, sagte er. Das Kompliment konnte sie zurückgeben. Offenbar gehörte er zu der Sorte, die gern eine Nase von den eigenen Fürzen nimmt, sich aber vor denen aus fremden Ärschen ekelt. Er kam bis auf wenige Zentimeter heran und trat auf ihren Fuß.

»Sorry.«

»Macht nichts«, keuchte sie, »bin gern unter Leuten.«

»Gläschen Wodka gefrühstückt?«

»Ganze Flasche, und selbst?«

»Schnaps löst keine Probleme.«

»Milch auch nicht.«

Er grinste. Sein Blick senkte sich und folgte seiner Hand, bis die unter ihrem Rock verschwand. Sie ließ ihn. War nicht das erste Mal, dass sie von einem Schnüffler befummelt wurde. Als er ihre Schenkel erreichte, atmete sie hastig ein und stoßweise wieder aus, was Kerle zuverlässig als Zeichen von Erregung deuten. So auch der hier. Sie öffnete die Beine und die Löffel klirrten leise.

»Hab ich's doch gewusst.«

Entschlossen griff er zu und patschte auf die drei im Slip eingenähten und in sorgfältiger Kleinarbeit nadelspitz gefeilten Heftzwecken. Gleichzeitig klickte der Auslöser ihres Fotohandys, das sie am ausgestreckten Arm über ihrem Kopf hielt.

»Bist du verrückt?«

Das Gesicht, mit dem er beim nächsten Klicken in die Kamera glotzte, ließ sich auch anders deuten. Zusammen mit der unterm Rock verschwundenen Hand ein schlagendes Argument. Er packte ihren Arm und wollte an das Handy. Sie schrie. Er ließ sofort los, fluchte und leckte das Blut von den Fingern. Dem Fernsehcop wäre das nicht passiert.

Er hatte sie gehen lassen müssen. Mit drei billigen vergoldeten Löffeln. Nichts Echtes, was war schon echt an ihrem Leben. Die stecken jetzt in der Spülmaschine, sie sieht sie auf der Innenseite ihrer Augenhöhlen. Und zwischen den Löffeln der Daumen. Der ist echt, ganz sicher, und dass sie sich sicher ist, ist das Schlimmste. Der linke Daumen einer schwarzen Frau, und er zeigt auf sie. Als Warnung, dass sie schon längst die Linie überschritten hat. Einen Erinnerungsflash lang sieht er aus wie Rons Okay-Zeichen, als er ihr Zimmer betrat, sein schiefes Grinsen grinste und sich auszog.

Als sie noch Melanie hieß.

Abenaa

Sie erwachte von harten Schlägen gegen ihre Fersen. Kräftige Hände hielten sie unter den Achseln und schleiften sie eine Treppe hinunter. Ihre Augen waren verbunden und die Hände auf dem Rücken gefesselt. Sie wollte schreien, hatte aber nicht die Kraft. Sie hörte das Keuchen direkt an ihrem Ohr und roch Zigarettenatem. Nach dem Klang der Schritte waren sie zu zweit.

Ich heiße Abenaa, dachte sie. *Ich bin nicht in Ghana.* Sie hatte Deutschland ertragen, die Winterkälte, die Absteige. Sie hatte gejobbt, als Kellnerin. Viele Restaurants stellen dunkle Frauen ein, weil weiße Männer auf *Brown Sugar* stehen. Sie hatte wenige Freundschaften geschlossen, eigentlich gar keine. In diesem Land war Freundschaft eine flüchtige Währung.

»Verdammt schwer, das Teil.«

Der Zigarettenatem hatte eine seltsame Stimme, zu hoch. Sein Keuchen wurde schneller, er hatte keine Kondition. Der andere half nicht, er lief voraus. Ihre Fersen schmerzten bei jedem Schlag. Abenaa presste die Zähne zusammen. Wer auch immer das war, sie würde ihnen keine Angst zeigen, keine Schwäche, sie würde sie in Sicherheit wiegen und dann zuschlagen. So hatte sie es von ihrem Bruder gelernt, in Ghana, als sie ihren Vater verschleppten.

Wenn sie dich holen, spiel ihr Spiel mit, dann werden sie unvorsichtig!

Die Treppe war zu Ende. Ein paar Meter ging es über Linoleum, wieder eine Treppe abwärts, kürzer als die erste, dann ließ der Kerl sie fallen. Ihr Kopf schlug hart auf Beton. Sie zwang sich bei Bewusstsein zu bleiben. Das Keuchen wurde von einem Husten unterbrochen, das ungesund klang. Schlüssel klirrten gegen Metall, eine Tür wurde geöffnet, Zigarettenatem zog sie in einen Raum. Das Echo der Schritte verriet, dass die Wände kahl waren. Wieder knallte ihr Kopf auf den Boden. Hier drin war es kälter als auf der Treppe, aber die eisige Welle, die ihren Körper durchlief, hatte nichts mit der Temperatur des Raums zu tun. Das Geräusch eines sich öffnenden Springmessers hatte sich ihr eingebrannt, seit dem Tag, als sie Papa geholt hatten. Jemand rollte sie auf die Seite und durchtrennte die Handfesseln. Wurden sie nachlässig? Abenaa war hellwach. Wenn ihr jetzt noch die Augenbinde abgenommen würde. Ein scharfer Schmerz schoss ihren linken Arm hinauf, dazu ein knirschendes Geräusch, als der linke Daumen abgeschnitten wurde. Abenaa stöhnte.

»Scheiße, die lebt noch!«

Eine sehr hohe Männerstimme oder eine Frauenstimme, schwer zu sagen. Konnte eine Frau die Kraft haben, sie bis hierher zu schleppen? Es war fast nur abwärts gegangen, aber sie war kein Leichtgewicht.

»Tu doch was!« Die zweite Stimme gehörte eindeutig einem Mann, einem ängstlichen Mann.

»Scheiße!« Der andere wieder. Oder *die* andere.

»Scheiße!« Das war das letzte, was Abenaa hörte. Hätte sie noch weiter berichten können, dann hätte sie von einem großen Schwarz erzählt, vom endlosen Nichts. Nicht mal ein afrikanischer Totengott war erschienen. Aber wenn Nichts ist, kann niemand davon erzählen.

Ruby I

Ron grinste immer schief, wenn er ihr Zimmer betrat und mit dem linken Daumen das Okay-Zeichen machte. Sie lag nackt auf dem Bett und sah regungslos zu, wie er seinen Gürtel öffnete. Die Jeans mit den fransigen Rissen rutschte bis zu den Dielen und gab eine ausgebeulte Unterhose frei. Und dürre Storchenbeine in roten Socken. Sie hatte keine Angst vor Störchen. *Was kann euch Angst noch rühren? Ihr sterbt mit allen Tieren und es kommt nichts hinterher.* Über Brechts Gedicht hatte sie heute Morgen eine Deutschklausur geschrieben. Noch das mündliche Fach, dann hatte sie ihr Abi in der Tasche. Sie war völlig übermüdet gewesen, hatte kaum drei Stunden geschlafen und sich wie auf Wolken gefühlt. *Some kind of lucky.*

Gestern, am 12. April, war in Ami-Land das erste Spaceshuttle gestartet. Als es im strahlend blauen Himmel verschwand, hatte Ron den Fernseher ausgeschaltet und sie waren nach Kaunitz getrampt. *Grobschnitt* in der Ostwestfalenhalle, *Illegal-Tour 1981.* Ein grandioses Konzert und eine grandiose Nacht. Getanzt, gegrölt, gekifft, getrunken, in der Halle kochte es und draußen goss es aus Eimern. Gegen Eins winkten sie den Rücklichtern des letzten Busses nach, der Richtung Paderborn fuhr, und machten sich zu Fuß auf den Weg. Dreiundzwanzig Kilometer. Irgendwo bei Hövelhof hielt ein blumenbemalter VW-Bulli. *Ich geh kaputt, kommste mit?*, stand auf der Schiebetür, die nicht mehr dicht schloss. Wenn der sie nicht ein Stück mitgenommen hätte, hätte sie die Deutschklausur vergessen können. Der Bullifahrer hatte rückenlange Haare und sagte, er sei Philosoph. Dann schoss er Sätze wie *Wir sind nicht alle nackt unter unserer Kleidung* und mehr in der Preisklasse. Er war so breit, dass er sich nicht in die Stadt traute und setzte sie in Mastbruch raus. Zum Abschied knutschten sie ihn stereo.

Sie rannten barfuß an den Fischteichen vorbei, breiteten die Arme aus, legten den Kopf in den Nacken und tranken den

Regen. »Der Mensch an sich ist wasserdicht«, schrie Ron. Ruby sprang in eine extrabreite Pfütze und verschaffte ihm eine Dusche. Wenn doch der Mensch wasserdicht ist. Der Regen ließ nach und im Osten brannte schon der Himmel, als sie das Riemeke erreichten. Ein Frühaufsteher schimpfte und wechselte die Straßenseite. Sie winkten ihm zu. Sie waren Riesen, sie konnten Petrus die Eier kraulen.

»Was soll man bloß mit so einem machen?«

»Bestenfalls nicht drauftreten«, sagte Ron.

Sie lachte, stolperte an der Bordsteinkante und verstauchte sich den Knöchel. Ron nahm sie Huckepack und trug sie die letzten Meter auf seinen Storchenbeinen. Ron war so lieb, so süß. Der Liebste, der Süßeste, der Beste.

Alle hundert Paderborner Kirchturmglocken schlugen, als sie völlig durchnässt an der WG-Tür klingelten. Schließlich machte Jess auf. Sie war sauer und wehrte Ron ab, der sie zum Trost für die Schlafstörung abknutschen wollte. Hatte dem Bullifahrer doch gefallen.

Ein paar Stunden später saß sie in einem ungelüfteten Klassenraum und las Brechts Gedicht. Über der Klausur stand ihr alter Name, Melanie Dinstag ohne *e*. Sie schrieb wie im Rausch über die Ereignisse der letzten Nacht, inklusive Bullifahrers Philosophie. Und darunter schrieb sie: *Brecht hat recht. Wenn so das Leben ist, was für einen Tod soll ich noch fürchten, was für einen Gott?*

Da stand also der Storch in der Tür mit erhobenem Daumen, Unterhose mit Eingriff und roten Socken, direkt unter dem Bob-Marley-Plakat, das sie mit Tapetenkleister unter die Decke gepappt hatten. Er stieg aus der Jeans und kam auf sie zu. Seine Pupillen glänzten, seine Augen waren tiefschwarz gerändert. Den Kater von gestern hatte er mit Batida weggetrunken, sie roch seinen Kokosatem. Er zog das Shirt über den Kopf und präsentierte eine frisch rasierte Brust. Melanie rollte die Augen, bis fast nur noch das Weiße zu sehen war. Ron fand das witzig. Er wackelte mit der Hüfte und begann zu singen. Er hatte eine sanfte Stimme, die jeden Knabenchor veredelt hätte.

»Goodbye Ruby Tuesday, who is gonna hang a name on you? When you change with every new day, still I'm gonna miss you.«

Der alte Stones-Titel. Ron behauptete, Melanie Safka hätte den in Woodstock gesungen, '69, aber das stimmte nicht, sie kam erst viel später damit raus. Ron fand außerdem, Melanie Dinstag sehe Melanie Safka ähnlich. Besonders fand er das, wenn er breit war. Dann nannte er sie Ruby. Ruby Tuesday. Melanie mochte den Song nicht, vor allem wenn Ron ihn sang. Sie richtete sich auf und zog das Teil mit Eingriff runter. Wie Ron das fand, war unübersehbar. Alle Mädchen waren scharf auf Ronald Träsch. Als er sie fragte, ob sie zu ihm und Jess in die Riemeke-WG ziehen wolle, hatte sie nicht lange überlegt. Sie hatte Hals über Kopf alles stehen lassen, hatte mitten in der Saison den Schwimmverein gekündigt, den verhassten Klavierunterricht und ihren Eltern sowieso. Und das Geilste war, niemand hatte ihr das zugetraut.

Ron fragte mit keinem Wort nach der Klausur. Er war wie immer schnell und direkt. Er stieß ihr ein paar Mal in den Mund, bis Ruby ihn wegdrückte, bevor der Würgereflex einsetzte. Ron war enttäuscht, aber weiter ging nicht. *Jess kann das*, behauptete er. Ruby war fassungslos, nicht weil Jess das konnte, sondern weil er das sagte.

Dann machte Ron weiter wie immer. Erst Hund, dann Pferd. Wenn sie auf dem Rücken lag, die Füße über seinen Schultern, hätte sie Froschschenkel, meinte er. Das fand er lustig, Ruby nicht. Sie war nur froh, wenn es endlich soweit war, dann hatte sie auch was davon, jedenfalls, wenn sie nachhalf. Beim ersten Mal hatte sie Sorge, Ron könne das falsch verstehen, als Hinweis, dass seine Bemühungen nicht reichen. Aber Ron reagierte ganz entspannt. *Mach doch was du willst*, sagte er, *ich hab meinen Spaß.* Das genügte vielleicht nicht Alice Schwarzers Ansprüchen an herrschaftsfreien Sex, aber egal. Ruby hatte über Weihnachten das Buch vom kleinen Unterschied und seinen großen Folgen gelesen. Verschlungen. *Jeder Sex zwischen Männern und Frauen,* schrieb Frau Schwarzer, *ist eine Unterdrückung der Frau.* Ruby hatte die Luft angehalten. Ja, Alice, manchmal ist das so. Aber wenn Ron im Umkreis von zehn Kilometern auftaucht, dann ist das nicht so. Dann konnte sie nicht mehr denken. Ron nannte es bloß das Schwanzabschneidebuch. Er hatte keinen Blick hineingeworfen, aber genug davon gehört, behauptete er. Und wenn Ruby ganz ehrlich war, dann war das mit Ron um Lichtjahre besser als mit den Jungs, die immer dreimal nachfragten, ganz besonders, seit es dieses Buch gab.

Darf ich dich streicheln, darf ich dich küssen, unterdrück ich dich jetzt?

Ruby kannte so einen, der ihr wie ein Hund nachlief. Der fragte sogar, ob er sie was fragen dürfe. *Kalli.* Schrecklich in Ruby verknallt. Hatte in seinem stillen Kämmerlein sicher schon tausend Mal mit ihr geschlafen und das in tausend Gedichten besungen. Im wirklichen Leben war gerade mal eine Einladung in ein hellerleuchtetes Café dabei rausgekommen. Da hatte Kalli ihr einen Tee spendiert, mit braunem Zucker, den er so klasse fand. Den Zucker brauchte er auch nicht zu fragen, der war von selbst süß zu ihm. Bei der Gelegenheit schenkte Kalli ihr einen Zettel mit einem selbstverfassten Gedicht.

Ich lebe in einer Kugel.
Jemand hat ein Loch hineingestochen,
es gibt also ein Außerhalb.
Manchmal hat meine Seele Risse,
durch die es eindringt.

Ruby verlor es schon in der nächsten Mülltonne. Alice hin oder her, da war ihr Ron lieber. Seine Schenkel klatschten gegen ihren Po, er schwitzte und keuchte, und Ruby wusste, dass es nicht mehr lange dauern würde. Sie unterdrückte das Gefühl, pinkeln zu müssen, was sie immer kurz vor Schluss bekam. Einmal hatte sie abgebrochen und war tatsächlich aufs Klo gerannt. Für nichts. Ron war stinksauer gewesen.

Sie gab sich Mühe, aber heute war jede Nachhilfe vergebens. Kein Kribbeln in den Füßen, wo sonst die Welle begann, bevor sie durch den Körper rollte und an der Schädelrückwand zurückgeworfen wurde, die ins Nirwana gedrehten Augäpfel umspülte und in einem Gewitter endete. Ron war ganz verrückt nach dem Zucken ihrer Scheidenmuskeln. Im Idealfall, hatte er gesagt, könne er seinen Orgasmus so lange aufhalten, bis bei ihr der Blitz einschlug, und dann loslassen. Und dann warten bis die Flut abebbte, bis die Wasser sich glätteten, und sie gemeinsam im silbernen Mondlicht hinausschwammen, Ron und Ruby. Und dann, wenn sie am Ufer nebeneinander lagen, eine Farnfeder nehmen und über ihre Schenkel streichen, über den Bauch und die kitzligen Brüste. Und über ihr Gesicht, die geschlossenen Augen, die die Lichtreflexe des Paradieses auffingen.

Aber meistens war nicht der Idealfall und Ron war längst vor der Welle fertig. *Open wide, baby*, sagte er, das fand er cool. Er schmeckte sogar ein klein wenig nach Batida, fand sie, und Ron behauptete, das sei schließlich der Grund, warum er das Zeug literweise trinke. Doch heute nicht mal das. Keine Welle, kein Kokos, sondern ein klirrender Schlüsselbund. Kurz darauf das Knarren der Wohnungstür, laute hochhackige Schritte und Jessikas Stimme.

»Einer da?«

»Ich komme«, rief Ron.

Er zog sich aus ihr raus und schnappte seine Klamotten. Ruby hielt still und sah zu, wie er mit ausgebreiteten Armen aus dem Zimmer tanzte. Wie Alexis Sorbas als Storch. Minuten später dann das Quietschen von Jessikas Bettfedern. Ruby blickte in Bob Marleys Augen. Das linke lag in einem Knick und lächelte. Am Rhythmus des Quietschens konnte sie den Stand der Dinge verfolgen. Hund, Pferd. Ruby hatte kaum bemerkt, dass sie die Flasche Sliwowitz geöffnet hatte, die ihr *Kalli-frag-mich-nicht* aus Jugoslawien mitgebracht hatte und die er gemeinsam mit ihr leeren wollte, irgendwann. Ruby trank im Rhythmus der Metallfedern. Im Flur schellte das Telefon. Ruby blieb einfach liegen. Nebenan wurde die Zimmertür geöffnet und sie hörte Rons Stimme. Es war ein kurzes Gespräch, eine kurze Atempause, dann schloss sich die Tür wieder und Frosch war dran. Bis Jessi nach einer Ewigkeit furchtbar schrie. Morgen wird sie mit ihrem vaginalen Orgasmus angeben, sobald ihr Ruby über den Weg lief. Als wenn es so was gäbe.

Ruby lächelte zurück. Spitzgefeilte Heftzwecken tanzten vor ihren Augen und krochen böse grinsend unter Jessis Laken. Da konnte Jessi noch so sehr säuseln, wie antispießig Ruby doch sei. *Vielleicht können wir ja mal so von Frau zu Frau*, und *Toll, dass es dir nichts ausmacht, wenn ich mit Ron*. Ruby ekelte sich vor dem Sliwowitz, aber egal. Natürlich wusste Jess, was es ihr ausmachte. Besonders diese Schreierei. Und dass Jess Sachen konnte, die Ruby nicht konnte. Jeder einzelne Quietscher durchbohrte ihr Gehirn wie eine angefeilte Heftzwecke.

Als die Flasche leer war, rannte Ruby aufs Klo zum Kotzen. Es stank widerlich. Nie wieder Sliwowitz. Nicht mal riechen.

Später, als es endlich still war, streckte Ruby sich auf dem staubigen Flokati vor ihrem Bett aus. Der Fuß, den sie sich verstaucht hatte, gestern Nacht, als sie Riesen waren, schmerzte wieder. Sie drehte eine dünne Zigarette aus Rons Van Nelle, der ihm aus der Hosentasche gerutscht war. Der war ihr zu stark, aber sie konnte den Buccaneer nicht finden. Bob Marley sah ihr dabei zu. *No woman, no cry. Scheiße auch.*

Ruby rauchte und hustete und lauschte den Zweigen der Fichte, die gegen die Fensterläden schlugen. Vielleicht hatte Alice ja doch recht. Vielleicht waren die Männer Schweine.

Vielleicht gab es einen vaginalen Orgasmus. Oder es gab ihn nur für bestimmte Frauen. *Quietschefrauen.*

Sie liegt auf dem Bett und starrt die Decke an. Kein Bob Marley mehr. Die Montagmorgensonne quält sich durch löchrige Vorhänge. Ruby ist immer noch betrunken und das Quietschen übertönt selbst die Krähenschreie vor dem Fenster. Jeden Gedanken sowieso. Ihre Zunge klebt am Gaumen und schmeckt bitter, die Lippen sind aufgesprungen. Ruby rollt zur Seite. Fett ist sie. Und warum hört das verdammte Quietschen nicht auf? Sie stemmt sich aus dem Bett und tastet nach der Brille. Eulenaugengroße Gläser, knallroter Rahmen. Irgendwann war die Kurzsichtigkeit stärker gewesen als die Eitelkeit, und eine modischere kann sie sich nicht leisten. Sie steigt über den Müll und findet einen Weg in die Küche. Die Leuchtanzeige der Spülmaschine steht auf *1*. Eine Minute noch. Sie kann sich nicht erinnern, die angestellt zu haben. Das muss vor 133 Minuten gewesen sein, denn das Teil läuft laut Anzeige 134 Minuten pro Waschgang.

Sie nimmt eine Flasche und trinkt. Wasser. Was anderes ist nicht mehr da. Kurzer Schwindelanfall wie fast jeden Morgen, seit sie Neunundvierzig ist. Auf die Spüle stützen, das dreckige Geschirr anstarren, und warten, bis es vorbeigeht, der Schwindel und das Quietschen der Maschine. Sie hört, wie das Dreckwasser abgepumpt wird, dann ist endlich Stille. Sie sehnt sich nach dieser Stille, aber sobald sie eintritt, hat sie Angst vor ihr. Ruby drückt sich in die Senkrechte und schiebt die Brille hoch. Sie öffnet die Klappe der Spülmaschine. Heißer Dampf flutet ihr Gesicht und beschlägt die Eulengläser. In dem Sekundenbruchteil davor hat sie ihn gesehen. Ihr Mund öffnet sich lautlos. Sie rollt die Augäpfel nach oben, bis nur noch das Weiße zu sehen ist, aber niemand sieht es. Sie stolpert rückwärts über klirrende Flaschen und fällt aufs Bett. Dann ist es so still, als hielte alles den Atem an.

Sie wird den Anblick nicht los. Die vergoldeten Löffel und dazwischen der Daumen einer dunkelhäutigen Frau.

Sie braucht jetzt einen Schluck. Sie öffnet die Augen und kontrolliert die Flaschen vor dem Bett. Wodka *Jelzin*, leer seit gestern Abend. Was ist danach passiert? Soll sie die Polizei rufen? *In meiner Spülmaschine steckt ein frischgewaschener Daumen und ich hab keine Ahnung, wie der dahin kommt.* Die Bullen würden sich totlachen und sie in eine Ausnüchterungszelle sperren. Oder gleich in die Klapse. Und sie würden Fragen haben, zum Beispiel wie der Daumen in Rubys Spülmaschine kommt. Und vermutlich kämen sie auf recht unangenehme Antworten.

Ruby sieht sich hastig um. Die schnelle Bewegung verursacht wieder Schwindel, und ihr Magen rebelliert, aber sie kämpft sich durch den Nebel bis zum Kühlschrank. Die Kälte, die ihr daraus entgegenschlägt, erinnert sie daran, dass sie nackt ist. Also hat sie sich irgendwann ausgezogen. Ist sie allein gewesen? Hat sie jemanden reingelassen, irgendwann in der Nacht? Da käme schon jemand infrage, aber eigentlich ist ihre Wohnung diesem *Jemand* zu dreckig, weshalb er Ruby immer zu sich *nach oben* befiehlt. Ruby schaut zum Bett, kann aber kein Kondom entdecken. Was nichts heißt, die Dinger können überallhin gerutscht sein.

Ihr Blick fällt auf den CD-Spieler, darauf liegt eine CD-Box mit Technoscheiß. Hat sie aus dem Aldi mitgehen lassen. Plötzlich springt das Ding an, aber die CD läuft rückwärts, die Töne klingen, als würden sie verschluckt. Sie tanzt dazu nackt mit einer Wodkaflasche durchs Zimmer und zieht sich an. Dann stellt sie den Player aus, stolpert rückwärts aus der Wohnung ins Treppenhaus und zieht eine Schachtel Pralinen aus dem Briefschlitz der Nachbarwohnung.

Ruby presst die Augenlider aufeinander, bis es weh tut und stoppt den falschen Film. Sie hat also der Nachbarin eine Schachtel Pralinen in den Briefschlitz geschoben. Warum? Weil

Abenaa gern Pralinen isst. Weil Ruby was wiedergutzumachen hatte, wegen dem Streit letztes Wochenende.

Okay, also erinnern.

Samstag. Sie ist schon morgens breit wie der Äquator. Sie hat sich in den roten Lackrock gezwängt und ist auf High Heels zum Aldi gestelzt. Scheißegal, oder? Da hat so ein Typ auf der morschen Bank am Eingang gesessen, geraucht und sie angeglotzt. Keine Ahnung, wer, sie hat ja keine Brille auf, weil sie das Scheißteil nicht gefunden hat oder weil sie es uncool fand, das weiß sie doch jetzt nicht mehr. Und auf der Bank sitzen öfter mal Bürger in sozialen Schwierigkeiten, die ein bisschen spannen wollen. Mit diesem »Hey-Baby-ich-weiß-was-du-willst-und-das-hab-ich-in-der-Hose«-Blick. Sie hat ihm den Stinkefinger gezeigt, und er hat den linken Daumen gehoben und gegrinst, jedenfalls soweit sie das erkennen konnte. Die Geste hat sie natürlich an Ron erinnert. *Hallo Hallu!*, hat sie da gedacht, ein Wiedergänger.

Dann ist sie weiter und die ganze Zeit stechen ihr die Blicke von dem Kerl in den Rücken. Kurz vorm Aldi dreht sie sich wütend um, aber da ist die Bank leer. Als sie sich wieder zurückdreht, wird ihr schwindelig, und wenn Lucky sie nicht aufgefangen hätte, wär sie von den Stilettos gekippt.

Lucky ist sechzehn und behauptet seit zwei Jahren, er sei achtzehn. Er ist blass, klapperdürr, blauhaarig und blondäugig. Sagt Ruby immer. Seine Bernsteinaugen haben kleine dunkle Sprenkel wie Katzenaugen. Ruby ist davon überzeugt, dass seine Pupillen sich zu senkrechten Strichen zusammenziehen können. Damit mustert er sie von den Heels bis zu den unterm Rock hervorquellenden Schenkeln.

»Schon hacke?«

»Halt's Maul.«

»Haste mal auf'n Tacho geguckt, wie früh es ist?«

»Fick dich.«

»O, Madam hat schlecht geschlafen.«

Lucky ist dieses kleine Stück Scheiße, das nach jedem Spülen wieder hochkommt. Sagt er selbst. Er pustet eine blaue Strähne aus dem Blickfeld und betrachtet sie mitleidig.

»Weißt du warum Männer keine Cellulitis kriegen?«

Ruby ist für einen winzigen Moment überrascht und ärgert sich maßlos darüber. Sie weiß doch, wie es weitergeht.

»Weil das einfach scheiße aussieht!«

Lucky weicht ihrem Schlag aus und rennt kreischend davon.

Auf dem Rückweg vom Aldi hat sie zwei Flaschen Hartz-IV-Limonade in der Plastiktüte. Sie muss sich auf der morschen Bank vor dem Haus ausruhen, auf der der Typ gesessen hat, und sich einen kräftigen Schluck genehmigen. Zur Stärkung. Danach geht sie zum Haus und stürzt fast in die zerdepperte Türscheibe. Sie schimpft so laut über den scheißfaulen Hausmeister, dass es bis ins oberste Stockwerk zu hören ist. Soll es doch. Auch die Kellertür hat er offen gelassen, wie üblich. Sie schaut durch den Spalt nach unten und sieht ein Gesicht im Schatten, das sofort wieder verschwindet. Sein Gesicht! Das passiert ihr in letzter Zeit häufiger, deshalb geht sie davon aus, dass da keins war. *Hallo Hallu.*

In dem Moment wird die Tür der Hausmeisterwohnung aufgerissen und Ännes hochroter lockengewickelter Kopf geht im Rahmen auf wie der Mond.

»Knut! Essen!«

»He, Änne«, nuschelt Ruby mit schwerer Zunge, »Knuti is im Keller und schwer beschäftigt.«

»Nenn meinen Mann nicht Knuti!«

Ruby lacht. »Aber nich stören!«

»Hau ab, du …«

Ruby flieht vor Ännes Gekeife die Treppe hoch bis zu ihrem Schließfach im vierten Stock. Und dann steht da die Nachbarin. Ruby sieht es ihr schon auf zehn Meter an. Migräne. Oder ihre Tage. Oder einer ihrer *finanziell vorteilhaften Männerbe-*

suche, für die sie sich *Lulu* nennt, hat sie beschissen. Oder weiß der Geier. Und sie regt sich auf, krakeelt, schreit das halbe Haus zusammen. Oben und unten gehen die Türen auf und das Pack lauscht. Jajaja, Ruby ist mit Treppenhaus dran. Wischen und so. Und ja, das ist seit einer Woche überfällig.

»Immer abwechselnd!«

Dabei spricht sie merkwürdig undeutlich. Wahrscheinlich hat sich ihr neues Zungenpiercing entzündet.

»Scheiße!«, schreit Ruby zurück. »Immer wenn ich dran bin, hat der Köter vom alten Strang vor deine Tür geschissen.«

»Wahrscheinlich vor Schreck, weil du voll warst und die ganze Nacht rumgegrölt.«

»Hab ich nicht.«

»Vorgestern.«

»Die Kacke hat die Farbe von deinem fetten Arsch.«

»Rassist.«

»Neger.«

»Du warst besoffen und du warst oben. Hab dich gesehn. Hast es wieder statt Miete gemacht.«

»Du doch auch.«

»Das ist was anderes.«

»Und was?«

»Er liebt mich.«

Ruby schreit vor Lachen. Endlich hat die Negertusse zugegeben, dass sie regelmäßig *nach oben* geht, um Otto von einer Mietminderung zu überzeugen.

»Steht er auf Zungenpiercing?«

Abenaa spuckt vor ihr aus und knallt die Tür zu.

Und dann ist eine Woche Funkstille, bis Ruby es nicht mehr aushält und eine Schachtel Pralinen kauft, weil Abenaa gern Pralinen isst.

Ruby steht noch immer frierend vor dem offenen Kühlschrank. Der Inhalt ist übersichtlich. Ein Rest abgelaufene

Milch, ein unverpacktes, inzwischen steinhartes Stück Gouda, eine angebissene Mettwurst, deren Anblick sie noch mehr ekelt als die schimmelige Scheibe Brot dahinter. Ein paar angebrochene Konserven und etwas in Papier eingewickeltes, das dort seit Langem liegt und das sie nicht anfassen mag. Doch zu ihrer Erleichterung kein weiterer Finger.

Sie schließt den Kühlschrank, geht zur Wohnungstür und rüttelt daran. Abgeschlossen. Auch die Fenster sind dicht, weshalb es auch so stinkt. Sie öffnet die Tür zu dem Minibalkon, der an den der Nachbarin grenzt, und holt tief Luft. Unter ihr zieht sich eine schlecht gemähte Wiese mit zwei abbruchreifen Fußballtoren, gesäumt von Krüppelbüschen über die ganze Breite des Wohnblocks. Ruby wird vom Runtergucken schlecht. Sie geht ins Bad und trinkt gierig Wasser aus dem Hahn. Dann setzt sie sich auf die eingerissene Klobrille und sucht nach einem klaren Gedanken.

Ein neues Bild taucht auf. Irgendwann in der Nacht hat sie den Technoscheiß ausgemacht und die Glotze an. So eine amerikanische Sitcom mit eingespielten Lachern. Grauhaarige Damen auf einem Sofa reden über ihre Midlifecrisis, als ob die erst mit siebzig beginnt. Da klopft es. Im Fernsehen. Ein Mann kommt rein, setzt sich lächelnd in den Sessel und schaut sie an. Nicht Ruby, sondern die Cougars. Ruby trinkt Wodka und wünscht sich, sie säße statt der Schachteln auf diesem Sofa.

Erschrocken holt Ruby Luft, als hätte sie für Minuten das Atmen vergessen. Sie liegt auf keinem Sofa, sie sitzt auf der gerissenen Klobrille, die ihr in den Hintern kneift. Ist sie eingeschlafen, als der Mann aufstand und sich dem Sofa näherte? Hat sie das tatsächlich geträumt, oder sah der Typ vielleicht aus wie … *Jemand*?

Ruby zieht ab und nimmt den Zahnputzbecher. Sie geht zurück zum Bett und kniet sich auf den Boden zwischen die Flaschen von gestern oder letzter Woche. Langsam schraubt sie eine nach der anderen auf und lässt ein paar Reste in den Zahnputzbecher tropfen. Die meisten Flaschen sind komplett trocken, sie hat das Spiel schon einmal gemacht. Oder zweimal. Sie riecht den Schnaps. Alk kann doch nicht schlecht werden. Dann lässt sie die kleine Pfütze in ihre Kehle rinnen. Es brennt hinunter bis in den Magen.

Soll sie zur Nachbarin gehen und das mit dem Daumen erzählen? Und vielleicht ein Gläschen mit ihr trinken? Eigentlich haben sie sich immer gut verstanden. Halbwegs gut. Aber zuerst muss sie das Treppenhaus wischen und Opa Strangs Köterschiss beseitigen, sonst ist keine Chance auf Versöhnung.

Ruby drückt sich hoch und tritt beinahe in den präparierten Slip mit den drei angefeilten Heftzwecken. Vorsichtig zieht sie ihn an. Schutzmaßnahme. Sie findet noch andere Klamotten und einen knielangen schwarzen Rock. Und die speckige Lederjacke, die sie in Ceuta gekauft hat, *duty free.* Sie nimmt den Daumen aus der Spülmaschine und steckt ihn in die Jackentasche.

Plötzlich hört sie das Schaben von Stuhlbeinen auf Laminat. Ruby starrt die Wand an. Sie ist also da. Vorsichtig öffnet Ruby die Wohnungstür, was gar nicht so einfach ist, denn die Scharniere betteln um einen Tropfen Öl. Ruby lauscht ins Treppenhaus. Keine Stimmen, keine Schritte. Sie schleicht zur Nachbarwohnung. Der Köterschiss ist inzwischen getrocknet und stinkt nicht mehr. Ruby legt ihr Ohr an die verkratzte Metalltür. So wie sie es an Jess' Tür gemacht hat. Dreißig Jahre her. Nichts zu hören. Kein Klopfen, kein Schaben, kein Quietschen im Rhythmus der Freiheit. Es sind andere Zeiten, jetzt quietschen die Spülmaschinen und die Freiheit ist hin. Nur noch Stille und mietmindernden Beischlaf mit Otto, dessen Sperma nach Sliwowitz schmeckt.

Ruby presst die Stirn an Abenaas kalte Tür. Rons Gesicht ist wieder aufgetaucht, unten im Kellerschatten. Warum? Bloß weil sie den scheiß Daumen gefunden hat, dessen Herkunft sie sich nicht erklären kann, und der so ein Zeichen macht wie Ron, als er ihr Zimmer betrat. *Lass mich in Ruhe!* Sie verbannt den Schatten nach hinten bis an die Schädelrückwand. Dort klebt er wie ein Gespenst. Ihre Augen folgen ihm und rollen um 180 Grad zurück. *Pass auf, sonst bleiben sie dort!*, ruft ihre Mutter. Ein grauer Klumpen Hirnmasse liegt vor ihren Pupillen und wird allmählich flüssig, heller, durchscheinend. Dann startet der Film.

Ron und Ruby allein in einem südfranzösischen Pinienwald. So weit waren sie gekommen. Warme Sonnenstrahlen zeichneten Muster aus feinen Nadeln auf ihre Haut, Insektensummen und Rons keuchender Atem, sonst Stille. Zuerst *Hund. Never change a winning team*, hatte Ron gesagt. Ruby kniete und sah einem dünnbeinigen Käfer zu, der sich mit merkwürdig roten Füßen durch ein Gewirr von trockenen Nadeln quälte.

Ron hatte am nächsten Mittag wieder in der Tür gestanden, in denselben roten Socken.

»Hast du meinen Tabak gesehen?«

Ruby hatte noch mit verklebten Augen im Bett gelegen und auf seine Storchenbeine geblinzelt.

»Kommt nicht wieder vor«, hatte er gesagt, »war ein Abschiedsgeschenk an Jess. Musst du verstehn, sie hat die älteren Rechte.«

Er hatte dabei gegrinst. Klar war er ein Arschloch. Aber da war die Sache mit dem defekten Hirnmodul, das mit den Hormonen Flipper spielt und jene spezielle Form von Schwachsinn erzeugt, die einen glauben macht, dieses Mal sei es etwas anderes, etwas Besonderes. Sie ließ Ron unter ihre Decke. Neben dem Bett lagen ein paar kurze Seile, wie kamen die dahin?

Er müsse abhauen, flüsterte er. Sofort. Er war letzte Nacht noch mit der *Splittergruppe* unterwegs gewesen. Sie hatten angerufen, zwischen Pferd und Frosch. Noch ein Grinsen. Schaufensterscheiben hatten sie eingeworfen. Gegen das Schweinesystem, das nun hinter der *Splittergruppe* her war. *Cool*, hatte Jess gesagt, und er war direkt nach Frosch los. Und dann waren plötzlich die Bullen da. Hatten sie nicht erwischt, aber fotografiert. Ruby zitterte und presste ihren Körper an seinen. Eine schwache Erinnerung hatte sie an ein Telefonklingeln, und dass sie zum Klo gerannt war. Danach war alles gelöscht.

Rons Hand auf ihren Brüsten. »Wir beide.«

»Noch drei Tage, dann hab ich das Abi.«

»Ich dachte, das ist dir egal.«

»Eigentlich ja«, flüsterte Ruby.

»Okay, in drei Tagen.«

Sie zogen sich an und schlichen durch die Hintertür aus dem Haus. Ron buddelte zwei Plastiktüten aus dem weichen Boden unter der Fichte und Ruby führte ihn zu dem Schrebergartenhaus der Dinstags, das schon lange nicht mehr benutzt wurde. Die drei Tage konnte er dort verbringen.

»Hat Jess uns verpfiffen?«, fragte er, als Ruby gehen wollte.

»Wieso …«

»Die Bullen konnten nicht wissen, wo wir auftauchen würden.«

»Jess?«, fragte Ruby.

»Jess.«

Ruby zuckte mit den Schultern. Dann drehte sie sich um und rannte.

Am nächsten Morgen prangte ein unscharfes Bild im Westfälischen Volksblatt, auf dem Ron nur mit viel Fantasie zu erkennen war. *Wer hat diese Männer gesehen?* Es war bloß eine Frage der Zeit, bis sie die einschlägigen WG's durchsuchten.

Pferd. Der dünnbeinige Käfer mit den roten Füßen kletterte einen Pinienstamm hoch.

Sofort in der Nacht der Abi-Feier waren sie abgehauen. Ruby hatte die alte Melanie endgültig hinter sich gelassen,

Melanie Dinstag ohne *e*, die viel zu schüchtern war für so ein Abenteuer. Sie hatten niemanden in ihre Pläne eingeweiht. Während die anderen von Zukunft und Karrieren träumten, waren sie losgetrampt und hatten *Bobby McGee* gesungen. *Freedom's just another word for nothing left to lose.* Der Rhythmus der Freiheit. Janis Joplin. Seit elf Jahren tot. Aber sie lebten. Jetzt. Sie waren großartig.

The Big Trip to Freedom! The Big Trip to Heaven!

Sie vermissten nichts und es war ihnen egal, ob sie vermisst wurden. Sie waren frei, endlich.

Rock'n'Roll.

Ron'n'Ruby!

Frosch, endlich. Der Käfer war verschwunden. Und kein Quietschen aus dem Nachbarzimmer mehr, nur die Sonne, das Meer und Sex im Pinienwald. Inklusive Welle und Rausschwimmen im nächtlichen See, und nachher unterm Sternenhimmel liegen und die Farnfeder auf den Brüsten spüren. Leider gab es zu selten Batida de Coco und zu viel billigen Wein. Dafür war da der Geruch von Piniennadeln und das Schreien der Krähe, ganz nah und so laut, dass es in Rubys Kopf nachhallte.

Bis heute.

Ruby II

Stiefelschritte kommen von unten herauf, ein schwerer wechselt sich mit einem kürzeren leichteren ab. Hausmeister Knut zieht das linke Bein nach, seit einem Unfall, erzählt er jedem. Was für ein Unfall das war, erzählt er nicht, und Ruby hat sowieso keine Lust, ihm irgendwas zu glauben. Sie nimmt die Stirn von Abenaas Tür. Die Augen brauchen einige Sekunden, um sich an das trübe Licht zu gewöhnen, das durch die verdreckten Oberlichter fällt. Sie zwängt sich hinter den Schrank, den Abenaa sofort nach ihrem Einzug aus der Wohnung geschoben hat. Das ist verboten, aber wen kümmert das? Knut jedenfalls nicht. Sein Kommen kündigt sich mit feinen Wolken an, die von seiner schwitzenden Glatze aufsteigen, begleitet vom Schnaufen einer altersschwachen Dampflok. Schließlich erscheint der ganze Mann. Die Schiebermütze hat er wegen der Erhitzung abgenommen und wischt damit über die Stirn. Er wirft einen Blick auf Abenaas Tür, aber nicht hinter den Schrank. Er ist auf dem Weg zu einer Wohnung im siebten. Das zumindest vermutet Ruby, und dass dort Lucky wartet. Als er weg ist, drückt sich Ruby wieder aus der Lücke zwischen Schrank und Mauerwerk. Verdammt, ist sie fett.

»Das Zimmer ist frei«, piepst eine noch vom Stimmbruch verschonte Jungenstimme.

Mist, warum hat sie nicht etwas länger gewartet.

Knut knurrt eine unfreundliche Antwort. Dann kommt die verrotzte Nase des Bengels die Treppe runter. Sobald er Ruby sieht, wird sein Gang breitbeiniger. Er gehört zu der alleinerziehenden Schlampe im siebten, die ihr Gewächs tagelang sich selbst überlässt, weil sie noch was erleben will, keiner weiß wo und zwischen wessen Beinen. Und keinen interessiert's. Kollateralschaden ist dieser Furz, der glaubt, all die Ausdrücke, die er von seiner Erziehungsverpflichteten gelernt hat, an dem Rest der Menschheit ausprobieren zu dürfen. Und der während ihrer Abwesenheit das Schlafzimmer untervermietet, zum Beispiel an Lucky und Knut. Zur Aufbesserung von Hartz IV. Vielleicht hat seine Mutter noch kein Angebot von Otto bekommen. Eigentlich unwahrscheinlich. Vielleicht hat sie es abgelehnt. Wäre cool.

Inzwischen hat sich der Rotzbengel vor Ruby aufgebaut und glotzt mit ausdrucksloser Visage auf ihre Brüste. Dann hebt er langsam den Blick bis zu ihrer Eulenbrille. Er hat schon einiges drauf.

»Du bist so was von Achtziger, Bitch.«

Scheiß MTV-Generation. Verpiss dich, du kleiner Scheißer. Kaum zwölf und schon ein Arsch. Ist es verboten, so einem eine zu klatschen? Allein schon zur Wahrung von einem letzten Rest Respekt. Was für ein letzter Rest? Ruby beißt auf ihre Unterlippe und versucht, sich an ihm vorbeizuschieben. Er macht keinen Millimeter Platz. Er stinkt nach einem Männerparfüm. Gibt's noch Zweifel an seiner Karriere? Ruby holt aus, aber er duckt sich weg und rutscht das Geländer runter. Sein Lachen und ein paar weitere Nettigkeiten kieksen durchs Haus, dann ist er unten und raus auf die Straße.

Ruby stapft die Treppe runter. *Siebziger*, denkt sie. Wir waren die Reste, die in den Achtzigern noch nicht mitbekommen hatten, dass die Siebziger vorbei waren. Dann bemerkt sie fast auf jeder Stufe die schwarzen Striche, so als habe jemand seine Gummisohlen drüber gerieben. Irgendsoein Blödmann. Und Knut ist natürlich viel zu beschäftigt, um das wegzumachen.

Unten hängen etwa zwanzig Metallbriefkästen. Rubys ist mit Werbung verstopft. Sie wird sich darum kümmern, aber nicht jetzt. Neben dem Haupteingang gibt es die Tür zum Keller, meistens abgeschlossen, wenn Knut es nicht vergisst. Davor liegt zwischen Zigarettenkippen und einer gelben Pfütze ein Lederarmband. Ruby hebt es auf. Es ist geflochten und ein einzelner roter Faden ist hinein gewebt. Irgendwie afrikanisch. Ruby meint, es bei Abenaa gesehen zu haben. Sie steckt ihre Hand hindurch und findet, dass es ihr gut steht. Sie wird es der Negertusse zurückgeben. Vielleicht, wenn die sich wieder beruhigt hat. Also wenn Ruby Opa Strangs Köterschiss beseitigt hat.

Der Aldi ist nicht weit. Trotzdem schafft die Dicke mit den zwei Plastiktüten den Weg nicht in einem Stück. Sie lässt sich schwer atmend auf eine bröckelnde niedrige Mauer fallen und sucht in ihrer Jacke nach Zigaretten. Sie heißt Russlana, oder so, und ist einfach scheiße drauf. Sie wohnt im Stockwerk über Ruby und es ist schwer vorstellbar, wie sie die Treppe bis dorthin bewältigt. Mit ihren prallen Tüten und den vollgestopften Plastiktaschen. Ruby ist an ihr vorbei, bevor Russlana sie um Hilfe anbetteln kann.

Vorm Aldi lehnt Lucky, heute in engen schwarzen Leggins, Sneakers und Jeansjacke mit geschätzten dreihundert Aufnähern. Sein rechtes Ohr ist getunnelt und entzündet. Lucky raucht. Nicht *Lucky Strike,* die kann er nicht bezahlen, also findet er sie auch scheiße. Er dreht mit Billigkraut. *Rancho.* Schmeckt wie russische Baumrinde. Manchmal schnorrt Ruby eine von ihm.

»Willst 'n du hier?«

»Stör ich?«

»Mache ich so einen gestörten Eindruck?«

»Ehrlich gesagt …«

»Halt's Maul.«

Das übliche. Lucky bläst ihr den Rauch ins Gesicht.

»Dachte, du wärst …« Sie nickt zum Wohnblock.

»Siehste, was beim denken rauskommt.«

»Knut war aufm Weg nach oben.«

Lucky zuckte nur mit den Achseln. Ruby hat keine Lust, ihn auf das Ohr anzusprechen. Vermutlich sitzt da in ein paar Tagen etwas in der Größe eines Colaverschlusses drin oder so. Und später kriegt er ein hässliches Schlabberohr. Aber Lucky wird ja nicht alt. Er hält Ruby die Zigarette hin.

»Kannst den Rest haben.«

»Danke. Hab 'n komisches Erlebnis gehabt.«

Lucky grinst müde.

»Haste doch immer.«

Er gibt ihr einen schnellen Kuss aufs Ohr, was schmerzhaft knallt, und dreht ab.

»Muss weg.«

»Arsch.«

Lucky verlässt das Bild. Hätte sie ihm von dem Daumen erzählt, hätte er ihr sowieso nicht geglaubt, selbst wenn sie ihm das Teil sonstwo reingeschoben hätte. Ruby fasst in ihre Jackentasche. Er ist noch da. Sie hört dem Langhaarigen zu, der auf dem Mülleimer hockt, Gitarre spielt und den blauen Himmel ansingt.

This could be heaven or this could be hell.

Otto kommt plötzlich aus der automatischen Schwingtür. Er sieht Ruby nicht und steuert direkt auf den Sänger zu.

»Gut, dass du hier sitzt.«

Der Musiker unterbricht überrascht sein Spiel.

»Wieso?«

»Dann sitzt du wenigstens nicht woanders im Weg.«

Otto grinst nicht mal, sondern stapft zum Parkplatz.

»Kuck nich so mixolydisch.«

Das ging an Ruby. Sie kennen sich. Manchmal darf sie sich bei ihm ein Lied wünschen, für lau, manchmal für einen Kuss oder einen Schluck Wodka. Das letztere besonders, wenn es kalt ist. Heute hat sie keinen Wunsch. Sie raucht ein paar Züge und zertritt die Kippe.

»Da ist der Abfall!«, keift eine Oma mit Dutt, die, auf ihren Rollator gestützt, ein etwa vierjähriges Mädchen bewacht. Sie deutet hektisch zum Mülleimer, auf dem Musiker sitzt.

»Soll ich dich dahin begleiten?«, fragt Ruby freundlich.

Die Oma schnappt nach Luft, wird aber von der Kleinen abgelenkt, die an ihrem Rocksaum zupft. Sie will ihr einen Kreis zeigen, den sie mit einem Stöckchen in den Staub gemalt hat, mit einem Strich von der rechten Seite bis zu ihrer Miniaturfußspitze.

»Fein!«, säuselt die Oma. »Du kannst schon eine Neun schreiben.«

»Nee«, widerspricht die Kleine und piekst zwei Löcher in den Kreis, »das bist du.«

Brüllend vor Lachen flüchtet der Musiker Richtung Parkplatz. Die Oma blickt in Rubys Gesicht. Ruby verzieht keine

Miene. Sie bückt sich und ergänzt einen Nasen- und einen Mundstrich und kann grade noch in den Aldi entkommen, bevor die Handtasche der Oma auf ihren Rücken knallt.

Sie haben schon wieder umgeräumt. Das wäre, so hat ihr mal ein pickeliges Jüngelchen über ein Regal hinweg erklärt, das er gerade umräumte, das wäre, weil die Kunden mal was Neues entdecken sollen. Ruby will nichts Neues entdecken. Hauptsache die Limonade-Abteilung ist noch da, wo sie vorgestern war. Ist sie. Ruby klemmt drei Halbliterflaschen *Jelzin* zu 4,95 unter den Arm und nimmt den kürzesten Weg zur Kasse. Die Blicke aus Abscheu und Mitleid, die sie begleiten, stören sie nicht. Nicht mehr. Bei manchen ist es der blanke Neid, weil sie sich keine drei Flaschen Himmel leisten können, weil Monatsende ist und sie keinen Otto haben, oder leider Männer sind, auf die Otto nicht steht. Wobei *Himmel* sicher das falsche Wort ist für etwas, dessen Geschmack Lucky mal zwischen Putzmittel und Katzenpisse eingeordnet hat. Lucky hat manchmal sogar Fantasie. Und Ruby will sich das Zeug ja auch nicht auf der Zunge zergehen lassen.

Sie verstaut zwei Flaschen im Rucksack, schraubt die dritte auf und testet ihre Fähigkeit zur Brechreizunterdrückung gleich vor dem Eingang. Das Zeug kann Löcher in Beton ätzen. Und die Kommentare der Passanten auch. Sogar die Dutt-Oma ist wieder zur Stelle.

»Hab ich's doch gewusst.«

»Auch 'n Schluck?« Ruby kann manchmal richtig freundlich.

Dutty kippt fast hintenrüber und wird von einem rotnasigen Fünfziger aufgefangen.

»Verzieh dich, du Schlampe«, sabbert Dutty.

»Kacktusse!«

Dutty hebt den Zeigefinger. Sie war mal Lehrerin, zu anderen Zeiten.

»Das heißt Kakteen.«

Ruby verdreht die Augen. Der Fünziger schüttelt die Faust. Es gibt einfach keine Solidarität unter Alkis. Ruby sieht ihm auf zehn Kilometer an, wie gern er einen Schluck hätte. Jede Wette, dass er genau das nachholen wird, sobald er in den eigenen vier Wänden unsichtbar ist. So einer, der den Schwanz bei Kälte einzieht, und ihn erst wieder hervorholt, wenn es warm und feucht ist. Lächelnd prostet sie ihm zu, setzt *Jelzin* ein zweites Mal an und schlendert arschwackelnd unter seiner Nase durch. Schön, dass noch nicht alle so weit runter sind, dass sie es in der Öffentlichkeit tun. Aber die Sorte Schimpfwörter, die jetzt um Ruby herum auf die Betonplatten klatschen, sie auf Schultern, Hals und Kopf treffen – *scheiße, habt ihr denn keinen Anstand?* Ruby wehrt sich mit noch ausladenderen Bewegungen ihres Hinterns, bis sie außer Hörweite ist und die Schreier aufgeben.

Nur die Stimme des Musikers weht vom entgegengesetzten Ufer des Parkplatzes zwischen den Betonwänden durch. Ruby kann ihn nicht sehen. *Hinterngrunzmusik* hat er seine Tätigkeit mal genannt. Sehr passend. Jetzt singt er so eine Schmalznummer. *Fly me to Paresis.* Nicht Rubys Ding.

Beim scherbenumkränzten Altglascontainer ärgert sie sich, dass sie ihren eigenen Glasmüll vergessen hat. Bis zum nächsten Mal wird sich schon zu viel für einen Gang angesammelt haben. Sie setzt sich auf den Mauerrest, wo auch Russlana pausiert hat, vor ihrer Besteigung des sauerstoffarmen fünften Stockwerks. Jetzt spürt sie die Schmerzen der Treffer. Ein weiterer Kuss von *Jelzin* bringt wieder eine Art Klarheit in ihre Gedanken.

Eine junge Frau schiebt einen Kinderwagen Richtung Aldi. Das Kind plappert etwas, sie schaut nur regungslos geradeaus. Etwas berührt Rubys Bein und Ruby schreit leise. Es ist nur ein Hund, kaum größer als eine Katze, mit schwarzweiß gescheckten verknotetem Fell. Er trägt kein Halsband, das ist normal in dieser Gegend. Ruby lässt ihn an ihrer Hand lecken.

»Na, Boris.«

Sie nennt ihn einfach passend zum Wodka, der den Namen eines russischen Präsidenten mit bekanntem Hang zu dem Gesöff trägt. Boris springt an ihrem Bein hoch und will es … sagt man bei Hunden auch ficken? Männer! Ruby tritt ihn weg, aber Boris ist hartnäckig. Beim nächsten Sprung entdeckt Ruby, dass Boris eine Frau ist. Also hat sie ihre Bemühungen falsch gedeutet? Aber sie hat keine Lust, den Namen zu ändern. Jetzt schnüffelt Boris an ihrer Jackentasche. Ach, klar, sie riecht den Daumen. Weiber! Ruby hat das Teil nicht Lucky gezeigt, jetzt zeigt sie es eben Boris. Es ist kein Traum, es ist wirklich ein weiblicher, dunkelhäutiger Daumen. Warum ist sie sich sicher, dass es ein weiblicher ist? Kann man einen weiblichen von einem männlichen Daumen unterscheiden? Lack ist nicht zu erkennen. Aber der Nagel ist sorgfältig geschnitten, die Haut ist gepflegt, und er ist schmaler als die Männerdaumen, die Ruby kennt.

Boris ist hungrig und schnell. Sie rennt mit der Beute weg, so rasch es ihre kurzen Beine schaffen. Für einen Moment hält Ruby den Atem an, dann schreit sie, laut und grell, solange die Luft reicht. Ein paar Kinder starren sie entsetzt an, und Ruby starrt an ihnen vorbei in eine leere Leere. Wie kam dieser Daumen zu ihr? Was hat sie getan, an was kann sie sich verdammt noch mal nicht erinnern? Die Nebel von der Schädelrückwand kriechen nach vorn und hüllen alles ein. Sie geben Ruby erst wieder frei, als sie vor ihrer Wohnungstür steht. Das einzige, was ihr auffällt, ist, dass jemand Opa Strangs Köterschiss weggemacht hat. Mit zitternden Fingern schiebt sie den Schlüssel ins Schloss und drückt das Türblatt nach innen, auf das sie mit Edding *R. T.* gemalt hat.

Drinnen stinkt es. Ruby sieht ihn sofort. Auf dem Küchentisch liegt er und zeigt auf sie. Ruby braucht keinen zweiten Blick, um zu wissen, dass es ein linker Zeigefinger ist. Von einer schwarzen Frau. Sie starrt den Zeigefinger an und hofft, dass er sich auflöst wie eine Fata Morgana in der endlosen afrikanischen Wüste. Vielleicht ist es möglich, Gespenster kaputtzustarren, vielleicht verschwindet er, wie er gekommen ist, die Grenzen ihres Lebens sind doch schon ausgefranst und durchlässig. Sie bekommt keine Luft, sie reißt die Balkontür auf und versucht die rotierenden Augäpfel unter Kontrolle zu bekommen. Dann kippt sie den Rest der Wodkaflasche runter. Sie fällt.

Als sie wieder zu sich kommt, setzt schon die Dämmerung ein. Sie liegt neben dem Küchentisch. Der Zeigefinger ragt einen Zentimeter über die Tischkante und beobachtet sie. *Cool bleiben.* Ruby zwingt sich, langsam und tief zu atmen. Nicht wieder wegsacken. Und nichts trinken außer Wasser. Sie schaut sich um, versucht jede Kleinigkeit zu erfassen, jede Veränderung. Irgendwas muss doch irgendwas verraten. Die Balkontür steht offen, das hat sie selbst gemacht, die war zu, als sie in die Wohnung kam. Ebenso die Fenster. Ebenso die Eingangstür, sie hatte aufschließen müssen.

Denken.

Jemand ist hier gewesen. Letzte Nacht und nochmal, als sie im Supermarkt war. Oder hat der Zeigefinger schon heute Morgen dort gelegen und sie hat ihn übersehen? So wie sie oft Dinge nicht sieht wie diesen Brief. Er lag auf dem Laminat, mit dem Otto vor drei Jahren sämtliche Wohnungen im Haus hat auslegen lassen. Die alten Teppiche waren artenreiche Biotope gewesen und das Rausreißen eigentlich ein Fall für *PETA*. An dem Brief war sie tagelang vorbeigelatscht. *30 JAHRE ABI* stand fett darauf, neben ihrer Adresse. Vielleicht hat sie ebenso den Zeigefinger übersehen. Oder sie hat ihn selbst dorthin gelegt, beim letzten Filmriss. Was hat sie in der Filmrisszeit gemacht? Wenn sie das beantworten könnte, wäre es kein Filmriss.

Nur mal angenommen, es wäre so, jemand dringt in ihre Wohnung ein. Warum? Was will der? Oder die. Einen abgeschnittenen Finger hinlegen? Einen, der noch dazu aussieht, als gehöre er ihrer Nachbarin, der blöden Kuh. Vielleicht sollte sie nachsehen, ob Abenaa noch alle Finger hat. Alle Tassen im Schrank ja schon lange nicht mehr.

Oder einfach abhauen, noch heute. Wäre nicht das erste Mal. Aber die Wohnung ist günstig und heizbar, und der Vermieter lässt sich in Naturalien auszahlen, wenn sie pleite ist. Oder wenn ihm danach ist. Und wenn der Winter kommt, ist es verdammt kalt unter den Brücken.

Andere tun das auch.

Lass das Saufen, no Alk, no Filmriss!

Wehr dich, du bist noch keine Fünfzig.

Aber bald.

Ruby zieht sich an der Sesselkante hoch. Sie macht einen weiten Bogen um den Küchentisch und positioniert sich so, dass der Finger nicht mehr auf sie zeigt. Sie nimmt den Hörer des antiken Schnurtelefons. 110 ist die Polizei. Oder 112? Sie wählt 110.

»Polizei Paderborn, Guten Tag. Mein Name ist Ludwig, was kann ich für Sie tun?«

Eine Frauenstimme, warm und rauchig wie von einer Sexhotline.

»Ich … ich wollte …«

»Wie ist denn Ihr Name?«

»Pizza Hawaii«, stammelt Ruby. »Mit doppelt Käse, bitte.«

»Ich glaube, Sie sind falsch verbunden.«

»D...das glaube ich auch.«

Ruby legt auf. Sie rennt zum Klo und beugt sich über die Schüssel. Sie würgt, aber es kommt nur dünnes Grünes. Sie hat heute ja noch nichts gegessen, nur getrunken. Die zwei vollen Flaschen Wodka im Rucksack fallen ihr ein. Ruby setzt sich auf die kaputte Klobrille. Das Pinkelgeräusch hört sich an, als würde das Wasser ihr ungeduldig ins Ohr flüstern. Was soll sie denn den Bullen erzählen, verdammt! Jetzt heult sie auch noch. Die Tränen schmecken scheiße.

Genau wie die Tränen damals nach der Sliwowitznacht. Ron hat ihr später erzählt, sie sei laut schreiend in Jess' Zimmer gerannt, nachdem sie für alle gut hörbar gekotzt hat. An den Teil hat sie keine Erinnerung mehr. Sie habe versucht, Jess zu verprügeln, und als sie das nicht geschafft hat, weil Ron sich vor Jess gestellt hat, habe sie den Käfig geöffnet und Jess' Wüstenrennmaus gepackt. Und dann habe sie der Maus in den Hals gebissen. Ron habe sie dann in ihr Zimmer zurück gebracht und ans Bett gefesselt. Zumindest stimmte, dass sie am nächsten Morgen in ihrem eigenen Bett aufwachte, zwar nicht gefesselt, aber ein paar Seile lagen auf den Dielen. Schlimm verkatert, die Kehle brannte wie Feuer und ließ sich kaum kühlen, nicht mit einem Liter Wasser. Aber das Schlimmste ist, dass ihre Erinnerung nur bis zur Sliwowitzflasche reicht, bis ihr schlecht wurde, danach ist alles gelöscht. Ihr erster Riss. Sie hat Rons Berichten glauben müssen, jedes Detail. Auch dass Jess noch in der Nacht ausgezogen war. Tatsache ist, dass Ruby sie nie wiedergesehen hat.

»Was ist denn aus der Maus geworden?«, hat sie Ron gefragt.

»Tot«, hat Ron geantwortet. Und dann hatte er gegrinst, wie er immer grinste, und mit dem Daumen das Okay-Zeichen gemacht. Und so weiter.

Ruby beugt sich über das Waschbecken und hält das Gesicht unter den Strahl. Sie will sich nicht unterkriegen lassen, sie ist noch nicht am Ende. Kein Alk mehr ab jetzt. Nachdenken: Wie kann sie dem Schwein auf die Spur kommen? Sie schaut in den Spiegel. Die Falten graben sich von Jahr zu Jahr tiefer ein, das fette Doppelkinn ist nicht so fett wie bei Russlana. Am furchtbarsten sind ihre Augen in den schwarzverschatteten Höhlen. Und dahinter das Hirn, in dem die Hauptstraßen gesperrt sind und sie Umwege nehmen muss durch schlecht beleuchtete Gassen. Dabei sieht sie die Filme auf der Schädelrückwand und kann später nicht sagen, wo sie die letzten Stunden verbracht hat.

Bin ich Jekyll, bist du Hyde?

Der Spiegel weigert sich zu antworten.

Scheiße, Blödsinn!

Wann fing das an, dass sie so aufgegangen ist? Hat nicht Abenaa sie neulich *Fettarsch* genannt? Oder sie Abenaa, kann auch sein. Wo verdammt steckt die Tusse? Sonst hört man täglich Urwaldmusik, Trommeln und *Aijaijai* und so. Seit gestern nicht mehr. Oder seit wann? Vielleicht ist sie zurück nach Afrika. Ghana? Kann sein. Irgendwo Nähe Äquator, wo es wärmer ist als hier und wo es keinen Schnee gibt. Und mehr Trommeln und weniger Bleichgesichter.

Ruby holt eine Gabel aus der Küche. Sie nähert sich dem Zeigefinger und holt aus. Sie sticht zu. Sie muss das mehrmals wiederholen, bis sich die Zinken tief genug in das Fleisch bohren. Dann geht sie raus auf den Balkon. Sie gräbt mit der linken Hand ein Loch in die trockene Blumentopferde. Darin beerdigt sie den Finger. In einer Fliesenritze wächst Gras. Ruby zieht es samt Wurzeln heraus und pflanzt es auf das Grab. Auf ihrer Schädelleinwand vermehren sich die Halme und dehnen sich zu einer weiten Graslandschaft im Sommerwind. Südfrankreich.

John Lennon sang *Imagine*. Und dass dort kein Himmel ist, dass es leicht ist, sich das vorzustellen, man muss es nur versuchen. Über uns nur *sky*. Stell dir vor, alle leben nur für heute. Und genau das taten sie. Nur für heute leben. Im weichen Gras liegen, das der Wind wiegte, mit Sonne auf warmer Haut. Diana Spencer bedauern, die bloß den segelohrigen Frosch Charles bekommen hatte und keinen verwunschenen Prinzen. Selber sich viel geiler als alle Dianas der Welt fühlen und trinken und vögeln, als ob es kein Morgen gebe. Nachher den Himmel bestaunen, *only sky* und keine Hölle unter uns, noch das Gefühl von Ron in der Vagina und seinen Geschmack auf der Zunge. Auf die Nacht warten, Rotwein trinken, Kerouac und Ginsberg lesen und in die Sterne schauen, die so nah waren. Eine neue Zeit war angebrochen. *The Big Trip*. Grenzenlos. Love&Peace. Rock'n'Roll. Ron'n'Ruby.

Sie schliefen auf dem Heuboden einer Scheune, zu dem man über eine wackelige Holzleiter gelangte. Die Scheune war Teil eines so malerischen wie verwahrlosten Bauernhofs. Meistens waren sie nicht allein, aber Ron störten die nächtlichen Geräusche der anderen nicht, die störten sich ja auch nicht an ihren.

»Wenn es nach dem Tod so schön ist wie jetzt, dann habe ich keine Angst davor.«

»Brecht sagt, es kommt nichts hinterher.«

»Was wusste schon Brecht.«

Es war ein ständiges Kommen und Gehen auf dem Hof, und man konnte nie sagen, wer gerade hier lebte. Manchmal blieb nur ein Inner Circle von etwa zehn Männern und Frauen und ein paar Kindern, dann wieder platzte der Hof über Nacht aus den Nähten. Aus allen Ecken krochen sie hervor, zwanzig, dreißig und mehr. Maler und Lebenskünstler, Schauspieler, Regisseure, Musiker und Dichter, oder was sich dafür hielt. Manche waren vornehmlich mit Trinken und Kiffen beschäftigt. Viele Nichtstuer und ein paar Alleskönner, die meisten leicht am Rand, und alle vereint *in the dawning of the Age of Aquarius.*

Sie waren eigentlich unpolitisch. Mehr aus Spaß reisten sie zu den Demos gegen den siebzigjährigen Cowboy, der seit Januar den König von Amerika gab. Ronald Reagan. Dass der denselben Vornamen trug, hatte Ron ihm übler genommen, als sämtliche Pershing-II-Raketen. Bei ihm, wie beim Großteil der Hofbewohner, reichte der revolutionäre Elan kaum bis zur nächsten Tüte. *68* war schon ein Land der Märchen, lange her, längst langweilig. Sie waren die *Generation danach*. Der Weg war nicht mehr das Ziel, das Ziel war weg. Die neue Freiheit war alltäglich und von Papa bezahlt.

Nach hundert Jahren Krieg und Nachkrieg, nach Bismarck-Schnauz und Kaisers Bart, den arbeitslosen Zwanzigern und Veronikas wachsendem Spargel, nach Nazispuk und bleiernen Fünfzigern, hatten sich die Mütter und Väter des Wirtschaftswunders vom Handkantenschlag-Sofakissen über Tütenlampen zu Nierentischen vorgekämpft. Sie finanzierten ihren Kindern die neue Freiheit aus Scham über dieses verkorkste Deutschland, in das sie den Nachwuchs hineingeboren hatten. Sie hatten ja keine Wahl, es gab kein besseres.

Dieser Nachwuchs lag unter südfranzösischer Sonne, klagte über Beziehungsstress, wenn er dreimal mit derselben pennte, rauchte selbstgezogenes Cannabis oder diese dünnen, harten, in ein Ebenholzblatt gerollten Bidis. Die Mädels liefen in pseudoindischen Klamotten rum und die Jungs mit hüftlangen Haaren. Auch Ron ließ sie sich wachsen und trainierte den dazu gehörenden Kopfschwung. Wer, wenn nicht wir, wann, wenn nicht jetzt, warum, wenn nicht darum. Alle waren cool, alle waren gleich, und zumindest offiziell wurde auch der Typ akzeptiert, der immer mit abgeknicktem Handgelenk rumlief. Die Sorte *Ich heiße Detlef und wie geht deine Hose auf.* Er hieß nicht Detlef, aber Ron nannte ihn so, und Detlef bediente alle schwulen Klischees zum Schreien.

Andere gaben sich Namen wie Robbe S. Pierre, Zampano, Rita Dando, Tigerwutz, Pickelgesicht, Harry Viderci, Winnetou, Lucyfairy und so ähnlich, da fiel Ruby Tuesday nicht weiter auf. Eine Besonderheit war Arnold aus Kärnten, der Ø genannt wurde. Seine Füße stanken wie österreichischer Bergkäse und er konnte mit einem Satz den Hofbrunnen überspringen, mit einem Quantensprung sozusagen. Sonst konnte er nicht viel. Er erklärte jedem, die Dänen seien die wahren Ø-Streicher. So einer halt. Sie alle waren Schauspieler ihrer selbst. Auch Ron, Lucien und Oscar mit dem Gesicht, als hätte ein Riese seinen Daumen reingedrückt, die zur Minderheit gehörten, die keinen Hofnamen trug.

Etwa zwei Monate nach ihrer Ankunft passierte ein für Ron lebensgefährlicher Zwischenfall. Es gab dort einen Traktor, einen Frontlader mit einer Gabel, deren zwei Zinken höchstens einen Meter auseinander standen. Und es gab dieses Spiel: Einer stellte sich an die Hauswand, der andere raste auf ihn zu und knallte die Zinken links und rechts vom Körper vor die Mauer. Wer zuckte, hatte verloren, wer nicht mitmachte, musste die Klos schrubben, die bald so stanken, als habe sich schon lange niemand mehr geweigert. Außer Detlef, aber der ging zum Kacken kilometerweit in den Wald und war deshalb vom Klodienst befreit.

Als Ron an die Reihe kam, war er genauso betrunken wie Oscar. Ron stellte sich mit ausgebreiteten Armen an die Fachwerkwand und Oscar bretterte los. Ron hielt sich gut. Aber die Zinken knallten dieses Mal nicht vor die Mauer und stoppten den Traktor, sondern bohrten sich tief in das poröse Fachwerk. Das Quereisen der Gabel presste Rons Bauch bis zum Rückgrat ein, ehe es wie durch ein Wunder zum Halten kam. Ron schrie, so hatte Ruby ihn noch nie schreien hören. Er hatte Todesangst. Seine Stimme kippte ins höchste Register. Diesen Schrei hat sie nicht vergessen.

Oscar hing überm Lenkrad und bekam einen Lachflash. Lucien und Winnetou, der nicht so hieß, aber aussah wie Pierre Brice, kamen angerannt und zerrten Oscar vom Fahrersitz.

»Maria Huana, das war knapp«, kommentierte Winnetou und Oscar schrie »Alles cool, Mann.« Lucien setzte den Traktor vorsichtig zurück. Die folgende Nacht trank Ron keinen Tropfen. Zitternd lag er in seinem Schlafsack. Ruby versuchte, ihn zu beruhigen, aber Ron schlug ihre Hand weg.

Abends wurde im Hof Feuer gemacht und gemeinsam gegessen. Dann saßen sie um den verwitterten Holztisch und lauschten weinseligen Dichtern, die Selbstverfasstes in bekannten oder erfundenen Sprachen vortrugen. Leider blieb im gelben Morgenlicht von manch erhabener Hymne, in nächtelanger Trance hingekritzelt, nur leeres Gestammel. Dazu zupfte ein Gitarrenspieler mit überschaubarem Talent die Akkorde von Lennons *Imagine.*

It's easy if you try.

Das glaubten sie alle. Joints machten die Runde. Und anderes. LSD. *Welcome to the Magical Mystery Tour.* Nichts für Ruby, die sich an Vin Rouge hielt. Ron probierte mehr. Sie tanzten und lachten. Ruby legte den Kopf in den Nacken und drehte sich mit ausgebreiteten Armen über den Hof. Sternenlicht ließ ihre Iris grün leuchten. Ron machte dazu den Storchen-Sorbas und fing sie auf, wenn ihr schwindelig wurde. Diese Nächte waren unendlich. Bei Sonnenaufgang klatschten sie sich kaltes Brunnenwasser ins Gesicht, wenn überhaupt, kletterten ins Heu und schliefen bis in den Nachmittag.

Ruby lernte Schmuck herzustellen, den sie auf Märkten in der Umgebung verkaufte. Ihre besten Stücke waren aus Silberdraht geflochtene Ketten und Armbänder und die Geschichten dazu von der wiederentdeckten altkeltischen Technik, die sie dem staunenden Publikum auftischte. Zu den Märkten begleitete sie manchmal ein junger Kerl mit verfilzten Rastahaaren, Piet aus Amsterdam. Er hörte ihren Geschichten geduldig zu, auch wenn sie traurig endeten. Er war es auch, der zwei Amsterdamer Sannyasins, diesen orangegewandeten Anhänger von Bhagwan Shree Rajneesh, von dem Hof erzählte. Auf der Stelle verließen sie ihren Amsterdamer Ashram und streckten eines Morgens mitten auf dem Hof die Arme der Sonne entgegen. Swami Satyananda und Ma Anasha, sie mit der obligatorischen Mala, der Kette aus hundertacht Rosenholzkugeln und einem Medaillon des Meisters, und er mit verschärftem Interesse am ehemaligen Schweinestall, wo sie ihren neuen Ashram einrichteten. Dort wandelten sie auf der Zielgeraden zur Glückseligkeit, leuchteten von innen und sangen endlose Mantras, ganz entspannt im Hier und Jetzt. Bald schon waren die Hofbewohner genervt, besonders von Swamis ausdauernden Klangschalen-Gedengel. Er aber bestand darauf, er müsse das tun, denn Anasha und er hätten *Sannyas* genommen, was so viel bedeutete, dass sie jetzt mit der gesamten Existenz eins seien. Aber Ron behauptete, sie hätten ganz andere Sachen genommen. Zumindest Ma Anasha, als er mit ihr im Pinienwald war.

Ruby sah ihn an.

»Na und?«, sagte Ron und zuckte mit den Schultern. »Kommt sowieso nicht wieder vor.« Das einzig Leckere an ihr seien die Haschischplätzchen. Das sah auch der Swami so, weshalb er sich lieber mit Detlef traf, obwohl sein Ober-Bhaggi so was nicht gut fand.

»Echt?«

»Backzwang hat gesagt, die Schwulen sind pervers, und behinderte Säuglinge sollen besser gleich in den ewigen Schlaf geschickt werden.«

»Stimmt nicht.«

Stimmte doch. Und als Bhagwan Rajneesh irgendwann in diesem Jahr von Poona in die USA zog, weil die Inder ihn leid waren, fanden das die beiden Hof-Orangen feige. Seine Erleuchtung bezog in Oregon eine Sechs-Millionen-Dollar-Ranch, und all die Mas und Swamis bauten drumherum *Rajneeshpuram* mitsamt Flugplatz für die *Air Rajneesh*, sowie Parkmöglichkeiten für die neunzig Rolls Royce des Meisters. Bhaggi gönnte sich was. Bloß das Charisma ging dabei zum Teufel, aber das war ja nichts Neues, das kannten auch die Jesus-Latschen von ihrer Kirche.

Jedenfalls war der Spaß vorbei. Swami Satyananda nannte sich wieder Henke und machte sich mit Detlef auf nach San Franzisco, *wearing some flowers in your hair.* Irgendwann kam die Nachricht, sie seien wenigstens bis zum Strand von Arcachon gekommen.

Ma Anasha fand, dass die Sache mit dem grenzenlosen Sex der Orangen doch wohl eher ein Männertraum war. Aus ihr wurde Anita. Was sonst noch aus ihr wurde, wusste keiner, weil sie eines Tages spurlos verschwand. Nur der Schweinestall hieß weiter *Ashram*.

Und der Dauerfernsehgucker erzählte begeistert, dass MTV auf Sendung gegangen sei, ein reiner Musikkanal. Den ganzen Tag nervte er mit seinem *Video-Killed-the-Radio-Star*-Gesinge, was auch nicht besser war, als die Swami-Mantras.

Irgendwie begann schon wieder eine neue Zeit.

Dann kamen die Nächte, in denen Ron nicht neben Ruby in der Scheune lag. Am nächsten Tag erzählte er meist von einem Superflash, da habe er halt woanders gepennt. In diesen Nächten lag Ruby lange wach, hörte ihrer Krähe zu, und wunderte sich, dass sie auch in der Dunkelheit schrie.

Der erste Sommer ging, der Herbst war lange noch warm. Piet ging im November zurück nach Amsterdam, wegen der Friedensdemo, sagte er, von der der Dauerfernsehgucker am 21. November berichtete.

Piet war zurückgekommen, nach Amsterdam, zu mir! Am 21. November zogen wir gemeinsam los. Ich war schon auf einigen Anti-Reagan-Demos, aber das hier übertraf alles. Die ganze Stadt war voller Menschen aus Holland und den Nachbarländern. Wir schrien, wir feierten, wir waren zugedröhnt mit Love'n'Shit. In der Museumplein knutschen wir einen Nikolaus, der mit seinem selbstgemalten Schild rumlief: *Sinterklaas is tegen Kernwapens!* Es war ein Flug, und nachher in unserer WG hat mich Piet bei offener Tür gevögelt. Als er in mir kam, hat er *Fuck the system!* geschrien. Die ganze WG hat Beifall geklatscht. Heute weiß ich, dass Piet nie mich gefickt hat, sondern immer nur *das System*. Weder vorher noch nachher, und auch nicht, als er mir in dieser Nacht seinen Beitrag zur Erhaltung der menschlichen Rasse injizierte.

Ruby III

Auf dem Hof hielt der Winter Einzug. Sie lebten vom Ersparten mehr schlecht als gut. Manche Nächte waren so frostig, dass sie eng zusammenrückten, zu viert, zu allen. Ein paar zogen in den Süden, Spanien, Marokko, wo es wärmer war. Und die, die blieben, wechselten ihre Kombinationen, als würde täglich neu darum gewürfelt. Ruby hielt sich da raus, was man schulterzuckend akzeptierte. Ron war begeistert auf das Karussell aufgesprungen. Ein paar Mal kam er noch mit der *Superflash-Story*, dann war es Ruby leid.

»Okay«, hatte Ron schließlich gesagt, »aber was ist dabei?«

Ruby hatte ihn so lange angesehen, bis Ron es nicht mehr aushielt. Er hatte sich abgewandt und irgendwas von *scheißspießigsuperverklemmt* gemurmelt.

1982 begann. Der Frühling und besseres Wetter kehrten zurück. Einige der im Herbst in den Süden Geflohenen kamen wie die Zugvögel zurück. Neue Gesichter tauchten auf. Der Falklandkrieg begann, Nicole gewann mit *Ein bisschen Frieden* den Eurovision Song Contest und halb Deutschland schämte sich, Reagan kam nach Berlin und *E.T.* in die Kinos. Der *C64* eroberte den Markt (und eine Woche später hatte der Dauerfernsehgucker so ein Teil), Gabriel García Márquez bekam den Literaturnobelpreis, und Michael Jackson brachte im November alle mit *Thriller* zum Wahnsinn. Rainer Werner Fassbinder, Romy Schneider, Walter Spahrbier, Arthur Rubinstein, Thelonious Monk und Glenn Gould starben. Und Paul McCartney sang im Duett mit Stevie Wonder *Ebony and Ivory live together in perfect harmony.*

All das interessierte kaum jemanden auf dem Hof. Das Weltgeschehen ging den meisten am Arsch vorbei. Ron sowieso.

Am 18. August 1982 wurde Zoe geboren. *Kann man mal machen,* sagte Piet, *ändert aber vieles.* Piet wollte die Veränderung nicht, das war beinahe die größte Enttäuschung. Trotzdem blieb er in Amsterdam, bei mir.

Der folgende Winter wurde noch kälter, aber sie hielten durch. Die Zugvögel zogen gemäß ihren Genen in den Süden und fielen mit dem nächsten Frühling wieder ein. 1983. Das Leben auf dem Hof war anstrengend geworden, manche fanden es öde. Das änderte sich im Mai. Da kroch aus dem Morgennebel ein Gefährt wie aus einem Science-Fiction. Eine zehn Meter lange Stretch-Limo hielt mitten auf dem Hof und heraus quollen sechs langbeinige, langhaarige und langwimperige Frauen und ein schmieriger fetter Typ mit gegelter Nackenrolle.

»Geile Location«, bellte er. »Champagner für alle!«

Er hieß Morgan S. Gizzman, mit Künstlernamen selbstverständlich. Seine Hühnchen nannten ihn *Big G.* Auch sie trugen Künstlernamen. Die drei blonden waren Alouette, Emmanuelle und Lola. Die Brunette nannte sich Roubine und trug ein riesiges rubinbesetztes Kreuz an einer Kette zwischen ihren riesigen Brüsten spazieren.

»Gegen böse Geister, weißt du, man weiß ja nie.«

Marierouge war rothaarig mit Armen und Beinen wie Fahrradspeichen, und Mariebleu hatte den Kopf voller Nichts und Blümchen. Kaum war sie aus der Limo gestolpert, versenkte sie ihre Stilettoabsätze im Buckelpflaster. *Ups!* So ein Steinzeittrick. Klappte aber. Innerhalb einer Hundertstelsekunde hatte sie sieben Kerle an der Hacke. *Können wir helfen?* Beuys hat gesagt, er denke mit dem Knie. Die sieben Zwerge dachten, wenn überhaupt, mit einem ganz anderen Körperteil, und zogen Mariebleu bereits mit ihren hungrigen Blicken bis auf die Stilettos aus. Immerhin war Ron nicht dabei. Er stand neben Ruby und nannte die Hühnchen *AMW's. Aktress, Modell, Whatever.* Zampano durfte das *Whatever* unter Gekicher und Gejohle ins Haus tragen, die anderen Zwerge und *AMW's* folgten. Bis auf eine, die Big G als Emmanuelle vorgestellt hatte. Sie hatte als einzige die albernen Stöckel ausgezogen. Barfuß tapste sie auf Ron und Ruby zu.

»Hi, gibt's hier ein Klo?«

Wenigstens eine vernünftige Frage.

Am abendlichen Lagerfeuer verkündete Big G, er sei Filmproduzent. Tatsächlich filmte er in den nächsten Tagen seine Hühnchen auf dem Hof und anderen geilen Locations in der Umgebung, meist mit nichts als Sonne auf der Haut und umringt von den sieben Zwergen. Selbstverständlich nannten sie das Kunst. Manchmal verzogen sie sich in blickdichte Wäldchen, für die ganz besonderen Acts, so wurde später am Lagerfeuer erzählt. Für diese Acts ließ Big G dann ein Zimmer im Hauptgebäude als altfranzösisches Boudoir einrichten, oder wie er sich so was vorstellte. Wenn dort gedreht wurde, verzog sich Ruby möglichst in den entgegengesetzten Teil des Hofes, weil sie das Bettquietschen nicht ertrug, aus Gründen, die sie niemandem erklären wollte. Und weil sie das Gekreische ebenso überdreht fand, wie bei Jess. Verdammt, war das lange her. An solchen Abenden saß sie allein am Fenster und schaute in den Himmel. *Only sky* und Unendlichkeit. *No hell below us.* Nein, die Hölle war nicht unter uns. Sie war um uns. Sie war *die Anderen.*

Manchmal vermisste Ruby Piet, besonders in den Nächten, die Ron nicht bei ihr verbrachte. Schon am Hühner-Ankunftstag hatte Ron sehr lange gebraucht, Emmanuelle das Klo zu zeigen. Manchmal verschmolzen Realität und Traum, als tanzten sie um das gleiche lodernde Feuer. Ron sagte, dass er in der nächsten Nacht an einer Séance teilnehmen werde, wo die Geister der Ahnen beschworen würden. Ruby spionierte ihm nicht nach. Wessen Ahnen das waren, wusste sie auch so, da reichte ein Blick in Emmanuelles Augen am nächsten Morgen. Als sie Ron darauf ansprach, stritt er wie blöd alles ab und begann ausufernd von der Séance zu erzählen. Ruby gähnte. Sie bot ihm ein Stück Schokolade an.

»Da stehst du doch drauf.«

Ron errötete tatsächlich. Sie hatte voll ins Schwarze getroffen, und er war so ein schlechter Lügner. Emmanuelle kam aus Indonesien und hatte schokoladenbraune Haut. Die hatte Ruby inzwischen auch, aber von der südfranzösischen Sonne. Das sei was anderes, sagte Ron. Ruby drehte sich um und ging. Damit er ihr Gesicht nicht sehen konnte.

In diesem Sommer stand auf allen Titelseiten der Zeitungen ein grausames Wort. AIDS. Ein Gespenst ging um die Welt und zerstörte die Freiheit, die die Pille gebracht hatte. Das Ende der Unbekümmertheit war eingeläutet, erst für Detlef und Henke, die es in Arcachon erwischte, dann für alle. Michael Jackson sang *Beat it*, ohne dass ihm die Nase abfiel, Nena von *99 Luftballons*, und Udo Lindenberg bespaßte Honecker im Ostberliner Palast der Republik. Hunderttausende protestierten am 22. Oktober im Bonner Hofgarten gegen NATO-Doppelbeschluss und Pershing-II-Stationierung, und in Buxtehude wurde Tempo 30 eingeführt. Louis de Funès, Muddy Waters, Luis Buñuel und Earl Silas Tupper, der Erfinder der Tupperware, starben in diesem finsteren Jahr.

Es war an einem dieser Abende, die Luft war mild und der Mond hing wie eine rote Laterne in den Pinien. Zu zehnt saßen sie im Hof um den großen Holztisch, spuckten Olivenkerne, aßen Käse und Brot und kifften. Winnetou schenkte Rotwein nach, wann immer ein Glas leer zu werden drohte. Lucien spielte *Hotel California* von den *Eagles* auf der Gitarre, einige sangen mit oder klatschen den Takt.

Relax, said the night man, we are programmed to receive. You can checkout any time you like, but you can never leave.

Mariebleu kommt aus dem Haus, leicht unsicher auf den Beinen. Sie wird von Winnetou und Oscar auf den Tisch gehoben, kichert entzückt über irgendwas und hebt die Arme wie eine Flamencotänzerin. Sie dreht sich im Kreis und ihre Heels finden schlafwandlerisch einen Weg zwischen den Gläsern. Selbst Ruby muss zugeben, dass sie sexy ist. Alle können ihr *Vertikales Lächeln* sehen, wie die Südamerikaner die Schamlippen nennen. Und dass sie bis auf die gezupften Augenbrauen und die Grad-aus-dem-Bett-Mähne kahl ist; der letzte Schrei.

Hände klatschen und streifen ihre Beine. Mariebleu wirft den Kopf zurück, dass die schwarzen Locken fliegen. Jetzt stößt sie doch einen Becher um, sie tritt auf ein Baguette und rudert mit den Armen, und alle halten den Atem an. Aber sie fällt nicht, sie tanzt, sie lacht, sie schwitzt. Tropfen rinnen an der Innenseite ihrer Schenkel herab.

»Mariebleu!«, stöhnt Oscar. Er nimmt sein Glas und schöpft die Tropfen von Mariebleus Haut, die sich mit Rotwein mischen. Oscar hebt das Glas wie einen Kelch zu Sternen und betet.

»Mater noster in terra, gepriesen sei dein Gras. Dein Wein komme. Dein Sex geschehe so himmlisch hier auf Erden. Unser tägliches Dope gib uns heute. Und vergib uns unsere schlechten Witze, wie auch wir bedauern eure Verklemmung. Führe uns noch oft in Versuchung und erlöse uns von der Moral. Pater Omnipotens Aeterne Deus. Amen.«

Dann leert Oscar das Glas in einem Zug. Alle lachen.

»Mehr?«, fragt Mariebleu und hebt den Rock. Oscar streckt das Glas vor, er himmelt sie an. Da verhakt sich ein Absatz in einer Spalte der Tischbretter. Mariebleu quiekt, fasst nach allen Seiten, als ob die Luft Haltegriffe hätte wie eine Straßenbahn, und fällt in Rons Arme. Ron grinst wie Weihnachten mit Gratisdope. Beifall von allen, außer von Ruby. Mariebleu haucht »Mein Fuß, mein Fuß«, und Ron der Held trägt sie ins Haus und die Treppe hinauf.

Ruby sitzt am dunklen Ende des Tisches, das der Feuerschein kaum mehr erreicht. Sie nimmt ihren Becher, kippt den Inhalt runter und gießt sofort wieder nach. Niemand nimmt Notiz von ihr. Einer legt neue Äste aufs Feuer, Lucien spielt jetzt *Paint it black* von den Stones. Ein paar singen mit, Alouette und Winnetou verziehen sich schwankend und knutschend, und Ruby gießt nach.

Eine Stunde später kommt Mariebleu zurück, allein, barfuß, die Haare noch zerzauster und leicht breitbeinig. *Not bad for a white guy*, nuschelt sie, setzt sich an den Tisch und trinkt direkt aus der Flasche. *Wo ist Ron?* Mariebleu grinst und flüstert *eingeschlafen*. Und dann erleichtert *Endlich!* Alle klatschen, nur Ruby wieder nicht. Die kippt noch einen Becher auf ex und steht auf. *Willst du schon gehen?*, fragt Mariebleu. Ruby schaut sie an und antwortet nicht. Dann taumelt sie durch die Dunkelheit zur Scheune.

Als Ruby am nächsten Mittag aufwachte, war sie allein. Sie konnte sich nicht erinnern, wie sie die Leiter zum Heuboden hinaufgekommen war. Sie musste dringend. Sie kletterte nach unten, lief in die Pinienwälder und pisste hinter einen Busch. Dann legte sie sich ins weiche Nadelbett. Sie glaubte, Rons Körperwärme zu spüren, ganz dicht neben sich, ihn zu riechen und zu schmecken. Und sie freute sich sogar, als er sie dort am Abend fand und um Nähe, Wärme und Zärtlichkeit bettelte, schwanzwedelnd wie ein Hund und ohne ein Wort der Entschuldigung. Er müsse alles ausprobieren, sagte er, die ganze Welt, wenigstens ein einziges Mal. Ruby lag auf dem Rücken und starrte durch die Zweige in den Himmel. Da waren keine Sterne mehr, nur Krähenschreie.

Es muss an einem Wochenende gewesen sein, Ende August oder Anfang September. Meat Loaf und ZZ Top hatten beim Monsters-Of-Rock-Festival in England gespielt und machten einen Abstecher nach Nantes. Fast alle Bewohner des Hofes pilgerten dorthin. Ruby nicht. Sie saß auf dem Dach der Scheune in der Abendsonne.

»Hey.«

Es war Big G. Ächzend kletterte er die Leiter rauf, ohne Ruby zu fragen, ob sie Lust auf seine Gesellschaft hatte. Big G passte sich seinem Namen von Woche zu Woche mehr an. Er war so fett, dass die Dachbalken knarrten.

»Langeweile?«, fragte er, als er neben ihr saß. Der Schweiß lag wie eine Plastikfolie auf seinem Gesicht.

Wer hat hier Langeweile? Ruby antwortete nicht.

»Du bist viel allein«, redete er weiter, ohne sich von ihrer Schweigsamkeit irritieren zu lassen. »Nimmst keine Drogen, rauchst kein Gras, das gefällt mir.«

Was willst du? Ruby wurde unruhig.

»Und du siehst gut aus.«

Aha.

»Du hast Potential.«

Ich kotze gleich.

»Du müsstest dir allerdings die Brüste machen lassen.«

Immerhin hatte er nicht Titten gesagt.

»Scheiße. Niemals.«

Big G zuckte mit den Schultern. Ruby registrierte beinahe mit Erstaunen, dass er nicht weiterbohrte. Dass er ihre Ablehnung kommentarlos akzeptierte, fand sie sogar irgendwie cool. Sie betrachtete ihn von der Seite. Ein ungleiches Paar auf einem morschen Scheunendach irgendwo in der französischen Pampa mit von der untergehenden Sonne geröteten Gesichtern.

»Warum bist du hier?«

Ruby hatte keine Lust, von Paderborn zu erzählen und wie sie die Biege gemacht hatten, Freiheit und so.

»Und selbst?«

»Job.« Big G's Augen waren halb geschlossen. »Ich brauche Geld und die Mädels brauchen Geld.«

»Du machst die fette Kohle und bei den Mädels reicht's grad für 'n bisschen Stoff.«

»Ich halte sie knapp, zu ihrem eigenen Schutz.«

»Du nutzt sie aus.«

»Zu viel Simone de Beauvoir gelesen?«

»Alice Schwarzer.«

»Ah, die deutsche Kopie. Hab von ihr gehört.«

Sein Grinsen hatten die Lippen schon vergessen, bevor es die Augen erreichte.

»Sieh mal, die Emmanuelle, die habe ich aus der Gosse gefischt, richtig aus der Kacke. Straßenstrich Marseille. Da hieß sie noch Hedwig. Habe ihr einen neuen Namen gegeben, und wenn sie mitspielt, mache ich sie zu einem Star.«

»Witz.«

Ruby wandte den Kopf ab. Er war eben bloß ein Arsch. Die Sonne war hinterm Horizont verglüht und ein gewaltiger Sternenhimmel breitete sich aus. Ruby legte den Kopf in den Nacken. Wenn sie lange genug nach oben schaute, hatte sie das Gefühl, die Sterne würden wie ein Schneeschauer auf sie niederprasseln. Und mitten drin wälzte sich ein fetter runder Mond mit Big G's Gesicht.

»Als Kind habe ich geglaubt, der Mann im Mond heißt Manni Mond«, sagte er.

Selbst als Kind habe ich nicht so einen Scheiß geglaubt, dachte Ruby. Big G redete einfach weiter.

»Mein Großvater hat mir dann erzählt, es gäbe gar keinen Mann im Mond. Er hieß Todd Emmerich und war Zahnarzt in Bresel, kleines Kaff im Süden, kennst du nicht. Da draußen, hat er gesagt, irgendwo weit hinter dem Mond, gibt's aber einen anderen. Der heißt Greg. Der sitzt auf einem Stern, hat ein Haus, einen Swimmingpool und fragt sich ständig, was das alles soll, besonders wenn es heiß ist. Aber er kommt nicht drauf. Wenn er dann so richtig Frust schiebt, nimmt er so 'n chemisches Zeug und wirft es in den Pool. Bumm, gibt's eine Explosion mit Blitz und Atompilz, so grell, dass Greg die Augen zukneift, ganz kurz, und wenn er sie wieder öffnet, löst sich die Wolke schon auf. Und jetzt kommt's. In der Wolke sind vierzehn Milliarden Jahre vergangen und es haben sich Galaxien gebildet, verstehst du, Sonnen und Planeten. Und auf einem dieser Planeten liege ich, glotze nach oben, und denke, was für ein Arschloch dieser Greg ist. Verstehst du?«

Ruby hielt den Atem an. Was für ein chemisches Zeug hatte Big G genommen?

»Weiter?«

Von mir aus.

»Manchmal stellt sich Greg an den Pool und guckt, wie der Fallout der letzten Explosion versinkt, alle die kleinen Sternchen und Planeten. Dann fragt er sich, ob sein eigener Planet nicht genauso ein verglühender Schiss in einem Feuerball ist.«

Ruby schwieg einfach.

»Wer zum Henker den Feuerball geworfen hat, in dem er selbst sich befindet, verstehst du? Und angenommen, dieser Werfer existiert, nennen wir ihn *Greg Zwei*, in welcher Blase steckt *der* wieder?«

»Und in welcher dann *Greg Zehn*?«

Es war Ruby erst Sekunden später klar, dass sie das tatsächlich gefragt hatte.

»Ich will deinen Geist befreien«, flüsterte Big G. »Ich öffne die Tür, eintreten musst du selbst.«

Sie fühlte Big G's Hand zwischen den Beinen. Sie trat zu, hatte er das nicht gesagt? Big G rollte zur Seite, eine Hand an den Eiern. Im Mondlicht glänzte seine schweißnasse Fresse. Er verzog die Unterlippe und schob den Unterkiefer vor, sein Versuch zu lächeln, es musste sehr weh tun.

Als er die Leiter runter und in der Dunkelheit verschwunden war, beschloss Ruby, dass es genug war. Sie hatte bei einem in Paderborn angerufen, dessen Nummer sie noch wusste. Der Typ saß auf gepackten Koffern. Fünfzehn Monate Wehrdienst hatte er hinter sich, zum Wintersemester wollte er nach Tübingen, Jura studieren, er hatte sogar schon eine Wohnung.

Ruby war immer einsilbiger geworden, und als er fragte, was sie so treibe, hatte sie aufgelegt. Morgen früh würde sie abhauen, zurück nach Paderborn.

Spät in der Nacht kamen sie vom Festival zurück und brachten ein paar Musiker mit. Die Vorgruppe von Meat Loaf und ZZ Top. Ron war total zugedröhnt und feierte mit den Musikern, Big G's Hühnchen und ein paar Hofhunden bis zum Sonnenaufgang. Ruby lag allein in der Scheune und schaute den nächtlichen Schatten zu. Irgendwann zwischen drei und vier kletterte jemand die Leiter hoch und kroch durchs Heu. Es war mittlerweile stockdunkel, der Mond steckte hinter Wolken und Greg hinterm Mond. Der Typ stöhnte, als er ihren Fuß in den Bauch bekam. Es war weder Big G noch Ron.

»Kann ich hier pennen?«

Sie kannte seine Stimme nicht, vermutlich einer der Musiker.

»Ich schnarche nicht, jedenfalls nicht laut.«

Ruby drehte ihm den Rücken zu. *Kiss my ass.* Von unten drang Gelächter herauf, Grölen, Gackern und Rons piepsende Schreie. Sonst schämte er sich für seine Knabenchorstimme und versuchte, sie tiefer klingen zu lassen, aber wenn er breit war, vergaß er es.

Plötzlich fragte er hinter ihr: »Warum weinst du?«

Sie hatte es nicht gemerkt. Er berührte ihre Haare. Woran sie sich später am deutlichsten erinnerte: Er war kaum größer als sie. Und natürlich an die Zehntelsekunde, die ein witziger Mondstrahl seinen Schwanz beleuchtete. Er hatte ein Tattoo darauf, einen Totenkopf. Ruby lachte.

»Sollte mal tierisch cool sein.«

Dann lagen sie nebeneinander und lauschten ihren Atemzügen.

»Die Stille nach dem Orgasmus ist unsere einzige Erinnerung an das verlorene Paradies. Die Franzosen nennen es *la petite mort*, den kleinen Tod.«

Red einfach weiter.

Er habe heute Geburtstag. Vierzig. Schon die Hälfte des Lebens. Kaum zu ertragen, dass es ab jetzt bergab geht, aber wer aufgibt, hat schon verloren. Er rückte ganz dicht an Ruby heran. »Die Knodomarianer zum Beispiel sagen, wenn es vorbei ist, wird man zu einem fernen Planeten gebeamt, Paresis heißt der, vorausgesetzt man hält sich an ihre Gesetze. Eines lautet *Trau keinem Punkt, es könnte ein Wurm sein.*«

»Gar nicht so schlecht«, kicherte Ruby.

»Ein anderes *Je größer der Kuhfladen, desto mehr Fliegen.*«

»Woher weißt du das?«

Sie spürte, wie er mit den Schultern zuckte. Irgendwie hatten in dieser Zeit alle so einen Quatsch, an den sie glaubten. Die einen an Bhagwan, die anderen an Greg-im-Mond, der hier an Knodomar. Sie spürte seinen Atem.

»Danke«, flüsterte er, »du warst das schönste Geschenk.«

Ruby konnte nichts darauf antworten. Sie drückte seine Hand und streichelte ein letztes Mal seinen Totenkopf, dann schliefen sie ein. Als Ruby aufwachte, war er weg. Sie kannte weder seinen Namen noch sein Gesicht. Sie zog sich an und kletterte die Leiter runter. Auf dem Hof stiegen gerade die Musiker in den grellbunten Bandbulli. Sie traute sich nicht zu fragen, wer von ihnen ein Totenkopftatoo hatte. Die Jungs sahen alle heftig verkatert aus, besonders der, der sich am Lenkrad festhielt. In dem Moment drang ein infernalisches Dröhnen aus dem Ashram.

Potato-potato-potato.

Dann erschien eine graue Harley-Davidson 5D in der Tür. Ein Typ mit fransenbehängter Lederjacke, wilden Haaren und, soweit es nicht von dem Piratentuch verdeckt wurde, sonnenverbranntem Gesicht saß darauf. Irgendwie war er zu schmächtig für die brüllende Maschine, die sich langsam durch das Spalier der Hofbewohner schob. *Strange Tom* war mit Flammenbuchstaben auf den Rücken seiner Kutte genäht. Er verließ den Hof und der Bulli folgte in ehrfürchtigem Abstand. In dem

Augenblick, als Ruby sich ein Herz gefasst hatte und hinter ihm her rennen wollte, fiel Ron ihr in den Arm.

»Ruby, lovely Ruby.«

Der Motor hatte ihn auf der Wiese hinter dem Ashram geweckt, neben einer wiederkäuenden Kuh und vermutlich seinem Erbrochenen. So stank er jedenfalls. Und er flennte.

»Verlass mich nicht.«

Scheiße!

Ruby rollte ihre Augen weit nach hinten. Wie viele letzte Chancen noch? Die mächtige Stimme der Harley versickerte in der drückend heißen Luft. Die Hofbewohner verkrochen sich im Schatten. Ruby stand bewegungslos. Sie würde ihn nicht vergessen, und nicht die Erinnerung an die Möglichkeit von gutem Sex zwischen Männern und Frauen.

»Alles easy, Mann.«

Ron grinste schon wieder.

Sie blieben auf dem Hof. Ruby konnte nicht nach Deutschland zurück, mit nichts als leeren Händen, oder was sie ihr Leben hätte nennen können, wenn sie zum Beispiel einem über den Weg lief, der in Tübingen Jura studierte. In der folgenden Zeit gab sich Ron sparsam. Im Januar 1984 schenkte Ruby ihm zum 22. Geburtstag ein Flasche Batida de Coco, die sie gemeinsam leerten. Nach Hund-Pferd-Frosch drehten sie aus Rons letzten Tabakkrümeln eine dünne Zigarette und rauchten abwechselnd. Ron wurde rührselig.

»Ich liebe dich«, sagte er, »mehr als Emmanuelle.«

Klang wie ein Versprechen.

»Trau keinem Punkt, er könnte ein Wurm sein.«

Natürlich hielt Ron sich nicht daran, aber seine Ausflüge wurden seltener. Big G und die Hühnchen blieben noch ein weiteres Jahr. Manchmal flatterte eines der niedlichen Tierchen davon und ein anderes kam hinzu. Emmanuelle spritzte mittlerweile *H* und man sah es ihr an. Einmal hatte Ruby versucht mit ihr zu reden, aber sie hatte ihr eine benutzte Spritze entgegengestreckt.

»Willst du Aids?«

Ruby war geflüchtet. Die Krankheit hatte den Hof erreicht. Oder Emmanuelle log.

Im folgenden Winter verschwand Big G, und mit ihm Emmanuelle und die anderen Mädels. Nur Mariebleu blieb. Sie hatte sich zur Hofmutter gemausert und war wohl als einziges Hühnchen clean geblieben.

Die größte Enttäuschung war Piets Abschied im Sommer 84, sein endgültiger Abschied von Amsterdam, von mir. Zoe war noch keine zwei. Piet sagte, er halte das Schreien und den Geruch von Windeln und Babycreme nicht mehr aus, das kackende, sabbernde, kotzende Kind und besonders das Geglucke der Mütter bei den Krabbeltreffen und auf den Bürgersteigen mit ihren Kinderwagen und den fetten Bäuchen, in denen schon das nächste wartete, das alles hielt er nicht mehr aus. Er wollte zum Hof zurück, sagte er, zurück zu Ruby. Als er diesen Namen sagte, hörte mein Herz auf zu schlagen und es hat bis heute nicht wieder angefangen. Er solle sich nie wieder blicken lassen, habe ich gesagt, aber als Zoe fragte, ob sie Papa den kleinen Anhänger mit dem roten Herzen schenken dürfe, habe ich wohl genickt. Und da ist sie losgerannt, auf ihren dünnen Beinen, sie war so zerbrechlich, so schmal wie ich. Sie ist hinter Piets Auto her, das schon anfuhr. Ich habe den LKW doch auch nicht gesehen.

Piet kam irgendwann im Sommer zurück, was Rubys Stimmung wenigstens kurz aufhellte. Fast zwei Jahre hatte er in Amsterdam verbracht und eine Tochter gezeugt. Bei ihrem nächsten gemeinsamen Markttag erzählte Piet von ihr, und dass seine Freundin ihm eine Auszeit geschenkt hatte.

»Weißt du«, sagte er und legte seinen Kopf auf ihre Schulter, »mit der Liebe ist das wie mit dem Klavierspielen. Macht man einen Fehler, hat man sich verspielt. Oder verliebt. Muss man beim nächsten Mal korrigieren.«

Ruby versuchte, das zu verstehen.

An diesem Abend sagte Piet, dass er sich eine Nacht mit Ruby wünsche. Aber sie lehnte ab, sie hatte es nicht verstanden.

»He«, sagte Piet verärgert. »Was ist?«

»Ron«, antwortete Ruby zögernd und wusste, dass das kein überzeugendes Argument war. Piets Blick wechselte zu Schulterzucken.

»Musst du wissen.«

Später wurde Ruby klar, dass die Ablehnung ihn stärker getroffen hatte, als er zugab. Jedenfalls verhielt er sich ihr gegenüber kühl und hatte Ausreden parat, wenn sie mit ihm zum Markt wollte. Irgendwann war er dann endgültig fort, vielleicht zurück nach Amsterdam.

Nein, er ist nie wieder zurückgekommen. Zu mir.

Ruby IV

Trotzdem wurde es der vielleicht schönste Sommer auf dem Hof. Ron trat mit Lucyfairy und Pickelgesicht als Akrobatentrio in engen schwarzen Klamotten und Totenmasken auf. Sie klapperten die umliegenden Orte ab. Ruby perfektionierte ihr Schmuckdesign und die dazugehörigen Geschichten. Sogar ein Fernsehteam besuchte den Hof, drehte eine Reportage über alternative Lebensformen und zahlte so gut, dass der folgende Winter erträglich wurde.

Irgendwie verging dann auch 1985. Vieles wurde zur Gewohnheit, wurde mühsam, wurde lästig, Ron ließ sich die Haare verfilzen und sah ein bisschen wie Piet aus. Manchmal träumte Ruby von Piet und wünschte, sie hätte nicht abgelehnt, und manchmal war sie sich sicher, dass sie gar nicht abgelehnt hatte.

Manchmal, wenn sie in den Sternenhimmel schaute, dachte Ruby an Greg. Wenn die Erinnerung die Stelle erreichte, an der Big G seine Hand zwischen ihre Beine schob, stellte sie sich dort einen Slip mit eingenähten nadelspitz-gefeilten Heftzwecken vor. Big Arschloch, so hoffte sie, würde sie nie wiedersehen.

Die Hoffnung erledigte sich im Mai, da tauchten sie wie ein Albtraum aus der Vergangenheit wieder auf. Alouette, Emmanuelle, Lola und Roubine mit dem rubinbesetzten Kruzifix zwischen den inzwischen noch größeren Titten. Big G war so fett, dass er ohne Hilfe nicht aus seiner Stretch-Limo rauskam. Emmanuelle sah besser aus, als Ruby erwartet hatte, und nannte sich jetzt Emma. Marierouge ist tot, erzählten sie.

Ruby zog Ron hinter die Scheune. »Lass uns hier verschwinden, bitte.«

»Wohin?«

»Egal. Spanien. Machen andere doch auch.«

Ron ging gleich in der ersten Nacht zu ihr. Ruby gab sich mit Rotwein die Kante und wünschte Ron und Emma schreckliche Dinge. Vom Rest der Nacht wusste sie nichts mehr. Ihr zweiter Filmriss nach jener legendären Sliwowitznacht. Die nächste Erinnerung war Ron, der sie mit bleichem Gesicht wachrüttelte.

»Pack deine Klamotten, wir müssen abhauen, sofort.«

Ruby war noch betrunken. Die wenigen Dinge, die sie besaßen, waren schnell in die Rucksäcke gestopft. Währenddessen erzählte Ron, dass Emma schon über alle Berge war. Er war bei ihr gewesen, und dann war Big G ins Zimmer gekommen, hackebreit und rasend vor Eifersucht, und hatte Ron mit einem Leberhaken zu Boden geschickt. Dann hatte er sich auf Emma geworfen und sie vergewaltigt, jedenfalls sagte das Emma. Als er fertig war, war Big G in Emmas Bett eingepennt. Und Emma hatte ein Messer aus der Küche geholt um sicherzustellen, dass Big G nie wieder könne. Das hatte sie sich aber nicht getraut, und stattdessen hatte sie ihm den rechten Daumen abgeschnitten. Ron war von Big G's Brüllen wach geworden. Emma hatte Ron aus dem Zimmer gezogen und abgeschlossen. Big G hatte sich gegen die Tür geworfen und geschrien, dass er sie umbringen werde. Alle beide. Emma hatte dann mit Ron fliehen wollen, aber er, Ron, hatte gesagt, nur mit Ruby. Also war Emma allein weg. Und sie mussten sich jetzt verdammt beeilen, bevor Big G sie in die Finger bekäme. Auch wenn das jetzt nur noch neun waren.

Als Ron soweit erzählt hatte, waren sie schon auf dem Feldweg, der direkt zur Autobahnauffahrt nach Montpellier führte, und von dort weiter zur spanischen Grenze. Unterwegs zeigte Ron zum Himmel, wo die Sternbilder schon verblassten.

»Das da sieht aus wie Big G's Daumen.«

»Hör auf«, keuchte Ruby. Big G würde sich rächen, fürchterlich rächen, das war so sicher wie das Amen in Bergkamen. Ein Deutscher nahm sie mit, Ruby hatte sogar das Gefühl, in der Ente roch es nach Deutschland. Der Kassettenrekorder spielte den neuesten Song von Rio Reiser, der nach der Auflösung von Ton Steine Scherben allein weitermachte.

Doch jetzt tut's nicht mehr weh. Alles bleibt stumm und kein Sturm kommt auf, wenn ich dich seh. Es ist vorbei, bye bye Junimond, es ist vorbei, bye bye.

Den Rest des Sommers 1986 verbrachten sie in Barcelona. Der Grund, warum sie noch vor dem Herbst weiterzogen, lag auf der Straße. Blond, immer noch schöne lange Beine, aber sonst aufgedunsen und tot. Hedwig hatte ihre Reise beendet, ihren Big Trip. Sie war Emmanuelle geworden, sie hatte sich zu Emma durchgekämpft und Big G beinahe kastriert. Jetzt wurde sie wie vergammeltes Hühnerfleisch von gelangweilten Sanitätern auf den Stufen der Sagrada Família aufgesammelt. Wenigstens nicht von der städtischen Müllabfuhr.

Ron hatte wochenlang Albträume, aus denen er schreiend aufwachte und sich an Ruby klammerte.

Ich wollte nie nur so tun als ob, ich wollte immer wirklich so sein, sagte er, *aber manchmal muss man so tun als ob, um das bisschen zu retten, was man wirklich ist.*

Ruby hielt zu ihm. Es war fast wie zu Anfang. Sie wollten weiter, Marokko, eine andere Kultur, weg von Europa, weg von allem. Ruby war wieder glücklicher. Ron war zu ihr zurückgekehrt. Auf nach Gibraltar, rüber nach Tanger, weiter bis Casablanca.

Here's looking at you, kid.

Ruby streichelt das frisch gepflanzte Gras über dem Fingergrab. Um ihr Handgelenk windet sich das geflochtene Lederband mit dem eingewebten roten Faden. Sie beugt sich über das Trenngitter zwischen den Balkonen und versucht in Abenaas Wohnung zu schauen. Die Vorhänge sind zugezogen, von der Nachbarin keine Spur. Ihr wird vom Rüberbeugen schwindelig und sie umklammert mit aller Kraft das Gitter. Es ist schon fast dunkel. Undeutliche Stimmen dringen von der Wiese herauf, mehrere Männer und das betrunkene Lachen einer Frau. Ruby kann nicht erkennen, wer das ist, und hofft, dass sie auch nicht gesehen wird. Sie geht rein. Im Rucksack liegen zwei volle *Jelzin*. Eine Stunde später klopft jemand an ihre Wohnungstür.

Der Schlaf ist eine Höhle mit seltsamen Stimmen und russisch flüsternden Echos, aus der sie nur mühsam herauskriecht. Es wird bereits hell. Beide *Jelzins* liegen vor ihrem Bett. Leer. Sie hat furchtbare Kopfschmerzen, sie lässt sich zurück auf das Bett fallen und starrt die Decke an. Gebückte Gestalten aus Wasserflecken kriechen über den Putz, sie krümmen sich vor Lachen. Eine hält eine Gabel und sticht auf eine andere ein. Sie trifft die Hand, den Daumen, der fällt ab und steckt jetzt auf den Zinken der Gabel. Die Gestalt führt ihn zum Mund. Ruby schließt die Augen. Sie will nicht sehen, wie die Gestalt den Daumen frisst.

Scheiße.

Sie hat das nicht gewollt, sie hat sich fest vorgenommen, nüchtern zu bleiben. Das Blut hämmert unter der Schädeldecke einen wütenden Rhythmus. *Bam-bada-bam-bam – bam-bam.* Jemand hat an ihre Tür geklopft, gestern Abend oder in der Nacht. Irgendwann, keine Ahnung. Abenaa? Hat sie ihr aufgemacht, sie reingelassen? Oder Otto, ach du Scheiße. Dann ist sie vielleicht sogar mit ihm hoch ins Penthouse. Und wenn Abenaa das mitgekriegt hat, dann weiß es inzwischen das ganze Haus. Eigentlich weiß es doch längst jeder. Ein schwarzes Loch klafft zwischen dem Begräbnis auf dem Balkon und der Gestalt mit der Gabel. Was ist dazwischen passiert? Hat sie wieder im Treppenhaus gesungen oder einer Wüstenrennmaus die Kehle durchgebissen? Dem Geschmack nach, den sie im Mund hat, könnte das hinkommen. Warum war es nicht die Kehle von Opa Strangs Köter, der in diesem Moment nervenzerfetzend kläfft. Dazu dreht Opa Strang die Musik auf. Queen, Bohemian Rhapsody.

Beelzebub has a devil put aside for me.

Yes, he has!

Ruby wälzt sich aus dem Bett. Scheiß *Jelzin*, sie spuckt auf die Flaschen. Und scheiß Brief, Ruby starrt ihn argwöhnisch an. Seit drei Tagen liegt er da. Oder länger. Sie bückt sich, kann mit Mühe einen Sturz abwenden und kriegt den Brief zu fassen. Zwischen Daumen und Zeigefinger. Jemand anderem fehlen jetzt genau diese beiden. Sie reißt den Umschlag auf und liest.

Verehrte Festgemeinde,
es ist wieder so weit! Kaum hat man und frau das üppige Büfett vom 25-jährigen Abitreffen verdaut, naht schon die nächste Runde. WAAAS?, mag manche(r) aufschreien, ich fühle mich noch gar nicht so alt. Tja, grinst da der Schreiber, biste aber! Und das heißt nicht WAAAS, sondern Bitte. Damit ihr demnächst also

nicht völlig vom 30-jährigen überrascht werdet, gibt's jetzt schon mal eine VORANKÜNDIGUNG! Am 8. Oktober 2011 wird es in der WOLKE 7 bei Paderborn passieren. Essen, Reden, Trinken, Theo besichtigen und was der Vorschläge noch sei, die ihr mir in Massen senden werdet.
Anbei eine Liste mit Namen, Anschriften, Telefonnummern und Elektropostadressen. Leider unvollständig. Es wäre eine verflixt gute Tat, wenn ihr die korrigiert und ergänzt zurücksendet – besonders die Rubrik E-Mail braucht Nachhilfe! Wenn jede(r) alles durchschaut, müsste doch … ich denke, ihr versteht mich. Ihr seid ja aufm Theo gewesen.
In freudiger Erwartung eurer euphorischen Rückmeldungen (bitte die Hand heben, nicht schnipsen!) verbleibe ich,
Euer Karlheinz

Nichts weiter, bloß Karlheinz. Irgendeine schwache Erinnerung meldet sich. Langsam steht Ruby auf. Sie wagt nicht nach links oder rechts zu schauen. Sie lässt den Brief einfach fallen und geht mit vorsichtigen kleinen Schritten zur Kaffeemaschine. Nur nicht stolpern und auf die Schnauze legen. Sie kocht einen Auferstehungskaffee, er schmeckt widerlich. Beim ersten Schluck verbrennt sie sich die Zunge. Dann erst riskiert sie einen Blick ringsum. Auf dem alten Apothekerschrank, den sie vom Sperrmüll gerettet hat, steht ein Teller. Darauf ein Salatblatt, daneben Messer und Gabel. Und auf dem Salatblatt … ihr wird schlecht, sie kotzt direkt in die Küchenspüle. Sie braucht eigentlich gar nicht genauer nachzusehen. Ein linker weiblicher Mittelfinger, dunkelhäutig wie Emmanuelle, Emma, Hedwig. Ruby sieht sie auf den Stufen vor Sagrada Família liegen. Die Beine verdreht, als sei sie bei einem schwierigen Tanzschritt gestürzt. Das Kleid dreckig und verrutscht, die Arme in einem langärmligen Shirt, das die Einstiche verbirgt, Speichel in den Mundwinkeln, die Augen zum Himmel weit aufgerissen. *Above us only sky.*

Ruby schreit. Keine Reaktion. Logisch, nach Daumen und Zeigefinger der Mittelfinger. Es ist an einer Hand abzuzählen, was als nächstes kommt. Ruby schreit noch mal. Wütendes Kläffen von unten und Klopfen, vermutlich mit einem Besenstiel unter die Decke. Hoffentlich rieselt dem Unterbewohner der Putz auf die Glatze. Opa Strang und sein Scheißköter, der neben Abenaas Tür kackt, wenn Ruby Putzdienst hat. Wirklich immer nur dann. Und der immer noch nicht abgekratzt ist. Der Köter und der Opa.

Noch nicht lange her, da hat Ruby ihm geholfen, seine rollbare Einkaufstasche die Treppe hoch zu bekommen. Dem schmächtigen Opa, kaum größer als sie selbst, der seine Borsalinokopie tief ins Gesicht gezogen hatte und dessen Stirnfalten sich nahtlos in denen seines Bogart-Mantels fortsetzten. Eine erloschene Kippe hing ihm schief im Mundwinkel. Keuchend zog er sich am Geländer nach oben, der Aufzug war seit Monaten außer Betrieb. Otto sagte, das Haus werfe so wenig ab, dass eine Reparatur nicht drin sei, besonders wenn gewisse Mieterinnen ihre Schulden auf andere Weise beglichen. Ruby hatte überlegt, wer das wohl außer ihr und Abenaa noch tat. Vermutlich doch die aus dem siebten.

Ruby war mit Opa Strang in seine nach altem Mann stinkende Wohnung rein und hatte ihm einen Tee gekocht. Manchmal tat er ihr einfach leid, ein Gefühl, das sich ziemlich fremd anfühlte, aber es war halt da. Einsamer Hund. Und sein Köter hatte unablässig gekläfft, bis Opa Strang ihn ins Treppenhaus gejagt hatte. So eine Sorte mit hängenden Wangen, Ruby wusste nicht, wie man diese Hautlappen neben der Schnauze bezeichnete. Er heiße Hundt, sagte Opa Strang. Mit *dt.*

»Wie der Arbeitgeberpräsident.«

Ach so.

Er hängte seinen Humphrey-Bogart-Mantel sorgfältig auf einen Bügel. Drunter hatte er ein schwarzes T-Shirt mit drei weißen Buchstaben. W:O:A. Er grinste, als er Rubys Blicke sah.

»Wacken Open Air. Bin jedes Jahr der Metal-Opa da, hehe.« Er ließ sich in einen Sperrmüll-Sessel fallen. »Das Geilste in diesem Sommer war Children of Bodom. Ozzy Osbourne dagegen scheiße, kaum besser als der Pseudohippie vorm Aldi mit diesem furchtbaren *Fly-me-to-Paresis*-Scheiß. Verfickte Knodos!«

Der Opa hatte einen Lattenschuss, aber das Lied fand Ruby auch scheiße. Sie goss ihm Tee nach.

»Faster, harder, louder.«

Dazu machte er mit der rechten Faust die Stiergeste. Für sein Alter schon fast so schräg, dass es wieder ging.

»Hast du kein Geschenk für mich?«

Nee.

»Heute ist mein hundertster Geburtstag.«

Praktisch denken, Särge schenken. Aber das traute sie sich nicht zu sagen.

»Geht 'ne Frau durch den Wald und trifft einen Frosch.«

Ruby stand auf.

»Ich muss.«

Opa Strang deutete mit seinem Kukidentlächeln auf die Klotür.

»Abhauen, meine ich.«

Er nickte.

»Als ich jung war, bin ich auch vor alten Leuten geflüchtet. Die riechen nach Tod, besser man hält sich von ihnen fern.«

»So habe ich das nicht gemeint.«

»Lass das Lügen. In welchem Stadium bist du? Denkst du noch, klappt dies nicht, klappt vielleicht das?« Doctor Strangelove lachte. »Oder schmeckt schon alles nach Galle?«

Er machte ein Geräusch wie eine anfahrende Dampflokomotive, das in einem krampfhaften Husten endete. Tat sicher weh.

»Mein Zug ist abgefahren, längst, aber die Scheiße ist, dass wir im Hirn halbstark bleiben, selbst kurz vorm Verrecken. Kaum auszuhalten.«

Ruby betrachtete ihn. Hundt kratzte von außen an der Tür.

Er machte eine Kopfbewegung und Ruby öffnete die Tür. Hundt sprang freudig kläffend an ihr vorbei.

»Na, Geschäft erledigt?«, begrüßte ihn der Alte und tätschelte seinen Kopf.

Wehe!

»Sagt der Frosch *Küss mich, ich bin ein verzauberter Jazzmusiker.* Nimmt die Frau den Frosch und steckt ihn in die Handtasche.«

Ruby ging zum Fenster. Gut, zehn Minuten zuhören. Sie sah hinaus. Der gleiche Ausblick wie bei ihr, nur ein Stockwerk tiefer. Sie hörte, wie sich der grenzdebile Alte aus dem Sessel quälte.

»*He*, protestiert der Frosch, *du sollst mich küssen.* Sagt die Frau *Was soll ich mit einem Jazzmusiker? Aber ein sprechender Frosch …*«

Jetzt stand er hinter ihr, sie konnte seinem stinkenden Altemänneratem riechen plus einer dezenten Knoblauchnote.

»Dann muss ich mir mein Geschenk wohl selber nehmen.«

Er griff ihr unter den Rock, ausgerechnet, wenn sie einen der letzten unpräparierten Slips anhatte. Ruby schrie. Niemals wird ihr das noch einmal passieren. Sie riss sich los, er war erstaunlich schnell hinter ihr her. Sie flüchtete ins Badezimmer und schloss sich ein. Da lag Opa Strangs Föhn. Mit dem antiken Rasiermesser legte sie die Drähte eine Winzigkeit frei. Eine ausreichende Winzigkeit. Dann schloss sie den Föhn an und legte ihn so auf das Regalbrett über der Badewanne, dass er bei der kleinsten Berührung ins Badewasser fallen musste. Sie hörte, dass die Wohnungstür geöffnet und wieder zugeschlagen wurde. Trotzdem ging sie auf Nummer Sicher und verließ mit vorgestrecktem Rasiermesser das Bad. Opa Strang war weg.

Ruby schaut sich panisch um. Ein Vogel fliegt am Fenster vorbei, eine schwarze Krähe, und natürlich schreit sie. Ruby wickelt den Finger in Karlheinz' Brief. Woher verdammt hat der ihre Adresse? Seit ihrer Rückkehr nach Deutschland hat sie mit niemanden von früher Kontakt aufgenommen. Warum auch? Sie hat kein Interesse an den Geschichten über Ehe, Kinder, Karriere, Konto, Haus, Auto, Urlaub. Und dann Krise, Krankheit, Scheidung, Insolvenz, Tod. Und die Angst vor dem Nichts danach.

Sie will niemanden wiedersehen. Karlheinz? *Der* Karlheinz? Den erst recht nicht.

Auf dem Balkon gräbt sie ein neues Loch in den Blumentopf. Ist sie ein Doppelwesen, das nachts Finger abschneidet? Hat sie in der letzten Nacht ihre Wohnung verlassen? Welche Frauen mit dunkler Hautfarbe kennt sie außer Abenaa, der Nachbarin, die seit Tagen spurlos verschwunden ist?

Ruby hängt ihren Bademantel über die Schultern und geht auf nackten Füßen raus ins Treppenhaus. Sie lauscht. Das Haus ist still. Vielleicht ist heute Sonntag und alle schlafen noch, sie weiß es nicht. Vor Abenaas Tür hat jemand eine Zigarettenkippe ausgetreten. *Winston*, die Billigmarke, von der sie Otto eine halbe Schachtel geklaut hat, beim letzten Mal. Aber in einem Loch wie diesem rauchen alle, und alle rauchen Billigmarken. Ruby klopft, erst leise, dann stärker. Keine Reaktion. Sie wartet einige Minuten, es ist kalt. Ruby zieht den Bademantel fester um den Körper. Dann klopft sie nochmal, nein, sie hämmert gegen die Tür. Nichts. Nur ein Stockwerk tiefer öffnet sich eine Tür und die Altmännerstimme von Opa Strang krächzt am Kehlkopfkrebs vorbei.

»Ist da wer?«

Ruby hält den Atem an. Strangs Tür wird wieder geschlossen. Sie versucht, etwas durch den Türspion zu erkennen, was natürlich nicht funktioniert. Die sind dafür gemacht, dass man von innen nach außen was sieht, Weitwinkel und so, nicht umgekehrt, wär ja auch blöd. Einige Hausbewohner haben sich so ein Teil gegen Aufpreis bei der Renovierung vor drei Jahren einbauen lassen. Hausmeister Knut zum Beispiel. Und die Negernachbarin. Ruby nicht. Den Briefschlitz haben alle, den gab's schon vorher, aber der wird nie benutzt, weil die Post auf Blechkästen im Eingangsbereich bestanden hat. Der Postbote hatte für den Weg durch alle Stockwerke zu lange gebraucht. Ruby legt sich flach auf den Boden und späht durch den Schlitz. Ein Reklameblättchen liegt auf dem Laminat, von Rewe, die sich aber nicht gegen Aldi durchsetzen werden, nicht in dieser Gegend. Wichtiger ist, da liegt keine Pralinenschachtel. Also hat Abenaa die weggenommen. Oder irgendwer hat sie weggenommen. Oder sie hat nie eine durch den Schlitz geschoben.

Plötzlich spürt Ruby einen Luftzug. Jemand steigt über ihre ausgestreckten Beine und nimmt die Treppe zum nächsten Stock. Ruby blickt ihm nach. Ein Typ im Blaumann mit nahezu lautlosen Kreppsohlen, im Gesicht einen Schnäuzer wie *Hundt* und eine qualmende Kippe hängt zwischen den Lippen. Ruby könnte schwören, dass es nach Van Nelle riecht, De Rijzende Hoop. Er streift sie mit einem kurzen uninteressierten Blick. Ruby hat ihn noch nie gesehen, weder hier noch anderswo. Vielleicht ist die Wohnung im siebten neu vermietet, vielleicht hat die Tusse mit ihrem verzogenen Blage was Besseres gefunden. Kaum anzunehmen.

Ruby tun die Knie weh. Sie steht auf und schleicht zurück in ihre Wohnung. Verdammt! Warum hätte sie denn Abenaa töten sollen, und auch noch zerstückeln? Wie hätte sie das bewerkstelligen sollen? Überhaupt, die Schnepfe war … sie *ist* viel stärker als Ruby. Neulich hat sie zwei volle Bierkisten bis in den vierten Stock geschleppt, in jeder Hand eine.

Den restlichen Tag verlässt Ruby die Wohnung nicht mehr. Sie fühlt sich elend. Ihre Hände zittern, aber sie rührt keinen Alk an. Am Abend kann sie nicht schlafen, obwohl sie hundemüde ist. Schließlich sackt sie doch weg und bekommt Albträume. Ein abgetrennter weiblicher Finger liegt im Staub auf dem Boden. Auf einmal sitzt Ron davor und starrt ihn an. Der Finger bewegt sich, der Nagel klappt sich hoch wie ein Maul, ihm wachsen Vorder- und Hinterbeine, es ist eine Eidechse. Ron brüllt vor Lachen, und das Tier flüchtet aus dem Zimmer.

Das Zimmer, aus dem die Eidechse geflohen war, war kaum mehr als eine Abstellkammer mit Stuhl und einem schmalen Bett, in dem sie gemeinsam und schlecht schliefen. Sie waren in einer der billigsten Absteigen am Stadtrand von Algeciras gelandet. Auf der gegenüberliegenden Seite des scherbenübersäten Hofs gab es ein stinkendes Klo, vor dem sich Ruby ekelte, trotz der einschlägigen Erfahrungen, die sie bisher schon auf diesem Gebiet gesammelt hatte. Ruby sah oft den Kindern zu, die im Hof spielten. Manchmal half sie ihnen, die Scherben aufzusammeln und lernte von ihnen ein Kinderlied. *Los pollitos dicen pío, pío, pío, cuando tienen hambre, cuando tienen frío.* Ron sagte, es handele von Hühnern, die Hunger haben und frieren. Er lernte in atemberaubend kurzer Zeit Spanisch, er war schon immer ein Sprachtalent gewesen. Hätte es nur Sprachen gegeben, wäre er nicht nach der Zehn von der Penne geflogen. Für Ruby war Spanisch mehr eine Bedrohung, jeder Satz klang in ihren Ohren wie ärgerliches Schimpfen. Trotzdem kämpfte sie sich tapfer durch einfache Sätze.

Sie lebten von dem, was sie zusammenbettelten. Ron hatte sich auf Rucksacktouristen spezialisiert, mit denen er sich fließend auf Französisch und Englisch unterhielt. Besonders bei deutschen Interrailern machte er einen guten Schnitt. Jugendliche, die per Bahn durch Europa reisten und von ihren besorgten Eltern mit Travellerschecks versorgt waren, damit den Lieben in den fremden Ländern nichts passierte und sie wieder heile nach Hause fanden. Ron verachtete sie, nannte sie dumm, naiv, unreif.

»Die glauben alles.«

Er traf sie meist auf dem Bahnhofsvorplatz. Sie waren leicht von den kiffenden Strickmützen zu unterscheiden, und von den Verlorenen sowieso, die mit glasigen Augen bis Mitternacht auf dem Gelände umherwanderten und überlegten, wohin sie fahren sollten, und dann den nächstbesten Zug nach *Irgendwohin* nahmen. Und sich wünschten, dass jemand ihnen nachtrauerte.

Ron quatschte die Interrailer auf Englisch an und gab sich als amerikanischer Marinesoldat aus, der unverschuldet pleite war und dringend zurück zu seinem Flottenstützpunkt musste, sonst würde er unehrenhaft aus der Armee entlassen und bekäme nie wieder ein Bein auf die Erde. Er lobte das stotternde Englisch der jungen Leute in den höchsten Tönen und leierte ihnen die letzten Peseten aus dem Kreuz. Einmal beeindruckte er einen jungen Kerl so sehr, dass der seine Travellerschecks vor ihm auf dem Bahnhofspflaster ausbreitete. Sie gingen zur Bank, und Ron bekam 400 D-Mark, das waren über 30 000 Peseten. Ron schrieb ihm einen Zettel: *John. P. Lealand* (so nannte er sich), *Comsixth Fleet. Please pay to Gerold Kniest 400 DM.* Das sollte er bei einer Bank in Barcelona dem Schalterbeamten zeigen. Ruby hatte das aus der Nähe beobachtet und sich in einer Reisegruppe versteckt, als sie den Jungen erkannte. Es war der kleine Bruder eines ehemaligen Klassenkameraden. Gerold war gerade noch in dem Alter, in dem er an das Gute und Ehrliche im Menschen glaubte, an das Hilfsbereite, mit dem seine Eltern ihn geimpft hatten, ohne vor dem Gebrauch solcher Tugenden im richtigen Leben zu warnen. Irgendwann landete jeder von ihnen auf dem harten Boden der Tatsachen, die wenigsten mit federndem Sprung, alle anderen wie Gerold mit der Fresse voraus. Ron leistete sich an diesem Abend eine Flasche *Cuarenta y Tres* und lallte die halbe Nacht von dem Gesicht des Schalterbeamten in Barcelona, das er so gerne sehen würde, wenn Gerold mit dem Fetzen Papier ankam.

Sie hatten jetzt für ihre Verhältnisse schweineviel Geld, und Ron träumte noch immer von Casablanca. Es gab eine Bar in der Nähe des Bahnhofs, die auch so hieß. Keine wirklich angenehme Gegend. Auf der gegenüberliegenden Straßenseite hängte eine grell bemalte Matrone ihre Monstertitten in die Sonne, ihr *Dekollete für zwölf Personen*, wie Ron es nannte. Super wirkungsvolle Fliegenfänger, für die echten Fliegen, wie für die männlichen zweibeinigen. Vor ihrer Haustür lag ordentlich rechtwinklig eine Fußmatte mit der deutschen Aufschrift *Trautes Heim, Glück allein*. Vermutlich sollte das ihre Seriosität und Sauberkeit unterstreichen.

Das *Casablanca* war eine Bar, in der man für wenige Peseten das Hirn ausknipsen konnte, weshalb sie bei einer bestimmten Klientel besonders beliebt war. Manchmal blieb auch Ruby bis zum Schluss und lachte, wenn Ron vor der Kneipe mit ausgebreiteten Armen wieder den Storchen-Sorbas gab. Manchmal tanzte sie mit. Aber immer häufiger verdrückte sie sich lange vor Mitternacht, bevor es richtig hoch her ging, die Nutten in Scharen herbeiflatterten und die ersten sich das Abendessen noch mal durch den Kopf gehen ließen. Je größer der Kuhfladen, desto mehr Fliegen, hatte Strange Tom gesagt. Ron kam dann in den Morgenstunden zurück, ließ sich neben Ruby auf die Matratze fallen und schnarchte, dass sie kein Auge mehr zubekam. Manchmal blieb er ganz weg und erzählte, er habe am Strand gepennt. Immerhin konnte Ruby an solchen Tagen ausschlafen.

Als die 30000 Peseten aufgebraucht waren, machte sich Ron wieder an die Rucksacktouristen ran, die jetzt im Herbst leider seltener wurden. Er meinte, Ruby solle sich ebenfalls etwas einfallen lassen. Sie sähe doch ganz passabel aus und anderen fiele das auch nicht schwer. Die Fähre rüber nach Ceuta war nämlich nicht billig, Ron hatte sich erkundigt. Ruby weigerte sich, das zu tun, was den anderen nicht schwer fiel.

»Haste 'ne bessere Idee?«, fragte Ron.

Ruby hatte keine. Sie erwischte sich wieder bei dem Gedanken, dass es jetzt reichte, dass sie aufhören sollte. Fünf Jahre waren sie unterwegs.

Dann kam der Winter und mit ihm die Nächte, in denen auch in Südspanien die Temperatur unter zehn Grad fiel. In ihrer Abstellkammer gab es keine Heizung. Ruby fror unter der dünnen Decke. Ron sagte, er habe im *Casablanca* einen Kapitän kennengelernt, mit dem er sich gut verstehe. Was José zu erzählen hatte, war spannender als Rubys ewige Bedenken. Wenn Ron im Morgengrauen nach Öl und Fisch stank, behauptete er, der Capitán habe ihn auf sein Schiff mitgenommen. Ruby glaubte ihm nicht. Einmal ging sie um drei Uhr nachts ins *Casablanca* und fragte nach Ron. Schnapsrote Gesichter lachten und ein Typ drückte sie gegen den Tresen.

»Dein Ron ist nicht hier.«

»Wo ist er?«

»Das willst du gar nicht wissen, Señorita.«

»Ist er auf dem Schiff von José?«

Der Typ grinste breiter als seine Schultern. Ruby riss sich von ihm los und stellte sich in die Mitte der Kneipe.

»Capitán José!«, schrie sie.

Ein Kerl, dessen Stirn in die Oberweite einer der Damen gesunken war, denen es nicht schwerfiel, hob seinen Kopf. Seine Haut hatte Furchen wie Kerben von Messern. Der Capitán. Ruby machte auf dem Absatz kehrt und verließ das *Casablanca*.

Am nächsten Mittag, als Ron wieder einigermaßen aus den Augen schauen konnte, stellte sie ihn zur Rede. Was er auf Josés Schiff mache, während der Capitán im *Casablanca* sitzt. Ron stritt alles ab. Er brummte was von einer Verwechslung in der Dunkelheit, im Nebel, im Suff. Er sei nicht auf dem Schiff gewesen, höchstens am Hafen spazieren gegangen. *Sehr schön da, nachts, die Sterne fast wie in Frankreich, weißt du noch?*

Und dass er es richtig scheiße fände, dass Ruby ihm nachspioniere. Vertrauensbruch und so.

In einer Vollmondnacht im Februar war das Zimmer beinahe taghell. Ruby öffnete ihren Koffer und zog ihr blutrotes Kleid an, eines der wenigen unversehrten Kleidungsstücke, die sie noch besaß. Sie breitete die Arme aus und lehnte sich ins silberne Mondlicht, Arwen im Elbenland. Da stand der Vermieter im Zimmer, er hatte sie beobachtet und sich angeschlichen. Er wollte das, was Vermieter so wollten. Geld. Ruby durchsuchte sämtliche Taschen und Klamotten und fand nicht einen einzigen Centimo. Ron hatte alles mitgenommen, weil er im *Casablanca* nichts mehr auf Pump bekam. Plötzlich klebte der Vermieter an ihrem Rücken. Als sie sich wehrte, schlug er zu, zerriss das Kleid und drückte sie aufs Bett.

»¡Ramón!«, kreischte draußen eine Frauenstimme.

»¡Cállate, so' puta!«

In Windeseile zog er seine Hose hoch und verpisste sich, aber wenn er wiederkomme, dann wolle er Geld, oder … Ruby blieb auf dem Bett liegen. Sie fror. Draußen schrie ihre Krähe. Ruby war längst davon überzeugt, dass es immer dieselbe Krähe war.

Irgendwann kam Ron zurück. Er verkündete, er habe die Lösung. Ruby lag noch so, wie der Vermieter sie verlassen hatte. Ron hatte die Nacht mit dem Capitán durchgesoffen und hatte blutunterlaufene Augen, strähnige Haare und dunkelbraune Zähne. José wird sie nach Tanger bringen, noch heute. Über die Bezahlung waren sie sich einig. Dann erledigte Ron den Rest des Kleides. Sie fragte nicht, womit Ron die Überfahrt bezahlen wollte, vielleicht hatte er wieder einen Gerold gefunden. Und eigentlich war es höchste Zeit, zu verschwinden, bevor Ramón wiederkam. Ron biss in ihre Brüste. Er stank furchtbar.

Ruby schloss erschöpft die Augen und hörte ihm zu, während er sich mühsam aus seinen Klamotten pellte. Ron erzählte von Josés wunderbarem Schiff, der *Perla Negra*, mit der er vor der afrikanischen Küste auf Fischfang fuhr. Mit riesigen

Schleppnetzen, das wilde Leben pur. Einmal hatte der Capitán sogar einen Kahn halbverdursteter Schwarzer aus dem Meer gezogen. Er hatte sie zurückgejagt, außer einer, die er *Meerjungfrau* nannte. Die hieß Abenaa, weil in Ghana alle Mädchen so hießen, die an einem Dienstag geborenen waren. Abenaa war José unendlich dankbar.

Ruby zitterte.

»Ist dir kalt?«

Abenaa wird den Capitán bei Sonnenaufgang aus dem *Casablanca* abholen, erklärte Ron weiter, und dann ging's los. Er war jetzt nackt und legte sich neben sie. Dann flüsterte Ron, dass sie sich jetzt bloß nicht so scheißspießig anstellen solle. Ruby war einfach nur müde, sie hatte keine Lust, aber auch keine Kraft, sich zu wehren. Rons Stimme schraubte sich höher und höher. Wie immer, das konnte er nicht steuern. Noch eine Stunde, dann mussten sie aufs Schiff. Nebel zog auf, kroch vom Meer durch die Straßen. Irgendwo draußen kreischte die Frau des Vermieters. Sie war nicht von den Krähenschreien zu unterscheiden.

Ruby wacht schweißgebadet auf. Sie hat geträumt. Diesen Traum, der jetzt öfter wieder hervorkriecht, der sich in einem Winkel ihres Kopfes festgesetzt hat und irgend etwas Schreckliches aufwühlt, was außer Sichtweite passiert. Draußen beschimpfen sich zwei Frauen über drei Stockwerke hinweg. Eine dritte kommt dazu. *Was das Geschrei soll?* Von unten: »Misch dich nicht ein, Schlampe!« Eine vierte: »Schnauze, mein Mann hat Nachtschicht!« Immer mehr Fenster öffnen sich, bis zehn, zwanzig Krähen gleichzeitig kreischen. Plötzlich eine gewaltige Bassstimme von ganz oben.

»Ruhe!«

Für einen Moment stockt allen der Atem.

»Na, also.«

Dann ein Krachen von siebenundzwanzig Fensterläden wie

das Flügelschlagen eines Krähenschwarms, gefolgt von einer lauernden Stille.

Ottos Bass.

Ruby hasst Otto und seinen Bass. Aber noch mehr hasst sie hohe Männerstimmen. Hastig schaut sie sich um. Sie rollt wie eine Seekuh aus den nassen Laken. Es gab eine Zeit, da hätte sie das Bett jetzt frisch bezogen. Ihr geht es nicht gut, obwohl sie nichts getrunken hat. Oder gerade deshalb. Jedenfalls ist sie stolz darauf. Dann durchsucht sie die Wohnung. Hektisch reißt sie Schränke und Schubladen auf, schaut unter Tische und Stühle, kriecht in die letzten Ecken. Nichts. Kein neuer Finger, kein Ringfinger.

Warum nicht?

Sie rennt ins Treppenhaus, merkt, dass sie nackt ist, rennt wieder zurück und zieht den Bademantelfetzen an. Rennt wieder raus zur Nachbarin, die genauso hieß … *heißt* wie Josés Meerjungfrau. Von der hat sie geträumt. Von der Nacht, bevor sie aufs Schiff gingen. Von Rons Stimme. Sie schüttelt sich, um die Bilder loszuwerden, die wie ein Sepia-Film über ihre Schädelleinwand laufen. Innen hinten. Ruby dreht ihre Augen wieder nach vorn und klopft. Abenaa heißt *An einem Dienstag geboren*, so heißen viele Frauen aus Ghana. Abenaa macht nicht auf. Vielleicht ist sie nicht da. Vielleicht ist etwas ganz Schlimmes passiert. Ruby hat sie noch nie so sehr vermisst wie jetzt. Sie ist bereit, sich mit ihr auszusöhnen, sie um Verzeihung zu bitten, ihr zu sagen, dass sie nicht mehr im Treppenhaus rumgrölen wird, weil sie ja runter ist vom Alk. Und den Köterschiss wegmachen. Wo liegt eigentlich Ghana?

Und warum macht niemand auf. Verdammt, wo ist Abenaa?

Ruby V

Sie könnte Knut fragen, den Hausmeister. Nicht Otto. Sie will Otto nicht sehen. Wenn sie diesen Monat kein Geld mehr für *Jelzin* ausgibt, kann sie die Miete zahlen. Warum ist es jetzt so totenstill? Die Welt ist stiller ohne Alk. Kann man im Suff etwas wissen und es dann vergessen haben, wenn man nüchtern ist? Zum Beispiel, wo Abenaas Türschlüssel versteckt ist? Unter der Fußmatte kann nicht sein, weil Abenaa keine hat. Blumentöpfe gibt es nirgends. Ruby tappt auf nackten Füßen zu dem Schrottschrank in der Flurecke. Nichts drauf, nichts drunter, und drinnen nur Moderluft und zwei halbe Bügel. Keine Abenaa, auch nicht in Stücken.

Da ist dieser blinde Fleck auf der Schädelrückwand, ein milchiges Weiß, wie Nebel, dieses Stück außer Sichtweite. Manchmal kann sie Konturen erkennen, den spitzen Bug eines Schiffes, manchmal kommen Schreie aus dem Nebel, die der Wind zerfetzt, manchmal steht eine winkende Gestalt an der Reling, eine dunkle Frau. Es ist der Morgennebel im Hafen von Algeciras, und im nächsten Moment ist da wieder ein undurchdringliches Nichts. Ruby will nicht, dass es sich öffnet, sie will, dass alles dort drinnen bleibt. Alles.

Ihre Augen rollen wieder nach vorn. Sie geht in ihre Wohnung und zieht sich an. Sie hat es plötzlich eilig und findet keinen Heftzweckenslip. Sie findet gar keinen. Statt dessen steigt sie in die High Heels. Heute ist ein besonderer Tag. Sie kämmt sich, was sie nicht oft tut, und verlässt die Wohnung, Lebensmittel einkaufen. *Nur* Lebensmittel.

Ein Stockwerk tiefer fällt ihr das Altglas ein, das in ihrer Wohnung allmählich zu einem Durchgangsproblem wird. Ruby macht kehrt und will es holen. Da steht Opa Strang vor ihr, Bogarts Trenchcoat noch zerknautschter. Sie könnte schwören, dass er vor einer Sekunde noch nicht da war. Er riecht nach Kohlroulade.

»Junge Frau«, nuschelt er und drückt mit beiden Daumen das Oberkiefergebiss wieder fest.

Na, Arschloch, haben wir unsere Kukident-Haftcreme vergessen?

»Wollte mich entschuldigen wegen neulich«, krächzt er mit kratzender Kehlkopfkrebsstimme.

Was du nicht sagst. Ruby schweigt und starrt gebannt auf sein im Mundraum torkelndes Gebiss. *Was macht das Überleben?*

Er grinst, er hat sie verstanden.

»Ewiges Leben ist eine falsche Annahme der Jugend, eine größere Täuschung noch als guter Sex und sichere Rente.« *Haha.*

Sein Lachen meckert und er muss die Dritten wieder andrücken. Ruby vermutet, dass er irgendein Frustschutzmittel getrunken hat. Wodka vielleicht, oder Kukident-Reiniger.

»Heute Morgen bin ich aufgewacht und *Zingo!*, war das ewige Leben vorbei. Wenn man's merkt, ist es zu spät.«

Er schaut an ihr runter. Dann fasst er sich in den Rücken und bückt sich schwer stöhnend hinunter.

»Hab mal einen Unfall mit der Harley gehabt, seitdem sind die Lendenwirbel Schrott. Und Knuts linkes Knie.«

Wieder das Ziegenbocklachen.

»Knut?«

»Knut. Wir wollten 'ne Laderampe als Sprungschanze nehmen. Hat nicht geklappt.«

Jetzt hat er es bis zum Boden geschafft und streckt die Hand nach ihren Heels aus.

»Schick.«

Wag es nicht.

»Hast du schon mal am Fenster gestanden und versucht den Mond über den Himmel zu schieben?«

Möchtest du Eiersalat zum Nachtisch?

»Die Weiber ausm Netz knutschen ist auch scheiße. Irgendwann glaubt man nicht mehr, dass man gemeint ist, und nachher ist der Bildschirm versaut.«

Du hast kein Internet. Nicht mal ich habe Internet.

»Einmal noch eine schöne Frau berühren. Und Lippen auf meinem Tattoo.«

Gleich hast du einen Absatz durchs Auge im Hirn.

Er zieht seine Hand zurück, ohne den Schuh berührt zu haben. Keuchend kommt er wieder hoch, grinst und kaut die Beißer fest. Er schaut ihr in die Augen.

»Manchmal reicht schon eine kleine Verliebtheit für einen netten Vormittag.«

Was wird das hier, du armer Rest von was auch immer. Dein Leben ist nur noch Kohlroulade und Warten, dass es vorbeigeht. Ich würde mich umbringen. Ich tu's, wenn ich fünfzig bin. Bald.

»Ich versuch's halt manchmal, was hab ich zu verlieren? Und im Puff lachen sie mich aus.«

Er breitet die Arme aus und fängt an zu singen.

»Goodbye, Ruby Tuesday, who is gonna hang …«

Ruby reißt die Augen weit auf.

»Halt die Fresse!«

»Bitte, nur dies eine Mal. Für einen einzigen Vormittag.«

Seine Hand nähert sich Rubys Rock. Ruby starrt ihm in die feuchten Augen. Dann schiebt sie langsam ihr rechtes Knie zwischen seine Beine. Opa Strangs Lunge pfeift und stinkt.

»Wenn du nicht sofort deine Flosse wegnimmst, ruf ich die Polizei!«, flüstert Ruby und findet, sie klingt richtig gefährlich.

Er lacht wieder. Warum lacht er? Dann sagt er ebenso leise.

»Du kommst mir mit den Bullen? Ausgerechnet du? Okay, machen wir ein Spiel. Wer erzählt die schönere Geschichte.«

Das Lachen vergeht ihm immer noch nicht. Nur seine Hand kommt dem unerreichbaren Mond näher, den er über den Himmel schieben will. Und sie trägt keinen Abwehrslip. Sie hat verdammt nochmal gar keinen an. Ruby zieht ihr Knie aus der Wärme zwischen seinen Schenkeln.

Was für eine Geschichte?

Sie denkt es nur, aber sie weiß, dass Opa Strang sie trotzdem hört.

»Die Geschichte, wie du neulich nachts hier die Treppe runter bist.«

Ruby muss ihre Pupillen mit Kraft festhalten, sonst verschwinden sie.

»Mal sehen, ob dein Mond dann immer noch unerreichbar ist.«

Seine Hand kommt näher. Ruby wird schlecht.

»Ich schlafe nicht gut, muss nachts oft raus. Das ist bei alten Kerlen so. Prostata. Und dann liege ich wach und beiße mir die Finger blutig, weil es keinen Weg mehr zum Mond gibt. Weil das Paradies verschlossen ist, und ich es selbst tun muss.«

Scheiße, red schon, was war neulich nachts auf der Treppe?

»Wenn mich das Leben eines gelehrt hat, dann, dass es keinen Weg zurück gibt. Wann, wenn nicht jetzt, wer, wenn nicht wir. Mehr zählt nicht.«

Und wieder sein Grinsen, dicht vor ihrem Gesicht. Ruby kann sich nicht bewegen, als wären ihre Gelenke eingefroren.

»Ich glaube, es war Sonntagnacht. Draußen auf der Treppe war so ein Beat. *Ta-dack, ta-dack.*«

Er klopft mit der linken Hand auf das Treppengeländer, während seine rechte weiter auf dem Weg zum Mond ist. Langsam aber zielsicher.

»Ich war mal Schlagzeuger in ’ner Blues-Band. *The Final Curtain* hießen wir, kennt kein Mensch mehr. Wir sind aber gut rumgekommen. Bayern, Ösiland, Italien, Spananien, Frankreich. Möglichst wo’s warm war. Die einzige Band diesseits des Mississippi, die vom Flaschenpfand lebte.«

Der Bock meckert wieder. Welche Nebenwirkungen hat Kukident-Reiniger?

»Ist verdammt lang her, aber ich hab noch immer ein gutes Gehör für Rhythmus. Der auf der Treppe hatte ein scheiß Timing. Wie’n kaputter Herzschlag. *Ta-dack, ta-dack.*«

Ruby ist ein Eisblock. Sie spürt kaum seine Hand. Und sie kennt diesen Rhythmus, den er aufs Geländer trommelt, sie hat ihn selbst gehört.

»Und Stimmen waren da. Keine Zombiestimmen, wie die Bekloppten sie hören, echte. Eine war so hoch wie deine, Sweety. Hab extra mein Hörgerät reingetan, hab mir nämlich die Lauscher beim Trommeln ruiniert, immer zwischen den Boxentürmen gesessen, weißt du, Schnecke, damals hatten wir auf der Bühne ganze Boxengebirge, *Marshall*, wenn dir das was sagt, damals, als ich diese Stimme schon mal gehört habe, in Frankreich, hab den Namen des Kaffs vergessen.«

Ruby, die um die Besonderheiten von Augäpfeln weiß, sieht ihm an, dass sein Hirnkino angesprungen ist, dass er jetzt fortfliegt.

»Wir waren die Vorgruppe von Meat Loaf und ZZ Top. Mann, waren die zugedröhnt. Kamen grad von der Insel, Monsters-Of-Rock-Festival in Donington. Die wollten eigentlich nur noch an die Côte d'Azur, abhängen. Und wir langweilten uns bei so'm Typ, der einen auf Rock-Promoter machte. Weiß der Geier, wie der geschafft hat, Meat Loaf, Reverend Willie G, Dusty Hill und Frank Beard zu 'nem Gig zu überreden, wahrscheinlich für'n Kilo Koks. Bei uns reichten fünf Kästen Bier. Geile Sache das.«

Opa Strang ist nicht mehr hier. Er stinkt zwar noch wie siebzig, aber er redet wie ein Dreißigjähriger. Sogar seine Hand hat momentan ihr Ziel verloren. Ruby ist stocksteif und hält still. Sie hat immer still gehalten. Immer und immer und immer.

»Bei dem Konzert waren ein paar Deutsche. Mit denen sind wir nachts zu so 'm Bauernhof, weiterfeiern. Da gab's alles. Wein, Shit, Blues, Sonne … quatsch, war ja Nacht … und Mädels die Menge, kannste mir glauben. Und kein Tinnitus. Der kam dann später, hohes fis, echt fies.«

Er hustet ein schmerzhaftes Lachen und kaut das Gebiss fest.

Er ist wieder zurück. Ruby hat auf einmal tierisch Druck auf der Blase. Und Angst vor dem was jetzt kommt.

»Diese hohe Stimme in der Nacht auf der Treppe hat gesagt *Verdammt schwer, das Teil.* Und jetzt bist du dran, Baby. Sag mal *Verdammt schwer, das Teil.*«

Seine Hand ist wieder aktiv und hat fast den Mond erreicht. Ruby ringt nach Luft.

»Sag schon!« Er befiehlt es.

Ruby kann nicht, sie schüttelt bloß den Kopf. Opa Strang grinst verständnisvoll.

»Ich bin zu alt, um nur zu spielen, zu jung, um ohne Wunsch zu sein«, flüstert er. »Goethe, 1808. Geil, oder?«

Ruby nickt spastisch.

»Too old to Rock'n'Roll, too young to die. Jethro Tull, 1979. Das mit ZZ Top muss später gewesen sein. '81, nee, Quatsch, '82, da bin ich Vierzig geworden. Jahrgang '42, ein Kind für den Führer.«

Lachen.

Ruby will schreien. Sie bringt nur ein Gurgeln zustande.

»Meine Frau war damals auch dabei«, brabbelt Strang weiter. »Ist nach dem Konzert mit 'nem Roady von ZZ Top abgezogen. Offene Beziehung, weißt du. Hatte 'nen Autounfall, beide tot, *haha,* so ist das Leben. Aber die Show ging weiter. Als sie weg war, hab ich auf dem Hof erst mal so 'ne Schnecke gebumst, im Dunkeln, nicht schlecht. Die Kleine war total besoffen und rattig. Ein bisschen abgedreht vielleicht, wie alle da. Haben über so 'n Eso-Scheiß geredet, Knodomar, was weiß ich, die hätte alles gefressen, *hehe.*«

Rubys Mageninhalt nimmt aktuell den Aufzug.

»Sagt der Gitarrist nach dem Konzert zum Drummer *Du brauchst nicht beim Abbauen helfen, du hast heute schon genug geschleppt.*«

Ruby schluckt bittere Galle.

»Hab die Schnecke am Tag drauf nicht wiedererkannt, liefen so viele scharfe Chicks rum. Wir sind dann ziemlich bald weg. Ich mit der Harley vorweg, die Jungs im Bulli hinterher, und immer schön langsam, die waren ja noch so breit, die hatten nur Nebel vor der Linse.«

Er sieht ihr in die Augen.

»Kleines, du zitterst ja. Willst du mir noch immer mit den Bullen drohen? Zu wem hast du das gesagt, Sonntagnacht, das mit dem schweren Teil? Da war doch noch einer, irgendwie so 'n tiefer Grunzer. Meinst du, die Bullen interessieren sich für so was?«

Seine Hand ist jetzt Millimeter vor dem unerreichbaren Mond. Und *Strange Tom* ist wieder Opa Strang.

»Bin dann rausgegangen, genau hier hin, und habe schwarze Schuhe gesehen, *ta-dack, ta-dack.* Siehst du die schwarzen Streifen da auf den Stufen? Und in den Schuhen steckten schwarze Beine.«

Seine Finger schießen nach vorn und versinken im weichen Mond. Er grinst.

»Hab ich's nicht immer gesagt? Wer aufgibt, hat schon verloren.«

Ruby krümmt sich und würgt. Opa Strang zieht die Hand weg.

»Scheiße«, keucht er, »scheiße, scheiße. Verpiss dich und kotz wenigstens nicht vor meine Tür!«

Er verschwindet in seiner Wohnung, ohne sich noch einmal nach Ruby umzudrehen. Ruby steht wie betäubt. Als sie wieder geradeaus gucken kann, ist von Opa Strang nichts mehr zu sehen. Sie rennt zu seiner Tür, sieht ihren zitternden Finger millimeterdicht vor dem Klingelknopf. Drinnen bellt *Hundt.* Sie muss ihn fragen, ob er einen Totenkopf dort hat. *Strange Tom*, nicht *Hundt.*

Wer aufgibt, hat schon verloren. Ruby hat verloren. Sie ist ein Zombie, sie hat es gerade selbst gehört. Ihr Tod ist ein Segen für sie und den Rest. Auch wenn sie keine Erinnerung hat. Wie kann man eine Frau die Treppe hinunterschleifen und zerstückeln und nichts mehr davon wissen? Wer war noch dabei, und wohin haben sie Abenaa verschleppt? *Verdammt schwer, das Teil.* Zu wem hat sie das gesagt? Wer läuft hier durchs Haus, der davon weiß? Mit einer tiefen Stimme.

»Halt's Maul, Änne!«

Eine tiefe Stimme, und nicht Ottos. Dann Schritte unten im Eingang, ungleichmäßige Schritte. Knut Schröder. Ruby umklammert das Geländer, auf dem *Strange Tom* den Rhythmus geklopft hat. *Ta-dack, ta-dack.* Sie muss Knut sprechen. Sie fällt fast die Treppe hinunter, versucht, nicht auf die schwarzen Streifen zu treten, die bis zur Kellertür führen, hinter der Knut verschwindet. Und vor der sie Abenaas Armband gefunden hat. Sie traut sich nicht hinterher. Ruby rennt nach draußen und vergisst natürlich wieder das Altglas. Sie muss zum Aldi und sie muss verdammt dringend pinkeln.

Auf halbem Weg hockt Lucky auf der bröckeligen Mauer, wo sonst die dicke Russlana sitzt. Er hat eine Spraydose in der Hand. Auf der Mauer trocknet ein knallroter Schriftzug.

Ich bin die Wahrheit und die Wahrheit macht euch Angst.

»Ich muss dich was fragen.«

»Ich hab nix.« Lucky studiert interessiert die Dosenaufschrift und schaut nicht mal auf.

»Ich will auch nichts. Nur was wissen.«

Ihr ist kalt unterm Rock. Nie mehr ohne. Plötzlich verlässt sie der Mut, ihn nach der Nacht von Sonntag auf Montag zu fragen. Wenn er nichts gesehen hat, dann hat er nichts gesehen, und wenn er was gesehen hat, dann ist scheiße, so oder so.

»Bin ich am Sonntag besoffen hier rumgelaufen?«

Jetzt hat sie es doch gefragt, zumindest halb.

Lucky gähnt, er hat heute keinen guten Tag, man sieht's. Er wirft einen Stein und ein Hund haut kläffend ab. Es ist Boris, vielleicht in der Hoffnung auf einen neuen Finger. Hunde lernen schnell.

»Du bist so oft besoffen hier rumgelaufen. Was weiß ich.«

Keine sehr präzise Antwort, aber eigentlich reicht sie ihr schon. Er hat sie also nicht mit einer Leiche gesehen.

»Also nicht mit irgendwas Schwerem?« Nur so zur Sicherheit.

»Mit 'nem schweren Schaden, ja.«

»Geht's dir nicht gut?«

»Halt die Fresse.«

Das meint Lucky nicht so, das weiß Ruby.

»Hast du Abenaa gesehen?«

Lucky hebt gequält den Kopf. »Wen?«

Ruby gibt auf. Sie setzt sich neben ihn auf die Mauer. Lucky ist echt durch.

»Okay, erzähl schon.«

»Ich hab Änne gefickt.«

Ruby schaut einfach nur geradeaus. Boris traut sich mit der Schnauze um die gegenüberliegende Hausecke. Dann haut sie doch lieber ab.

»Änne.«

»Knuts Alte.«

Weiß ich. Und weiter?

»Hat tierisch Terz gemacht letzte Nacht, weil sie meinte, Knut hätte mich.«

»Und hat er?«

War eine doofe Frage.

»Klar.«

Und Änne?

»Hat rumgeschrien wie 'ne Gesengte.«

Hab ich nichts von gehört.

»Dann hat Knut die Handschellen genommen.«

»Handschellen?«

»War halt vorher bei mir.«

Ach so.

»Und mich mit Änne zusammengebunden. Klick-klick.«

Ruby holt tief Luft, sagt aber nichts.

»Runter in den Keller. Die Alte hat getobt, hat sich auf den Boden geschmissen, aber Knut hat sie geschleift. Echt Muskeln der.«

Geschleift? Eine Frau über den Boden geschleift!

»In so 'n schweinekalten Keller. Tür zu und zappenduster.«

»Du spinnst doch.«

»Dann biste ja bei mir in bester Gesellschaft.«

»Stockdunkel?«

Davor hätte Ruby am meisten Angst.

»Nur so 'n kleines rotes von 'ner Gefriertruhe.«

»Und dann?«

»Erst ham wir geredet.«

Ich glaub dir kein Wort.

»Sie hat nur noch ein halbes Jahr.«

»Wer?«

»Die Mauer.«

»Hä?«

»Änne, Mann!«

»Du mich auch.«

Lucky zuckt mit den Schultern. Ruby überlegt wie viel *Jelzins* sie sich leisten kann, gleich im Aldi. Denkt dann aber, dass sie das ja nicht will, das mit den *Jelzins*. Gar nicht mehr. Nur ein paar Lebensmittel, das Nötigste. Tütensuppen und Schokokekse. Als sie Lucky lange genug beim Schweigen zugehört hat, beschließt sie aufzustehen.

»Sie hat Brustkrebs.«

Ruby bleibt, wo sie ist.

»Behalt's aber für dich.«

Ruby verdreht die Augen, aber so, dass Lucky es nicht sieht.

»In 'nem halben Jahr ist Knut frei, hat sie gesagt, dann kann er Jungs ficken, so viel er will.«

Ruby beschließt, nichts zu antworten und nichts zu fragen.

»Aber Knut kann nicht so oft er will.« Lucky sieht sie an und grinst halb. »Sondern so oft *ich* will.«

Auch eine Form von Logik.

»Ich bin ja noch minderjährig.«

Ein geldwertes Argument.

»Die Bullen mögen das nicht.«

Eben. Und dann hast du sie?

»Dann haben wir … es war echt schön.«

Geschissen!

»Das sag ich nicht nur so.«

In Handschellen?

»War 'n bisschen unbequem, aber ging.«

Das kannste deiner toten Großmutter erzählen.

»Und nachher hat sie gesagt, sie wird Knut mitnehmen, wenn sie die Biege macht.«

Irgendwo kläfft Boris. Ruby hat genug und steht auf. Dann dreht sie sich noch einmal zu Lucky um.

»Sagst du mir, wenn ich irgend'n Scheiß mache, wenn ich besoffen bin und mich nicht dran erinnern kann?«

»Ruby, du hast 'n Schaden.«

»Bitte.«

»Klar, Mann.«

Ruby sieht ihn an.

»Klar, Frau, wollt ich sagen.«

Geht doch.

Warum erzählt Lucky so einen Scheiß? Dass es ihm nicht gut geht, sieht sie. Muss er darum so 'n Müll ablassen? Kein Wort glaubte sie ihm, so dumm ist sie nicht.

Boris kommt angedackelt. Nein, sie ist keine Dackeldame, eher ein zu klein geratener Collie oder so. Sie schnüffelt an ihren Beinen. Sie riecht, dass sie sich nicht gewaschen hat.

Vor ein paar Monaten, könnte sein irgendwann im Herbst, hat sie Lucky gefragt, ob es irgendeinen Menschen auf der Welt gibt, der kein Arschloch ist.

»Was hab ich getan, dass du gemerkt hast, dass ich ein Arschloch bin«, hat er geantwortet.

»Kannst du den Scheiß, den ich baue, für dich behalten?«

Er hatte mit den Schultern gezuckt.

»Was willst du hören?«

»Die Wahrheit zum Beispiel.«

Lucky hatte richtig lange nachgedacht.

»Sag ich jetzt *Ja*, aber setzt sich dann mein Arschlochanteil durch und ich erzähl es trotzdem rum, bist du sauer. Sag ich *Nein*, weil ich meinem Arschlochanteil misstraue, bist du auch sauer.«

»Versuch es wenigstens.«

»Gut. Der Versuch muss dir genügen. Und die Hoffnung, dass es klappt.«

Sie hatte gelacht.

Boris schnüffelt immer noch an ihr rum. Ruby holt aus und tritt zu. Boris bleibt stehen, mehr erstaunt als traurig, und sieht sie mit diesem unerträglichen Hundeblick an. Ruby tut es schon leid. Der erste heute zerstört ihre Erinnerung an eine schöne französische Nacht, der nächste lädt seinen Müll bei ihr ab und der dritte besabbert ihre Beine. Was für ein herrlicher Tag. Boris sitzt mitten auf der Straße, hebt die Schnauze und jault, als wäre Vollmond. Ein blutroter Mond, der über dem Tag schwebt. Den Opa Strang über den Himmel schieben wollte. Den er nie erreichen wird. Nie wieder.

There's a Moon over Bourbon Street tonight, I see faces as they pass … Gesichter schwimmen vorbei. Die dicke Russlana auf ihrer Via Dolorosa hoch in den fünften Stock, Asthmakeuchen und Augen wie Boris, schwarz und leer. Augen wie Ruby im Morgengrauen auf dem Weg zum Trawler, in Algeciras, immer zwei Schritte hinter Ron. Eigentlich hätte sie wegrennen müssen. Da hat sie das erste Mal gedacht, dass *Strange Tom* eben nicht recht hat. Manchmal muss man aufgeben. Manchmal kostet es größeren Mut, etwas verloren zu geben, nicht noch weiter zu gehen, noch tiefer in die Wüste. *Umdrehen!*, schreit alles in ihr. *Hau endlich ab!* Aber sie trottet hinter Ron durch den Morgennebel. Wie weit würde sie kommen, wenn sie abhaut? Und dann landet sie weiß der Greg wo, und kein Big G wird sie da rausziehen und sagen: »Ich bringe dich ganz groß raus, ich mache dich zum Star.« Sie wird in Gregs Feuerball verglühen *mit allen Tieren, und es kommt nichts hinterher.* Sie ist längst mitten in der brennend heißen Wüste. *There must be some way out of here, said the Joker to the thief, there's too much confusion, I can't get no relief.* Nein, es gibt keinen Weg mehr heraus, keine Erlösung, sie verdurstet in einem Meer aus Fusel. Ruby dreht die Augen wieder nach vorn und steht im Aldi. Vor ihr eine meterlange Batterie von Wodkaflaschen, die sie schlafwandlerisch angesteuert hat. Als hätte sie einen sechsten Sinn, eine Art Fledermausortung. *No reason to get excited,* sagte der Dieb freundlich, da sind viele, die wissen, dass das Leben nichts ist als ein Witz.

Ruby schreit wie am Spieß. Kein Klopfen von unten. Entweder ist Opa Strang tot, oder er hat sein Hörgerät geschrottet, oder ihm ist wirklich alles scheißegal. Ruby hat die Einkaufstasche auf den Küchentisch gestellt und ausgepackt. Dann hat sie die zwei vollen und die dritte halbleere Flasche Wodka herausgenommen und sich nicht mal gewundert, dass keine Tütensuppe und keine Schokokekse drin sind. Sondern ein dunkler, weiblicher blutverschmierter linker Ringfinger.

Mit zitternden Händen schraubt Ruby die angebrochene Flasche auf. Wer hat das Teil da reingelegt? Und wann, verdammt? Sie ist im Aldi gewesen, sie hat keinen Verdächtigen in ihrer Nähe bemerkt. Vorher hatte sie mit Lucky gequatscht. Der war's jedenfalls nicht. Oder? Oder hat Boris gar nicht ihre ungewaschene Möse gerochen, sondern das Blut gewittert?

Dann weiß sie nichts mehr. Dann ist sie wie in Trance gewesen, wie ein Zombie mit Fledermausortung. Ist das möglich? Ist das genauso in der Nacht passiert als Abenaa verschwand? Und sie ist erst aufgewacht, als sie vor dem scheiß Wodkaregal stand.

Flasche Nummer eins ist leer, das Zittern hat aufgehört. Draußen ist es plötzlich dunkel. Nein, nicht plötzlich. Wieder hat sie bewusstlos dagestanden, eine Stunde oder mehr, ohne eine Erinnerung. Draußen hängt ein blutroter Mond. Sie versucht ihn mit den Augen wegzuschieben.

I see faces as they pass beneath the pale lamplight. I've no choice but to follow that call, the bright lights, the people, and the moon and all!

Endlich eine traumlose Nacht. Ruby hat den Ringfinger im Klo runtergespült und die zwei noch vollen *Jelzins* auf das Regal über ihrem Bett gestellt. Als Härtetest. Jetzt ist sie grenzenlos erleichtert, dass die Sonne wieder scheint und die Flaschen trotzdem noch dort stehen.

Es darf so nicht weitergehen. Nichts darf so weitergehen. Das hat sie schon so oft gesagt, aber jetzt meint sie es ernst. Sie versucht logisch zu denken, sie fühlt sich frischer als an den meisten anderen Tagen. Also: Vier Finger. Zuerst der Daumen am Montag in der Spülmaschine zwischen den goldenen Löffeln, die sie bei Kryst geklaut hat. Das erinnert sie an den präparierten Slip. Den muss sie heute wieder anziehen. *Weiterdenken:* Sie hat die Nacht vor dem Daumenfund schwer gesoffen und seit dieser Nacht ist ihre Nachbarin verschwunden. Abenaa, die denselben Namen trägt, wie die Frau auf dem Kutter von Capitán José, deren Gesicht immer aus dem Nebel hervortritt, hoch über der Reling, jedesmal deutlicher. *Konzentrier dich, was ist dann passiert?* Den Daumen hat Boris gefressen. *Weiter!* Der linke Zeigefinger lag auf dem Tisch, auch von einer dunkelhäutigen Frau. Also muss jemand ihn dort hingelegt haben. Ist sie in der vorhergehenden Nacht ebenfalls mit *Jelzins* ins Bett gegangen? Und in der Nacht vor dem Mittelfinger, den dieser Jemand auf dem Salatblatt drapiert hat?

Logik: Es gibt zwei Möglichkeiten. Erstens: Sie hat es selbst getan. Dafür spricht, dass Opa Strang ihre Stimme gehört hat, in jener Nacht im Treppenhaus. *Ta-dack, ta-dack.* Gehört zu haben glaubt. *Strange Tom*, dem sie nie verzeihen wird, was er von der Nacht auf dem französischen Hof erzählt hat, von der besoffenen Schnecke. Aber angenommen, der Alte hat recht, dann muss sie einen Komplizen gehabt haben. Mit einer tiefen Stimme. Knut, den Hausmeister. Oder Otto. Oder sonstwen. Alles unter dem unheimlichen Umstand, dass sie nicht die geringste Erinnerung hat, nicht an einen Mord, geschweige denn an eine Zerstückelung. Aber ihre Erinnerungen sind alles andere als zuverlässig, schon lange.

Weiter, weiterdenken. Möglichkeit zwei ist nicht weniger gruselig: Jemand kann sich Zugang zu ihrer Wohnung verschaffen, während sie ihren Rausch ausschläft, oder unterwegs zum Aldi ist, oder im Aldi in Trance vor dem Schnapsregal steht. Da kommen ebenfalls die beiden infrage, Knut und Otto. Wer kann sich sonst einen Schlüssel zu ihrer Wohnung besorgen?

Nicht den Faden verlieren. Sie ist kein Karnickel, das sich von den Hunden hetzen lässt. Sie kann sich wehren, sie muss selbst zur Jägerin werden. Sie könnte bei der Polizei anrufen und diesmal keine Pizza bestellen. Das erste Mal in ihrem Leben, dass sie die Bullen um Hilfe bitten würde. Aber was soll sie denen erzählen, was würden die ihr glauben, was alles wissen wollen? Besser nicht, besser noch abwarten. Besser erst eine Falle stellen, das berühmte Haar in die Tür klemmen, wenn sie die Wohnung verlässt oder wenn sie schläft.

Und sie wird sich Knut vorknöpfen. Knut ist labil, ein Waschlappen, auch wenn er Muskeln hat. Er wird sich verraten, wenn Ruby ihn direkt fragt. Er wohnt neben dem Hauseingang gleich gegenüber der Kellertür zusammen mit Änne, seiner dicken schrecklichen Frau. Kaum zu glauben, dass die nichts bemerkt, wenn Knut zu den Jungs schleicht, zwei Straßen weiter zu der Ecke, wo auch die diskreten Herren aus den besseren Kreisen halten, in ihren polierten Limousinen. Oder wenn Knut sich mit Lucky in der leerstehenden Wohnung trifft, oben im siebten Stock, in diesen zugesifften Räumen, vor denen sich selbst die Junkies ekeln. In der jetzt vielleicht ein Typ im Blaumann eingezogen ist. Den hat sie irgendwann noch mal gesehen. Oder sie verwechselt was. Oder Otto lässt was reparieren. Den Aufzug? Unwahrscheinlich.

Ruby denkt wieder an die Lügengeschichte, die Lucky erzählt hat. Das mit Änne. Wie verdammt kaputt. Ja, doch, Ruby ist sich sicher, dass Knut ihr weiterhelfen wird, wenn er kann. Soviel Schiss, wie der hat, dass jemand seiner Änne mal ein paar Takte ausplaudert.

Oder eine Überwachungskamera installieren. Ruby sieht sich in ihrer Wohnung um. Aber wer soll die anbringen? Simone und Alice wären über diese Frage entsetzt. Selbst ist die Frau, verdammt, natürlich. Aber nicht jetzt, vielleicht später. Jetzt ist erstmal Knut dran. Sie findet einen Push-up-BH, sehr gut. Und einen Heftzweckenslip. Und ein Glas kippt sie, damit sie cool bleibt, wenn sie vor Knut steht. Dann reißt sie sich ein Haar aus und klemmt es beim Hinausgehen in die Tür.

Ruby steht vor Knuts Wohnungstür. *K&Ä Schröder* verrät ein getöpfertes Schild. Es zieht durch die kaputte Scheibe der Haustür. Knut müsste sie reparieren. Knut müsste so vieles. Immerhin hat jemand die schwarzen Streifen vor der Kellertür weggeschrubbt. Änne vielleicht.

Ruby schellt. Drinnen gongt dreimal ein hoher und dann ein tieferer Ton. Beethovens Fünfte. Sie streckt ihren Rücken, damit die Brüste upgepusht stehen als wäre sie dreißig. Knut soll ruhig beeindruckt sein. Als sie ein zweites Mal auf den Klingelknopf drücken will, öffnet sich die Tür. Noch bevor jemand zu sehen ist, schimpft Änne.

»Was willst du?«

Aus der Wohnung quillt Essensgeruch, fettig und schwer,

und ein deutscher Schlager. *Liebe mich, denn ich liebe dich* oder so. Jetzt erst fällt Ruby der Spion in der Tür auf. Klar hat Änne vorher den Besuch gecheckt. Zuerst erscheint eine fetttriefende Geflügelschere, dann sie selbst.

»Hallo Änne.«

Wenn die *mich duzt*, denkt Ruby.

»Was du willst, hab ich gefragt.«

»Knut sprechen.«

Ruby sieht ihr an, dass sie antworten will *Für dich immer noch Herr Schröder.* Aber Änne lässt es. Stattdessen: »Ist nicht da.«

Änne hat Lockenwickler drin, einen schmutzstarrenden, mit Soßen und anderen Resten bekleckerten Kittel und hautfarbene, laufmaschige Nylons, von denen einer fast bis zum Knie gerutscht ist. Waren bestimmt mal sexy, vielleicht ein Weihnachtsgeschenk, jetzt verbergen sie kaum die Krampfadern. Änne ist keine Schönheit, nie gewesen. Da hilft kein Goldzahn und schon gar nicht das frische Piercing im linken Nasenflügel. Ruby kennt es noch nicht. Soll sie vermutlich jünger machen. *Aber höchstens zwei Wochen*, denkt Ruby, und damit sieht sie immer noch zehn Jahre älter aus, als sie ist.

Ruby versucht, an Änne vorbei einen Blick in das Halbdunkel des Schröder'schen Flurs zu erhaschen. Vielleicht versteckt er sich da. Aber sie sieht bloß ein Sideboard mit mattglänzenden Pokalen und eingravierten kugelstoßenden Frauen. Niemand sollte Änne unterschätzen.

»Wo ist er?«

Änne blinzelt misstrauisch.

»Was willst du von ihm?«

Nichts, *Knut steht doch auf anderes.* Aber sie verkneift es sich. Stattdessen starrt sie auf Ännes schlaffe Brüste. *Kann man den Krebs sehen?* Blödsinn. Aber die Schürfwunden an Ännes rechtem Handgelenk, die kann man sehen. Hat Lucky gesagt, an welchem Arm Änne gefesselt war?

Jetzt fang nicht an, Luckys Scheiß zu glauben!

»Knut ist im Keller«, sagt Änne plötzlich. Es klingt müde. Nur die Geflügelschere hält sie weiter vorgestreckt wie eine Abwehrwaffe. Dann dreht sie sich um und verschwindet im Bratenmief. »Verpiss dich«, meint Ruby noch zu hören, als Änne die Tür hinter sich zuschlägt. Wahrscheinlich glotzt sie jetzt durch den Spion.

Ruby glotzt zurück. Mit dir hat es Lucky gemacht? Sie bekommt eine Gänsehaut, vielleicht vor Neid. Ihr selbst ist die Lust vergangen, an den Männern und am Sex überhaupt, auch am selbstgemachten. Ob Änne tatsächlich Bock auf so was wie Lucky hat, einen sechzehnjährigen Fuzzi, der es allen gibt, die dafür zahlen, wie ein Kaugummiautomat? Er sieht nicht mal gut aus, was ja für manches entschädigt. Würde Ruby mit Lucky? Sie hält sich immer noch für attraktiver als Änne, aber eigentlich weiß sie, dass es nicht so ist.

Wütend dreht sich Ruby um und geht zur Kellertür, die ist nur angelehnt. Von unten sind schabende Geräusche zu hören. Sie lugt durch den Spalt und erkennt schwach beleuchtete Stufen. Ist sie schon einmal dort unten gewesen? Hier hat Abenaas Lederarmband gelegen. Während sie auf Zehenspitzen hinuntersteigt, sucht sie in ihrer Erinnerung nach Übereinstimmungen mit dem realen Bild. Hätte sie Abenaa hier runterschleifen können? Natürlich hätte sie.

Im Kellerflur bleibt sie stehen und lauscht. Sie meint, ein Flüstern zu hören, als verabredeten die Wände einen Plan gegen sie und rückten enger zusammen. Aus einer halb geöffneten Tür fällt Licht in den Flur, von dort kommen die Geräusche. Ruby schleicht hin. Eine hässliche Kälte kommt aus dem Türspalt. Sie riskiert einen Blick. Eine Gefriertruhe steht vor der hinteren Wand mit einem roten Lämpchen, so wie es Lucky beschrieben hat. Wahrscheinlich Schröders Privatvorräte. War Lucky wirklich hier, mit Änne? Plötzlich merkt Ruby, dass Knut vor ihr steht und sie anstarrt.

»Was machst du hier?«

Sie ist so erschrocken, dass sie rückwärts stolpert.

»Nix.« Eine Scheißantwort. »Ich suche meine Ratte.«

Knuts Gesicht wird gefährlich rot. Wie das Gefriertruhenlämpchen.

»Die einzige Ratte, die ich sehe, hat zwei Beine und 'ne Fahne.«

»Nicht alles, was hinkt, ist ein Vergleich.«

Knut holt aus.

»He, war 'n Scherz.«

Knut keucht schwer. Bei was hat sie ihn erwischt? Was machen Männer allein im Keller? Vielleicht ist das eine gute Gelegenheit, ihn aus der Reserve zu locken. Nur um zu sehen wie er reagiert.

»Ach, da ist ja die Gefriertruhe.«

Knut schnauft. »Was willst du Schlampe, was schnüffelst du mir nach?«

Er ist jetzt dicht vor ihr, er geht ihr knapp bis zur Schulter. Ein Fall von *Schau mir in den Ausschnitt, Kleiner.* Mickrig, aber kräftig. Geht regelmäßig in die *Muckibude.* Die heißt wirklich so, was das einzig Originelle an dem männerschweißtriefenden Schuppen ist. Dort hat er Lucky kennengelernt, hat Lucky erzählt, der aus anderen Gründen in dem Laden rumhängt. Konnte es wirklich sein, dass Knut zusammen mit ihr eine Frau verschleppt, verstümmelt und in einer Gefriertruhe deponiert hat? Zu Rubys Erleichterung findet sie, dass Knut sich nicht so benimmt, als hätte er. Demnach scheidet er als Komplize aus. Ruby will das hier aber noch nicht beenden. Sie deutet mit dem Kinn auf die Truhe.

»Lucky hat mir davon erzählt.«

Knut hat seine Schiebermütze abgenommen. Er schwitzt so sehr, dass in der kalten Luft kleine Wolken von seiner Glatze aufsteigen, wie neulich im Treppenhaus, als Ruby hinter dem Schrank versteckt war und ihn auf dem Weg nach oben beobachtet hat, zu einem Date mit Lucky.

»Was hat Luck...?«

»Ach, nicht viel. Das mit Änne halt.«

»Dieser miese kleine Arsch!«

Du meinst süßer kleiner Arsch.

Lucky hatte also die Wahrheit gesagt. Erstaunlich, denkt Ruby. Nicht Luckys Wahrheitsliebe, die auch, sicher, sondern was Menschen sich so antun. Knut kommt noch dichter und dockt fast an ihren Brüsten an. Er will bedrohlich aussehn und stinkt nach Ännes Kochkünsten.

»Nimm dich in acht, Fräulein Ratte, sonst rutscht mir doch noch raus, wo du wohnst, wenn dieser Typ wiederkommt.«

Welcher Typ? Rubys Coolness verabschiedet sich feixend und mit rausgestreckter Zunge.

»War 'n paar mal hier und hat nach der Negerin gefragt.« Er schnauft. »Und nach dir.«

»Nach mir?« Sie muss sich zwingen, gleichmäßig zu atmen. Schwer genug in Knuts Nähe.

»Nach Rubbi Tussdäi.«

Knut merkt mit seinem untrüglichen Gespür für Fiesheit, dass er Oberwasser bekommt.

»Ist der Negerin nachgestiegen. Hat auch bei der geschellt. So was kann man vor mir nicht verbergen.«

Sicher nicht.

»Ich hab aber niemanden verraten.«

Aber du wirst es tun, wenn ...

»Aber ich werd's tun, wenn du was rumerzählst.«

Was denn? Es weiß doch jeder Bescheid, längst.

»Wie sah er aus?«

»Schwör mir, dass du schweigst. Wegen Änne und Lucky, meine ich.«

»Gut.«

»Sag: Ich schwöre.«

»Ich schwöre.«

»Hatte 'n Parka an.«

Ruby weiß noch, was ein Parka ist. In den Siebzigern liefen alle Jungs mit den graugrünen Jacken rum. Heute schämen sie sich dafür.

»Und weiter?«

»Kein Bart, kaum Haare, größer als ich.«

Geht's noch schwammiger?

»Jeans und so braune Schuhe.«

Ruby hört Gelächter und sie weiß, dass es von der Schädelrückwand kommt. Aus dem Nebelfeld. Ruby schüttelt es weg. Konzentration. Jemand kommt also hier in dieses Haus und fragt nach ihr. Wer zum Teufel ist das?

»Hast du wirklich nicht gesagt, wo ich wohne?«

»Bin ich ein Lügner?«

Scheiß Frage.

»Er kann keinen Schlüssel zu meiner Wohnung haben?«

Knut blinzelt genauso misstrauisch wie seine Frau. Ehepaare werden sich im Laufe der Zeit immer ähnlicher. Auch in der Physiognomie.

»Verpiss dich.«

Und in der Ausdrucksweise.

»Ich gebe keine Schlüssel an Fremde raus, verstanden?«

Von irgendwo kommt ein hohes scharfes Fiepen.

»Scheiße, ist da doch 'ne Ratte?«

Eine Ratte ist weder gut noch schlecht, eine Ratte tut einfach, was eine Ratte tun muss. Ruby nickt. Das Beste wird sein, wenn sie sich jetzt wirklich verdrückt. Plötzlich fällt ihr die bekloppte Abi-Einladung ein. Vielleicht will einer von denen sie besuchen. Aber woher wissen die von diesem Haus und warum klingeln die nicht einfach?

Etwas kriecht aus dem Nebel, Ruby spürt es ganz deutlich, aber sie will es nicht sehen.

Ruby VI

Sie rennt fast die Treppen hoch und schellt Sturm bei der Nachbarin. Keine Reaktion, nichts, nur Stille und Türenklappern aus dem fünften. Dann schwere Schritte und pfeifender Atem, Russlana begibt sich auf ihren Höllentrip zum Aldi. Sie hat sich blaue Strähnchen färben lassen und einen rosa Pony. Ein letzter Versuch. Weiter oben brummt ein Bass eine undefinierbare Melodie. Otto ist völlig antimusikalisch. Ihn sollte sie nach Abenaa fragen. Muss ein Vermieter nicht wissen, wo sich seine zahlende Kundschaft aufhält? Muss er nicht. Ruby verschwindet in ihrer Wohnung, bevor die Dicke sie mit tränenden Hundeaugen rumkriegt, ihre Tasche nach unten zu schleppen. *Die muss abnehmen, nicht ich.*

In einem neuen Anflug von Panik checkt sie die gesamte Wohnung. Gründlich. Ärgerlich, dass sie das eingeklemmte Haar vergessen hat, zu spät, nächstes Mal. Aber da ist nichts, kein neuer Finger. Fast ist sie ein wenig enttäuscht. Der linke kleine wäre dran. Auf dem Regal stehen noch immer die zwei *Jelzins*. Die hat sie gestern gekauft. Oder vorgestern? Rubys Zeitgefühl ist vollkommen im Arsch. Sie muss telefonieren und durchwühlt zuerst das Bett, dann den Wäschehaufen, und findet das Handy schließlich im Badezimmer auf dem Wannenrand. Wann hat sie es zum letzten Mal benutzt und mit wem hat sie gesprochen? Sie kann sich nicht erinnern. Warum hätte sie überhaupt jemanden anrufen sollen? Sie tippt auf Wahlwiederholung und drückt erschrocken die 110 wieder weg. Während sie mit links Abenaas Nummer wählt, zielt der Flaschenhals in der rechten Hand auf ihren Mund. Verwundert stellt sie fest, dass sie einen der *Jelzins* mitgenommen und bereits aufgeschraubt hat. Das Zeug brennt die Speiseröhre runter. Nur ein paar Schlucke. Nur eine halbe Flasche.

Sie lässt es lange schellen. Durch die Wand ist das Klingeln in Abenaas Wohnung zu hören, aber niemand geht ran. Ruby schafft es, die Flasche zu schließen, ohne sie auszutrinken. Sie spürt bereits die Wirkung des Alkohols. Manche, die lange gesoffen haben, merken davon nichts mehr, nur dass die Schmerzen nachlassen. Immerhin. Ruby steht auf. Von Abenaas Balkon könnte sie die Nachbarwohnung einsehen. Sie fühlt sich mutig genug, nimmt aber zur Sicherheit *Jelzin* mit.

Ihr Balkon und Abenaas liegen kaum einen halben Meter auseinander, das ist zu schaffen. Ruby geht raus. Weit und breit ist niemand zu sehen. Bloß nicht nach unten schauen. Ruby bugsiert ein Bein über das Geländer und setzt sich auf das kalte Metall. Von hier kann sie Abenaas Fensterbank erreichen. Sie lehnt sich über den Abgrund und stellt *Jelzin* dort ab. Abenaa hat die Vorhänge zugezogen, das ist neu. Sie hat sich immer über die Dunkelheit dieser Weltgegend beklagt. Ruby kann also nicht viel erkennen. Immerhin erwischt sie einen Blick auf die Spüle und einen Berg von dreckigem Geschirr. Das kann bedeuten, dass die sonst so penible Abenaa beschlossen hat, nie mehr abzuwaschen, es kann aber auch bedeuten, dass sie die Wohnung ganz plötzlich verlassen hat.

Ruby bekommt einen trockenen Hals. Scheiß Vorhang. Sie will sich noch weiter rüberbeugen und vom Schwindel nicht beeindrucken lassen. Das klappt nicht. Sie schafft es grade so, den *Jelzin* zurückzuholen, und braucht jetzt beide Hände, um ihn aufzuschrauben. Ein Pfiff gellt, die Sorte *Geile Schnecke*, und ein meckerndes Lachen direkt unter ihr. Der schnelle Blick abwärts ist ein böser Fehler. Knut lehnt an der kaputten Regentonne und grinst ihr breit unter den Rock. Ruby greift nach dem Balkongeländer und Sekunden später hört sie *Jelzin* auf dem Gehweg sterben, vier Stockwerke tiefer.

»Besoffene Schlampe«, bellt Knuts Stimme herauf, und dass die Schlampe lieber selbst springen soll, als mit Flaschen zu werfen. Ruby zittert. Sie lässt sich einfach zu ihrer Balkonseite kippen und landet auf den zersprungenen Fliesen. Jetzt kann der Arsch zumindest nicht mehr unter ihren Rock gaffen. Sie zieht den Stoff über die Knie, ihr ist furchtbar kalt. Knuts Gebell entfernt sich, schade, dass *Jelzin* ihn nicht erwischt hat. Aber was kann man von einem besoffenen Russen erwarten? Ruby kriecht zurück in die Wohnung und drückt die Balkontür zu.

So viel zum Thema Mut.

Und ein Schluck aus der nächsten Flasche zum Thema Ab-jetzt-trocken. Ein Schluck so lang wie der von Mariebleu, als sie wieder am Tisch saß, als sie zurück war, von Ron, der im Haus eingeschlafen war, *endlich*. Als der Mond so rot über den Pinien hing, als hätte ihm *Strange Tom* einen dreckigen Witz erzählt.

Ruby zieht die Schuhe aus. Jetzt ist sie barfuß wie Mariebleu. Sie klettert auf den wackeligen Küchentisch, in der rechten Hand die Flasche, die linke über dem Kopf wie eine Flamencotänzerin. Und sie singt *Give peace a chance*, irgendwie. Der Tisch wackelt, aber kein Oscar betet ein Mutterunser für sie. Ruby stolpert, nicht weil eins ihrer High Heels in einer Spalte stecken bleibt, sondern über ihre eigenen Füße. Keiner fängt sie auf oder klatscht Beifall. Sie knallt mit der Hüfte gegen die Tischkante und dann auf den Boden. Wie durch ein Wunder bleibt die Flasche ganz, nur ein paar Spritzer landen auf dem Laminat. Ruby leckt sie auf. Sie hat nur noch die eine. Dann kriecht sie auf allen Vieren zum Bett.

Scheiße, tut das weh.

»Ron hat keine ausgelassen, weißt du?«

Jelzin nickt, was Ruby nicht wundert. Das ist ja nicht zu leugnen.

»Die Krähe hat es mir jedes Mal verraten.«

Ruby versucht einen Krähenschrei, der nicht gelingt. *Jelzin* nickt etwas zögerlich, und Ruby weiß nicht, ob ihm der Schrei missfällt, oder ob er das mit der Krähe nicht glaubt. Egal. Dass sie ihm noch einen Schluck aus dem Hals saugt, dagegen kann er sich nicht wehren. Ruby beobachtet ihn misstrauisch.

»Egal, ich hab's eh immer rausgekriegt.«

Sie wartet einen Moment, *Jelzin* reagiert nicht.

»Mit Marieblöd genauso wie mit Abenaa.«

Jelzin stellt sich dumm, dafür bekommt er noch einen Schluck abgezogen, selbst schuld.

»Abenaa! Hast du verstanden? Wie meine Nachbarin.«

Meine Ex-Nachbarin, denkt Ruby und hofft, dass *Jelzin* nicht Gedanken lesen kann. Er verzieht keine Miene. Vielleicht ist er ein Gentleman und schweigt, aber das glaubt Ruby nicht, dafür ist er zu billig. Und eigentlich nur eiskalt und erst nach einer halben Flasche einigermaßen erträglich.

»Die andere Abenaa, die Kleine von José, erinnerst du dich nicht? Muss ich alles dreimal erklären?«

Zur Strafe noch ein Schluck.

»Ron kam rein und stank wie immer. Nach Teer, nach Fisch, nach Schnaps, so ähnlich wie du.«

Jelzin reagiert gelassen auf diese Beleidigung, vermutlich weiß er, dass Ruby recht hat. Er lässt sich bereitwillig weiter aussaugen.

»Und dann hat er einen Scheiß erzählt. Was für 'ne stolze Haltung die Negertusse hat, eh. Voll den prallen Arsch und steile Titten.«

Nein, das hatte Ron nicht so gesagt. Aber gemeint, als er ihr das zerrissene rote Kleid über die Hüften zog, ihr schönes rotes Kleid, und sich über ihren schlaffen Bauch beschwerte. Draußen brannte schon die Kirchturmspitze und Ruby war todmüde, aber Ron wollte noch. Sie stieß das Kleid von den Füßen, sie war so kraftlos, dass sie sich nicht wehren konnte, auch wenn sie sich vor dem ekelte, was er tat. Es fühlte sich an wie rückwärts kacken.

Nebel zog auf, kroch vom Meer durch die Straßen. Irgendwo draußen kreischte die Frau des Vermieters. Sie war nicht von den Krähenschreien zu unterscheiden. Noch eine Stunde, dann mussten sie aufs Schiff.

Es tat einfach nur weh. Ron brach irgendwann ab und schimpfte. Ruby war zu stolz zum Weinen. Sie zog sich an und packte die wenigen Sachen. Draußen war es still, die Vermietersfrau und ihr Mann waren wohl endlich schlafen gegangen. Im Morgengrauen machten sie sich auf den Weg zum Hafen. Unterwegs begegneten ihnen die Reste, die die Nacht als ungenießbar ausgespuckt hatte. Einige Damen, drei, vier Zombies und eine Leiche tauchten aus dem undurchdringlichen Dunst auf, schwebten vorbei und verschwanden. Irgendwann erreichten sie den Hafen. Erst als sie direkt davor standen, schob sich der spitze pechschwarze Bug des Schiffes aus dem Nebel. *Perla Negra* war in blutroten Lettern direkt unter die Reling gemalt. Einen Meter darüber stand eine Gestalt und winkte. Ron ging voraus. Sie balancierten über ein schmales Brett an Bord von Josés Trawler. Es roch nach Öl und Fisch, genau wie Ron in den letzten Nächten. Ruby kämpfte gegen die Übelkeit.

Abenaa kam ihnen entgegen mit diesem federnden afrikanischen Gang, an dem die Kerle sich nicht sattsehen können. Sie war barfuß, sie trug Jeans, ein Shirt und ein schwarzes Kopftuch mit Goldstickereien über eng am Kopf geflochtenen Cornrows. Sie begrüßte Ron mit kehligem Spanisch und einem flüchtigen Wangenkuss, Ruby bekam ein Lächeln. Der Capitán sei noch nicht zurück. Ron grinste breit.

»Der ist im *Casablanca* eingepennt, oder irgendwo unterwegs.«

Kurz darauf verließ Abenaa das Schiff. Ron führte Ruby über das Deck, er kannte sich aus. Er öffnete eine niedrige Tür zu einer steilen Treppe. »Da runter«, sagte er. Unten stank es noch viel schlimmer. Es gab dort zwei Kajüten.

»Eine für uns und eine für José.«

»Und Abenaa?«

»Und Abenaa.«

Bald schon hörten sie oben jemanden fluchen. Abenaa war

mit dem Capitán zurück. Ruby folgte Ron zurück an Deck und staunte, wie die zierliche Abenaa den Kerl trotz seiner Schlagseite über das schwankende Brett lotste. Ein Bad im Hafenwasser hätte ihm gut getan, dachte sie. Ron wollte wissen, wo Abenaa ihn gefunden hatte. Vermutlich gegenüber vom *Casablanca* auf der Fußmatte der Dicken, *haha.*

José wankte ins Steuerhaus ohne sie zu beachten. Er fiel direkt auf eine Klappliege und pennte auf der Stelle. Über ihm hing ein weißer Kasten mit dunkelrotem Kreuz an der Wand, wie eine Markierung, damit man ihn wiederfinden konnte. Abenaa sagte, die Abfahrt verzögere sich um ein paar Stunden, sie sollten sich doch irgendwo ausruhen, was Ruby nur recht war. Sie konnte sich kaum noch auf den Beinen halten. Sie kletterte unter Deck und fiel auf eine von zwei durchgelegenen Matratzen. Sie bildeten die einzige Einrichtung ihrer Kajüte neben einem nicht sehr vertrauenserweckenden Holzstuhl, der an einem der beiden Rohre festgebunden war, die aus der Decke kamen und im Boden verschwanden. Minuten später schlief sie tief und fest und träumte. Sie hatte die letzte Deutschklausur geschrieben, sie lag auf ihrem Bett und die Tür ging auf. Ron kam rein mit breitem Grinsen und erhobenem Daumen. Er ließ die Hose fallen und stakste mit käsigen Storchenbeinen auf sie zu. Dann sein Blick zur Tür, als noch jemand die WG betrat, und kurz darauf die Geräusche aus dem Nebenzimmer. Das hohe Kreischen, wenn die Sprungfedern nach unten gedrückt wurden, und ein gequältes Knarren, wenn sie sich wieder entspannten.

Ruby riss die Augen weit auf. Sie brauchte einen Moment, um sich orientieren. Etwas hatte im Traum gefehlt. Jess' Stöhnen hatte gefehlt. Ruby zog sich an einem der Rohre hoch und schlich zur Kajütentür. Sie ließ sich geräuschlos öffnen. Nebenan lagen Ron und Abenaa. Sie hatten sich nicht mal die Mühe gemacht, die Tür zu schließen. Abenaa atmete schnell, aber leise, sie war nicht Jess. Vielleicht wollte sie auch nicht gehört werden, vom Capitán. Nur das Quietschen begleitete ihre Bewegungen. Ruby schlich zurück.

Dieses Arschloch!

Sie sind weit genug gekommen. Frankreich, Spanien. Ein Schiff nach Afrika. Ein Schiff zu viel.

Gut. Ich breche hier ab. Bevor ich ersticke.

Von oben kam gurgelndes Gebrüll. José war aufgewacht und schrie nach Abenaa. Panisches Geflüster nebenan, dann stolperte Abenaa die Treppe hoch. Kurz darauf starteten die Motoren. Jetzt musste sie sich beeilen, zur Not vom Schiff springen. Ohne Klamotten, ohne Pass, ohne Geld. Egal. Das Schiff ächzte und bewegte sich. Sie war Schulmeisterin im Schwimmen gewesen, sie hatte keine Angst vorm Sprung über die Reling.

Die Tür öffnete sich. Ron kam rein und hob grinsend den Daumen. Wie ein verdammtes Déjàvu.

»Ich habe euch gesehen.«

Ron zuckte mit den Achseln. Sie schrie ihn an. Ob er wahnsinnig sei. Mit der Tussi vom Capitán!

Ron lachte und drückte sie gegen die eiserne Wand.

»Jetzt wehr dich.«

»Lass mich los, ich haue ab.«

Ron versuchte, sie zu küssen, aber Ruby drehte den Kopf zur Seite.

»Das traust du dich gar nicht, du bist viel zu feige. Ach, was werden sie sagen, wenn die schlaue Ruby auftaucht, und nichts weiter zu erzählen hat als vom Kiffen und Saufen.«

»Hör auf, Ron.«

»Und deine Alten erst. Sinken direkt ins Grab.«

»Bitte.«

Ihr Widerstand wurde schwächer. Ron sah ihr in die Augen.

»Weißt du, ich will rüber, ich will nach Afrika. Ich will das Abenteuer, und wenn's nur dafür gut ist, dass ich mein Leben nicht im Spießermief abgesessen hab. Ich habe echt mal geglaubt, du wärst cool genug, und wir ziehen das gemeinsam durch.«

»Was ist daran gemeinsam, wenn du …?«, presste sie durch die Zähne. Sie wusste, dass er sie verstanden hatte, und wusste im selben Augenblick, dass es die falsche Frage war.

Ron verwandelte augenblicklich. »Mach's doch auch. Mach's mit José. Hab ich ihm sowieso versprochen, als Dankeschön. Ich dachte, du hast nichts dagegen. Dein Beitrag zu unserer Überfahrt. Hast dir ja sonst nichts einfallen lassen. Alles habe ich geregelt, alles. Und dann kommst du mit Vorwürfen. Super.«

Ruby starrte ihn regungslos an. Bloß keine Tränen. Ron grinste, als er sie losließ und ging. Sie sah ihm schweigend nach. Die Motoren dröhnten, das Schiff verließ den Hafen von Algeciras. Ruby ließ sich auf die Matratze sinken. Etwas war zerbrochen, hinten im Kopf, und daraus floss giftige Flüssigkeit und mischte sich mit ihrem Hirn.

Jelzin neben ihr fällt von der Bettkante. Ruby wälzt sich auf die Seite, ihre linke Hüfte tut höllisch weh. Dann schläft sie trotz der Schmerzen wieder ein.

Endlich.

Als sie aufwacht, liegt *Jelzin* auf dem Fußboden und enthält nur noch schlechte Luft. Erschrocken fährt sie hoch, hastige Blicke ringsum, kein kleiner Finger zu sehen. Vielleicht ist es ja vorbei, denkt sie. Aber die Balkontür steht offen. Hat sie die gestern nach ihrem Kletterausflug bloß angelehnt und der Wind hat sie aufgedrückt? Der Wind. Über den Feldern in Südfrankreich. Ruby weint fast, so sehr schmerzt die Hüfte.

Reiß dich zusammen. Hör auf zu saufen. Warst du gestern Abend noch mal auf dem Balkon? Hast du wieder einen Finger abgeschnitten? Wem? Wo ist der? Und wo ist die Leiche?

Sie durchsucht jeden Winkel der Wohnung, aber sie entdeckt nichts.

Lass es vorbei sein.

Wer soll so eine Bitte erhören? Greg vielleicht.

Sie geht ins Bad und stellt die Dusche auf heiß. Im Spiegel sieht sie einen nackten Körper, der ihr fremd ist, die linke Hüfte ein einziger blauer Fleck. Und Fett, wohin sie schaut. Sie hat das Gefühl, dass selbst die Wände sie verächtlich anstarren. Sie stellt sich auf die Waage. Die Anzeige bleibt unerbittlich, da kann sie ruhig den Bauch einziehen und die Brüste mit den Händen anheben. Was hatte Ron von ihnen geschwärmt, bevor er dann von Abenaas schwärmte. Wäre sie doch ins Hafenbecken gesprungen, rechtzeitig.

Ruby schlägt sich ins Gesicht. Sie muss irgendetwas tun, egal was. Vielleicht etwas Sinnvolles. Die Spülmaschine einräumen. Das macht sie nicht sehr oft, weil sie sich vor dem Quietschen fürchtet. Lieber benutzt sie Tassen und Geschirr dreimal. Zehnmal. Oder das Klo putzen. Wo ist der Allzweckreiniger? Sie öffnet den Schrank. Er steht neben der Flasche Wodka, die sie dort versteckt hat. Weiß der Greg wann, sie hat keine Erinnerung mehr.

Ruby nimmt die Flasche, der Reiniger bleibt an seinem Platz. Ruby schraubt sie auf. *Gieß es ins Klo!* Doch *Jelzin* sträubt sich, darum versteckt sie ihn woanders. Diesmal im Wäscheschrank und nur für den äußersten Notfall. Sie wird sich nicht unterkriegen lassen. Sie will sich wehren. Sie will *ihm* auf die Schliche kommen, dem Schwein, dem *Finger-in-der-Wohnung-versteck-Schwein.* Ganz allein, ohne Hilfe und ohne die Bullen. Sie kann das. Sie weiß es.

Es schellt. Es ist nicht das Telefon, sondern die gequält schnarrende Wohnungsklingel, deren Geräusch ihr wie eine Drahtbürste über den Rücken fährt. Sie hat kein Geld, sie zu erneuern. Ruby bekommt Panik. Wer will da zu ihr? Wieviel Uhr ist es? Sie ist noch nackt. Bestimmt der Fingerabschneider, oder jemand, der Ruby beim Fingerabschneiden gesehen hat. Oder Lucky. Oder Knut. Alles nicht gut. Ruby zerrt den Bademantel vom Haken und reißt dabei den Aufhänger ab. Egal. Anziehen. Mutig sein.

Ich kann das.

Sie öffnet die Tür. Draußen steht ein Typ, die Sorte *Mein Haus, mein Auto, meine Frau.* Schon nicht mehr *Meine Yacht, mein Jet, ich und der Präsident.* Gediegen, aber nicht reich. Ruby kann ihn nirgends einsortieren, jedenfalls nicht sofort. Nur eine schrille Alarmglocke vor der Schädelrückwand geht los und beruhigt sich erst, als der Typ spricht. Seine Stimme und seine steifen Bewegungen verraten ihn.

»Tag, Ruby.«

»Kalli.«

Er lächelt erleichtert. Ruby sieht gleich, wie viel es ihn kostet, hier aufzutauchen. Blickkontakt fällt ihm genauso schwer wie früher und noch immer zupft er an seinem linken Ohrläppchen, während seine Augen ziellos durch die Wohnung irren, dann mit knallroten Wangen an Rubys verrutschtem Bademantel entlang, wie über verbotenes Terrain, wie ein Schüler erwischt beim Pornogucken. Er versucht, zu verbergen, wie schockiert er ist, aber er ist nie ein guter Schauspieler gewesen. Ganz anders als Ron, bei dem man nie sicher sein konnte, ob er meinte, was er sagte. Und tat. Als Ron noch lebte.

Kalli steht also jetzt in ihrer Wohnung. Sie kann es kaum fassen, obwohl sie mit ihm hätte rechnen können, nach dem Brief. Bestimmt hat er sich zehn Sätze zurechtgelegt, für jede Eventualität einen, und bekommt keinen heraus. Endlich doch einen. Ob er sie zu einem Kaffee einladen dürfe.

»Nackt?«

»N...nein.«

»Setz dich, ich zieh mir was an.«

»Danke.«

Ruby grinst. Lieber hätte Kalli draußen gewartet, im sicheren Treppenhaus, das ist ihr klar. Traut er sich aber nicht, Feigling, der er immer war. Taucht hier aus den Tiefen der Vergangenheit auf und klemmt sich auf die äußerste Kante des fleckigen Sessels. Ruby juckt es, ihn zu informieren, dass sie erst neulich darauf gekotzt hat, irgendwas Ekliges, nur um zu sehen, wann er flüchtet. Sie lässt den Bademantel mitten im Raum von den Schultern gleiten. Es bereitet ihr eine kleine gemeine Freude, seine Schweißproduktion anzukurbeln. Arschwackelnd schiebt sie ab ins Badezimmer. In der Wanne liegt der Haufen für die dringende nächste Wäsche. Sie fischt einen präparierten Slip heraus und einen knallroten Push-up-BH, mit Spitze, die überm Pulloverausschnitt zu sehen ist. Ruhig ein bisschen nuttig für den Besuch aus dem Paläozoikum. Dazu einen wadenlangen, angeschmuddelten Rock direkt aus der Waschtrommel. Als sie aus dem Bad kommt, sitzt Kalli immer noch auf der Sesselkante, vermutlich hat er sich nicht ein Mal bewegt. Sie zwängt sich in die abgetragenen Cowboystiefel, für die ihre Waden inzwischen zu fett sind.

»Wir können.«

»Bist du gefallen?« Er meint ihre marmorierte Hüfte.

»Ich hab besoffen aufm Tisch getanzt«, sagt sie. Sie hat keine Lust auf Lügerei und Show. Soll er doch denken, was er will. Dann gehen sie.

Im Treppenhaus stinkt es schon wieder nach Kohlroulade, als ob Opa Strang einen Monatsvorrat davon gekauft hätte. Dazu dröhnt ZZ Top aus seiner Wohnung.

Coz every girl's crazy 'bout a sharp dressed man.

Hättste wohl gern, alter Mann, denkt Ruby. *Old man should burn and rage against the dying of the light.*

Kalli schlägt das Café Latte vor, das liegt nur zwei Straßen weiter, nicht zu nobel, aber auch nicht assi. Ruby ist schon oft dran vorbeigegangen und hat durch die Scheiben gelinst. Von außen. Es hat sie noch nie jemand dorthin eingeladen. Der Laden ist nachgemachter Jugendstil. Sie setzen sich an einen Bistrotisch mit Marmorplatte. Ruby geht davon aus, dass Kalli zahlt, sonst wird's diesen Monat knapp und Otto freut sich wieder. Scheiß Otto. Eine kleine chinesische Kellnerin kommt angetrippelt.

»Hallo Yu«, begrüßt Kalli sie. *Aha, man kennt sich. Interessant.* Ruby bestellt einen Pharisäer, da ist wenigstens ein bisschen Alk drin, nur für den Fall, dass die Hände zittern. Kalli wählt Latte Macchiato, das klingt ein bisschen hip, wird aber von den wirklich Hippen längst stehen gelassen. Passt also zu Kalli wie der Pharisäer zu Ruby. Sie findet, dass Kalli der Chinesin ein wenig zu lange auf den Hintern glotzt, als sie mit der Bestellung abschwirrt.

»Wie hast du mich gefunden?«

Das interessiert Ruby mehr als ein chinesischer Hintern.

Kalli reagiert erwischt und wird rot. Und zögert so lange mit der Antwort, dass sich ein schwaches Ziehen in Rubys Magen meldet.

Sag schon, denkt sie, *niemand hat meine Adresse.*

Naja, er kenne da jemanden, beginnt er schließlich, der ihren Namen auf dem Türschild gelesen hat, also nicht ihren richtigen, sondern, naja, *Ruby Tuesday* ist doch ungewöhnlich, und da habe er gedacht, das sei sie.

»Wer ist dieser Jemand?«

»Kennst du nicht. Echt nicht.«

Ruby hasst so ein Rumeiern. Die Kellnerin kommt mit den Getränken und erlöst Kalli von dem Thema.

»Danke, Yu.«

»Thank you«, sagt Ruby.

»Mein Name wird *Üh* ausgesprochen. Der Herr Graf hat ein schlechtes Gedächtnis.«

Lächelt sie dabei? Schwer zu sagen. Sie dreht sich um und schwirrt hinternwackelnd ab. Kalli traut sich diesmal nicht, ihr nachzuschauen. Er rührt nervös seine Latte. Das mit Yu ist ihm wohl peinlich.

»Ich wette, die scheißt Zucker.«

»Wer?« Kalli sieht verwirrt auf.

»Süß, die Kleine.«

Kalli wird jetzt noch röter und Ruby genießt das. Sie trinken einen Schluck und das Ziehen in Rubys Magen lässt nach. Gelobt sei der Rum. Kallis Finger verknoten sich. Er sei so furchtbar neugierig gewesen, sagt er. An der linken Hand trägt er einen fetten goldenen Ring.

Sieh an, du bist unter der Haube.

Und er habe sie unbedingt wiedersehen wollen, nach all den Jahren. Ist ja echt lange her, dass sie … also früher und so, da hätten sie doch viel zusammen gemacht.

»Weißt du noch?«

Nein, Ruby will gar nicht wissen. Das ist alles weit weg und vorbei. Sie verdreht die Augen. Kalli bemerkt das nicht. Er beobachtet intensiv seine Finger, die er auf abenteuerliche Weise wringt.

»Wie wir durch die Kneipen gezogen sind, und du hast immer gelacht, du warst so …«

Wie war ich denn?

»… so lebenslustig. Ich hab dich …«

Na was? Du warst bis unter die Schädeldecke in mich verknallt.

»Weißt du noch, wie wir an meinem Geburtstag Kaninchenbraten gemacht haben, nur wir beide in der Küche von meinen Eltern? Du hast mit der Geflügelschere …«

Geflügelschere erinnert sie an was. Ist Kalli nicht auch in einem Parka rumgelaufen, früher, so wie alle? Haben sie ihn nicht sogar *Karlheinz Felljacke* genannt, weil er im Schulorchester Saxophon spielte? Für unsere amerikanischen Freunde *Charlie Parka* … hu, witzig.

»Sag mal, warst du neulich beim Hausmeister und hast nach mir gefragt?« Ruby interessiert kein dreißig Jahre alter Kaninchenbraten.

»Ich?«

Knuts Allerweltsbeschreibung kann in etwa auf Kalli passen. Der Mist ist, dass sie auf jeden zweiten Kerl passen kann.

Kalli schüttelt den Kopf. Und da ist wieder das Ziehen im Magen. Ein Fremder schleicht durch den Nebel und fragt nach ihr. Warum, verdammt? Ruby sieht sich möglichst unauffällig um. Ist Kalli wirklich allein gekommen? *Vorsicht*, warnt die Glocke an der Schädelrückwand. Kalli hat seine Latte ausgetrunken und winkt nach Yu. Jetzt bestellt er einen Tee mit Milch und Zucker. Mit braunem Zucker.

»Sie ist eine meiner Studentinnen an der FHW. Fachhochschule für Wirtschaft.«

Ach so. Du bist Dozent an der FH...dings. Und was sagt deine Frau dazu, dass du vom Hintern einer chinesischen Studentin träumst, die dich genauso wenig ranlässt wie wir früher?

Ruby bestellt noch einen Pharisäer. Wehe, Kalli zahlt nicht. Während Yu die Getränke holt, schwärmt Kalli von den geschmacklichen Vorzügen von braunem Zucker, schon wenn man ihn nur mit der Zungenspitze leckt. Yu kommt und bringt Tee und Pharisäer. Kallis Zunge kriecht aus dem Lippenspalt. Die Chinesin knallt einen Zuckertopf auf die Marmorplatte und entschwindet. Bald kleben kleine braune Zuckerkrümmel an Kallis Zungenspitze. Kalli zieht sie ein wie ein Chamäleon, schließt die Augen, lächelt und schweigt.

Die Menschen ändern sich nur äußerlich, denkt Ruby. Durch ihre Bewegungen geben sie sich zu erkennen, die sich seit der Kindheit in Armen, Beinen und in Gesichtern festsetzen. Und durch ihre Vorlieben. Kalli war schon immer verrückt nach braunem Zucker. Der hat ihn getröstet, wenn es wieder schlimm war, wenn die Mädels Ron hinterherliefen und er wie ein Hund litt. Schon damals hat Kalli gelächelt und geschwiegen.

Ruby betrachtet seine geschlossenen Augen. Denkt er jetzt daran? Sieht er, wie Ruby Ron küsst, und sich im Neid der anderen Mädels sonnt? Wie sie sich nicht von Rons Großkotzigkeit abschrecken lässt und nicht von seiner gruseligen Stimme? Ron hat nie gefragt, er brauchte sich nur zu bedienen. Kalli hat immer gefragt und er hat nie etwas bekommen. Ihn hatten die Mädels nur zum Ausheulen benutzt wie ein Wegwerftaschentuch.

Seitdem glaube ich dir nicht mehr, Alice. Hör zu: Egal, ob du als Mann geboren oder bloß dazu gemacht wirst, die Hauptsache ist, dass die Mädels dich ranlassen. Wenn sie das nicht tun, ist alles scheiße, egal ob angeboren oder anerzogen. Kapier das mal!

Denkt Ruby, dass Kalli das denkt.

»… und dann hast du die Geflügelschere genommen …«

Erschrocken reißt Ruby die Augen auf und starrt ihn an. Sie hat Kallis Gedanken gelesen.

Quatsch!

»… und ritsch das erste Beinchen abgeschnitten, und ritschratschritsch die anderen.«

»Was habe ich gemacht?«

»Du hattest echt Kraft.«

»Sag mal, spinnst du?«

Kalli ist ehrlich erschrocken.

»Ruby, liebe Ruby, erinnerst du dich nicht mehr? Mein Gott, arme Ruby, du siehst so … so müde aus.«

Richtig scheiße sehe ich aus, sag's ruhig.

»Wie ist es dir ergangen, Ruby, all die Jahre? Ich kann dir doch helfen.«

Ruby könnte kotzen.

»Kalli.«

»Ja?«

»Weißt du … ich will nicht … ich komme klar.«

»Erzähl doch wenigstens, bitte.«

Ruby rollt wieder die Augen einmal ganz nach hinten und zurück. »Okay.« Noch einen Schluck, dann erzählt sie irgendwas. Irgendeinen Scheiß, der das Weichei schockiert. Das gefällt ihr sogar, mit jedem Wort mehr.

»Also gut. Bin in Marokko gewesen. Das heißt, nicht ganz. Auf'nem Schiff dahin. Und dann Motorschaden. Wir sind abgetrieben, irgendeine verpisste Strömung an Gibraltar vorbei aufn Atlantik raus. Wir waren zu viert, zwei Männer und zwei Frauen. Wir konnten keinen Notruf absetzen, hatten kein Strom. Der wurde von der Maschine produziert und die war im Arsch. Zehn Tage, dann waren die Vorräte aufgefressen, von uns und von den Ratten. Und dann die Ratten von uns. Dann war der Kapitän im Fieberwahn und wollte mit mir.«

Ruby formt einen Kreis mit dem rechten Daumen und Zeigefinger und stößt den linken Mittelfinger hindurch. Und genießt Kallis entsetzten Blick.

»Ich hab ihm das Gesicht zerkratzt, da hat er es gelassen. Dann kam Wind auf und hat uns nach Süden getrieben, an der Küste lang, aber nie nah genug. Keine Chance mit dem Beiboot. Da passten eh nur drei rein. Einmal haben wir gewürfelt, wer zurückbleiben muss. Die Woche drauf erledigte sich das von selbst, da waren wir nur noch drei. Wir fingen an, Holz zu kauen, so Hunger hatten wir. Und unten in der Kajüte lag ein Haufen Fleisch.« Sie kichert. »Da sind wir dann runter und …«

Kalli sieht sie an, als hätte sie den Verstand verloren.

»Ruby, hör auf.« Sein Gesicht ist kreidebleich.

Ruby zuckt mit den Achseln. »Ganz nach Belieben.« Dann setzt sie ein versöhnliches Lächeln auf. »Wie du siehst, bin ich nicht die Nummer vier gewesen. Ich bin komplett zurück und hab Schmuck gebastelt.«

»Schmuck?«, fragt Kalli, und in seinem Gesicht blüht wieder die Hoffnung auf was auch immer.

»So 'n Zeug halt, was sich auf Märkten verkaufen lässt. Weißt du, bei diesem Mittelalterscheiß, der jetzt in jedem Kaff veranstaltet wird. *Euer Hochwohlgeboren wollen sich diese Kostbarkeit doch nicht entgehen lassen? Geschmeide in ächt keltischer Flechttechnik, die ich höchstselbst aus uralten verschollenen geheimen okkulten Quellen rekonstruieret habe. Passt entzücklich um dero Gattin Schwanenhals.*«

Ruby grinst und auch Kalli traut sich ein Lächeln.

»Hab ich in Frankreich gelernt. Vierteljahrhundert her. Mein halbes Leben. Manchmal denk ich, die Nummer vier hat's am besten erwischt.«

Kallis Lächeln ist schlagartig eingefroren.

»Ruby …«

»Ich glaub, an meinem Fünfzigsten mach ich auch Schluss.« Ruby hält Ausschau nach der Chinesin. »Halbes Jahrhundert reicht.«

»Ruby, bitte.«

»Du wiederholst dich.«

»Ich werde doch auch Fünfzig. Wir könnten gemeinsam … wie früher … mit Kaninchen, weißt du noch? Ritschratsch?«

Kalli macht mit Zeige- und Mittelfinger eine Scherenbewegung. Ruby starrt ihn an. Scheiße, na klar, sie hat doch die ganze Zeit schon daran gedacht. Vor ihr rührt Kalli den braunen Zucker in den Tee. Plötzlich erscheint das Gesicht ihrer Nachbarin auf der Schädelrückwand. *Brown Sugar* hat sie sich genannt, um Ruby eifersüchtig zu machen, und hat dabei das Shirt bis zu den Titten hochgezogen. *Braune Mädchen kriegen schärfere Kerle als Käsebrötchen.*

»Ruby, was ist mit dir?«

»Was hast du in der Nacht von Sonntag auf Montag gemacht?«

»Das weißt du nicht?« Kalli ist offenbar erstaunt.

Verflucht, muss ich das wissen?

»Ich hab's ausbluten lassen, gehäutet, tranchiert.« Weidet sich Kalli etwa an ihrem Entsetzen? »Wie jedes Jahr seit damals. Erinner dich doch. Bei meinem Geburtstag, nur wir beide. Ein leckeres Kaninchen, das versuche ich dir doch vorzuschlagen. Das machen wir zu deinem auch.«

Ruby sieht plötzlich ihre Hand mit der Geflügelschere, die eine Keule aus dem blutigen Kaninchenkörper schneidet. Und diese Keule steckt zwischen zwei goldenen Löffeln in ihrer

Spülmaschine. Kalli, Scheiße, du willst mir helfen? Das hast du bereits! Neulich mit *Brown Sugar!* Kalli, verdammt, wo ist Abenaa? Knut hat dich erkannt, Charlie Parka. Du bist gar nicht harmlos, du bist auf einem Rachefeldzug. An den Mädels von damals, an mir. Das ist deine Vergeltung, dein Tag der Rache, dies irae.

Kallis Mund bewegt immer noch, öffnet und schließt sich. Ruby versucht, den Hörsinn wieder auf Umgebung zu stellen.

»Hast du dich eigentlich schon entschieden?«

»Wofür?«, stottert sie.

Kalli betrachtet sie so merkwürdig. »Na, ob du zur Party kommst.«

Ruby starrt ihn an wie ein Alien.

»Dreißig Jahre Abi.«

Sie schüttelt den Kopf. Auf keinen Fall.

»Aber die Einladung, die hast du doch bekommen?«

»Hab einen abgeschnittenen Finger drin eingewickelt und beerdigt.«

»Ruby, warum sagst du so was?«

»Weil es stimmt.«

Kalli öffnet den Mund, bringt aber nur eine Art Keuchen zustande. Ruby hat ein Gefühl, als würde ihr die Kehle mit einer Rasierklinge aufgeschlitzt.

»Ich muss weg.«

Sie springt hoch, dass der Stuhl umkippt.

»Ruby.« Kallis Augen glühen. »Wir müssen uns wiedersehen.«

Ruby schreit irgendwas und ist aus der Tür.

Ruby rennt. Abenaas Gesicht kommt näher, direkt aus der Schädelrückwand, aus dem Nebel. Irgendein gnädiger Schutzmechanismus hat ihr Gesicht lange unter Verschluss gehalten, in einer unzugänglichen Hirnregion versteckt. Nun kriecht es wieder hervor, mit jedem Finger deutlicher!

Dazu Kallis *Ich-möchte-dir-helfen*-Gewinsel. Und seine scheiß Fragerei. Hat er den Quatsch geglaubt, mit dem Motorschaden und auf den Atlantik getrieben? Kein Strom und so? Alles Lüge. Nur das mit dem Capitán stimmte, dass er mit ihr wollte. Aber das will sie nicht sehen, nie mehr, das muss im Nebel bleiben, für immer.

Keuchend erreicht sie den dritten Stock. Null Kondition. Hier ist es jetzt ruhig, kein ZZ Top mehr, kein *Girl gets crazy 'bout a sharp dressed man.* Opa Strang ist ausgegangen oder tot. *Old man should burn and rage against the dying of the light.* Ihr fällt ein, wo sie das gelesen hat.

Es war wieder in diesem Kaufhaus, ein oder zwei Monate nach dem Löffelklauen. Diesmal ließ sie sich durch die Sanitärabteilung treiben. Sie bückte sich, um ein Preisschild zu entziffern.

»Seit wann kannst du lesen?«

Der Schnüffler stand so dicht hinter ihr, dass sie seine Körperwärme spürte.

»Ich will ...«

»Hier will jeder was, was er nicht kriegen kann. Da bist du nicht die einzige.«

»Ich brauch 'ne Brille.«

»Das auch«, knurrte er.

»Die gefällt mir.«

Ruby richtete sich auf und zeigte auf eine blümchenüberzogene Klobrille. Sie stand mit dem Rücken zu ihm und roch sein billiges Rasierwasser. Sie hasste Rasierwasser. Und grapschende Hände. Ruby blickte zur Decke. In einer Ecke fand sie, was sie suchte.

»Die Kameras hab ich deaktiviert«, raunte er. »Als ich dich gesehen habe, Baby.«

»Vielleicht kannst du mir helfen.«

»Aber gern.«

Seine rechte Hand war dick verbunden und lag inzwischen auf ihrer rechten Brust.

»Erwähnte ich, dass die Heftzwecken präpariert waren?« Rubys Stimme klang heiser. »Ich hatte schimmeliges Brot im Kühlschrank. Kann passieren. Da hab ich die Dinger reingepiekt. Hätte nicht gedacht, dass das funzt. Ich kenne einen, der ist an Blutvergiftung gestorben.«

»Hör mal zu.« Er drückte seinen Unterleib an ihren Hintern. »Quatsch mir das in 'ne Tüte und stell's mir vor die Tür, klar?«

Dann nahm er seine Hand weg. Vielleicht war ihm die Fummelei doch zu doof. Wenn die sich nicht mal wehrte. Oder die Kameras waren eben nicht aus.

»Scheißjob, oder?«

»Halt die Fresse.«

»In deinem Alter findste keinen anderen.«

»Ich hab gesagt, du sollst deine dreckige ...«

»He, Marlowe.«

Ruby drehte sich mit einem Ruck zu ihm um. Keine fünf Zentimeter lagen zwischen seinem und ihrem Gesicht. Er war nicht mal hässlich.

»Wieso Marlowe?«

»Hab ich mir für dich ausgedacht.«

»Schlampe. Hab ich mir für dich ausgedacht.«

»Was würdest du mir empfehlen, wenn ich jemals in diesem Leben noch was lesen sollte?«

»Du meinst, was du klauen solltest?«

Ruby nickte.

»Du willst mich verarschen.«

Ruby schüttelte den Kopf.

»Ich hasse Weiber wie dich.«

Ruby sah ihm in die Augen. »Stimmt nicht.«

Sie standen wortlos voreinander. Ruby konnte seine verdammte Einsamkeit sogar durch die Rasierwasserwolke riechen.

»Herr Bentrup?«

Marlowe zuckte zusammen.

»Hier stecken Sie.« Eine nicht mehr junge, hagere Frau, Magentakostüm und Marge-Simpson-Frisur, tauchte um die Regalecke auf. »Kommen Sie. Es gibt einen Fall.« Ihre Stimme hatte die Kälte und Verachtung von poliertem Stahl.

»Do not go gentle into that good night«, flüsterte Marlowe. Dann machte Herr Bentrup auf dem Absatz kehrt und folgte Marge Magenta. Sie hatte Ruby keines Blickes gewürdigt.

»Herr Bentrup. Wird's bald?«

»Jawohl, Frau Kniest.«

Herr Bentrup buckelte diensteifrig und hastete mit kleinen schnellen Schritten hinter Frau Kniest her. Ruby blickte ihm teilnahmslos nach. Dann zog sie aus einem Berg bunter Klopapierrollen ein dünnes Büchlein, sie hatte es schon vorher gesehen. Es war leicht vergilbt. Auf seinem Rücken stand *Do not go gentle into that good night.* Marlowes Tipp. Ruby nahm es und schob es unter den Rock. Sie war erschöpft, lehnte sich an einen halben Meter kahle Wand und schloss die Augen. Wieso hat Marlowe es dort versteckt? Arme Sau, wie er hinter Marge herschmierte. Eine Tüte Mitleid. Quatsch, einer der tagsüber durch die Regale schleicht, den Lippenstiftdiebinnen auflauert und nachts ins Kopfkissen beißt, die Hände auf den imaginierten Brüsten der räuberischen Lippenstiftfrauen, die ihn gegen Morgen, wenn er endlich schlafen kann, kreischend vor Lachen verlassen, hat kein Mitleid verdient.

Ruby genoss die Kühle der Wand im Rücken. Sie gab Halt, sie fiel nicht um, obwohl es doch heißt, der Klügere gibt nach. Andererseits, dachte sie, wenn alle Klügeren nachgeben, wird die Welt von den Dummen beherrscht. Misstrauisch strich sie über den glatten Putz. Auf welcher Seite der Logik stand sie? Ruby stieß sich ab. Man weiß ja nie. Hinter ihr brach die Wand donnernd zusammen. Natürlich nicht, aber es hätte sie nicht gewundert.

Als sie das Kaufhaus verließ, sah sie in der Kosmetikabteilung eine weinende Schülerin. Marlowe hatte ihr die Arme auf den Rücken gedreht und führte sie filmreif ab, vor sich garantiert keine *gentle good night.*

Rubys Erinnerung endet, als sie schon in ihrer Wohnung steht. Wo hat sie das Buch hingeworfen? Es ist das einzige, das sie besitzt, und es klemmt unter der Stehlampe, die so halbwegs senkrecht bleibt. Dylan Thomas heißt der Autor, ein walisischer Alkoholiker, so viel weiß sie noch aus dem Englischunterricht. Ruby wirft sich in den Sessel und blättert, bis sie findet, was sie sucht.

Do not go gentle into that good night,
Old age should burn and rave at close of day;
Rage, rage against the dying of the light.
Though wise men at their end know dark is right,
Because their words had forked no lightning they
Do not go gentle into that good night.
Good men, the last wave by, crying how bright
Their frail deeds might have danced in a green bay,
Rage, rage against the dying of the light.

Sie liest, dann reißt sie die Seite raus. Für *Strange Tom*, schreibt sie drüber. Dann hebt sie den Kopf. Direkt vor ihr auf der Fensterbank zwischen zwei leeren Blumentöpfen liegt ein linker kleiner Finger. Dunkle Hautfarbe, weiblich, kein Zweifel. Ruby schreit, bis ihr die Luft ausgeht. Von unten wird ein Besenstiel gegen die Decke gestoßen. Opa Strang lebt noch. Dann drehen sich ihre Augen nach hinten und sie schreit noch einmal, noch länger. Als die Augen wieder vorne ankommen, hat sie die Flasche Wodka aus dem Wäscheschrank in der Hand. Sie trinkt die Hälfte in einem Zug. Es ist also doch nicht vorbei, noch lange nicht, wie hat sie das glauben können? Die Hölle ist nicht unter uns, *not below us,* die hat sie noch vor sich. Und sie kommt näher, je weiter sich das Schiff vom Hafen entfernt.

Ruby VII

Die Kräne an den Docks wurden kleiner und mischten sich in die Häuserkulisse. Sie waren auf dem Weg nach Afrika. Nach Tanger. Eine Fähre brauchte für die Strecke siebzig Minuten, wusste Ruby, aber Ron hatte gesagt, sie würden nicht den direkten Kurs nehmen. Außerdem wären sie langsamer als eine Fähre. *José ist Fischer, weißt du?*

Ruby lehnte an der Backbordreling. Von Ron war nichts zu sehen. Was er unten in der Kabine gesagt hatte, war der letzte Tropfen gewesen. Und er hatte es so gemeint, genau so.

Sie drehte den Kopf und sah José im Steuerhaus. Er grinste breit wie die Machete, die an der Außenwand der Kabine hing. So eine, die man im Dschungel benutzt. Vielleicht wehrte José damit Piraten ab. Gab es hier welche? Gab es Meere ohne Piraten? Rubys Augen wanderten zum Capitán zurück. Sie verengte die Lider zu Schlitzen. So gelang es ihr, das rote Kreuz des Verbandskastens zu verschieben, bis es wie ein Fadenkreuz vor Josés Gesicht lag.

Peng, du kriegst mich nicht.

José winkte, sicher hatte er ihren langen Blick anders gedeutet. Ruby riss den Kopf herum und starrte aufs Meer. Ein paar Segelboote kreuzten vor dem Bug und zwei Surfer, die sich weit hinaus trauten. Der Wind war aufgefrischt, aber der Himmel blieb wolkenlos. Traumwetter. Dafür gaben Kreuzfahrer ein Heidengeld aus.

Ruby spuckte in die Wellen. Dann löste sie sich von der Reling und schlenderte dicht am Steuerhaus vorbei, tauchte die Hände zur Abkühlung in eines der Wasserfässer, die dort vor einem Haufen Taue festgezurrt waren, spazierte weiter zum

Heck und setzte sich auf eine signalrot lackierte Holzbank. Sie hielt das Gesicht in den Wind und fühlte sich besser. Im Norden begrenzte die spanische Küste den Horizont und schräg hinter ihnen meinte sie die rötlichen Felsen der Insel Alborán zu erkennen, nach der dieser Teil des Mittelmeers benannt wurde. *Mar de Alborán*, berühmt für seine Delfine. Ruby sog tief die Meeresluft ein. Wenn jetzt noch Delfine auftauchten.

»Hast du's dir überlegt?« Ron stand hinter ihr, ohne dass sie ihn hatte kommen hören. »He, locker bleiben.«

Seine Hände griffen ihre Schultern und verstärkten die Verkrampfung, die seine Stimme in ihren Nacken gejagt hatte.

»Ach, wie kitschig, Delfine.«

Zwei hellgraue Tiere sprangen nur wenige Meter vor dem Heck aus dem Wasser, jetzt, wo es zu spät war für Romantik.

Fass mich nicht an!

»Hat José schon gesagt, wann wir nach Süden drehen?«

Verpiss dich!

»He, José!«

José hatte das Steuerhaus verlassen. Er stakste mit breitem Seemannsgang über die Planken. Auch Abenaa war aufgetaucht und folgte ihm mit ein paar Metern Abstand. Er hatte Rons letzte Frage mitbekommen und sagte irgendetwas auf *Andaluz*, der Spanischvariante seiner Heimat. Ruby verstand nichts, nur das Wort *Gibraltar*. Ron dagegen hatte sich in langen *Casablanca*-Nächten ganz gut in den Süddialekt eingehört. Mit einem Ruck stieß er Rubys Schultern nach vorn.

»¿Qué coño es esto?«, brüllte er. *Was soll der Scheiß?*

José grinste wieder sein Machetengrinsen und wankte an ihm vorbei.

»Was sollen wir in Gibraltar, Mann?«

José blieb vor Ruby stehen.

»¡Hola belleza!«

Das verstand sogar Ruby.

Fick dich!

Abenaa hatte sich über die Reling gelehnt und deutete aufgeregt nach unten. Ruby ging mit schnellen Schritten zu ihr. Roch sie nach Ron? Sie roch nach Öl und Fischtran, so wie sie alle. Abenaa winkte aufgeregt. Die Delfine waren dicht an die Bordwand herangekommen und in Gefahr, in die Schiffsschraube zu geraten. José zog ein verärgertes Gesicht, machte aber keinen Schritt näher zur Bordwand.

»¡Cierra el pico!« *Halt's Maul.*

Für einen Moment glaubte Ruby etwas wie Hass in Abenaas Augen zu sehen. Dann war er wieder verschwunden.

»He's afraid of water, he can't swim«, sagte sie so leise, dass es nur Ruby verstehen konnte. »Blue-eyed-devil he is, don't speak no english.«

»¡Aquí!«

Als ob Abenaa ein Hund wäre. Sofort löste sie sich von der Reling.

»Die Kleine gehorcht ihm aufs Wort.« Rons Augenhöhlen waren tiefschwarz, aber Ruby bemerkte das Glitzern darin.

Arschloch.

»Wenn wir in Tanger sind, nehmen wir die Küstenautobahn. Runter nach Casablanca.«

»Und dann?«

Er sah sie an.

»Was ist los mit dir, Ruby?«

Das fragst du noch?

»Freiheit!« Er grinste schief.

Hast du es immer noch nicht begriffen?

»Du bist zum Platzen eifersüchtig.«

»Ron, lass die Finger von …«

»¡Cierra el pico!«

»Fuck you.«

»Da jubelt das Spießererbe, right?«

»Ron, es ist vorbei.«

Ron warf den Kopf nach hinten und gurgelte ein Lachen.

Dann sang er. »Es ist vorbei, bye bye Junimond, es ist vorbei, bye bye.«

Er tanzte Richtung Bug, die Arme weit ausgestreckt. Zorba the greek. Zorba the dead. Sobald sie in Tanger an Land gingen, schwor sie sich, würde sie ihn verlassen. Zurück nach Spanien, nach Europa, egal wohin, nur weg von ihm.

Ruby sah wieder aufs Meer hinaus. Die Delfine waren verschwunden. Ein langer blutiger Streifen zog sich durch das Wasser und löste sich allmählich auf. Als ihre Augen wieder vorne ankamen, war da kein Streifen mehr. Die Sonne stand bereits tief im Westen und blutete ebenfalls. Ruby schlang die Arme um ihren Körper. Für eine Sekunde fühlten sie sich an wie Rons Arme. Der Trawler schaukelte mit mäßiger Geschwindigkeit in den Sonnenuntergang. Im Steuerhaus brannte eine nackte Glühbirne, aber es stand niemand hinter dem hölzernen Rad. Sie fror, sie brauchte einen Pullover aus der Kajüte.

Als sie die Treppe hinunterstieg, hörte sie leises Weinen. Die Tür stand einen Spalt offen. Abenaa saß auf dem Bett und starrte Ruby an wie ein erschrockenes Tier. Ruby ging hinein und setzte sich neben sie. Abenaa zog die Schultern zusammen und steckte die Hände zwischen die Knie, sie drückte das Kinn nach unten, sodass Ruby ihre Augen nicht sehen konnte. *Nicht berühren*, hieß das. Ruby sprach leise.

»Here you sleep, you and José.«

Kein guter Anfang, dachte Ruby. Abenaa nickte hastig. Oben an Deck war sie ihr stärker vorgekommen, mutiger.

»Where are you from?«

»Ghana«, flüsterte sie.

»Und … wie bist du an José geraten?«

Abenaa schüttelte heftig den Kopf und Ruby verwünschte ihre direkte Frage. Andererseits konnte jederzeit einer der beiden Männer auftauchen. Es eilte also.

»Lass uns die Biege machen, wir beide, in Tanger.«

Etwas, das ein Lächeln hätte sein können, wenn es nicht so randvoll mit Traurigkeit gewesen wäre, huschte über ihr Gesicht.

»Abenaa, das ist unsere Chance. Wir können …«

»Ich hab's ihm versprochen.«

»Wem hast du was versprochen?«

»Ron.«

Ruby biss die Zähne zusammen.

»Dass ich mit ihm weggehe. In Tanger.«

Deshalb machst du's mit ihm. Fast hätte sie es laut gesagt.

»Ich werde sonst verkauft. An den Scheich.«

»Blödsinn.«

»Ron will mich befreien.«

Ängstliche Augen starrten Ruby an. War sie so naiv? Konnten zwei Scheißkerle wie Ron und José ihr so etwas einreden?

»Das sind Märchen, Abenaa. Der … der verarscht dich.«

»Es ist die Wahrheit. Du wirst auch verkauft. Für dich kriegt er einen noch besseren Preis, sagt der Capitán. Weil du weiß bist.«

»Weil ich … was?«

Abenaa löste eine Hand aus der Klammer ihrer Knie und fuhr mit dem linken Zeigefinger über Rubys Arm. »Weiß.«

Ruby bekam eine Gänsehaut.

»Weiß.« Abenaa lachte leise.

»Hier bist du!«

Ruby erschrak. Sie war so sehr auf Abenaas Finger konzentriert gewesen, dass sie seine Schritte nicht gehört hatte.

»Was hast du mit der zu reden?«

»Das geht dich einen Dreck an.«

»Komm jetzt mit nach oben.« Ron hatte bereits eine Fahne. »José will seine Bezahlung.«

Ruby sah ihn nicht mal an.

»Du kannst mich mal!«

Ron lachte nur. Er packte ihren Arm und zerrte sie hoch. Er hatte merkwürdigerweise mehr Kraft, wenn er betrunken war.

Ruby hatte keine Chance, sich aus seinem Schraubstockgriff zu winden. Abenaa starrte mit leeren Augen durch sie hindurch, von ihr war keine Hilfe zu erwarten. Auf dem Weg nach oben trat Ruby nach Ron. Sie ließ sich fallen, aber Ron schleifte sie mit, als wäre sie gewichtslos.

»Nur das eine Mal.« Er war freundlich und erstaunlich entspannt. »Bald sind wir in Tanger. Dein Beitrag zur Überfahrt. Ich hab's dir doch gesagt.«

Er warf den Kopf in den Nacken und gurgelte sein Lachen, das hatte er sich in Algeciras angewöhnt. Den kurzen unaufmerksamen Moment nutzte Ruby und biss mit aller Kraft in seine Hand. Ihre Zähne taten weh und sie schmeckte Blut, aber es wirkte. Ron brüllte und lockerte den Griff. Ruby riss sich los und rannte zurück. Es gelang ihr, die Kabinentür zuzuschlagen, bevor Ron sie erreichte. Sie klemmte die Stuhllehne unter die Klinke und sah erleichtert, dass Ron vergeblich daran rüttelte.

Erschöpft ließ sie sich auf eine Matratze sinken. Nach einer Minute oder zwei hörte sie Rons Schritte auf der Eisentreppe. Jetzt holte er José. Zitternd wartete Ruby und zählte die Sekunden. Aber nichts passierte. Es musste mittlerweile Nacht sein. Sie hatte keine Uhr. Ruby traute sich nicht aus der stinkenden Kabine. Einmal hörte sie nebenan flüsternde Stimmen. Sie nahm an, dass es Ron und Abenaa waren. Wie konnte die Frau so dumm sein? Und wo blieb der Capitán?

Vielleicht war Ruby für einen Moment eingenickt, als die Antwort mit schweren Schritten die Treppe herunterkam. José trat ein einziges Mal gegen die Tür und der Stuhl brach auseinander. Er stank nach Alkohol und Tabak. Mit glasigen Augen stierte er Ruby an, und sie wunderte sich, dass er überhaupt noch stehen konnte. Mit einem schnellen Griff packte er ihre Haare und zog sie hoch. Ruby schrie. Mit einem Ruck hatte er ihr Shirt zerrissen und grinste über ihre Faustschläge. Als er die leid war, schlug er ihr ins Gesicht. Ruby fiel rückwärts gegen die Eisenwand. Sie hörte Knochen knackten, als der Capitán sich auf sie warf. Eine Hand presste er auf ihr Gesicht, und ihre Zähne schienen ihn bloß zu kitzeln, die andere Hand zog ihren Rock über die Hüfte. Ruby versuchte, ihr rechtes Knie in seine Cojones zu rammen, aber ein Schlag in ihre Magengegend beendete den Versuch. Dann hatte er seinen Unterleib zwischen ihre Beine gezwängt und zerrte seine Hose auf. Das war nicht so einfach mit einer Hand. Er knallte ihren Kopf gegen die Wand und nahm beide Hände zur Hilfe. Alles verschwamm in einer Wolke schwarzer Übelkeit.

Wer aufgibt, hat schon verloren.

José brüllte wie am Spieß, als sie ihre Krallen rechts und links über seine Wangen zog. Sofort bildeten sich blutige Bahnen dicht an den Augen vorbei. Schade, dass sie die nicht erwischt hatte. José riss die Hände hoch und presste sie vors Gesicht. Er schrie irgendwas, und Ruby vermutete, dass es um Rache ging, und dass sie bitter bereuen werde, was sie gerade getan hatte. Darauf wollte sie nicht warten. Sie wand sich unter ihm weg und stolperte zur Tür. Einsperren konnte sie ihn nicht. Mit drei Schritten hatte sie die Treppe geschafft. Ins Meer zu springen kam einem Todesurteil gleich, das blieb als allerletzter Ausweg. Sie sah das Beiboot am Heck und sie zwängte sich dahinter. Keine Sekunde zu früh.

José kam herauf, durch die Ritze unter dem Boot konnte sie ihn beobachten. Er torkelte und war offensichtlich noch betrunkener, als es zuerst den Anschein gehabt hatte. Schwankend blieb er vor den Wasserfässern stehen, riss einen Deckel auf und tauchte sein Gesicht hinein. Rubys Krallen hatten böse brennende Gräben hinterlassen. Wasser rann an seinem Hals runter und färbte das Hemd dunkel, als er den Kopf wieder hob. Ruby zitterte.

Bitte, such nicht hier.

Aber José hatte etwas anderes entdeckt. Als sein Raubtiergebrüll von neuem anhob, mischten sich die Schreie einer hohen Männerstimme und einer kreischenden Frau hinein.

Ron und Abenaa hatten geglaubt, er hätte länger mit Ruby zu tun, und hatten nicht so bald mit seiner Rückkehr gerechnet. Sie waren unvorsichtig geworden und hatten es sich auf den Tauen hinter den Wassertanks bequem gemacht.

Mach sie fertig, José, alle beide!

Ein einziger Griff nach oben und José hatte die Machete aus der Halterung gerissen. Ruby spürte ihre Fingernägel in den Handballen. So hatte sie das nicht gemeint. José schon. Er brüllte, und was er vorhatte war eindeutig. Ron sprang hinter den Fässer hervor und hielt schützend die Arme über den Kopf. José raste vor Wut mit einem Blick wie ein gebrochener Flaschenhals. Er holte weit aus. Dann schlug er zu, mit aller Kraft. Die scharfe Klinge zerschnitt mit einem pfeifenden Geräusch die Luft und durchtrennte mit einem satten Schmatzen, so wie man es von teuren Autotüren kennt, Abenaas linkes Handgelenk.

Scheiße!

Abenaa hatte sich mit vorgestreckten Händen zwischen Ron und den Capitán geworfen. José starrte sie ungläubig an, dann ließ er die Machete fallen. Ruby sprang aus ihrem Versteck, packte die Waffe und schleuderte sie in weitem Bogen über Bord. Es klatschte, als sie auf die Wasserfläche schlug. Für eine wirre Sekunde glaubte Ruby, sie sähe einen Delfin davonschwimmen mit einer Machete im Rücken.

Abenaa war auf die Planken gestürzt. Blut spritzte in hektischen Stößen aus ihrem Armstumpf. José sprang über sie weg und warf sich wie ein waidwundes Tier auf Ron. Rons Stimme überschlug sich, und Ruby wusste, dass er Angst hatte. Todesangst. Wie auf dem Hof, als er von dem Traktor fast zerquetscht worden war.

Die beiden Männer wälzten sich am Boden. Ruby packte Abenaa unter den Achseln. Es ging um Sekunden. Sie wusste selbst nicht, woher sie die Kraft nahm, eine erwachsene Frau über die Holzplanken bis ins Steuerhaus zu schleifen, aber sie schaffte es. Zu ihrer Erleichterung war der Verbandskasten gut bestückt. Ruby hatte nicht viel Ahnung von Erster Hilfe. Sie presste mehrere Verbände auf den Stumpf aus dem weiterhin das Blut pulsierte. Sie wickelte Mullbinden um die Kompressen und den Arm, um die Blutung zu stoppen. Abenaa sah ihr dabei mit erstaunlicher Ruhe zu.

»I will die«, flüsterte sie.

»Nein!« Sie hatte es geschrien. Abenaas trug ihre riesigen Kreolen, das fiel ihr jetzt auf. Ruby streichelte über ihren Kopf und berührte einen der goldenen Ringe.

»Du bist wunderschön.«

»Ich werde sterben.«

»Unsinn. Wir hauen zusammen ab. Nach Europa.«

Rubys Finger glitten über ihre linke Wange und Abenaa lächelte.

Die Tür zum Steuerhaus wurde aufgerissen und José stürzte herein. Sein Gesicht war blutüberströmt. Er hielt Abenaas abgetrennte Hand am Zeigefinger und warf sie vor Rubys Füße. Die Hand klatschte auf den Boden und ein Schwall Blut spritzte heraus. Ruby schrie und José packte ihren Arm. Er sagte irgendetwas auf Andaluz. Ruby glaubte zu verstehen, dass er Sanitäter sei und sich nun selbst um Abenaa kümmern werde. José packte sie und zog sie dicht heran. Ehe ihr klar wurde, was er vorhatte, klickte eine Handschelle um ihr linkes Handgelenk. Ununterbrochen fluchend zerrte José sie aus dem Steuerhaus. Sie stolperte hinter ihm her über das Deck, wich der Blutlache aus und vermochte sich kaum auf den Beinen zu halten. Ihre Kraft hatte sie für Abenaa verbraucht. Auf dem Weg nach unten fiel sie und schlug die Schienbeine an der Eisentreppe blutig. Ron lag auf dem Kajütenboden. Bewusstlos, eine Hand mit Handschellen an einem der Rohre befestigt, die von aus der Decke kamen und im Boden verschwanden. An dem anderen wurde Ruby gefesselt.

Ruby reibt sich die schmerzenden Augen. Sie hat geschlafen, lange. Die Sonne steht nicht mehr vor ihrem Fenster, es muss mindestens später Vormittag sein. Der nächste Tag. *Jelzin* liegt am Boden, ist leer und stinkt. *Scheiße.* Der Geruch von Alkohol war Rons ständiger Begleiter gewesen. Seit sie den Hof in Frankreich verlassen hatten, war Rubys Ekel gewachsen, um so stärker, je mehr Ron soff. Schließlich hatte sie keinen Alk mehr angerührt. Wann sich das wieder drehte, wann die Gier nach dem Rausch wieder die Oberhand gewann, vermag Ruby nicht zu sagen. Irgendwann an den Abenden der Mittelaltermärkte, als sie längst wieder in Deutschland war, als die Schausteller ums Feuer saßen und einer Gitarre spielte, die alten Lieder, *Give peace a chance*, als die Erinnerungen kamen, an den Hof, an endlose Spaziergänge, allein, mit Ron, an Markttage mit Piet und an gemeinsame Abende und Nächte, zumindest an die schöneren. Da hatte sie wieder mitgemacht. Manchmal hatte sie heimlich Ron zugeprostet, Ron und ihrem schlechten Gewissen. Dass sie ihn dem Verrecken überlassen hatte. Sie glaubte tatsächlich, ihr Leben wieder im Griff zu haben, aber sie war längst die Flipperkugel, die hierhin und dorthin geschleudert wurde, und nicht wusste, auf wen sie als nächstes krachte.

Es ist fast schon Mittag. Ruby sieht den Zettel auf dem Schreibtisch, der mit *Für Strange Tom* überschrieben ist. Sie zieht den Bademantel an, steckt den linken kleinen Finger ein und geht ein Stockwerk tiefer. Hinter Opa Strangs Tür ist es still. Nur ein leises Hecheln dringt nach draußen. *Hundt* jedenfalls lebt noch. Ruby schiebt den Zettel unter der Tür durch.

Rage, rage!

Jetzt bellt *Hundt*. Ruby holt den Finger aus der Bademanteltasche und legt ihn der Tür gegenüber ans Geländer. *Hundt* wird ihn finden. Plötzlich dreht sie sich mit einem Ruck um. Sie hat wie einen Flash das Gefühl, jemand beobachtet sie, jemand steht in ihrem Rücken. Sie sieht niemanden, sie lauscht, auch keine flüchtenden Schritte, kein verräterisches Atmen, keinen Typ mit Blaumann und Kreppsohlen. Stattdessen dudelt unten im Treppenhaus ein Handy *Come on baby light my fire, try to set the night on fire.* Jim Morrison rotiert aktuell vermutlich im Grab. Dann sind bekannte Stimmen zu hören. Knut und Kalli, eindeutig. Ruby rennt zurück in ihre Wohnung. Sie will ihn nicht sehen, sie verzieht sich ins Bett, presst das Kissen auf die Ohren. Aber Kalli ist penetrant, er schellt bestimmt zehn Minuten. Warum ist er sich so sicher, dass sie da ist? Schließlich gibt Ruby nach und macht auf.

»Hab geschlafen.«

Kalli glaubt ihr nicht, das sieht sie. War ja auch gelogen. Verzweiflung steht ihm im Gesicht. *Weichei.*

Ob er reinkommen dürfe.

Ruby hebt resigniert die Schultern.

Eigentlich wolle er gar nicht rein.

Was denn nun?

»Bitte, lass uns wieder ins Café gehen, wie gestern.«

Rubys Erinnerung an gestern ist nicht prickelnd, warum soll sie also. Kalli quatscht in einer Tour, dass er noch so viel von ihr erfahren möchte und dass sie doch sonst nichts vorhabe.

Woher willst du das wissen?

»Du kommst so selten aus dem Haus.«

Ach? Das behauptet wer?

Kalli quasselt weiter. Ruby schafft es nicht, ihm zuzuhören.

Der weiß gar nichts, woher denn? Der war es nicht. Der ist noch immer in dich verknallt. Ruby, du hast Paranoia!

»Okay.«

Sofort ist Kalli still. Ein kleines Lächeln, dann nimmt er ihre Hand.

»Es würde mich freuen, wenn du was Schickes anziehst.«

Ruby sieht ihn an. *Warum eigentlich nicht?*

Im Café Latte wird sie vom undeutbaren Grinsen der chinesischen Kellnerin gemustert. Yu, also *Üh*. Sagt man doch, das Lächeln der Chinesinnen sei undeutbar. Andererseits findet Ruby, dass Yu einfach nur unverschämt grinst, anzüglich und ganz einfach zu deuten.

Nein, ich hab nichts mit dem.

Ruby setzt sich wütend auf einen der schmalen Stühle. Wäre sie doch nicht mitgekommen. Wenn das ein Remake von gestern wird. Aber vielleicht hat sie sich geirrt und es wird nett, und wenn nicht, haut sie sofort ab. Sie zieht den quietschroten Lackrock zurecht, damit der Kerl am Tisch gegenüber nicht darunter glotzen kann, jedenfalls nicht ohne Verrenkung. Dazu trägt sie eine schwarze Rüschenbluse, die sie seit Ewigkeiten nicht mehr anhatte. Völlig geschmacksfrei, findet sie, aber Kallis Blicke waren begeistert. Und Yus Blicke sind einfach scheiße. Der Beweis, dass grüner Tee nicht automatisch freundlich macht. Auch nicht so eine alberne rote Papierblume in den Haaren.

Jetzt erkennt sie den Kerl am Tisch gegenüber. Es ist Marlowe. Was macht der hier? Überstunden abfeiern? Ruby tippt auf Rausschmiss. Marlowe nippt an einem kleinen Glas mit einer durchsichtigen Flüssigkeit. Sie beschließt, ihn zu ignorieren.

»Was darf's sein?«

Hör auf, so chinesisch zu grinsen, sonst zeichnen meine Krallen gleich Muster ins Reich der Mitte, darin hab ich Übung.

Kalli bestellt wieder Tee mit braunem Zucker.

Aha.

Ruby bestellt wieder einen Pharisäer. Am liebsten hätte sie auch ein kleines Glas mit dieser durchsichtigen Flüssigkeit, aber sie traut sich nicht.

Feige.

Ruby beobachtet Marlowe, während Kalli redet. Sie bekommt nur die Hälfte mit. Erst lobt er die tolle Gitarrenmusik, die Yu heute aufgelegt hat. Dann schwärmt er von der Abi-Feier. Die wird sicher ganz toll, man trifft da Freunde von früher und hat sich eine Menge zu erzählen.

»Ach, Melanie, du hörst mir gar nicht zu.«

Ruby erschrickt über ihren alten Namen, aber sie registriert stolz, dass sie sich nichts hat anmerken lassen.

»Doch, doch.«

Marlowe bestellt ein weiteres Glas. Kalli hat gerade von dem Kerl gesprochen, der damals mit Ruby … »Wie hieß der noch?«

Ron.

Kalli bleibt hartnäckig. »Du erinnerst dich bestimmt, irgendwas mit F.«

Irgendwas mit F war Fickdich!

»Ruby, ich kann dir kaum beschreiben, wie froh ich wäre, wenn du zur Abi-Feier kommst. Das wird dir gefallen. Die Leute von damals, wie die sich verändert haben. Das kann sein wie … wie ein neuer Anfang.«

Es geht wieder los, sie hat sich nicht geirrt, es wird nicht schön.

Also gut, wenn er's braucht.

»Ich hab dir doch erzählt, dass Wind aufkam und uns nach Süden getrieben hat, die afrikanische Küste runter, aber nie nah genug ran. Und dass wir nichts zu fressen hatten und Holz gekaut haben«, legt Ruby los.

»Ruby, nicht schon wieder.«

Doch! Und sie muss jetzt härtere Bandagen anlegen. »Dann hat der Capitán uns im Unterdeck gefesselt.«

Kalli rührt nervös in seinem Tee, dass der überschwappt. »Uns?«, flüstert er. »Du und … wer ist der andere?«

Ruby überlegt jetzt keinen Moment.

»Ron.«

Über Kallis Gesicht fliegt eine Erinnerung. »Ron Träsch, genau!« Er schreit fast. Yu kommt näher, aber Kalli winkt sie weg. Beleidigt dreht sie ab. Kalli jetzt leiser: »Ron Träsch?«

»Ich glaube, so hieß er.«

Ruby hasst Kalli, sie will ihn schockieren.

»Und dann?«, bohrt Kalli weiter. Hat er sie früher auch immer mit offenem Mund angestarrt? Vielleicht verändern sich Menschen doch.

»Und dann saßen wir unter Deck in einer stinkenden Kajüte.«

Sie merken nicht, dass Yu sich wieder näher schiebt.

Der Capitán hatte nur eine schwache Glühbirne brennen lassen. Immer wenn die ausfiel, war es stockdunkel. Der Schiffsmotor dröhnte nebenan, als rotierte er in ihren Köpfen. Unterhalten ging nur schreiend. Sie waren an die Wand gekettet, hatten kein Wasser und nichts zu beißen. Hatten eine Scheißangst, José ließe sie verhungern.

»José ist der …« Kalli ist kreidebleich.

»Der Capitán.«

Sie wussten nicht, was er mit ihnen vorhatte. Ron war die ganze Zeit am wimmern, *Verzeih mir!*, und so, aber er glaubte, José würde sie laufen lassen, wenn sie in Tanger waren. Da dachte er noch, dass sie früher oder später Tanger anlaufen würden. Der arme Idiot. Irgendwann wurde das Gegen-den-Motor-anschreien zu anstrengend und sie versuchten zu schlafen.

Kalli hört mit weit aufgerissenen Augen zu.

»Und die Tote?«

Ruby schaut ihn mit undefinierbarem Blick an.

»Welche Tote?«

»Du hast gestern gesagt, einer von euch ist gestorben. Ihr wart zwei Männer und zwei Frauen. Also muss …«

»Verstehe. Zu dem Zeitpunkt war sie vielleicht noch nicht tot.«

»Du hast aber gesagt …«

»Dann hab ich mich vertan.«

Ruby ist schroff und genervt und schreit fast hysterisch, fängt sich aber sofort wieder. Kalli ist sichtlich mitgenommen.

»Okay, erzähl weiter«, murmelt er.

Aber Ruby will nicht mehr. Nur noch einen Schlag. »Wir haben sie halt gefressen.«

Kalli versteht nicht.

»Die Tote. Erst die Finger, dann …«

Kalli wird grün im Gesicht.

Gleich hab ich dich soweit.

»Ruby … das ist nicht …« Er reißt sich zusammen, er schwitzt. »Ruby, du hast eine schwere Zeit hinter dir, da ist es verständlich, dass du … du musst so was nicht erzählen. Nur die Wahrheit, und vielleicht erst, wenn du so weit bist. Verstehst du?«

Ruby sieht ihn ausdruckslos an. Sie versteht eine Menge. Zum Beispiel, dass Kalli immer noch nicht genug hat. Sie trinkt den Pharisäerrest in einem Zug.

»Seit ein paar Tagen finde ich auch Leichenteile in meiner Wohnung. Finger in der Spülmaschine zum Beispiel.« Ruby setzt die Genussmaske auf. »Mmh, lecker. Wie damals.«

Kalli würgt.

Sieg!

»Ich haue jetzt ab.«

Kalli versucht nicht mehr, sie aufzuhalten. Hastig kramt er eine Visitenkarte aus der Jacke, mit Adresse, Telefonnummern, E-Mail und Fax.

»Du kannst …«, stammelt er, »… kannst dich jederzeit an mich wenden. Ich meine, wenn du Hilfe brauchst, echt. Und …«

Ruby will nichts von alledem hören. Sie ist schon an der Tür.

»Bitte, komm zur Abi-Feier.«

Ruby dreht sich noch einmal um. Yu steht neben Kalli. Sie lächelt nicht, sie grinst. Und wenn es nicht so chinesisch wäre, sähe es verdammt nach Schadenfreude aus.

»Du bist so ein jämmerlicher Waschlappen, so ein armseliges Weichei, immer schon gewesen, Kalli. Lass mich endlich in Frieden!«

Dann rennt sie, bis sie in ihrer Wohnung die Tür von innen

zuschlägt. Sie ist sich gar nicht sicher, ob sie das wirklich gesagt oder nur gedacht hat. Sie wirft sich aufs Bett und heult Rotz und Wasser.

Sie wacht auf und ihr tut jeder Knochen weh, als hätte sie schwer gearbeitet. Die Laken sind durchgeschwitzt. Es ist noch früh, noch keine sieben, draußen wird es gerade hell. Ruby knipst die Stehlampe an und blinzelt in das Licht. Ein leises Klappern irritiert sie. Sie braucht ein paar Sekunden, um auf den Briefschlitz in der Wohnungstür zu kommen. Dann springt sie so schnell auf, dass ihr schwarz vor Augen wird. Sie greift nach vorn, wo sie die Sessellehne vermutet und findet sie zum Glück, sonst wäre die andere Hüfte auch blau. Sie atmet langsam und wartet, bis das Blut wieder den Kopf erreicht. Als die Sicht klarer wird, öffnet sie die Balkontür. Die frische Luft ist eine Freundin. Dann dreht sie sich zur Tür. Auf dem Boden liegen zwei Briefe. Ein dicker und darauf ein dünner. Wurden beide gerade eingeworfen, oder nur der dünne, der auf dem dicken gelandet ist? Ruby hat nur ein einziges Klappern gehört. Sie nimmt den dünnen. Auf der Rückseite steht dieselbe Adresse wie auf Kallis Visitenkarte.

Arschloch. Ich hab dir doch gesagt, dass ich nicht will!

Ruby reißt ihn trotzdem auf.

ABI 81 – ULTIMATIVE EINLADUNG
Verehrte Festgemeinde,
die Zeit der Recherche ist vorbei. Über 100 Ehemalige, die 1981 mit uns Abi gemacht oder zumindest eine Weile an dem Versuch teilgenommen haben, sind feierwillig. Es gibt zwar noch einige Unauffindbare und wenige, die meinen Kontaktanbahnungen standhaft widerstehen, doch: Wer jetzt nicht erreichbar ist, bleibt unerreicht. Es ist also nun beschlossen und verkündet:
Am 8. Oktober 2011 in der Wolke 7, Paderborn (Segelflughafen Haxterberg) ab 19.00 Uhr steigt unsere 30-Jahre-Abi-Party.

Vorher werden wir höchstwahrscheinlich die Möglichkeit haben, mit einem uns bekannten Lehrer durch die dunklen Gänge voller Blut, Schweiß und Tränen des bald 400 Jahre alten Theodorianum zu wandeln. Darüber werdet ihr noch rechtzeitig informiert. Dann aber gibt's am Abend lecker Essen und Trinken und eventuell bei Wetter auch Gegrilltes.
Ich hoffe, euch geht's allen brauchbar bis gut und wiedererkennbar.
Ich freue mich auf euch!
Herzlichst
Karlheinz Kalli Graf

Ruby lässt den Brief aufs Laminat fallen. Der zweite Umschlag ist größer und in der Mitte gewölbt. Wie lange liegt der schon hier? Oder hat Kalli beide eingeworfen? Ruby atmet mühsam. Sie kann den Inhalt durch die dicke Pappe nicht fühlen. Vorsichtig öffnet sie den Umschlag und schaut hinein. Eine Plastiktüte. Nach der kompletten linken Hand ist jetzt der rechte Daumen dran, die Logik ist einfach. Sie reißt die Tüte raus. Dunkle Haut, weiblich. Ruby schleudert die Tüte von sich. Sie meint einen schrillen Schrei zu hören, während das Plastik raschelnd durch die offene Balkontür fliegt, runter auf den Rasen.

Scheiße!

Ruby zieht sich in Windeseile an und rennt durchs Treppenhaus, um den Wohnblock und … da liegt die Tüte noch. Sie nimmt sie und läuft zu einem Weißdorngebüsch, zwängt sich hinein, holt sich ein paar blutende Kratzer und verscharrt die Tüte in der feuchten Erde. Ein Hecheln verrät Boris, die sie beobachtet hat.

»Halt's Maul«, knurrt Ruby.

Boris grinst, niest einmal nass und lässt sich herab zu einem knappen Wuff. Ruby stapft durch das taunasse Gras zu der Regentonne, an der Knut vorgestern oder wann das war, gelehnt hat, und wäscht sich die Hände in dem brackigen Wasser. Jetzt stinken sie erst recht.

Von weitem hört sie schon den Aldi-Musiker. Er singt wieder diesen *Fly-me-to-Paresis*-Song. Da hat Opa Strang recht, der ist scheiße. Sie bittet ihn *Hotel California* zu spielen. Dann kauft sie zwei Flaschen *Jelzin*. Als sie den Aldi verlässt, singt der Langhaarige gerade die Stelle, wo sie sich *in the master's chambers* treffen, *for the feast*. Und es stechen *with their steely knives, but they just can't kill the beast.*

Sie können es nicht töten. Im Gegenteil, das Biest tötete sie. Ruby wartet, bis das Lied zu Ende ist, dann reicht sie ihm eine nur noch halbvolle Flasche. Zwischen die Saitenenden bei den Wirbeln hat er eine rote Papierblume geklemmt.

»Hast du eine chinesische Freundin?«

»Wieso?«

»Nur so.«

»Danke für den Schluck.«

»De rien.«

Er spielt weiter. *House of the rising sun*. Das erträgt Ruby nicht. Sie geht. In ihrer Wohnung legt sie sich aufs Bett. Sie will für den Rest des Lebens nur noch schlafen.

Ruby VIII

Dann geschieht das Unfassbare. In den nächsten Wochen passiert … nichts. Es ist vorbei, der Albtraum ist zu Ende. Ruby braucht ein paar Tage, um sich daran zu gewöhnen. Erst nach der ersten durchgeschlafenen Nacht glaubt sie an das Wunder. Sie fühlt sich frisch und ausgeruht wie lange nicht mehr und rennt aus dem Haus. An ein solches Glück kann sie sich nur noch vage erinnern. Wie an eine leichte Berührung in einer fremden Menschenmenge, verflogen, ehe sie sich umdrehen kann. Sogar das Wetter ist schön. Lucky blickt ihr misstrauisch entgegen und fragt, was für ein Zeug sie genommen hat.

Ruby umarmt ihn und gibt ihm einen Kuss, dessen Feuchtigkeit Lucky sofort von der Wange wischt.

»Geht's noch?«

Er mag das nicht.

»Du brichst dir noch die Hacken mit diesen Dingern.«

Als ob die Welt frisch gewaschen ist. Kein Finger, Kalli hat sich nicht mehr blicken lassen, Otto lässt sie in Ruhe, und sogar Knut grüßt freundlicher und repariert unbegreiflicherweise die Haustür. Als ob sich alle Welt verschworen hätte, ab jetzt hell zu sein, sauber, heil, repariert. Als ob nicht nur Abenaa verschwunden ist, sondern auch ihr Schatten. Ruby versucht, in den nächsten Tagen so selten wie möglich an die Nachbarin zu denken und die kleine grüne Stimme ganz weit hinten vor der Schädelrückwand zu ignorieren, die flüstert, dass es weitergehen wird, dass es erst vorbei ist, wenn es nicht mehr weh tut.

Ruby räumt ihr Konto, rennt in Marlowes Kaufhaus und gönnt sich die geilsten Lederstiefel mit kilometerlangen Stilettos, schwarz und bis über die Knie. Dazu ein kleines kirschrotes Kleid. Auf dem Trödelmarkt kauft sie einen Speer mit rostiger Eisenspitze, der sie an die Zeit auf den Mittelaltermärkten erinnert. Und dann der Weg vom Aldi zum Haus, wie eine Kriegerin schreitet sie durch ihr Reich. Lucky verdreht wieder die Augen und Knut fällt alles aus dem Gesicht, von seinem ausgebeulten Hosenlatz ganz zu schweigen.

Drei, vier, fünf, fast sechs Wochen vergehen.

Dann hört sie eines Abends nebenan Geräusche. Irgendetwas kracht zu Boden und klingt nach Scherben. Ein Teller vielleicht, eine Vase, jedenfalls etwas größeres. Ruby zittert. Dann rennt sie ins Treppenhaus und schellt Sturm. Nichts, keine Antwort. Sie versucht es per Telefon, hört das Klingeln nebenan, aber niemand geht dran. Sie bekommt die ganze Nacht kein Auge zu. Sie hört Schritte, das Geräusch von zusammengekehrten Scherben. Den Speer steckt sie mit der eisernen

Spitze nach oben wie einen Abwehrzauber zwischen Matratze und Holzrahmen, damit sie ihn jederzeit erreichen kann.

Am nächsten Morgen hält sie es nicht im Bett aus. Sie rennt noch vor sieben mit schwarz geränderten Augen zum Aldi. Sie kauft zwei. Und sie ist nicht mal überrascht, als sie zurückkommt und vor ihrer Wohnungstür steht. Alle vier restlichen rechten Finger ragen aus dem Briefschlitz, wie eine Hand, die nach draußen will. Zeige, Mittel, Ring und Klein, in der richtigen Reihenfolge. Und niemanden hat das interessiert, in diesem Haus, falls überhaupt wer auf was anderes als die eigenen Füße geglotzt hat. Ruby friert. Es ist nicht vorbei, es wieder da. Sie reißt die Finger aus dem Schlitz, sie sind eiskalt wie tiefgefroren und schön wie dunkles Porzellan. Sie wirft sie direkt in den Mülleimer. Dann küsst sie *Jelzin*.

Keinen Meter entfernt lag Ron am Boden, über ihm stand Abenaa. Ihr fielen die Finger ab, direkt in Rons Gesicht. Rons Lippen schnappten danach. Ruby wacht schreiend auf. Sie weiß sofort wieder alles. Sie hat wahnsinnigen Durst, sie rennt ins Badezimmer und trinkt Wasser bis sie sich erbricht. Der Schrei hallt noch in ihren Ohren.

Genauso hatte Abenaa geschrien. Nebenan.

Das Schwein, hatte Ron gesagt. *Er schlägt sie wegen uns.*

Ruby korrigierte ihn. *Wegen dir.*

Irgendwann während der Tage und Nächte ohne Nahrung in der düsteren Kajüte mit dem ununterbrochenen Dröhnen der Motoren und Abenaas Schreien in den Ohren ging das mit den Hallus los. Mit offenen Augen sah Ruby alles zum Greifen nah vor sich, Brot und vor allem Wasser, kühles, frisches Wasser. Ron ging es offenbar nicht anders. Manchmal hört sie ihn gierig schmatzen. Dann kamen die Stunden, an die sie keine Erinnerung hatte, in denen sie wegdämmerte.

Eines Morgens kam José herein. Er sah krank aus. Er hatte eine Blechtasse in der Hand.

»Wasser«, stöhnte Ron. »Bitte.«

Ruby starrte José an, als könnte sie ihn mit den Augen fernsteuern. Sie wollte nicht betteln wie Ron.

»Wie geht es Abenaa?«

Ihre Stimme war kaum mehr als ein Krächzen. José entblößte seine braunen Zähne.

»Muy bien.«

Ja, klar, was sonst.

José bückte sich und stellte den Becher zwischen Ron und Ruby. Beim Aufsetzen schwappte ein Spritzer Wasser heraus und verteilte sich auf dem Boden. Was für eine Verschwendung. Sie starrten beide atemlos auf das verbeulte Blech. Ron war schneller. Er packte den Becher und schüttete das Wasser in seinen Mund. Die Hälfte floss an seinem Kinn und Hals herunter, den Rest schluckte er.

José lachte so heftig, dass er einen Hustanfall bekam. Dann riss er Ron den Becher aus den Fingern und ging. Ruby sah Ron fassungslos an. Hass war ein zu milder Ausdruck.

In der folgenden Nacht schrie Abenaa besonders laut. Ruby biss in ihre Lippen, und leckte das austretende Blut. Davon wurde ihr schlecht, aber sie konnte sich nicht übergeben. Lass es vorbei sein, betete sie zu einer Roststelle an der Tür. Eine unsichtbare Hand schrieb darunter mit roter Kreide: *Wer aufgibt, hat schon verloren.* Ruby lachte, die Hallu verschwand. Aber hatte *Strange Tom* recht? Musste es nicht heißen *Wer längst verloren hat, soll endlich aufgeben?*

Ruby sitzt in der Duschwanne, die Knie an die Brust gepresst. Ihr ist totenkalt. Sie fährt mit den Fingern über ihre Beine. Sie fühlen sich wächsern an wie bei einer Leiche. Wie lange sitzt sie schon hier? Welcher Tag ist heute?

Sie fasst nach oben und dreht die Dusche auf. Ein eiskalter Regen fällt herab, der trotzdem wärmer ist als die Kälte ihrer Haut. Bob Dylan singt *a hard rain's a-gonna fall.* Ruby bleibt einfach sitzen. Das Wasser wird heiß. Nach einer Viertelstunde steht sie auf, kämpft gegen den Schwindel und stellt die Dusche ab. Sie hängt den Bademantel über die Schultern, geht in die Küche. Es ist 13.05 Uhr. Sie schaltet den Fernseher ein.

»... und nun die Wettervorhersage für heute, Samstag den 8. Oktober. Ein Tief über dem Nordatlantik ...«

Reicht schon. Der achte also. Irgendwas ist am achten. Ruby hat sich schon lange kein Datum mehr gemerkt. Nur dieses ist hängengeblieben. Vielleicht gibt es dafür einen Grund. Vielleicht nicht.

Jemand klopft an der Wohnungstür. *Bam-bada-bam-bam.* Kurzes Zögern. Ruby würgt. *Bam-bam.* Otto findet das witzig. Es ist also wieder so weit. Sie hat es natürlich erwartet. Seit sie ihr Konto leer geräumt hat, für die Stiefel und das kleine kirschrote. Die Bank gibt ihr keinen Kredit, natürlich nicht. Ruby hasst alle Banker, aber sie kann sie verstehen. Und sie hasst Otto Graf, einerseits. Andererseits hätte er sie längst auf die Straße setzen können.

»Na, Schätzchen«, sagt er, als sie öffnet.

»Hallo, Otto.«

Seine Glatze glänzt, seine Froschaugen tränen, seine Wangen hängen tiefer als bei *Hundt*. Holzfällerhemd und kackbraune Cordhose. Kölnisch Wasser.

»Nu zieh man nich so 'ne Fleppe.«

»Ich hab meine Tage.«

»Netter Versuch.«

Otto grinst anzüglich. Kein Vergleich mit dem anzüglichen Grinsen der Chinesin, aber davon gibt es ja viele Sorten.

»Heute Abend. Nach der Tagesschau. Pünktlich.«

Ruby nickt.

»Und sach mal.« Otto kommt ganz dicht heran. Sein Atem stinkt nach Tabak. Nach Arschloch. »Deine reizende Nachbarin, ist die verreist?«

Ruby zuckt mit den Schultern. Das wüsste sie auch gern. Äußerst gern.

»Die hätte ich nämlich ebenfalls gern … gesprochen.«

Sein Grinsen entblößt seine josébraune Zahnreihe mit Essensresten.

»Putz dir vorher die Zähne«, sagt Ruby.

»Jau«, sagt Otto und fährt mit der Zunge über seine Kauleiste. »Ist ja wieder Samstach. Und …« Er schaut an ihr herunter. »… zieh dir was Nettes an.«

Als Otto gegangen ist, lehnt Ruby die Stirn an die Wand. Hinter dieser Wand rührt sich nichts. Außer diesem Krach gestern, aber Ruby ist sich schon nicht mehr sicher, ob der überhaupt aus der Nachbarwohnung kam.

Abenaa, verdammt, wo bist du?

Den Nachmittag verbringt sie in einer Art Apathie, sie kann kein Glied bewegen. Schließlich schafft sie es, sich ins Gesicht zu schlagen, und geht einkaufen. Das Nötigste. Und etwas feste Nahrung. Dann sitzt sie wieder im Sessel und feilt Heftzwecken spitz. Und hat Angst vor dem, was kommt. Sie überlegt, ob sie dem Phantom eine Falle stellen kann. Einen Eimer Wasser über der Tür anbringen, der kippt, wenn jemand hereinkommt. Und wenn sie es selbst ist, dann wacht sie auf und erwischt sich auf frischer Tat. Dann wäre der unheimliche Bann gebrochen, sie müsste nicht mehr als Zombie umhergeistern. Oder doch eine Überwachungskamera. Vielleicht kann Marlowe ihr helfen, die zu installieren. Bestimmt sitzt er im Café Latte und träumt von nackten Chinesinnen. Aber natürlich geht das nicht, dann hätte sie ihn dauerhaft an der Hacke.

Ruby schlägt die Augen auf und registriert, dass sie im Sessel eingeschlafen ist. Unruhig blickt sie zur Uhr. 20.14. Sie schaltet den Fernseher ein.

»… und nun die Wettervorhersage für morgen, Sonntag den 9. Oktober. Das Tief über dem Nordatlantik hat sich nach Süden verlagert und erreicht im Laufe der Nacht Spanien und Marokko …«

Ruby schaltet ab. Sie will nichts über Spanien und Marokko hören. Sie ist spät dran. Hastig zieht sie einen kurzen Rock, ein T-Shirt und alte Turnschuhe an, nichts Schönes, Otto soll keine Freude am Auspacken haben. Dann macht sie sich auf den Weg in den achten Stock. Sie erreicht ihn völlig außer Atem.

Bam-bada-bam-bam. Kurzes Zögern. Otto will das so. *Bam-bam.*

»Du bist drei Minuten zu spät«, empfängt er sie. Er zumindest hat sich nicht umgezogen. Ruby geht wortlos an ihm vorbei. Ein Schwall warmer Luft bläst ihr entgegen, Ottos Wohnung ist immer überheizt, das kennt sie schon. Es mieft nach ungewaschener Kleidung und einsamem Wichser. Ruby reißt ein Fenster auf.

»Zumachen!«, befiehlt Otto.

»Hier stinkt's.«

Otto patscht seine linke Hand auf ihren Hintern. »Hast ja kein Slip an.«

»Geil, oder?« Ruby betrachtet interessiert eine Zeitschrift mit dem Titel *Schafzucht.* »Nimmst du jetzt auch Schafe zum ...?«

Ottos Mund ist ganz dicht an ihrem Ohr. Er riecht nach Zahnpasta, immerhin. »Ich hab mir tatsächlich eins zugelegt«, raunt er. »Einen Bock. Willst du wissen, wie er heißt?«

Nein.

»Otto Gras Lambs Doof.«

Ruby braucht einen Moment. Dann sieht sie ihn an.

»Nicht von dir, oder?«

»Zugegeben.«

Schade, denkt Ruby, *das hätte dich ein wenig sympathischer gemacht.*

»Und was zahlt der an Miete?«

Otto krümmt sich vor Lachen, dass seine Glupschaugen fast rausfallen und das alberne Goldkettchen sich in seinem Brustpelz verfängt. So was findet er lustig.

»War ’n Witz.«

Was sonst.

Er legt seinen Arm um ihre Taille und führt sie nach nebenan. Ruby kennt die Örtlichkeit schon. Tiefer roter Teppich, schummrige Beleuchtung, schlaffe Musik, eine Couch, eine Bar mit lederbezogenen Hockern davor, an der Wand ein großer Bildschirm mit DVD-Player. Wer Puff mag.

»Ich muss noch mal schnell weg«, sagt Otto und zwinkert vertraulich. »Otto füttern.« Sie könne sich an der Bar bedienen und soll sich die DVD reinziehen, die er eingelegt hat, als Anregung für nachher. Aber keinen Scheiß machen, droht er. »Bin gleich wieder da.«. Otto versucht sie zu küssen, aber Ruby sorgt dafür, dass er nur ihre Wange erwischt. Für Lippenkontakt muss sie erst was trinken.

»Mäh«, sagt sie.

Dann ist Otto weg. Das hat er noch nie gemacht, sie allein gelassen. Ruby misstraut ihm abgrundtief. Es gibt sicher einen Haken. Vielleicht ist das ein Test oder eine Falle. Irgendeine Kamera, die sie beim Klauen filmen soll, oder so. Ruby bedient sich an der Bar und wandert mit einem Riesenglas *Wodka Teuer* durch die Räume. In der Küche gammelt ein Berg von ungespültem Geschirr, das Bad stinkt nach Kölnisch Wasser, schwer zu sagen, was schlimmer ist. Hier gibt es den Einstieg in eine Feuerleiter bis runter in den Garten. Die hat Otto vor drei Jahren anbringen lassen müssen. Immerhin scheint nebenan das Bett frisch bezogen, doch die Erfahrung lehrt, dass Otto es lieber in der Bar macht. Im Puff. Eine Kamera entdeckt sie nirgends. Ruby traut Otto keinen Zentimeter über den Weg. Der lässt sie nicht ohne Hintergedanken allein.

Nach zwanzig Minuten ist Otto zurück. Er riecht nicht nach Schaf, natürlich nicht. Aber Kölnisch Wasser ist eine Allzweckwaffe.

»Na, schön brav gewesen?«

Ruby antwortet nicht.

»Haste die DVD geschaut?«

Ruby schüttelt den Kopf.

»Dann wüsstest du, was heute auf dem Programm steht.«

Otto zwängt seine Wampe hinter die Bar, schenkt sich was ein und füllt auch ihr Glas nach.

»Stößchen.«

Sie stoßen an. Otto versucht etwas Konversation, das ist aber nicht sein Ding, also gibt es bald auf. Ruby trinkt und schaut ihm beim Nägelkauen zu. Erst der linke kleine Finger, dann Ringfinger, Mittelfinger, Zeigefinger und Daumen. Dann die andere Hand. Schließlich findet Otto, dass es an der Zeit ist.

»Na, dann wolln wir mal.«

Er schiebt die DVD rein. *Golden Shower* kündigt der Titel an. Klar weiß Ruby, was damit gemeint ist.

»Vergiss es.«

Otto grapscht noch eine Weile an ihr rum, zieht sie und sich aus, und sorgt dafür, dass Ruby weiter tankt, bis sie sich auf den Mund küssen lässt und sonst überall. Jetzt beginnt Otto zu betteln. Sie soll sich nicht so anstellen, das machen doch alle, na ja, viele. Und sie kann sofort mit Wodka nachspülen. Edelwodka, sauteuer, den opfert er extra für sie.

»Du hast die Wahl. Miete zahlen oder …«

»Vergiss es.«

Klar gehört Ruby zum Bodensatz, aber einen letzten Rest Stolz hat sie sich bewahrt. Dann wird auch der von der zweiten Flasche Wodka Teuer weggeschwemmt. Otto schleift sie ins Bad. Ruby klatscht in die Duschwanne und schaut hoch in seine tränenden Froschaugen. Sie presst die Lippen fest aufeinander. Als Otto fertig ist, greift sie nach den Armaturen und dreht die Dusche auf. Der eiskalte Strahl verscheucht Otto. Kreischend verlässt er die Kabine. Ruby bleibt sitzen, bis sie wirklich nichts mehr davon riechen kann. Dann klettert sie aus der Wanne, versucht vergeblich, ins Klo zu kotzen, trocknet sich ab und wankt zurück zur Bar. Otto sitzt auf einem Hocker und glotzt *Golden Shower.*

»Wodka«, sagt sie nur.

»Das war nicht besonders«, mault er.

»Jetzt hab ich zwei Monate gut.«

»Vergiss es.«

Das war eigentlich ihr Text.

»Dreckschwein.«

Otto grinst und prostet ihr zu.

»Hättest ja zahlen können.«

Scheiß Vermieterlogik. Ruby kippt ein weiteres großes Glas runter. Dann folgt sie der Vermieterlogik ins Schlafzimmer auf eine Runde Blümchensex. Dabei hat sie Zeit, über Rache nachzudenken. Sie hat verschiedene Ideen. Er unterbricht ihre Gedanken mit einer interessanten Frage.

»Glaubst du, die Negerin ist tot?«

Ruby wischt sein Sperma mit der Bettdecke von ihren Brüsten. Sie betrachtet Ottos großporige Alknase und ihr fällt die entscheidende Gegenfrage ein.

»Hast du einen Schlüssel zu ihrer Wohnung?«

Otto antwortet nicht gleich, dann ausweichend. »Das Haus gehört mir.«

Also hat er.

»Dann schau doch nach«, schlägt sie vor.

»Wie kommst du darauf, dass sie in ihrer Wohnung ist?«

Rubys Herz setzt einen Schlag aus. Ja, wie kommt sie darauf?

»Wo soll sie denn sonst …«, stottert sie, und merkt, wie scheiße das klingt.

»Du weißt, wo sie ist, oder? Du steckst mit ihr unter einer Decke. Zwei Mietprellerinnen. Ich kann euch jederzeit rausschmeißen, das kostet mich nur ein müdes Arschrunzeln. Verstanden?«

Otto hat sich aufgerichtet und sein Brummbass klingt jetzt scharf und schrill. Ruby hasst schrille Stimmen.

»Morgen schaue ich nach«, kläfft Otto, dann lässt er sich wieder in die Kissen zurückfallen. Ruby rutscht zwischen seine Beine und ist froh, sein Gesicht nicht mehr sehen zu müssen. Nach wenigen Sekunden schon beginnt er zu schnarchen. Sie verlässt das Bett und sammelt ihre zwei Kleidungsstücke und die Turnschuhe ein. Sie ist schon an der Tür, da fallen ihr die Wodkaflaschen ein, die sie geleert haben. Sie stehen auf der Bar. In der Küche findet sie einen Plastiktrichter. Nach kurzer Zeit sind sie wieder gefüllt und zugeschraubt. Wenn er darauf steht. Prost. Und wenn es doch Kameras gibt? Ist jetzt zu spät. Soll er sich doch dran aufgeilen. Soll er doch den Scheiß auf YouTube stellen. Wahrscheinlich kann das der Drecksack gar nicht. Nicht mal das. Auf dem Küchentisch liegt eine fast volle Schachtel *Winston*. Sekunden später liegt sie da nicht mehr.

Ruby knallt die Tür zu, dass es im Treppenhaus hallt. Ihr ist immer noch schlecht. Das war allerunterste Schublade. Wie kann sie sich revanchieren? Rache ist so ein süßes Wort und wärmt den leeren Magen.

Es ist weit nach Mitternacht, als sie in ihre Wohnung zurückkommt. Sie macht kein Licht, sondern schleicht durch die Dunkelheit. Sie hat ein ganz beschissen ungutes Gefühl, und einen fremden Geruch in der Nase. Vielleicht ja nur die übliche Paranoia, eingelegt in Ottos Kölnisch Wasser, das sich in ihren Haaren, Klamotten und Nebenhöhlen festgesetzt hat. Vielleicht nicht. Sie zieht das längste Küchenmesser aus dem Holzblock und sticht damit um sich. Kein Laut, kein sterbendes Gurgeln, nicht mal Atemgeräusche. Aber dunkle Flecken auf der Bettdecke.

»Zeig dich, du Schwein.«

Sie bekommt nur ein heiseres Flüstern raus. Kein Schwein antwortet. Ruby schlägt auf den Lichtschalter. Einen Moment ist sie geblendet, dann liest sie ihren Namen, *ruby*, aus zehn abgeschnittenen Zehen sorgfältig auf die Bettdecke drapiert. Dunkelhäutig mit rotlackierten Nägeln. Sie erschrickt selbst über ihren Schrei. Sie zerschneidet mit dem Messer den umliegenden Luftraum.

Zeig dich, du Schwein!

Im Schrank ist niemand, im Bad ist niemand, auch unterm Bett und auf dem Balkon nicht. Aber *Niemand* war hier und hat Abenaa die Zehen abgeschnitten. *Niemand*, der sie in den Wahnsinn treiben will. *Niemand*, der Zugang zu ihrer Wohnung hat. Den hat natürlich Otto. Was hat der in den zwanzig Minuten gemacht, die er sie allein gelassen hat? Sein Schaf gefüttert? War 'n Witz! Oder war das ganze verfickte Stelldichein mit ihm bloß ein Ablenkungsmanöver, damit jemand anderes freie Bahn hatte, ihre Wohnung zu dekorieren?

Aber sie sollte auch den anderen *Niemand* nicht vergessen, der einen Schlüssel hat. Knut, Hausmeister Knut. Oder irgendwer, der ihn von Knut bekommen hat. Zum Beispiel Charlie Parka, der nach ihr gefragt hat.

Ruby hat inzwischen die Zehen zu den vier Fingern in den Müllbeutel geworfen. Mit bloßen Händen, die sie sofort panisch wäscht. Sie legt sich ins Bett und sie nimmt das Messer mit. Sie spürt die kalte Klinge auf ihrer Brust.

Zeig dich, du Schwein!

Lange liegt sie wach und beobachtet den Zug der krummen Gestalten, den das Mondlicht auf die Tapete malt. Als sie aufwacht, ist sie froh, dass es schon Mittag ist. Wegen der ausgedehnten Glockendisco der Paderborner Kirchen tippt sie auf Sonntag. Sie steht auf, schiebt eine CD rein. *Deep Purple, Fireball, Strange Kind of Woman.* Sie dreht die Boxen bis zum Anschlag auf, geht ins Bad und pinkelt. Dann kriecht sie in jede Ecke der Wohnung. Nichts. Nur die Teile im Mülleimer stinken. Sie verknotet den Plastikbeutel und zieht Jeans und einen dicken Pullover an. Gegen drei geht sie runter in den Hof, das Messer im Gürtel unter dem Pullover. Ohne das wird sie keinen Schritt mehr tun. Den Plastikbeutel entsorgt sie im Altglascontainer. Niemand hat sie dabei beobachtet, hofft sie.

Oder war das die Nase von Lucky, die hastig um die Hausecke verschwand? Lucky tut nichts. Dann pirscht sie sich an den Holzschuppen in der rechten hinteren Ecke des Hofes ran. Der ist leer. Kein Schaf. Was sonst. War ja 'n Witz!

Dann läuft sie geradeaus, irgendeine Straße entlang, sie läuft sicher, kollidiert mit keinem Schild, keinem Auto, keinem Baum, sie achtet auf Ampeln, Kinder, Rollstuhl- und Fahrradfahrer, und grüßt freundlich. Zweieinhalb Stunden lang. Als sie wieder in ihrer Wohnung steht, kann sie nicht sagen, wo sie gewesen ist, welche Strecke sie genommen hat. Dafür fällt ihr ein, was gestern Abend war. Der 8. Oktober, die Abifeier. Das heißt, dass sie alle hier in der Stadt sind. Oder nicht alle. Die spannendere Frage ist doch, wer weggeblieben ist. Aus Faulheit vielleicht, aus nicht vernarbten alten Wunden, aus Scham über den derzeitigen Zustand. Ob sie ein paar von denen heute auf ihrer Wanderung gegrüßt hat? Keine Ahnung.

Ruby zieht das Messer aus dem Gürtel und durchsucht zum zweiten Mal an diesem Tag die Wohnung. Wieder nichts. Das Essgeschirr steht sauber auf der Spüle zum Abtropfen. Sie beginnt es wegzuräumen und fragt sich irritiert, wann sie gespült hat. Es ist noch nass, demnach wohl heute nach dem Aufstehen. Sie hält inne. *Scheiße.* Manchmal passiert es, dass sie mit nassen Haaren unter der Dusche steht und nicht sagen kann, ob sie schon Shampoo benutzt hat oder nicht. Was ist das? Diese verdammten Aussetzer. Dieses Nicht-mehr-wissen.

Scheiße.

Wo ist die Hunderterpackung Heftzwecken.

Den restlichen Sonntag verbringt sie damit, drei Dutzend Heftzwecken auf dem Eisengeländer des Balkons spitz zu feilen. Auf Vorrat. Es ist sonnig und am frühen Abend winkt sie Otto zu, der den Schuppen inspiziert. Der will doch nicht wirklich? Dann wieder lauscht sie nach verdächtigen Geräuschen aus der Nachbarwohnung. Stille. Niemand. Vielleicht wird sie beobachtet und *Niemand* weiß, wann sie fort ist? Oder sie selbst ist *Niemand*, schneidet Zehen ab und legt daraus *ruby.* Und wacht dann auf und ist mächtig erschrocken darüber.

Später klemmt sie einen Stuhl unter die Klinke der Wohnungstür und hängt eine Weihnachtsgirlande mit vierundzwanzig Glöckchen vor den Balkoneingang.

Am Montag steht sie früh auf. Und rennt zum Aldi, den Teufel holen. Manchmal kommt es ihr wie ein Liebesverhältnis vor. *Ich und Jelzin. Me and the blue-eyed devil.* Beim Altglascontainer schnuppert Boris an einer schimmeligen Wurst. Als sie Ruby sieht, kommt sie ihr schwanzwedelnd entgegen. Sorry, denkt Ruby, ich hätte dir was mitbringen können. Von Weitem schon hört sie keinen Musiker. Schade, sie hätte einen Liedwunsch gehabt.

Pleased to meet you, hope you guess my name, but what's puzzling you is the nature of my game. Just call me lucifer cause I'm in need of some restraint, so if you meet me have some sympathy for the devil.

An der Kasse sitzt die Verkäuferin mit den fettigen Haaren und den traurigen Augen, die Ruby noch nie schief angesehen hat. Sie hat sich ein Arschgeweih tätowieren lassen. Lucky nennt das Nuttenstempel. Aber es hat auch nichts genutzt und erst recht keine netten Männer angelockt. Nur Arschlöcher. Hat dreihundert Eier gekostet und für die Entfernung müsste sie nochmal das Doppelte berappen, von den Schmerzen gar nicht zu reden. Das kann sie sich nicht leisten. Aber vielleicht war es den Versuch wert, nicht, dass sie sich später vorwerfen müsste, nicht alles probiert zu haben. Ruby fragt nach dem Musiker.

»Der Gitarrenspieler?«

Ruby nickt.

»Den hat seine chinesische Freundin abgeholt.«

»Mit so schwarzen Haaren?«

Die Verkäuferin sieht sie mit traurigen Augen an. Alle Chinesinnen haben schwarze Haare. Ruby bezahlt ihre zwei Teufel und geht raus. Sie setzt sich auf das Geländer neben den Musiker, der nicht mehr da ist, und schraubt den ersten auf. Sie prostet dem Langhaarigen zu und schenkt ihm einen Schluck. Er bedankt sich mit einem schwer romantischen Lied. Das wird die Eröffnungsnummer seines Musicals, erklärt er, damit wird er richtig durchstarten. Bald.

Ruby sagt nichts. Jeder sitzt allein in seinem Kopf und malt sich seine Welt schön. Sogar in den Großbirnen haben die Kerle mutterseelenallein gehockt. Einer zum Beispiel hat behauptet, der Mensch sei ein Brunnen und man kriege das große Fracksausen, wenn man reingucke. Nach Rubys Erfahrung ist das Blödsinn. Die meisten sind bloß eine flache Pfütze und man schlägt sehr bald sehr hart auf, wenn man reinspringt. Wieso verdammt soll das bei anderen anders sein? Aber da schließt sie vielleicht zu sehr von sich auf den Rest.

Der Musiker ist verschwunden, und Ruby verzieht sich ebenfalls.

Schon an ihrer Wohnungstür hat sie ein schlechtes Gefühl. Es schmeckt nach Panik. Sie zieht das Messer aus dem Gürtel, erst dann schließt sie auf. Wieder steigt ihr dieser fremde Geruch in die Nase. Rasierwasser. Oder Einbildung. Sie schleicht auf Zehenspitzen und umkreist jeden Stuhl, Tisch und Sessel. Dann holt sie aus und sticht in den Vorhang. Das Messer ist so scharf, dass es den Stoff aufschlitzt. Kein Schrei, kein Blut.

Dann sieht sie es. Oder besser, sie sieht es nicht. Die Flaschen sind weg. Jemand hat ihre komplette Sammlung leerer Flaschen abgeholt. *Scheiße.* Was für ein Spiel ist das jetzt? Heinzelmännchen? Ruby sticht in den Duschvorhang und unter das Bett. Niemand da. *Niemand!* Sie stellt sich breitbeinig in die Mitte der Wohnung. Oder war sie das wieder selbst und hat es vergessen? Als ob sie einen Teil ihrer Zeit schlafwandelt.

Rekapituliere, was du gemacht hast.

Erst im Aldi und mit der fettigen Verkäuferin geredet. Dann zwei Mal den Teufel gekauft und einen mit dem verschwundenen Musiker geteilt. Nein, vorher Boris beim Altglascontainer getroffen. Das ist wichtig, sie ist also beim Altglascontainer gewesen. Kann es sein, dass sie sich nicht erinnern kann, ob sie Flaschen entsorgt hat, genauso wie sie vergisst, ob sie Shampoo benutzt hat? Es ist eine verdammte Tatsache, dass sie manchmal etwas tut, von dem sie hinterher nichts mehr weiß.

Ruby verbarrikadiert wieder die Wohnung wie gestern. Draußen, von weit unten, kräht Änne nach Knut. Irgendwann gibt sie auf. Ruby trinkt über den Nachmittag noch eine halbe Flasche. Irgendwann wird es dunkel, irgendwann ist Mitternacht. Ruby versucht, sich an Details der vergangenen Stunden zu erinnern. Sie hat wieder eine Lücke von mindestens drei Stunden. Dann schläft sie ein und träumt von Krähen.

Ron kicherte im Schlaf oder in einem schlafähnlichen Zustand. Ruby schlug den Kopf gegen die Wand. *Lange hält er nicht mehr durch.* Es war die siebte Nacht in diesem Gefängnis unter Deck, oder schon die zehnte? Aber sicher bald die letzte. Auch die Schreie von nebenan waren verstummt. Alles ging dem Ende zu.

Ruby schreckte auf, als die Tür geöffnet wurde. Sie war weit fort gewesen. War eine neue Nacht vorbei? Oder begann gerade die nächste? José hatte wieder die Blechtasse in der Hand.

»Was hast du mit ihr gemacht?«, zischte Ruby

Josés Augen waren in brunnentiefen Höhlen verschwunden. Er gab Ruby den Becher.

»Du sollst nicht sterben.«

Ruby trank gierig. Plötzlich richtete sich Ron auf. Ein Gurgeln verließ seine Kehle, als er den Becher sah. Ruby zögerte. Dann trank sie den Rest. Ron lachte irre. José versetzte ihm einen Tritt wie einem Hund. Ruby drückte sich so weit wie möglich in die Ecke. José schloss die Tür.

Es gab keine Schreie mehr, nur noch das Motordröhnen, aber diese Art Stille war fast noch unerträglicher.

Als sich die Tür das nächste Mal öffnete, rührte Ron sich nicht mehr. José war wie üblich betrunken. Er warf etwas auf den eisernen Boden, ohne seine Gefangenen anzusehen.

»Buen provecho«, verstand Ruby. *Guten Appetit.*

Neben das Ding stellte José die Blechtasse. Dann lehnte er gegen die Tür, als wäre er gespannt auf den Ausgang seines Experiments. Rubys Hand hatte den Becher schon fast erreicht, da schoss Rons Arm vor. Der Becher rollte quer durch den Raum und hinterließ eine dunkle nasse Spur, die langsam in den rostigen Ritzen versickerte. Josés Lachen übertönte sogar den Motor. Er nahm die Blechtasse und verzog sich wieder. Ron brabbelte etwas Unverständliches und rollte sich in seine Ecke wie ein Baby.

Nicht mehr lange, dann ist es vorbei.

Ruby betrachtete das Ding, das José auf den Boden geworfen hatte. Es war ein Daumen. Dunkle Hautfarbe, Nagellackreste, links. Welche Hand hatte er Abenaa abgeschlagen? Links. Ruby stieß ihren Kopf gegen die Wand und schloss die Lider. Drehte die Augen, so weit sie konnte, nach hinten. Leise begann sie zu singen.

Goodbye Ruby Tuesday.

José lacht in ihrem Traum. Er singt sogar mit. Er hat keine schöne Stimme, er kreischt wie eine Krähe. Ruby schlägt die Augen auf, es ist schon hell. Die Krähenschreie sind verstummt. Ruby erträgt die Stille nicht. Sie springt aus dem Bett, taumelt und wartet den Schwindel ab, zieht sich in Eile an und rennt los. Vor dem Haus wirft sie fast Lucky über den Haufen.

»He, wohin schöne Frau?«

»Hab im Lotto gewonnen«, keucht Ruby und rennt weiter, immer weiter.

Gegen Abend steht sie mit staunenden Augen wieder vor dem Haus. Aus der Hausmeisterwohnung zetert Ännes schrille Stimme. Ruby ekelt sich vor ihr, sie schleicht vorbei und hofft, dass sie niemandem begegnet. Sie hat nur verschwommene Erinnerungen an den Tag, die deutlichste an die Verkäuferin in einem unbekannten Supermarkt, mit fettigen Haaren und traurigem Blick. Als ob alle Verkäuferinnen einen traurigen Blick haben. Quatsch, warum sollten sie? Aber in ihrer Erinnerung ist es so. Vielleicht hat sie dort Alk gekauft. Es fühlt sich so an.

Dann steht sie wieder in ihrer Wohnung mit gezücktem Messer. Jemand hat die zerschnittenen Vorhänge gegen neue ausgetauscht. Sonnengelbe. Ruby schreit, so laut sie kann, und hustet grüne Galle. Sie rennt wieder raus, stolpert die Treppe runter und schellt Sturm bei Knut. Knut erbleicht, als er sie mit dem vorgestrecktem Messer vor seiner Tür stehen sieht.

»Du bist wahnsinnig.«

»Wer war in meiner Wohnung?«

»Du bist …«

»Scheiße, Mann, antworte!«

»Ich hol die Polizei.«

»Wer in meiner Wohnung war?« Ruby hebt drohend das Messer.

»Änne!«

Ruby sieht am Ende des Flurs Änne mit rotgefleckter Schürze. Blut!

»Was schlachtet ihr da?«

»D...das ist …«

»Abenaa?«

Knut starrt sie merkwürdig an. Dann flüstert er: »Du bist krank!«

»Ich habe dich was gefragt.«

»Änne macht Gulasch.« Knut ist jetzt kalkweiß. »Änne ist Metzgerin.«

»Was will die von uns?«, schreit Änne von hinten.

»Geh jetzt«, bittet Knut.

»Ich will wissen, wer in meiner Wohnung war«, faucht Ruby, »und wo Abenaa ist.«

»Was interessiert mich die?«

Knut will die Tür zudrücken, aber Ruby hat den Fuß dazwischen.

»Frag doch den da oben.«

Knut meint damit nicht Gott, sondern Otto. Ruby steckt langsam das Messer in den Gürtel und nimmt den Fuß weg. Sofort schlägt Knut die Tür zu. Ruby spürt seine Spionblicke ganz deutlich im Rücken, als sie die Treppe hinaufwankt. Knut hat einen Generalschlüssel, er kann jederzeit bei ihr rein. Der da oben auch. Wer noch? Erst als sie zwei Stufen unter seinem Bademantel steht, bemerkt sie Opa Strang. Langsam öffnet er den Mantel. Auf seinem Schwanz ist ein Totenkopf tätowiert.

»Wer aufgibt, hat schon verloren, kleine Ruby.«

Ruby schreit lange und schrill. Als sie die Augen wieder nach vorne dreht, ist Opa Strang fort. Dafür Stimmen und Fußgetrappel von irgendwo oben. Ruby beeilt sich, in ihre Wohnung zu kommen.

Auf einem Teller mitten auf dem Küchentisch liegen zwei blutige Ohren mit großen wunderschönen Ringen. Abenaas Kreolen. Ruby hat sie ihr zum Geburtstag geschenkt, den die Frau aus Ghana immer an einem Sommertag feierte, weil sie es nicht genauer wusste. Sie wollte bloß, dass es warm war, und es musste ein Dienstag sein, weil Abenaa *An-einem-Dienstag-geboren* bedeutet.

So ging das weiter die nächsten Tage. Morgens linker Zeigefinger, abends linker Mittelfinger, morgens linker Ringfinger, abends linker kleiner Finger und so fort. Daneben stellte José die Blechtasse mit Wasser, die Ron meistens allein austrank. Nur wenn er im Delirium mit seinen Dämonen kämpfte, hatte Ruby eine Chance. Nicht mehr lange, dann war es vorbei, so oder so.

Auch Abenaas Schreie wurden seltener. Manchmal verstand Ruby das Wort *Rahma*. In einem von Rons wenigen klaren Momenten, in denen er sogar bereit war, das Wasser zu teilen, fragte Ruby ihn danach. Das ist arabisch, antwortete er, das bedeutet *Gnade*. Aber die kannte José nicht. Der Hunger und besonders der Durst wurden von Tag zu Tag unerträglicher, und der Haufen der Finger und Zehen wuchs. Ron begann irgendwann, Bilder und Buchstaben daraus zu legen, seinen und ihren Namen. Aber meistens saß er bloß davor und starrte gierig auf das Fleisch.

Dann wurde Ruby durch einen besonders lauten Schrei aus ihrem Dämmerzustand gerissen. Es war Abenaas letzter. Dass José Sanitäter war, hatte Ruby nie geglaubt. Kurz darauf warf José zwei Ohren mit orientalischen Kreolen vor Rubys Füße, und sie meinte, tatsächlich ein nasses Glitzern in Josés Augen zu sehen. Trauerte er um Abenaa? Oder tat es ihm bloß um die verpassten Einnahmen leid?

Ruby wird von einem schreienden Gitarrenriff geweckt. Es muss mitten in der Nacht sein. Der Fußboden, auf dem sie liegt, vibriert.

AC/DC.

Living easy, loving free, season ticket on a one-way ride. Asking nothing, leave me be, taking everything in my stride. Don't need reason, don't need rhyme, ain't nothing I would rather do. Going down, party time, my friends are gonna be there too. I'm on the highway to hell, on the highway to hell …

Ruby bringt ihre Lippen millimeterdicht an das Laminat und flüstert wie ein Mantra durch den Fußboden Richtung Opa Strang.

Stirb, du Arschloch! Bestimmt tausend Mal. *Hast doch selbst gesagt, wer aufgibt, hat schon verloren.* Plötzlich ist die Musik mitten im Refrain aus. *I'm on the highway to h…* Als wäre die Sicherung rausgeflogen. Na, also, geht doch.

Kurz darauf hört sie Lalülala näherkommen. Ein Blick aus dem Fenster zeigt, dass es gar nicht kurz darauf ist, sondern schon der Morgen danach, sie hat also ein paar Stunden auf dem Fußboden gelegen, mit dem Ohr am Laminat, das sie von *Strange Tom* trennt. Unter anderem. Sie hört Stimmen im Treppenhaus. Knuts Gejammer und Befehle von tiefen Männerstimmen. Ärzte und Bullen. Und eine Frau. Ruby drückt sich hoch. Eine Naht im Laminat hat einen roten Streifen quer über ihre rechte Wange gezeichnet, sagt der Spiegel. Scheißspiegel. Sie hat noch die Klamotten von gestern an und öffnet die Tür. Die Stimmen sind jetzt lauter. Die Frau sagt gerade was von einer Badewanne. Sie ist die Polizistin mit der rauchigen Stimme, bei der Ruby am Telefon Pizza Hawaii bestellt hat. Mit doppelt Käse.

Plötzlich bekommt Ruby Schweißausbrüche. Einer der tiefen Männer sagt was von einem Stromschlag, ein Föhn sei ins Badewasser gefallen. Ruby tastet sich bis zum Treppengeländer vor. Im Stockwerk unter ihr wimmeln rotweiße Sanitäter und blauweiße Bullen.

»He, Sie da oben.«

Einmal Blauweiß und einmal Rotweiß sind mit wenigen Schritten bei ihr.

»Haben Sie was gesehen oder gehört?«

Ruby starrt Blauweiß an und schüttelt den Kopf. »Doch.«

»Nicht so einsilbig, Lady.«

Cooler Typ.

»Wird's bald, ich hab nicht ewig Zeit.«

Scheiß Bulle.

»AC/DC hat er gespielt«, flüstert Ruby.

»Geht's lauter?«

Ruby starrt ihn an. Dann schreit sie: »Highway to hell!«

Der Bulle grinst. »Da bist du unterwegs, was?«

»Arsch.«

Er fasst Ruby am Kinn wie eine Schulgöre. Rubys Hand zittert, aber sie traut sich nicht, ihm eine zu scheuern. Feige. Er grinst nur und zieht ab.

»Brauchen Sie Hilfe?«

Der Rotweiße steht noch neben ihr.

Nein. Ruby schüttelt den Kopf. »Wie ist er gestorben?«

»Ein Föhn ist ins Badewasser gefallen, wahrscheinlich hat er ihn selbst vom Regal gerissen. Ob mit Absicht …« Der Sani zuckt mit den Schultern.

»Wieso …«

»Kehlkopfkrebs Endstadium. Vielleicht wollte er nicht mehr.«

»Heute Nacht hat er *Highway to hell* gespielt. Sehr laut. Und plötzlich war es still.«

»Da ist dann die Sicherung rausgesprungen«, sagt der Sani. »Bei den modernen FI-Schaltern hätte er selbst das überlebt, aber in dieser Hütte hier …«, er schaut im Haus hoch, »hier sitzen noch überall diese alten Dinger. Zingo! Und der alte Herr war bei den Engeln.«

Nein, denkt Ruby, *Strange Tom* ist nicht bei den Engeln, sicher nicht. Vielleicht beim Teufel, vielleicht bei Greg. Der Tod ist kein bisschen gerechter als das Leben. Hat Tom das beschädigte Kabel bemerkt, hat er den Föhn mit Absicht ins Wasser geworfen? Weil doch eh alles halb verwest war und er längst auf der Überholspur zur Hölle. Sie riecht Toms knoblauchgeschwängerten Altmänneratem, das Gehirn kann solche Erinnerungen simulieren, und sie fühlt seine Finger zwischen den Beinen. Jetzt bloß nicht sentimental werden, Ruby, scheiß Tom Strang wollte deinen Mond über den Himmel schieben.

Rage, rage against the dying of the light.

»Fuck.«

»Brauchen Sie vielleicht ein Beruhigungsmittel?«

Erschrocken dreht sie sich um, der Sani steht noch immer am Geländer.

»Und Hundt?«

»Der Köter?«

Hundt!

»Wird ins Tierheim gebracht. Es sei denn, Sie wollen ihn ...«

Nein.

»Dachte ich mir. Kannten Sie ihn näher?«

Wieso gehst du nicht weg?

»Im Wasser haben sie ein seltsames Pulver gefunden, haben Sie eine Erklärung dafür?«

»Ich dachte die Bullen machen die Vernehmungen.«

»Interessiert mich nur.«

Ruby sieht durch ihn hindurch. Wahrscheinlich hat er mit dem Pulver einen Feuerball zünden wollen und eine neue Welt erschaffen, und hat dabei den Föhn runtergerissen. Das mit der neuen Welt hat natürlich nicht geklappt, denn auch diese beschissene Geschichte ist bloß eine beschissene Geschichte, wie all die anderen auch, sie hat es immer gewusst. Ob die Bullen das angeritzte Kabel schon bemerkt haben?

»Das Föhnkabel war beschädigt«, sagt der Sani.

Ich weiß.

»War angeritzt. Echt übel. Da wollte wer dem Alten nichts Gutes. Die blauen Jungs haben ein Rasiermesser gefunden, mit glasklaren Fingerabdrücken.«

Will er ihr Angst machen? Jetzt grinst er fast wie der Bulle vorhin. Er dreht sich lässig um und geht. Ruby wird schlecht. Sie knallt die Wohnungstür hinter sich zu. Also ist es nur eine Frage der Zeit, bis die Bullen im Haus rumgehen und von jedem Fingerabdrücke nehmen. Bis auch sie dran ist.

Ruby steht vor dem Küchentisch. Ein paar Blutreste erinnern noch an die Ohren, die dort gelegen haben. Wenn die Bullen menschliches Blut auf ihrem Tisch nachweisen können, ist sie sowieso geliefert. Sie hat irgendwo gelesen, dass da kein Scheuern hilft. Höchstens den ganzen Tisch verschwinden lassen, am besten verbrennen. Aber den kann sie kaum allein anheben.

Dazu kommt die Frage, wo die Ohren jetzt sind. Hat sie die beiseite geschafft? Wohin? Keine Ahnung. Es geht alles dem Ende zu. Ruby lacht laut. Hat eigentlich jemand gesehen, dass sie vor etwa zwei Monaten aus Toms Wohnung kam? Sie nennt ihn jetzt Tom, warum nicht. Ja, Abenaa hat sie gesehen. Hat die dumme Kuh ihr nicht gedroht, das im ganzen Haus rumzuerzählen? Dass Ruby es mit dem alten Knacker treibt und vermutlich nicht umsonst? Hat sie das gesagt oder nicht? Wenn Ruby sich doch besser erinnern könnte. Und hat Ruby geantwortet, sie solle doch erzählen was und wem sie wolle, einer Negerin glaubt man eh nichts? Ist sie so ein Arsch? Oh ja, das ist sie. Und was hat sie dann gemacht? Allein, oder mit Knut? Oder mit Kalli und seiner Geflügelschere? Oder mit Otto?

Ruby presst die Hände auf die Ohren, sie hält das nicht mehr aus. Oder, oder, oder! Sie sieht Abenaas Lederarmband an ihrem Handgelenk mit dem eingeflochtenen roten Faden. Sie trägt es immer noch. Es lag vor der Kellertür. Was hat das zu bedeuten? Hat sie Abenaa in den Keller geschleift? Wohin? Sie sieht das Lämpchen der Gefriertruhe blinken. Sie muss das Armband loswerden.

Zwei Stunden später zieht die Polizei ab. Ruby traut sich wieder aus der Wohnung. Langsam geht sie runter. *Strange Tom* ist tot. Er hat aufgegeben und verloren. Vor seiner Tür winkt sie ihm verstohlen zu. »Klasse Tattoo«, flüstert sie. Plötzlich kommen ihr Tränen. Sie geht schnell weiter. Unten hängt Knuts blauer Hausmeisterkittel an einem schiefen Haken neben der Kellertür. Ruby steckt Abenaas Armband in eine Seitentasche. Soll er sich doch wundern. Hätte sie es vorher abwischen sollen? Kann man Fingerabdrücke von geflochtenen Lederarmbändern sicherstellen?

Die Kellertür ist nur angelehnt. Sie hört unten Schritte und wagt einen Blick. Da steht ein Mann am Fuß der Kellertreppe. Ruby starrt ihn entsetzt an. Jetzt ist der Mann im dunklen Kellerflur verschwunden, aber sie hat ihn erkannt. Ruby stürzt die Stufen hinunter. Ein schwarzer Mantel, nur wenige Schritte entfernt. Ruby rastet aus. Sie wirft sich auf ihn, sie schlägt ihm ins Gesicht, er wehrt sich nur schwach. Sie riecht seinen stinkenden Tabak-Alkohol-Atem, als er mit rauher Stimme flucht. Ruby hört auf. Die Stimme passt nicht. Ron hatte eine andere Tonlage, eine viel höhere. Im schwachen Licht der Kellerlampe sieht sie sein Gesicht. Es ist nicht Ron. Ron ist tot.

»Entschuldigung«, flüstert sie.

Der Mann macht, dass er wegkommt. Vielleicht ein Penner, der hier unten seinen Rausch ausschlafen wollte. Ruby kann nicht fassen, was gerade passiert ist. Sie wischt den Schweiß aus den Augen. Sie steht vor der Tür des Kühlraums. Hier hat sie letzte Woche Knut getroffen. Sie legt die Hand auf die Klinke. Sie hat Angst. Sie schafft es nicht. Ruby lässt die Klinke los und rennt weg, raus aus dem Keller, aus dem Haus.

Der Musiker ist auch heute nicht da. Das hängt wohl mit seiner chinesischen Freundin zusammen. Ruby fragt nicht die Verkäuferin, sie will es gar nicht genau wissen. Aber warum die Chinesin, ausgerechnet, und warum nicht sie? Ist sie eifersüchtig? Musiker sind genau solche Arschlöcher wie alle anderen auch, siehe *Strange Tom.* Trotzdem, warum hat er sie damals nicht mitgenommen, weg von dem beschissenen Hof, auf seiner Harley. Was wäre dann alles nicht passiert.

Statt eines Musikers schleppt sie zwei *Jelzins* in ihre Wohnung. Scheiß Tausch. Sie geht ins Bad und versteckt die beiden. *Haha.* Sie wäscht ihr Gesicht, das grau ist von zu wenig Schlaf und zu viel dies und das. Sie registriert nicht, dass ein Auge sie beobachtet. Sie sollte Tom hinterherreiten. Irgendwann ist es eh so weit, warum also nicht gleich? Verglühen in

Gregs Feuerball, yeah! Spätestens an meinem Fünfzigsten, denkt Ruby. Allerspätestens.

Ruby greift unter ihren Rock und zieht den Heftzweckenslip runter, setzt sich aufs Klo und pinkelt. Es fühlt sich anders an. Mit zitternden Händen nimmt sie ein Stück Klopapier und trocknet sich ab. Dann steht sie auf und starrt auf die Klobrille. Funkelnagelneu, blitzsauber, ohne Riss und Kratzer. Etwas passiert hier. Etwas geschieht mit ihrer Wohnung, mit ihr selbst. Jemand folgt ihr auf Schritt und Tritt, jemand dringt bei ihr ein, verändert ihr Leben und ihre Wohnung. Jemand will ihr schaden oder jemand will ihr helfen. Es gibt nur einen einzigen, der weiß, dass sie eine neue Klobrille braucht. Der Detektiv aus Marge Magentas Kaufhaus, Marlowe! Oder hat sie dem verdammten Kalli davon erzählt, Kalli, der ihr unbedingt helfen will. Aber wie kommt der an einen Schlüssel zu ihrer Tür? Und warum …

Sie steht vor dem Spiegel und blickt in das Auge.

… warum tut er das?

Das Auge klebt schon die ganze Zeit dort am Spiegel und beobachtet sie. Sehr rund mit braungrüner Iris und blutigen Irgendwasresten. Es starrt sie an, sieht sie mit heruntergelassenem Slip, das Klopapier in der Hand, mitten in der Bewegung eingefroren. Das Auge blickt direkt in ihre Pupillen und ganz weit hindurch. Bis dort, wo Ron liegt. Lebend. Noch.

Ruby IX

Seit Stunden lag Ron apathisch mit dem Gesicht auf dem eisernen, vibrierenden Boden. Regungslos. Die Tür ging auf. Ruby blinzelte ins Gegenlicht der Taschenlampe. José band sie los.

»¡Levántate!«, knurrte er. *Steh auf!*

Ruby erhob sich mühsam. Jede Bewegung schmerzte.

»Ron«, flüsterte sie.

Ron rührte sich nicht. Der Capitán packte ihren Arm und schob sie zur Tür. Dort drehte er sich noch einmal um und ließ eine Murmel über den Boden rollen. Sie kam direkt vor Rons Gesicht zum Stillstand. Dann stieß er Ruby die Treppe hinauf. Es war Nacht und windstill. Ruby sog die Seeluft ein, sie schmeckte wunderbar frisch. Ein grandioser Sternenhimmel spiegelte sich in den Wellen. José dirigierte sie zu der Holzbank am Steuerhaus. Delphinrücken pflügten durch das Wasser. Es war warm, fast schön, wäre da nicht das Gesicht gewesen mit den schorfigen Andenken zu beiden Seiten. Wollte er sich jetzt rächen? José setzte sich neben sie und starrte stumm geradeaus.

»¿Cuando llegamos a Tánger?«, fragte Ruby mit leiser Stimme. Er sollte ruhig wissen, dass sie etwas Spanisch sprach, falls ihm das nicht längst klar war. Als sie schon dachte, er hätte ihre Frage nicht verstanden, antwortete er.

»Wir fahren nicht nach Tanger.«

José klang erstaunlich nüchtern und bemühte sich um deutliches Castellano, das Spanisch, das in den Schulen gelehrt wird. »Tanger es una mierda.« Also scheiße. »Wir fahren nach Al Mançouriya.«

»¿Por qué?«

José antwortete nicht. Stattdessen begann er leise zu singen und seinen Körper im Rhythmus zu wiegen. Es war das Kinderlied, das Ruby auf dem Scherbenhof in Algeciras gelernt hatte.

»Los pollitos dicen pío, pío, pío, cuando tienen hambre, cuando tienen frío.«

Und plötzlich begann er zu reden. Von den Señoritas in der *Casablanca*-Bar, seinen Amigas. Alle kleine Pollitos, die den ganzen Tag *pío, pío, pío* gackern, Hunger haben und frieren. Und für ein bisschen Wärme und ein paar Peseten alles hören und alles ausplaudern. *Pío, pío, pío.* Vom großen, starken Ron haben sie gegackert, der nicht zur süßen, kleinen Ruby gegangen ist, im Mondschein, wenn der große, starke Ron Cerveza, Vino und Licor getrunken hat, sondern zum Schiff des Capitán, zur süßen kleinen Abenaa. Da hat er ihr *gran amor* versprochen. *Maravilloso amor eterno.* Das hat er gesagt, aber was hat er getan? *Joder.*

Er hat sie gefickt.

Ruby konnte ihm nicht ins Gesicht sehen. Sie hatte das längst gewusst. José redete weiter. Dass Ron der süßen, kleinen Abenaa eingeredet habe, er wolle mit ihr abhauen, in Tanger.

»Abenaa ist ein kleines, dummes Niña aus Afrika und fällt auf so was rein.« Jetzt sah er aus wie ein besorgter Vater. »Sie hat es mir gebeichtet.«

Und du? Du wolltest sie verkaufen.

»Ron hat noch mehr versprochen. Er verspricht immer sehr, sehr viel.«

Ich weiß.

»Mein Lohn. Die Bezahlung für die Fahrt.«

José drehte den Kopf und sah sie an. Er hatte tatsächlich blaue Augen. Ruby fror trotz des warmen Nachtwinds.

»Weißt du, ich liebe sie wirklich.«

»Wen?«

Es war ihr rausgerutscht.

»Abenaa.«

»Die du aus dem Meer gefischt hast?«

Da war es wieder, das Machentenlächeln. Seine Pupillen waren geweitet, schwarz und tief wie der Marianengraben. Sie waren das einzig Schöne an ihm.

Nein, grinste er, das ist *un hada*, ein Märchen. Er hat sie nicht aus dem Meer gefischt, sondern von einer russischen Crew bekommen. Die hatten ein Flüchtlingsboot gerammt. Alle waren tot bis auf Abenaa.

»Die Russen wussten nicht, was sie mit ihr anfangen sollten, außer …«

Extrabreite Machete.

Du würdest deine Mutter belügen, dachte Ruby. Wahrscheinlich hast du sie in Algeciras auf der Straße gefunden und ihr die Sterne versprochen. Ein schönes Leben, eine Familie, was nicht alles.

»Und in Al Mançouriya wolltest du sie an einen Scheich verkaufen.«

Huschte da ein kleines Erschrecken durch den Marianengraben?

»¿Qiuén dice eso?« *Wer sagt das?*

Ruby sah ihn wortlos an. Josés Augen zogen sich zu einem Reptilienspalt zusammen, die Kratzer darunter leuchteten dunkelrot.

»¡Esta puta sucia!« *Diese dreckige Nutte!*

So sah also seine *gran amor* aus. Gibt es einen Menschen, nur einen einzigen, dem man wirklich vertrauen kann?

»Er ist kein richtiger Scheich, er nennt sich nur so.«

Aha.

»Aber du kriegst nichts mehr für Abenaa.«

Josés Augen waren fast geschlossen. Als Ruby schon dachte, er sei weggedämmert, spuckte er drei Wörter aus.

»Aber für dich.«

Ruby sah ihn bewegungslos an. »Abenaa ist tot.«

José schüttelt langsam den Kopf.

»Lüg jetzt nicht. Wo ist sie?« Ruby schrie fast. »Ich will sie sehen.«

José Augen öffneten sich einen Millimeter. Ganz unten in der lichtlosen Tiefe saß ein uraltes Tier und stieß Klagelaute aus, voller abgrundtiefer Trauer. Voller Hass.

Scheiße, dachte Ruby.

»Es geht ihr besser.«

Lüge, Lüge.

Unvermittelt stand José auf und machte eine Geste in Richtung Steuerhaus. Ruby hatte Angst.

»Ven conmigo.«

Was kam jetzt? Misstrauisch folgte sie ihm. Ruby ging dicht an die Glasscheibe heran, immer auf der Hut. Durch die Schlitze des Rollos konnte sie einen Menschen erkennen. Jemand lag auf einer Klappliege, die linke Hand dick verbunden, den Kopf in Höhe der Ohren auch. Es war eine Frau und sie sah aus wie Abenaa. Sie trug eine Augenklappe.

»Was ist mit ihrem Auge?«

»Eine Entzündung. Lass sie schlafen. Komm mit, ich habe was für dich.«

José fasste ihren Arm und zog sie zur Kombüse. Die Tür quietschte, als er sie aufdrückte. José schob Ruby hinein. Er hatte die Kraft eines Seemanns, sie würde nichts gegen ihn ausrichten können. Er bückte sich zum Herd, öffnete die Klappe und holte eine Schale mit gekochtem Reis heraus. Er stellte sie auf den am Boden festgeschraubten Tisch.

»Dein Lohn.«

Ruby stürzte sich auf den kalten Reis und schlang ihn hinunter, bevor der Capitán es sich anders überlegte. José stand dicht hinter ihr und lachte heiser.

Als Ruby wieder Ron gegenüber angekettet war, wachte Ron auf. Es ging ihm dreckig, das sah sie. Aber er hatte einen dieser inzwischen seltenen wachen Momente. Er richtete sich halb auf, obwohl ihn jede Bewegung furchtbare Anstrengung kostete.

»Na?« Er probierte ein Grinsen, vielleicht sollte es sogar anzüglich ausfallen. »Hat er …«

»Nein.«

Ihre Antwort kam schnell und hart. Ron schnaubte verächtlich, was in einem trockenen Husten endete. Er tat ihr leid, wie er sich vor Schmerz krümmte. Dann entdeckte sie den kleinen abgenagten Knochen unter seinem Arm. Rubys Augen weiteten sich.

»Was ist das?«

»Nichts.« Er wusste genau, wovon sie sprach.

»Und wo ist der Rest?«

Keine Antwort.

»Hast du etwa …«

Er hob den Kopf und Ruby sah seine blutunterlaufenen Augen. »Genauso wenig wie du mit dem Capitán.«

Ruby wurde schlecht.

»Was hat er dir dafür gegeben?« Er versuchte, in ihre Richtung zu spucken, hatte aber keine Flüssigkeit. »Du verdammte Lügnerin.«

»Ich habe nicht gelogen«, flüsterte Ruby.

Ja, Scheiße, sie hatte den Reis, ohne nachzudenken, runtergeschlungen.

»Der war für euch beide«, hatte José gelacht. Sie hatte ihn angeschrien, José hatte das nicht beeindruckt.

»Ich biete dir einen Deal«, hatte er gesagt. »Wenn du mitmachst, kriegst du Reis. Du kannst selbst entscheiden, wieviel du isst, oder dem Kerl da unten mitbringst. Wenn du nicht mitmachst, bekommt ihr nur …«

»Was?«

»Wie dumm bist du eigentlich?« José betrachtete sie spöttisch. Seine Pupillen waren schwarz. Dann blickte er zum Steuerhaus hinüber. In dem Abenaa lag.

Ron hatte sich in Embryostellung zusammengerollt. Ruby entdeckte noch mehr Knochen. Ihr war egal, was er glaubte. Ron verschwand in einer Nebelwelt, einem Paralleluniversum. Stille bis auf das Motordröhnen und Rons fieberndes Winseln. Ruby versuchte, es auszublenden. Irgendwann hörte sie schwere Schritte an Deck. Und eine Krähe. Oder sie träumte das.

Als sie die Augen öffnet, ist sie sicher, Krähenschreie gehört zu haben. Gestern hat sie im Badezimmer gestanden, vor dem Spiegel mit dem Auge. Jetzt ist schon wieder Morgen, sie kann es kaum fassen. Dazwischen ist alles gelöscht. Sie hat das lange

Küchenmesser unter der Bettdecke in der Hand. Sie schiebt es zuerst heraus. Sie zielt auf den dunklen Fleck am Balkonfenster. Sie weiß, dass es das zweite Auge ist. Es ist mit durchsichtiger Klebefolie von außen an die Fensterscheibe geklebt und schaut herein. Ruby kann nicht verhindern, dass ihre Pupillen sich nach hinten richten, auf den Film an der Schädelrückwand.

Das andere Auge. Am nächsten Tag warf er es auf den Boden vor Rons verklebtes Gesicht. Ron nahm es nicht wahr und brabbelte unverständliche Laute, er hatte es bald hinter sich. Und Abenaa war jetzt blind. Nein, sie war tot, was sonst? José zerrte Ruby nach oben.

»Mañana estamos en Al Mançouriya.«

»Und dann?«, flüsterte Ruby. Sie konnte sich kaum auf den Füßen halten. »Lässt du uns frei?«

José fluchte. Dann stieß er sie in die Kombüse.

»¡Quítate la ropa!« *Zieh dich aus.*

Ruby ließ es über sich ergehen. Danach schlang sie den Reis hinunter. Sie behielt ihn auch dann noch im Magen, als Ron wieder gegenüber hockte und das zweite Auge verschwunden war. Rons Gesicht hing schief, als hätte Picasso ihn gemalt. Sein Oberkörper schaukelte hin und her und er versuchte, zu lachen. Ruby schloss die Augen, fühlte den Reisklumpen im Magen und hörte das Motorengeräusch. Und Rons Singen. Die Augen kann man schließen, die Ohren nicht.

We're just two lost souls swimming in a fish bowl, year after year, running over the same old ground. What have we found? The same old fears. Wish you were here.

»Ruby, bist du noch da?«

Stunden mussten vergangen sein und vielleicht hatte sie geschlafen. Es war Rons hohe Stimme, klar und deutlich trotz des Motordröhnens. Sie schlug die Augen auf. Er hatte sich aufgesetzt und wirkte merkwürdig munter. Hatte José ihm etwas gegeben, Alkohol oder sonst ein Aufputschmittel?

»Wir müssen uns noch verabschieden.«

Ruby sah ihn an. Konnte sie ihm trauen? Was wollte er?

»Wieso verabschieden?«

Sie war auf der Hut.

»Wir krepieren bald.«

Du krepierst.

»Richtig, ich krepiere.«

Er hatte schon immer ihre Gedanken lesen können. »Du wirst ja gefüttert.«

Und du frisst …

»Bald lebst du in einem Palast.«

Schwachsinn.

»Der Scheich steht auf Elfenbein.«

Ron lachte und schlug mit dem Kopf gegen die Wand. Er schien es nicht zu merken, würgte und spuckte etwas aus, das ihm vom Kinn auf die Brust tropfte. »Der Mensch an sich ist abwaschbar«, krächzte er und versuchte wieder zu lachen. Kam er wirklich in die Welt zurück, oder war das ein letzter Hirnflash vor dem endgültigen Verpissen? Ruby richtete sich auf.

»Mit dem Scheich, das ist doch Scheiße.«

Ron hustete und knallte den Hinterkopf wieder gegen die Eisenplatten. Erstaunt sah er sich um, als hätte die Wand ihn geschlagen. Dann warf er den Kopf noch ein paar Mal dagegen.

»Vielleicht geht es so schneller.«

Ja, vielleicht.

»Ruf meine Mama an. Sag ihr, dass es mir gutgeht. Brauchst ihr nicht verraten, dass du mich umgebracht hast.«

»Was weißt du über diesen …?«

Ruby schloss die Augen und beobachtete Rons sprechenden Mund auf ihrer Schädelrückwand.

José macht Geschäfte, sagte der Mund, wobei ihm ständig Fingerglieder und Zehen herausfielen und auf der Brust landeten. Mit einem reichen Kerl, der sich Scheich nennt, das hat der Capitán in einer der Nächte erzählt. José trifft den immer in einem Kaff an der marokkanischen Atlantikküste, nicht weit von Casablanca, dorthin sind sie jetzt unterwegs. Er liefert ihm, wie soll man sie nennen, unbezahlte Haushaltshilfen. Und wer glaubt, so was gibt es nicht mehr, der glaubt falsch. Der Preis richtet sich wie überall nach Angebot und Nachfrage. Afrikanerinnen gibt es im Überangebot und bringen dementsprechend wenig, Europäerinnen sind selten und teuer. Was dem Nordländer die Lust auf Schokolade, ist dem Scheich sein Durst auf Milch. Sagt José. Jeder will das, was er nicht hat, so ist es doch immer. Na ja, und Ruby ist jung und weiß und Abenaa ist tot.

Endlich schwieg er. Ruby hörte seinen Kopf gegen die Eisenwand schlagen, immer wieder. *Und tschüss,* dachte sie. Warum war sie in Algeciras nicht ins Hafenbecken gesprungen? Sie hätte es geschafft.

Ruby wachte davon auf, dass plötzlich Stille war. Kein Motorengeräusch, nur das entfernte Rumpeln der Ankerkette. Das konnte vieles bedeuten. Das Wahrscheinlichste war, dass sie Al Mançouriya erreicht hatten. *Nicht weit von Casablanca*, hatte Ron gesagt. So war er seiner Traumstadt doch noch sehr nahe gekommen. Ruby blickte zu ihm hinüber. *Keine Chance, er wird sie nicht mehr sehen.* Er lag im Sterben. Sein Atem ging so flach, dass sich der Brustkorb kaum mehr hob. Schaum quoll aus seinem Mund, seine Augen starrten ins Nichts. Der Flash von gestern, sein letztes Aufbäumen gegen das finale Einschlafen, war verebbt, endgültig. Plötzlich wurde Ruby traurig. Dass Ron so beschissen verreckte, hatte er nicht verdient, trotz allem.

The Big Trip.

Aus. Vorbei. Ende. Nichts. Nada.

Über ihr dumpfe Schritte. Josés stampfte über das Deck. *Gleich kommt er runter.* Ruby streckte die Hand aus und erreichte Rons Kopf. Sie streichelte seine Haare. Er röchelte. Es ging zu Ende. Ruby sang leise.

We're just two lost souls swimming in a fish bowl, year after year, running over the same old ground. What have we found? The same old fears. Wish you were here.

Dann verstummten seine Atemgeräusche. Oder wurden übertönt von Josés Stiefeln auf der Eisentreppe. Ruby legte die Hand über Rons Gesicht und schloss seine Augen. Sekunden später wurde die Tür aufgerissen. José packte Ruby und zog sie hoch. Ron bekam einen Fußtritt.

Mach's gut, flüsterte Ruby stumm. *Wenn du Greg triffst, grüß ihn. Und Strange Tom.*

José war hackebreit und ungeduldig. Er hatte nach dem Auswerfen des Ankers wie ein Ertrinkender zu saufen begonnen. »Auf ein Letztes«, knurrte er, als er Ruby nach oben schleifte. Das Schiff lag etwa hundert Meter vom Strand entfernt. Sollte der Scheich sie hier abholen?

Vorher soll der Teufel dich *holen!*

Plötzlich straffte sich ein Tau vor Josés Füßen und der Capitán stolperte so unglücklich, dass er vorneüber stürzte. Ruby ließ das Tau los und war mit einem Sprung über Bord. Das Letzte, was sie vom Todesschiff sah, war ein schwarzes Kopftuch mit Goldstickereien, das wie eine Flagge an einem rostigen Nagel im Wind flatterte.

Sie schlug hart auf der Wasserfläche auf, aber sie registrierte keinen Schmerz. Das Wasser war kalt und drang in Sekunden durch die Klamotten, aber ihr Körper erinnerte sich daran, dass sie Schulmeisterin über 400 Meter gewesen war.

Nicht aufgeben, niemals! Strange Tom lachte.

Ein schneller Blick zurück zeigte ihr, dass José das Beiboot zu Wasser ließ, er konnte ja nicht schwimmen. Sollte er es doch versuchen, sie würde schneller sein. Viel schneller, auch mit durchweichten Klamotten. Ruby kämpfte sich mit gleichmäßigen Züge vorwärts. Nicht hektisch werden, Atem kontrollieren. Irgendwann fühlte sie Boden unter den Füßen. Sie stieß sich wieder ab, ruderte mit den Armen und erreichte endlich den Strand. Etwas abseits winkten Touristen und fotografierten.

Sie rannte einfach geradeaus, einen ausgetretenen Pfad entlang, der zwischen vertrockneten Feldern ins Landesinnere führte. José konnte sie meilenweit sehen. Ihre nasse Kleidung wog schwer, aber wegwerfen durfte sie nichts. Nach ein paar hundert Metern erreichte sie eine Straße. Links lag Al Mançouriya, rechts Casablanca und geradeaus ging es zur Küstenautobahn. Dort befanden sich ein paar Gebäude, die ein Schild als *Café Mimi* auswies. Auf dem Parkplatz davor standen fünf LKW und ein uralter Toyota Dyna. Die zerschlissene Plane war an einer Ecke hochgeklappt. Ruby kletterte auf die Ladefläche und kroch darunter. Zitternd schälte sie sich aus ihrem Pullover und versuchte ihn auszuwringen. Da hörte sie Schritte. Vermutlich José. Er rannte an dem Toyota vorbei zum Café. Sie hörte, wie er drinnen schrie und aufgeregte Stimmen in arabischer Sprache antworteten. Sekunden später wurde die Tür aufgerissen und eilige Schritte entfernten sich. Vielleicht glaubte er, sie sei nach Al Mançouriya geflohen. Dann war es still. Vorsichtig hob Ruby die Plane an und starrte direkt in zwei blaue Augen.

»I have see you. Stay, don't move.«

Es war nicht der Capitán, es war eine Frauenstimme. Eine schmale Hand zog die Plane wieder zu, und Ruby hielt den Atem an.

»Don't move.«

Sie war gemeint, eindeutig. Die Fahrertür wurde geöffnet und wieder geschlossen. Stotternd startete der Dieselmotor und die Karre fuhr ruckelnd an.

Wohin fuhren die blauen Augen mit dem falschen Englisch? Links nach Al Mançouriya, rechts nach Casablanca oder zur Küstenautobahn. Hauptsache weg. Weg von José und dem Schiff. Und von Ron.

Ruby wurde von der Ladefläche verprügelt, zwischen den Schlaglöchern gab es kaum ein paar Zentimeter ebener Straße. Nach einigen Kilometern hielten sie. Die Fahrertür knallte und Schritte umrundeten die Karre. Die Plane wurde zurückgeschlagen, und zu Rubys großer Enttäuschung stand vor ihr keine Frau, sondern ein Kerl. Mit glattem Gesicht und zu hoher Stimme.

»You are the woman, who José is looking for.« Er fragte das nicht, er stellte es fest. »Where you want to go?«

Ruby sah ihn an und überlegte fieberhaft. Es war zu Ende, sie war am Ende. Es blieb nur Ceuta.

»Ceuta.«

Der Kerl nickte, als hätte er nichts anderes erwartet. »Come with me. Sit in front.«

Ruby kletterte von der Pritsche und folgte ihm. Ihre Klamotten waren immer noch tropfnass, aber dem Kerl war es offenbar egal, dass der Beifahrersitz durchweicht wurde. Wortlos setzte er sich hinter das Steuer und fuhr weiter. Ruby drückte sich an die Tür, möglichst weit weg von ihm.

»José want sell you to the Sheikh.«

Wie sie hohe Männerstimmen hasste. Etwa so sehr wie diese Story vom Scheich. Anscheinend kannte den hier jeder. Sie warf einen schnellen Blick zur Seite. Der Typ war jung, höchstens Mitte zwanzig. Schwarze Haare, die er unter einer Rastamütze versteckte, dazu hellbeige Haut. Für einen marrokanischen Kerl etwas zu zart.

»My name is Sera.«

Sogar sein Name hatte nichts Männliches. Sicher, Simone und Alice hätten jetzt aufgeheult: Scheiß Spießerklischees.

»Ruby«, antwortete sie.

Dann schwiegen sie. Die eintönige Fahrerei schien ihm nichts auszumachen. Irgendwann suchte er im Radio einen knisternden Sender, der arabische Musik spielte. Ruby beobachtete ihn. Sera verzog keine Miene.

Ruby lehnte die Stirn an die Seitenscheibe und träumte sich in die Landschaft. Als sie einen schwarzen Vogel sah, landete sie wieder bei Ron. José hatte ihn vermutlich schon den Barrakudas zum Fraß vorgeworfen und Abenaa hatte den gleichen Weg genommen. Ruby hatte keine Zweifel, dass die Frau, die sie durch das Fenster des Steuerhauses gesehen hatte, tot gewesen war.

Sera reichte ihr eine Plastikflasche mit Wasser. Ruby trank gierig.

»Hungry?«

Sie nickte. Er deutete auf das Handschuhfach und Ruby fand dort getrocknete Datteln, klebrig und süß. Ruby schloss die Augen. Wirre Stimmen sangen ein Potpourri.

Stell dir vor, alle Leute leben in einem Fischglas, wie leicht ist das. Wir sind bloß zwei verlorene Seelen, kein Himmel über uns und keine Hölle unter uns, wir rennen immer dieselbe Strecke, aber was finden wir? Nur die alte Angst. Wärst du doch hier.

Eine der Stimmen gehörte Ron. Als ob seine Seele einen letzten Versuch unternahm zu zeigen, dass sie nicht die eines jämmerlichen Arschlochs war. Aber scheiße, jetzt nicht sentimental werden. Ron *war* ein Arschloch. Gewesen. Basta. Damit musste seine Seele klarkommen. Und dass sie nun ein verglühter Dreck in Gregs Swimmingpool war.

Die Straße wurde besser, und Sera erhöhte das Tempo weit über das erlaubte Limit. Bald näherten sie sich Rabat und mussten tanken. Sera hielt schon weit vor der Tankstelle am Straßenrand. *Warum?*, dachte Ruby. *Aufpassen! Will er mich jetzt für die Fahrt bezahlen lassen?* Der also auch. Er fasste hinter sich und zog einen Blaumann und eine Baseballkappe hervor. Er hielt ihr die Sachen hin.

»Change clothes«, sagte er. »And hide your hair.«

Auch eine Möglichkeit, mich nackt zu sehen.

Dann gab er ihr noch einen langen bestickten Schal. »And hide your tits.«

Ruby verstand nicht und starrte ihn entgeistert an. Grinsend knöpfte er seine Jacke auf und Ruby krümmte ihre Krallen. Die hatten schon einem ganz anderen Arschloch böse Andenken verpasst. Unter seiner Jacke hatte er einen ähnlich bestickten Schal um die Brust gewickelt.

»Do it like me.« Er grinste. Quatsch. Wie hatte sie so blind sein können? *Sie* grinste. Endlich kapierte Ruby. Als sie sich umgezogen hatte, schmierte ihr Sera noch etwas Dreck ins Gesicht und versteckte die nassen Klamotten in einer Kiste auf der Pritsche. Dann fuhren sie zur Tankstelle. Sera tankte, Ruby vertrat sich die Beine. Sie fuhren weiter.

Vier Stunden später hatten sie ihr Ziel fast erreicht, es dämmerte bereits. Ein bleicher Halbmond hing hinter seidendünnen Wolkenschleiern. Sie hielten auf dem Seitenstreifen.

»Tomorrow Ceuta«, sagte Sera.

Sie legten sich zum Schlafen unter die Plane der Ladefläche. Sera hatte zwei Decken ausgebreitet und einen Schlafsack, der für sie beide reichen musste. Sie ging nochmal zum Fahrerhaus und kam mit einer Wasserflasche und einem armlangen Messer zurück. Ruby schrie.

»Be quiet«, fauchte Sera. »For our safety.«

Sie kletterte auf die Pritsche und beugte sich über Ruby. Einige Sekunden schauten sie sich in die Augen. Dann gab Sera ihr einen schnellen Kuss, drehte sich zur Seite und war bald eingeschlafen. Ruby lag wach und lauschte den Geräuschen der vorbeifahrenden Autos. War José ihr auf den Fersen? Warum übernachteten sie so kurz vor Ceuta? Konnte es sein, dass Sera sie verarschte, dass sie ganz woandershin unterwegs waren? Zum Scheich, zu José? Woher hatte Sera gewusst, dass Ruby unter der Plane steckte, Ruby hatte niemanden bemerkt, als sie darunter kroch. Sera besaß eine mörderische Waffe. Irgendwann schlief sie vor Erschöpfung ein.

Sie hat Gewichte an den Füßen und kann ihm nicht entkommen. Er läuft hinter ihr her, lacht und bewirft sie mit abgeschnittenen Fingern.

Du hast mich im Stich gelassen, schreit er. *Weißt du noch, als mich Oscar fast umgebracht hat? Da hast du mich nicht getröstet. Und als du Reis gefressen hast, hast du mich verrecken lassen.*

Sie rennt mit bleiernen Füßen. Sie hat ihn ermordet. Jetzt gehört ihr Leben ihm. Als ob es um *er oder sie* gegangen wäre, und nicht um das viel schrecklichere *er oder beide*. Als hätte er anders gehandelt. Jetzt beginnt er, mit hoher Stimme zu singen, ein Lied, das sie nicht erkennt, obwohl sie es müsste. Kurz vor dem Refrain, der ihr den Titel verraten hätte, weckt Sera sie.

»Come on, Ruby, wake up. We must hurry!«

Sofort war Rubys Misstrauen wieder da. Warum mussten sie sich beeilen? Achtete der Scheich auf Pünktlichkeit? Die Sonne lag noch als schwerer roter Ball über dem Landesinneren. Sera war wortkarg, als sie in den afrikanischen Sonnenaufgang hineinfuhren. Die Eile konnte Gutes oder Schlechtes bedeuten. Gegen neun erreichten sie Ceuta. Sera bestand darauf, dass Ruby sich wieder unter der Plane versteckte, während sie die Grenzformalitäten erledigte. Man kannte sie dort offenbar, und Ruby fragte sich, aus welchem Grund der Pick-up nicht durchsucht wurde. Und wann die Falle zuschnappen würde. Aber alles lief glatt. Ohne Umweg steuerte Sera zur Anlegestelle und checkte auf der Fähre ein. Keine weiteren Kontrollen. Sera kaufte an einem Imbissstand zwei Schalen Couscous und zwei Dosen Cola. Die Fähre legte ab und durchquerte das *Mar de Alborán* bei strahlendem Wetter, inklusive springender Delfine ohne Blutspur. Die Fahrt dauerte etwas über eine Stunde. Ruby nahm eine speckige Lederjacke von einem Haken und zog sie an. Sera war die ganze Zeit verschwunden. Als sie kurz vor Algeciras wieder auftauchte, war ihr Gesicht gerötet, als hätte es jemand mit Schmiergelpapier bearbeitet, oder mit einem schlecht rasierten Kinn. Sera deutete nach vorn.

»Algeciras.«

»Where have you been?«

Sera zuckte mit den Schultern, drehte sie sich um und ging hinunter zum Fahrzeugdeck. Also hatte die Überfahrt doch ihren Preis. Ruby folgte ihr mit einigem Abstand.

Zehn Minuten später verließ der Toyota die Fähre. Die Erinnerung schlug ihr wie eine Keule ins Gesicht. Die Hafenanlage, die Kräne, das Reklameschild der *Casablanca*-Bar. Und überall sah sie Ron. Lachend, winkend, betrunken, glücklich, Arm in Arm mit José, und kotzend überm Hafenbecken im nächtlichen Nebel. Aus dem Nebel tauchte der Bug eines Fischtrawlers auf und von der Reling winkte eine Frau. Ruby schloss die Augen. Ron war tot, Abenaa war tot und José hoffentlich auch bald beim Teufel. Als Ruby sich die Augen wieder zu öffnen traute, hatte Seras Toyota bereits den Hafen verlassen. Sera kannte sich bestens aus, fuhr hupend durch die verstopften Straßen und fand ohne Probleme die vielbefahrene Ausfallstraße nach Marbella. Dort hielt sie am Straßenrand.

»You go now«, sagte sie.

Ruby blickte erstaunt in ihre blauen, plötzlich kalten Augen. Sera beugte sich vor und griff nach ihrem Messer. Ruby hatte sich immer noch nicht bewegt.

»Please go!«

Fast schrie sie.

Wer bist du, was hast du mit dem Scheich zu tun?, wollte Ruby fragen, brachte aber kein Wort über die Lippen.

»Out!«, befahl Sera und fuchtelte mit dem Dolch. »Now!«

Ruby nickte hastig und riss die Beifahrertür auf.

»Thanks for all.«

»Quick!« Ihre Stimme überschlug sich. »Run or you die!«

Noch bevor Ruby die Tür geschlossen hatte, wendete Sera den Toyota mit schreienden Reifen mitten auf der Straße, begleitet von einem wütenden Hupkonzert, und raste zurück in die Stadt. Ruby starrte ihr nach. Sie kapierte einfach nicht. Woher die plötzliche Panik, die Wut? Das Letzte was sie von Seras Toyota sah, war eine sich auflösende Staubwolke. Das bleibt von uns. Dreck, der sich irgendwo absetzt, wieder aufgewirbelt wird und wieder absetzt. Und sich vermischt mit dem Dreck der abermilliarden verrotteten Lebewesen, die schon vor uns da waren. Die Welt ist ein einziger Friedhof.

Sie hielt den Daumen in den Wind. Immer noch war sie als Kerl verkleidet und froh darüber. Der LKW-Fahrer, der sie mitnahm, wollte zum Glück nicht reden. Er drehte das Radio auf ohrenbetäubende Lautstärke und fuhr wie ein Henker. Ruby war das recht. So ließ sie möglichst schnell Algeciras und alles hinter sich.

Vielleicht war ja Sera der Mensch, den sie sich gewünscht hatte, als sie mit José an Deck der *Perla Negra* saß, unter dem grandiosen Sternenhimmel. Wie kann die Natur es wagen, so schön zu sein, wenn nebendran der Teufel sitzt, wie kann sie mit Schönheit die Hölle kaschieren und vorgaukeln, der Teufel sei freundlich? War Sera vielleicht jener einzige Mensch, dem man ganz vertrauen kann, der unwirkliche Engel, der ohne Lüge und ohne Plan-hinter-dem-Plan handelt? Noch Jahre später rechnete Ruby damit, dass sich das Gegenteil beweisen würde, dass Sera sie in irgendeiner Form beschissen hatte. Aber es passierte nicht. Vielleicht war es Sera bloß nicht gelungen, ihr zu schaden. Sie sahen sich nie wieder. Vielleicht war Sera eine Heilige.

Ruby trampte die spanische Mittelmeerküste hoch. Marbella, Malaga, Cartagena, Alicante, Valencia, Tarragona, Barcelona. Ein paar Nächte verbrachte sie am Strand von Portbou mit kiffenden Hippies. Die geklaute Lederjacke schützte sie vor der nächtlichen Kälte und den Zudringlichkeiten. Dann überquerte sie die Grenze nach Frankreich.

Irgendwie schaffte sie es bis zum Hof. Irgendjemand hatte ein Brett über die Einfahrt genagelt. *Hotel California* stand in verlaufenen roten Buchstaben darauf. Ein paar Bewohner gab es noch, die Ruby vom letzten Sommer kannte, der ihr unendlich lange vergangen schien. Niemand empfing sie herzlich. Ein Typ mit schorfigem Gesicht konnte einer der Musiker sein. Ruby fragte ihn nach Strange Tom.

»Bin ich Jesus, oder wächst mir Gras aus den Händen?«

Die meisten sahen aus, als wären sie über jedes neue Aufwachen erstaunt, als führten sie an jedem Tag ein Bonusleben. Sie gaben sich keine Mühe, zu verbergen, dass sie über den zusätzlichen Esser genervt waren, außer Pickelgesicht, mit dem sie ein paar halbwegs freundliche Worte wechselte.

Such a lovely place.

Ruby blieb eine Nacht. Am nächsten Tag war auch Pickelgesicht so abweisend wie die anderen, sie hatten ihn wohl ins Gebet genommen. Später, als Ruby zum Brunnen ging, um sich zu waschen, kam ihr ein aufgedunsener Fettsack entgegen. Nach dem Heu in den wirren Haaren hatte er in der Scheune gepennt. Sie erkannte ihn erst, als er direkt vor ihr stand. Als wären Jahre vergangen, und nicht nur ein beschissener Sommer. Er wankte an ihr vorbei, ohne von ihr Notiz zu nehmen.

»Hi, Big.«

»Aids, oder geht's?«

Pickelgesicht ließ sich immerhin entlocken, dass Winnetou mit Alouette abgehauen war. Ins Abendrot geritten, nach Las Vegas, die Sonne putzen. Ruby kannte die Sprüche, die den Abschied ins Drogennirwana oder bestenfalls unter die Seinebrücken von Paris verschönerten.

Und Piet?

Nie wieder was gehört.

Und Mariebleu?

Pickelgesicht deutete eine Spritze an, die er sich in die Armvene drückt.

Scheiße. *Sie ist auf H?*
»Nee«, antwortete er ohne Regung, »sie war.«
Als Ruby sich schon abgewandt hatte, sagte er: »Da hat eine Frau nach dir gefragt.«
»Nach mir?«
»Nach Ruby.«
»Wann?«
Eine vage Handbewegung.
»Wie sah die aus?«
Pickelgesicht zuckte mit den Schultern. »Vergessen.« Es gab eine Menge Dinge, die ihm egal waren. Irgendwelche Frauen gehörten dazu. Ruby auch. Sie verließ noch am selben Tag den Hof. Lebende Tote. Ein Sommer hatte gereicht, um das Paradies zu zerstören. Paradies?
You can checkout any time you like, but you can never leave.
Welches Paradies?

Sie wacht davon auf, dass ihr linker Arm höllisch schmerzt. Eine schrille Stimme kreischt dicht vor ihrem Ohr und Ruby denkt im ersten Moment, es wäre Ramóns Frau in Algeciras. Sie wäre in einer Zeitschleife gefangen und immer noch dort, und alles danach wäre nicht passiert. Ganz falsch. Kein ewig grüßendes Murmeltier. Ruby öffnet die Augen und blickt direkt in einen Mund, in dem eine lustige Reihe dritter Zähne Ballett tanzt. Dann erweitert sich der Bildausschnitt und zeigt eine zeternde Alte mit blümchenbewachsenem Hut. Noch weiter, und Ruby erkennt einen dürren Arm mit einem langen Stock, der weit ausholt. Ein Reflex lässt sie von der Bank rollen. Der Stock zersplittert über ihr auf den Brettern.
Voll Panne, die Alte.
Ruby wälzt sich unter die Bank. Sie versteht aus dem Gekreische, dass der Stock dem verstorbenen Gatten gehört hat, die einzige intakte Erinnerung, die sie noch an ihn hat. Wahrscheinlich feiert ihr Gatte gerade in der Hölle ein Fest und

hofft, dass seine Alte in den Himmel kommt. Aber die Hölle wäre nicht die Hölle, wenn sich solche Hoffnungen erfüllten. Ruby springt auf und rennt über die Straße. Ein Cabrio weicht ihr mit jaulenden Reifen aus und ein Typ mit Sturmfrisur schreit irgendwas gegen das *gumz-gumz-gumz* aus dem Subwoofer an, das selbst das Keifen der Oma überdröhnt.

Cool bleiben, Arschloch.

Ruby rennt, bis das Gumzen und Keifen zwischen den Wohnblocks verklungen ist. Sie fühlt sich verdammt nüchtern, hat aber einen pelzigen Geschmack auf der Zunge, als hätte sie gesoffen. Was ist geschehen, nachdem sie das zweite Auge am Balkonfenster entdeckt hat? Ist sie losgerannt, hat *Jelzin* gekauft, mit ihm rumgeknutscht und ist dann eingeschlafen? Das würde erklären, wie sie auf diese Bank gekommen ist. Es fehlen ihr nach dem Stand der Sonne wenigstens sechs, sieben Stunden. Und warum zum Teufel hat die Alte sie eigentlich verprügeln wollen? Einfach so? Weil anständige Menschen nicht auf einer Bank liegen, sondern zum Beispiel in so einem Haus wohnen, aus dem ihr gerade ein Kerl zuwinkt. Ruby winkt zurück.

Es ist Kalli. Welcher Teufel hat sie ausgerechnet hierhin gelenkt, direkt vor Kallis Familienglück? Die Tür geht auf und er stelzt mit ausgebreiteten Armen auf sie zu. Ruby weicht zurück, Kalli erwischt sie trotzdem.

»Welch Überraschung«, sagt er und will sie gar nicht mehr loslassen. Hat er keine Angst, dass die Nachbarn gucken und reden? Er strahlt.

»Komm doch rein.«

Ruby will nicht, aber sie hat Pudding in den Knien. Nicht wegen Kalli. Vielleicht wegen dem, was ihre Erinnerung löscht. Sie lässt sich mitziehen. An der Haustür weiß sie schon, dass Kallis Frau mit den Kindern ausgeflogen ist, übers Wochenende zu Verwandten. Daraus schließt Ruby dreierlei, dass Wochenende ist, dass Kalli verheiratet ist und dass er Kinder hat.

Das zweite hatte sie schon vor Wochen im Café Latte geahnt, wegen dem fetten, goldenen Ring an seiner linken Hand.

Als sie den Hausflur betritt, schaut sie sich um und bemüht sich, nicht auf die sorgfältig parallel gekämmten Teppichfransen zu treten. Alles blitzsauber und geleckt. Sie lässt ihre Lederjacke auf den Boden fallen und erwischt einen Blick durch die offene Wohnzimmertür. Ein Traum in Weiß, selbst der Baumarktstuck an der Decke und das Klavier mit den bunten Punkten auf den Tasten, passend zu den bunten Noten im Heft darüber. Darüber hängt Charlie Parkas altes Saxophon. Kalli bemerkt ihr Interesse.

»Kannst du Klavierspielen?«

»Keine Ahnung, noch nie ausprobiert.«

Kalli ist irritiert. Er hat offenbar vergessen, dass sie damals bei jeder Schulveranstaltung spielverpflichtet wurde. Gut so.

»Ich dachte ...«

»War 'n Witz.«

»Unser Ältester hat Unterricht«, stottert Kalli weiter, »die Kleine spielt Blockflöte.«

Daher die bunten Tasten. Kalli steht dicht hinter ihrem Rücken und schnüffelt.

»Aber du hast doch mal ...«

»Nein«, lügt sie.

»Puh, du stinkst.«

Danke. Ruby fragt nicht wonach. Vermutlich nach *Jelzin.*

»Die Dusche ist Treppe hoch links.«

Gute Idee. Ruby setzt sich in Bewegung. Sie geht wie auf Eiern durch diese schneeweiße Welt, den Flur entlang und die Treppe hinauf, ferngesteuert durch Kallis Zeigefinger.

»Frische Handtücher im Schrank unterm Waschbecken. Nimm dir, was du brauchst.« Als sie schon das Bad betritt, hört sie noch »Shampoo in der Dusche, Deo im Regal.«

Auf dem Weg zum Bad kommt sie an einem Zimmer vorbei, auf dessen Tür Holzbuchstaben gepappt sind. *Dörthe. Len-*

nard. Da Ruby nicht davon ausgeht, dass das die Namen der Hauskatzen sind, bedauert sie die Kinder, die Blockflöte und den Klavierunterricht.

Auch das Bad ist absolut sauber. Kein Staub, nicht mal im Rohrknick unterm Waschbecken, darüber ein putzstreifenfreier Spiegel. Blütenweiße Vorhänge verhindern neugierige Nachbarsblicke, weiß die Fliesen, die Handtücher, die Plastikduschhaube, die Fensterrahmen, die Fußmatte, die Klinken, die Drehknöpfe mit blauem und rotem Punkt, und selbst das Klopapier ist kein kratzender Recyclingmist.

Weiß ist die Farbe der Trauer, denkt sie, in Japan.

Innerhalb von Sekunden ist das Wasser heiß. Ruby erschrickt und dreht es kühler. Dann bleibt sie lange im warmen südfranzösischer Sommerregen stehen, streichelnde nasse Finger, RonTomPietBigGMariebleuAlouette. Und Seras Kuss spürt sie, als sie den Mund öffnet und in den Regen hält.

Als sie abgetrocknet, geföhnt und angezogen ist, steht sie vor dem Riesenspiegel und findet sich nicht hässlicher als sonst. Sie ist also bei Kalli gelandet. Okay. Irgendwo klingelt ein Telefon. Sie rückt die Brüste zurecht, öffnet die Badezimmertür und schleicht nach unten. Leise betritt sie das sonnendurchflutete Wohnzimmer. Ledersofa, tiefe Sessel, Eichentisch mit Glasplatte und darüber ein schwerer Kronleuchter mit einer Menge Kristalltropfen. Die Wand gegenüber der Tür verschwindet hinter einem Einbauschrank, Nussbaumfunier, mittendrin zwei Quadratmeter Flachbildschirm. Alles absolut clean, ein Erinnerungsflash an die Zimmer ihrer Kindheit. Die Sauberkeit stößt sie ab, wie Magneten, die mit den gleichen Polen aufeinander gerichtet sind. Sicher haben hier drei Putzen reichlich zu tun. Aber natürlich nicht Kallis Frau, die sich Ruby äußerst adrett vorstellt, auch ein Wort aus jener versunkenen Welt der Kommunionkleider, Barbiepuppen und Sonntagsspaziergänge.

Kalli hat leise Musik aufgelegt. *Ebony and ivory.* Ausgerechnet. Paul McCartney und Stevie Wonder können nicht übertönen, dass sich Kalli gerade im Nebenraum verabschiedet. Ruby will sich bemerkbar machen und die nur angelehnte Verbindungstür aufdrücken, als Kalli schon ein neues Telefongespräch beginnt. *Der Lauscher an der Wand hört eine eigene Schand.* Noch ein Sprichwort aus jener Zeit der monatlichen Beichten in weihrauchnebligen Kirchen.

»Die Luft ist rein«, flüstert Kalli, aber Ruby hat gute Ohren. »Sie kommt so bald nicht zurück, dafür sorge ich schon.«

Kallis Frau bleibt also noch eine Weile, wo sie ist, dafür sorgt er schon. Szenen einer glücklichen Ehe. Ruby grinst, als Kalli durch die Verbindungstür kommt. Eine winzige Sekunde lang scheint er erschrocken zu sein, dann lächelt er freundlich zurück.

»Wie lange stehst du schon hier?«

»Grade reingekommen«, lügt Ruby.

Kalli macht eine einladende Bewegung zu einem Sessel.

»Ein Gläschen?«

Ebony, ivory, living in perfect harmony.

Ruby nickt und lässt sich in den Sessel sinken. Der ist weich und plüschig und umarmt sie wie ein Lover. Noch immer spürt sie die Wärme der Dusche, dazu die des Sessels und des Rotweins, den Kalli ihr reicht.

»Prost.«

»Ja.«

Kalli setzt sich ihr gegenüber und schaut sie an.

»Ich freue mich sehr, dass du hier bist.«

Ruby nickt wieder. Warum freut er sich? Sie selbst ist sich nicht so sicher, wie sie das sortiert. Freude jedenfalls wäre übertrieben.

»Weißt du, was am vergangenen Wochenende war?«

Ostern? Hast du deine Frau gebumst?

»Unsere Abifeier.«

Was ist schlimmer als eine Blockflöte?

»Schade, dass du nicht dabei warst.«

Zwei Blockflöten.

»Und weißt du, wer nach dir gefragt hat?«

Sag schon, du kannst es eh nicht für dich behalten.

Ruby rutscht noch tiefer in den Sessel. Kalli gießt Wein nach.

»Jess.«

Ruby verschluckt sich. Prustend hält sie die Hand vor dem Mund, ein rotes Rinnsal läuft vom Kinn in ihr Shirt. Kalli ist aufgesprungen und wischt mit einem Küchenpapier über ihren Hals. Woher hat er das denn so schnell?

»Jess?«, krächzt Ruby. Kalli grinst.

»Hat erzählt, dass du ihrer Wüstenrennmaus mal die Kehle durchgebissen hast.«

Das hatte sie mehr als verdient. Jess und die Maus.

»Und Heftzwecken unters Bettlaken gelegt.«

Hat sie heute den Heftzweckenslip an? Sie muss es doch vorhin beim Duschen bemerkt haben. Am liebsten würde sie jetzt nachfühlen.

»Jess erzählt Scheiße«, sagt Ruby. »Wie immer.«

Sie nimmt einen großen Schluck Wein. Kalli füllt nach, sobald sie das Glas abgestellt hat.

»Rosamunde ist jetzt mit Eggbert Kniest verheiratet. Kennst du noch Rosamunde?«

Jess' minderbemittelte, bescheuerte, arrogante Schwester. Ruby schüttelt sich angeekelt, was Kalli als Nein auffasst.

»Jess' nette Schwester. Die ist richtig zu Geld gekommen. Chefin von so 'nem Kaufhaus. Mit allem Drum und Dran, sogar mit Detektiv.«

Kalli lacht, worüber auch immer, vielleicht war das mit dem Detektiv ja ein Witz. Ruby zieht die Knie unters Kinn. Sie will die alten Bilder nicht sehen, die wie ein Schiffsbug im Nebel lauern.

»Wir haben zu fünft ganz lange über Melanie gesprochen. Melanie Dinstag ohne e.«

Du und Eggi, Jess und ihre bescheuerte Schwester. Und wer war der Fünfte?

Kalli lacht schon wieder.

»Manche sind echt alt geworden. Nur Jess nicht.«

»Und wer war der Fünfte?«

»Welcher Fünfte?«

»Du hast gesagt, ihr wart fünf.«

»Kann sein.« Kalli schwimmt. »Mal mehr, mal weniger. Jedenfalls … was wollte ich sagen?«

Warum misstraut sie ihm? Irgendwas an ihm ist falsch, war schon falsch im Café Latte und ist hier in seiner Wohnung noch falscher. *Sie kommt so bald nicht zurück, dafür sorge ich schon,* hat er am Telefon gesagt. Ruby beobachtet ihn. Er ist nervös, er fummelt an den Kissenfransen herum.

Spuck's aus. Oder weißt du bloß nicht, wie du mich ins Bett kriegst?

»Erzähl doch mal, wann bist du wieder nach Deutschland zurück?«, versucht er was Neues. »Jetzt mal ohne Horrorgeschichten.«

Das waren keine Geschichten. Ruby blickt durch den Spiegel über Kallis Kopf in einen Raum, den niemand außer ihr selbst sieht. Während sie die gespiegelten Kristalltropfen des Kronleuchters zählt, redet sie. Wenn er's hören will.

Der Hof lag weit hinter ihr, die Grenze nach Deutschland vor ihr. Sie hatte keinen Pass, aber einen netten Franzosen in einer Ente, einer jener legendären 2-CV-Zitronen. Der hatte einen Freund, dessen Schwester mit dem Chef der Zollbehörde … zwei Stunden später war sie drüben, also in Westdeutschland.

»… Ketten verkauft auf Mittelaltermärkten, hab ich dir alles schon erzählt.«

Kalli nickt, er erinnert sich eher an die Tote auf dem Schiff. Ruby redet weiter. Die Leute waren verrückt nach solchem Zeug, das sie in alter keltischer Flechttechnik herstellte, die sie aus verschollenen, geheimen Quellen rekonstruiert hatte. Bla-

bla. Egal. Sie kam viel rum und ganz gut über die Runden. Immer mehr Städte veranstalteten dieses pseudomittelalterliche Kasperletheater, und die Bands, die dort spielten hießen *Firlefanz* oder *Henkersmahlzeit*. An den Abenden, wenn die Schausteller um das Feuer saßen und einer auf der Gitarre die alten Lieder spielte, *Give peace a chance* und so, kamen die Erinnerungen. An Love'n'Peace und Sex im Pinienwald, Rons Beinahe-Traktor-Unfall, an den Weg zum Marktplatz mit Piet, an eisige Winter und betrunkene Sommernächte, an *Strange Toms* Tätowierung und Greg, an die Hühnchen Alouette, Lola und Roubine, Marierouge und Mariebleu und Emmanuelle. An Festivals in Nantes und anderswo, und an Ron als Akrobat mit Totenmaske. An Big G's rechten Daumen, den Emma abschnitt, und die Flucht nach Barcelona. Hier endeten die Erinnerungen.

An einem dieser Lagerfeuer schlich sich der flüssige Bruder des Teufels wieder an, schmiegte sich an ihren Rücken, leckte zärtlich ihre Schulter und flüsterte ihr ins Ohr. Und brauchte sie nicht lange zu überreden. Anfangs war er ein freundlicher Begleiter, dann eine *Conditio sine qua non*, eine *Bedingung, ohne die nicht.* Nicht aufstehen, nicht arbeiten, nicht schlafen. Sieben Jahre später landete sie, Zufall oder nicht, auf einem Markt in Paderborn. Vielleicht hatte sie gehofft, hier etwas wie Heimat zu finden, aber die Wurzeln waren längst abgehackt, rausgerissen, verrottet. Sie kroch in einer dieser Riemeke-WG's unter, die es immer noch gab und wo ein ständiges Kommen und Gehen von *Heute-hier-morgen-dorts* herrschte.

1994, 1995, 1996.

In diesen Jahren wanderte Ruby durch ihre alte Stadt, oft stundenlang ums Paderquellgebiet, raus in die Senne, Richtung Kaunitz, wo der Bullifahrer sie rausgelassen hatte, oder hoch zum Monte Scherbelino, der so hieß, weil er der Schuttplatz für die Trümmer des Hitlerkriegs war. Und irgendwann stand sie vor ihrem Elternhaus, wo die Vergangenheit ein

Faustschlag ins Gesicht war. Während sie, bewegungsunfägig, von der gegenüberliegenden Straßenseite auf das Reihenmittelhaus starrte, wurde die Haustür von einer genervten Mutter aufgedrückt, die ein heulendes Mädchen herauszerrte.

»Du ziehst jetzt die Jacke an!«

»Ist nicht kalt.«

»Noch ein Wort!«

Wenn die Mutter friert, muss das Kind sich warm anziehen. Diese Jacke bekommt es sein Leben lang nicht mehr ausgezogen. Wahrscheinlich ist es die gleiche, in der auch die Mutter steckt. So vererbt sich das über Generationen, man kann dem nicht entkommen. Die Kinderjahre sind ein Korsett, mit dem du verwachsen bist, eine Handschrift, die du nicht mehr ändern kannst. Kinder schleppen die Verwachsungen ihrer Eltern mit und geben sie weiter. Lehrerkinder werden zu Besserwissern, Ärztekinder zu Hypochondern und Kinder von Verwaltungsbeamten zu Korinthenkackern, Alleswegräumern und Ordnungsterroristen, mit etwas Glück bloß zu Briefmarkensammlern. Kalli zum Beispiel. Wann zeigt er Ruby seine gehorteten Schätze? Momentan kaut er bloß an seinen Fingernägeln und glotzt sie an.

Rubys Eltern waren wohlhabend gewesen, sie schöpften den Gewinn ihrer Möbelfabrik ab und gaben das perfekte Paar. Innerhalb der häuslichen vier Wände wurde es wärmer, wenn der Kühlschrank geöffnet wurde. Sie gingen ins Theater und saßen zwischen dem, was man feine Gesellschaft nannte. Geld haben oder wenigstens im Theater neben dem Geld sitzen dürfen. Mama mit dick zugekleisterten Krähenfüßen zwischen den anderen Krähen, Papa mit CDU-Krawatte neben seinem dicken Freund Bürgermeister Löcke. Da hackte eine Krähe der anderen kein Auge aus. Natürlich ist das heute nicht mehr so. Gegen das alles setzte Ruby irgendwann das große Leckmich.

Die frierende Mutter mit dem heulenden Kind war außer Hörweite. Im Nachbargarten knatterte der Nationalstolz am

Fahnenmast. Eine alte Dame, die Ruby als Frau Knüll wiederzuerkennen glaubte, mühte sich mit einer Heckenschere. Ruby sprach sie an. Frau Knüll zeigte keine Wiedererkennensfreude, aber sie redete gern. Die alten Dinstags, wusste sie mit hochgezogenen Augenbrauen zu berichten, waren längst verstorben. Nein, es hatte nichts zu erben gegeben, der Herr Dinstag hatte sich übel an der Börse verspekuliert und das Haus schon vor etlichen Jahren verkauft. Davon hat sich Frau Dinstag nicht erholt. Ganz gelb ist sie geworden. Und etwas grün, *hier.* Frau Knüll, wenn es denn Frau Knüll war, zeigte auf ihre Stirn. Dahinter war wohl so einiges gelb und grün. Jaja, an den Aufstieg gewöhnt man sich im Handumdrehen, an den Niedergang viel schwerer.

»Kannten Sie die Dinstags?«

»Nein«, sagte Ruby abwesend.

»Warum interessiert Sie das dann?«

Papa hatte vermutlich alles mit eiserner Unerschütterlichkeit ertragen, aber Mama hatte unter den Trümmern ihrer heilen Welt gesessen, verwundet von den Scherben, und sich die Seele rausgeheult, ganz gewiss. Ein bisschen tat sie ihr leid. Ein bisschen.

»Ihre Rosenbeete sehen beschissen aus.«

»Also, hören Sie mal.«

Aber Ruby hörte schon nicht mehr.

»Das hast du gesagt?«

Ruby starrt Kalli irritiert an. Er hat die linke Hand abgekaut und beginnt jetzt mit der rechten. Irgendwo hat sie das schon mal gesehen.

Hast du eigentlich ein Theaterabo? Nicht für die Westfälischen Kammerspiele, die gibt's ja nicht mehr. Heute trifft man sich im neuen Theater am Neuen Platz. Der heißt wirklich so. Der Volksbankchef wollte zwar, dass die Freifläche vorm Theater Volksbankplatz getauft wird, aber der Bürgermeister nicht. Da haben die beiden ihre gesamte Fantasie zusammengeschmissen, und jetzt heißt das Teil Neuer Platz. Wow!

Noch lange, nachdem Frau Knüll ihr entrüstet den Rücken gekehrt hatte, stand Ruby vor dem Haus. Die Gardinen des Kinderzimmers waren neu und die Scheibe mit gelben Sternen beklebt. Wie gern hätte sie das Mädchen kennengelernt. Plötzlich zogen Wolken auf und die Scheiben wurden grau.

Was hast du schon wieder angerichtet?

Ich war das nicht!

Natürlich nicht!

Ruby schüttelte sich. Die Sterne hinter dem Fenster leuchteten wieder gelb und Mamas Stimme war verklungen. Ruby verließ diesen Ort, so schnell sie konnte.

Das Häuschen der Dinstags im Schrebergarten *Schöne Aussicht* war verfallen. Eine Ecke war mit Matratzen ausgelegt, woraus Ruby schloss, dass es noch vom Bodensatz benutzt wurde. An einer Wand stand *by Tues*. Als Ruby das Gelände verließ, schauten ihr ein paar Möhrenzüchter besorgt nach. Kann doch passieren, dass mal wer weint.

Auf den Briefkasten der Riemeke-WG hatte sie *Ruby Tuesday* geschrieben, was niemanden hier wunderte. Sie lebte die nächste Zeit von Sozialhilfe. Manchmal kaufte sie im *Red House* für'n Zwanziger ein *Bonbon* und rauchte den Inhalt mit Kerlen, die sie dort kennenlernte, manchmal lernte sie die Kerle kennen, damit sie ihr ein *Bonbon* bezahlten, oder einen ganzen Abend.

Oh Lord won't you buy me a Mercedes Benz. My friends all drive porsches, I must make amends. Worked hard all my lifetime, no help from my friends. So lord won't you buy me a Mercedes Benz.

Irgendwann hielt sie das WG-Leben nicht mehr aus, das ständige Kommen und Gehen der immer gleich netten, gleich behämmerten Leute, sie war sich ja oft selbst schon zu viel, und sehnte sich nach Alleinsein, weg von allem. Sie zog in einen billigen Wohnblock, dessen Vermieter Otto Graf hieß und oben im Penthouse residierte. Ab und zu schickte das Arbeitsamt sie zu albernen Fortbildungen und einmal hatte sie für drei Wochen einen Job an der Aldikasse. Seitdem ist sie zu den Kassiererinnen freundlich, besonders zu denen mit den traurigen Augen und Arschgeweih, die zu lange von einem besseren Leben geträumt haben, in einer besseren Gegend, mit ganzjährig fließend warmem Leben. Aber unten ist die soziale Leiter verdammt klebrig. 2005 wurde die Sozialhilfe in Hartz IV umbenannt, aber die Knete reichte nach wie vor nicht. Zwar wurden bestimmte Wodkasorten billiger und ekelhafter, aber auch die Besuche bei Otto häufiger, der sich die ausstehende Miete gelegentlich in Naturalien auszahlen ließ, seine einzige Möglichkeit an eine Frau zu kommen. Sonst änderte sich nichts.

»That's it.«

Ruby kichert wie Janis Joplin am Ende von *Mercedes Benz.* Erst jetzt fällt ihr auf, wo sie das Fingernägelkauen in dieser Reihenfolge schon mal gesehen hat. Bei Otto, der interessanterweise auch den gleichen Nachnamen trägt wie Kalli. Einmal war sie von Otto schwanger. Da hatte er sie zu einer holländischen Engelmacherin geschickt. Seitdem braucht sie keine Tampons mehr. Das ganze Haus hatte es gewusst, und Ruby redete monatelang kein Wort mehr mit Abenaa, obwohl die alles abstritt. Ruby hasste Abenaa, so enttäuscht war sie. Sie hatte der Nachbarin alles unter dem Siegel absoluter Verschwiegenheit anvertraut. Danach war Schluss mit Freundschaft, falls es je so was gewesen war.

Und irgendwann in der Zeit begannen die Sehstörungen, die Ruby für Halluzinationen hielt und auf den Scheißalk schob. Und das Augenzurückrollen, die Filme auf der Schädelrückwand, der regelmäßige Filmriss und die Träume, in denen Ron in einem dröhnenden, eisernen, stinkenden Verließ lag. Wo sie ihn im Stich gelassen hat. Hätte er überlebt, wenn Ruby gewollt hätte?

I'm counting on you lord, please don't let me down.

93.

Dreiundneunzig Glastropfen hat der Kronleuchter. Warum eine ungrade Zahl? Aber sie hat sich nicht verzählt, sicher nicht. Ruby dreht die Augen wieder nach vorn. Kalli sitzt nicht mehr im Sessel. Wie lange schon nicht, wann ist er gegangen? Wie weit hat sie laut erzählt, ab wann nur noch stumm? Egal. Vom Flur kommen Küchengeräusche.

»Ketchup oder Pesto?«

Zu was?

»Spaghetti!«

Ketchup.

»Was?«

»Ketchup«, brüllt sie.

Ruby X

Das erste warme Essen seit Tagen, Kalli hat im Wohnzimmer serviert. Sie probiert sogar das Pesto und erinnert sich an den Geschmack. Und sie genießt Kallis Ekel, als sie das grüne Zeug mit Ketchup mischt. Kalli sorgt weiterhin dafür, dass ihr Weinglas nicht leer wird. Eine uralte doofe Methode, um die Schnecken zum Bleiben zu kriegen und mit höchst besorgter Miene zu mahnen, dass sie in dem Zustand nicht mehr allein nach Hause können. Ruby ist gespannt, wie lange Kalli noch mit dem Spruch warten wird.

»Noch ein Glas und du bleibst am besten hier.«

Zwei Sekunden, na also.

Nach dem Essen schiebt Kalli eine Tüte Salbeibonbons über den Tisch, für den guten Geschmack. Ruby kennt kaum etwas Ekligeres und lehnt ab. Kalli stopft sich gleich drei rein. Mit vollem Mund kündigt er nun eine Hausführung an und Ruby tut so, als würde sie das freuen. Es beginnt in der Küche. Modern, spießig, vorherrschendes Material Chrom, die Küchenschränke tapeziert mit Kindergemälden, die nur Eltern schön finden. Dazu ein neues Glas Rotwein für Ruby.

»Jetzt musst du aber wirklich bleiben.«

Hab's kapiert.

Oben die Kinderzimmer, überwiegend Plüsch, in Tierform und als Teppich.

»Vorsicht, nichts verschütten.«

Wie aufmerksam.

Das Bad.

»Kennst du ja schon. Ist die Dusche nicht toll?«

Ja, toll.

»Und hier unser Schlafzimmer.«

Na, endlich.

Als sich Ruby auf die Matratze fallen lässt, spritzt ein roter Tropfenregen auf das blütenweiße Laken. »Oje«, sagt Kalli und rennt los. Als er zurückkommt, hat er Salz dabei. Während er es auf den Flecken verteilt, trinkt Ruby ihr Glas in einem Zug aus.

»Jetzt kann nichts mehr passieren.«

Kalli nickt. Sekunden später ist er aus den Klamotten und verschwindet unter der Bettdecke.

»Ist ja schon spät.«

Ruby hat klammheimlich den Heftzweckenslip ausgezogen und zwischen Matratze und Rahmen gestopft. Jetzt lässt sie sich Zeit. Zupft umständlich Flusen von ihrem Pullover, ehe sie ihn halb hochzieht – und wieder runterlässt.

»Muss erst noch«, sagt sie und geht mit langsamen Schritten zur Tür. Dort bückt sie sich nach nichts, nur für Kallis Augen, die mit lautem Plopp aus den Höhlen fallen. Dann geht Ruby hinaus und lässt alle Türen sperrangelweit offen. Er soll hören, was sie tut. Sie stöhnt leise, aber laut genug, als sie sich aufs Klo setzt, und sorgt dafür, dass es möglichst deutlich plätschert. Sie trocknet sich nicht ab und wäscht sich auch nicht. Die Wimpern auf Halbmast erscheint sie im Türrahmen, lehnt sich an und schiebt ein Bein vor. Kalli starrt sie mit offenem Mund an.

Schade, dass ich grad nicht furzen kann, denkt Ruby, dann zieht sie den Rock zu den Knien. Der Pullover ist so lang, dass Kalli noch nichts sehen kann.

»Ehebruch?«, fragt sie.

»Ruby«, Kallis Stimme zittert. »Bitte …«

Sex mit Kalli ist genau, wie sie es sich vorgestellt hat. Inklusive der Frage, ob er ihre Brust berühren darf. »Die andere auch?« Er fragt sogar, ob er sie noch was fragen darf, genau wie früher. Das ist ein Leben lang geübt und lässt sich nicht rauswaschen. Kallis Fragerei hätte jede Lust getötet, wenn Ruby Lust gehabt hätte. So wird nichts getötet, und Kallis Unterhose mit Eingriff beschert ihr bloß eine Sepia-Erinnerung an Zeiten, als alle Kerle so was trugen. Das Schmuckstück wirkt gelblich im schummrigen Licht der Nachttischlampe, die Kalli angeknipst hat.

Mach endlich.

Sie versucht, sich auf Kalli zu konzentrieren. Schließlich übernimmt sie die Initiative, zieht sein Retroteil runter und greift zu. Kalli stöhnt glücklich, legt sich auf sie und kriegt ihn mit ihrer Hilfe rein. Jetzt will Kalli sie tatsächlich küssen. Ruby presst die Lippen aufeinander und dreht den Kopf weg. Nicht mit einem Salbeifresser. Dann schließt sie die Augen, was Kalli wieder versöhnt, da er das als Zeichen von Erregung deutet, was sonst?

Ruby kann mit geschlossenen Augen einfach besser denken. Was, wenn sie sich damals mit Kalli eingelassen hätte? Wäre alles nach der Formel verlaufen, die eine Kräuterhexe an einem Mittelalterfeuer erzählt hat? Zwei Jahre guter Sex, fünf Jahre Liebe und fünfzehn Jahre Freundschaft. That's it. Mehr kann man nicht verlangen. Unterhosen mit Eingriff und nervende Fragerei inklusive, aber alles sauber und gebügelt.

Ruby grinst, was Kalli zusätzlich anfeuert.

Sie hört Rons Gesang in den Pinien, während Kallis Schweiß auf ihre Brüste tropft. Die Zeit mit Jess in die WG und das Quietschen. Als es noch nicht Routine war, nicht Rons Grinsen, nicht sein erhobener Daumen und nicht seine Lieblingsreihenfolge. Oder Piet. Warum bloß ist sie nie wieder einem wie ihm begegnet? Piet, auf dem Markt, wo sie ihm alles anvertraut hatte. Ihre Träume, Sehnsüchte und Verzweiflungen, das ganze Leben halt.

Kalli sackt zur Seite und liegt asthmatisch hechelnd neben ihr. Sie verkneift sich ein *War-es-schön?* Haben sie eigentlich über Verhütung gesprochen? Kein Wort. Dass Ruby schwanger wird, keine Gefahr. Aids vielleicht.

»Wer ist Piet?«, fragt Kalli, als sein Puls aus der Gefahrenzone ist.

»Piet?« Ruby starrt erschrocken an die Decke, während sein Sperma aus ihr fließt.

»Du hast *O Piet* gesagt.«

Hab ich nur gedacht.

»Ist das der, von dem ich dich grüßen soll?«

Was sollst du?

Rubys Kopf hat sich so schnell gedreht, dass die Halswirbel knacken.

»Hab ich vergessen. Ist aber auch nicht so wichtig.«

Doch, ist es!

»Jess hat gesagt, ich soll dich von Piet grüßen.«

Jess hat gesagt?

»Ist ihr neuer Lover.«

Kann nicht sein!

»Jess hat's faustdick.« Kalli schnalzt anerkennend mit der Zunge.

Arschloch.

»Ist er …«

»Piet aus Amsterdam. Er sagt, er hat dich in Frankreich getroffen.«

Etwas in ihr beginnt zu schreien. *Der ist jetzt mit Jess?*

»Sie leben in Osnabrück. Jess sagt, er will …«

Er will mich sehen?

»Ist jetzt kein Kompliment für dich. Also …«

»Sag schon.«

»Du hättest ihn immer vollgelabert, so mit deinen Problemen, und ständig an ihm gehangen. Wie 'ne Klette. Deshalb will er dich nicht sehen.«

Du lügst! Ruby wendet sich ab. An der Decke ist ein Wasserfleck. Nicht sehr groß, aber immerhin. Sie hat große Lust, irgendwas kaputtzuschlagen, irgendwas von dieser ekelhaften Sauberkeit.

»Ich geh mal für kleine Jungs.«

Verpiss dich!

Immer haben die anderen Glück. Immer ist sie die Gekniffene. Ron sowieso. Dann *Strange Tom*, auf dessen Harley sie so gern vom Hof geritten wäre, um am Horizont abzuklatschen. Hätte sie doch verdammt noch mal mitnehmen können. Für den sie nur die besoffene Schnecke war, die sich mit Alk und Geschwätz hat rumkriegen lassen. Und jetzt Piet. Aber den Scheiß denken alle Weiber, dass bloß *ihr* Kerl ein Arsch ist und die anderen die tollen Jungs abgekriegt haben. Und die Kerle denken dasselbe nur umgekehrt. Männer und Frauen passen einfach nicht zusammen. Wir sind nichts als ein beschissener Dreck, der den Swimmingpool versaut. Genauso fühlt sie sich. Dreck in einem Pool voll Wodka. Gleichzeitig gierige Sehnsucht nach einem eiskalten Gebirgsbach. Nach Ruhe.

Sie hat gar nicht gemerkt, dass Kalli die nächste Runde eingeläutet hat. Er zappelt keuchend und schweißtropfend zwischen ihren Beinen. Es dauert nicht lange, dann sinkt er wieder neben Ruby auf das Laken. Mit einem wohligen Seufzer.

»Das war schön!«

Scheiße.

»Schön wild und …«

Jetzt flüstert er. Ruby meint, dreckig verstanden zu haben. Sie rührt sich nicht. Sie stellt sich die Sehnsucht des kleinen Kalli vor. Nach Schmutz und Porno und der kleinen Flucht aus der porentief gereinigten Hölle, weg von der gepflegten Gattin. Ruby ist dieses Wort wieder entwischt, das diese Hölle am treffendsten beschreibt. Während sie danach sucht, hat Kalli bereits zu schnarchen begonnen. *Selig* nennt man das wohl. Die kleine Wandlampe mit dem puffroten Schirm hat er angelassen. Ruby drückt sich hoch und schaut sich um. Weiße Tapete, weiße Vorhänge, weiße Kleiderbügel, weißer Wandschrank, weiße Nachtschränkchen. Sie inspiziert das auf ihrer Seite. Ein paar Duftkerzen und Streichhölzer liegen in der oberen Schublade, eine angebrochene Tüte Erdnüsse, eine Minibibel, Niveacreme. In der zweiten entdeckt sie unter einem Stapel gebügelter Stofftaschentücher eine abgelaufene Packung *Billy Boy Extra feucht.* Leise kichert sie und erschrickt über das Echo der nächtlichen Wände. Sie lauscht. Hat Kalli gerade die Luft angehalten?

Ruby furzt leise. Sie findet Kallis Atem etwas zu unregelmäßig für einen Schlafenden. Vielleicht macht er sich gerade wilde dreckige Gedanken. Sie dreht den Kopf und betrachtet sein Gesicht, das sich kaum einen halben Meter entfernt mit geöffnetem Mund in die Kissen drückt. *Manchmal habe ich Risse in der Seele,* hast du geschrieben, damals, in dem beschissenen Gedicht, das du mir geschenkt hast und das ich in der nächsten Mülltonne entsorgt habe. *Risse, durch die es eindringt.* Aber du hast nicht geschrieben, was eindringt. Vielleicht eine Art Säure, die deine Seele zersetzt, und was sie von ihr übrig gelassen hat, quillt nun als gelber Frust aus den Ritzen. Säure, die damals eingesickert ist, als die Mädels an sonnigen Hausecken standen und auf Kerle wie Ron flogen und an den Gedichteschreibern vorbeischauten, als die leer ausgingen und nie nach vorne gelassen wurden, als wären sie von einer Krankheit befallen, einer, die erblich ist, vom Vater auf den Sohn übertragen wird und weite Rückschlüsse auf Großvater und Urgroßvater zulässt, auf Generationen von Eierlosen, die die Schuld für ihr klägliches Dasein bei den anderen suchen, den Frauen, den Schwarzen, den Juden, Heil Hitler.

Plötzlich ist er ihr widerlich. Kalli schnauft laut, und Ruby beobachtet ihn misstrauisch. Ist er wach, belauscht er sie? Würde passen. Sie knipst die Lampe aus und legt sich auf die Decke. Durch die Rolloritzen dringt die Morgendämmerung. Sie ist noch immer nackt, aber sie friert nicht. Kurz bevor sie einschläft, fällt ihr wieder das Wort ein. *Adrett.* Wie Mamas Schürze und Klein-Melanies sonntagsfrischgestärkte Bluse, die blütenweißen Kniestrümpfe, kirchfein, sündenfrei, fragenlos.

Alles um sie herum ist so weiß, dass es blendet. *Whiteout.* Sie ist nackt. Sie ist nicht allein, es sind viele um sie herum mit blitzsauberen weißen Gesichtern. Nur Ruby hat dreckige Füße und schmierige Finger, die überall Abdrücke hinterlassen. Und fettige Haare, die ausfallen und am Boden und an den Wänden kleben bleiben. Alle ekeln sich vor ihr. Die Schreie des Abscheus werden immer lauter, umkreisen sie kreischend wie Kreissägen, Ruby hält sich die Ohren zu, der Lärm wird immer unerträglicher, von allen Seiten aus weitaufgerissenen Mäulern, die sich um sie drehen, schneller und schneller, ein Strudel, der sie in die Tiefe zieht, in unendlich tiefes blaues, eiskaltes Wasser, das Licht verschwindet, es wird stockdunkel, das Kreischen ist nur noch in weiter Ferne zu hören, schließlich verstummt es ganz, sie hört nichts mehr, sie ist taub, sie sieht nichts mehr, sie ist blind, und sinkt zur tiefsten Stelle des Marianengrabens. Irgendwann wird sie atmen müssen, und dann fließt Wasser in ihre Lungen und sie erstickt.

Dann ist es vorbei.

Als sie aufwacht, ist sie orientierungslos. Sie braucht ein paar Minuten, bis sie klarkriegt, dass sie in Kallis Ehebett liegt, auf der linken Seite, der Gattinnenhälfte. Sie riecht Kaffee und hört Geschirrklappern. Dann Kallis Stimme von unten.

»Frühstück ist fertig!«

Fehlt nur noch *Gut geschlafen, Schatz?*

Ruby muss dringend. Sie erinnert sich an das Badezimmer. Dort riecht es nach Mann, nach Rasierwasser und Urin. Sie öffnet das Fenster. Vogelstimmen, viel lauter als vor ihrem Balkon. Sie spritzt sich flüchtig Wasser ins Gesicht und rennt zurück ins Schlafzimmer. Auf einmal ekelt sie sich vor dem warmen, Schlaf ausdünstenden Bett. Hastig zieht sie Strümpfe, Rock und Pullover über. Den Slip kann sie nicht finden. Hat sie einen angehabt?

»Haaallo! Kaffee wird kalt!«

Kalli klingt fröhlich, fast wie ein Kinderlied. *Kuckuck! Blut-ist-im-Schuh!* Ruby rennt die Treppe runter. In der Küche ist für einen Festtag gedeckt. Weißes Leinen und Teller mit Wurstaufschnitt, verschiedene Käsesorten, rosa Lachs neben Forelle und Matjes, dazwischen Glasschälchen mit orangener und dunkelroter Marmelade, Kristallkaraffen für Wasser und Saft, auf einem Extratablett ein Teeservice mit Chinadekor und eine chromblitzende Kaffeekanne.

»Setz dich.«

Kalli wirkt heiter und macht eine affige Kellnerbewegung. Trotzdem bemerkt Ruby, dass seine Finger zittern.

»Gut geschlafen, Sch...«

Wag es nicht!

»Schönes Wetter heute.«

Bis gerade hat Rubys Misstrauen noch geschlafen, jetzt schlägt es die Augen auf. Hat Kalli das bemerkt und ist deshalb so nervös?

»Tee oder Kaffee?«

»Kaffee.«

Mit viel Glück trifft er die Tasse.

Was ist los?, denkt Ruby. *Angst, dass seine Frau auftaucht?*

»Hast du Parkinson?«

»Quatsch. Hab … mit dem Rauchen aufgehört, und morgens …«

Ruby kann sich nicht erinnern, dass Kalli jemals geraucht hat. Aber was weiß sie schon über ihn? Alles dreißig Jahre her. Die Säure fällt ihr wieder ein, die ihn zersetzt.

Spielst du ein Spiel, Kalli? Ein Finger-in-Spülmaschinen-versteck-Spiel?

»Manchmal glaube ich, jemand ist in meiner Wohnung, wenn ich weg bin.«

Es ist einfach so ein Schuss ins Blaue, aber er trifft. Kalli lässt fast seine Tasse fallen.

»Wie … kommst du darauf?«

»Sachen sind repariert. Von den Leichenteilen hab ich dir schon erzählt.«

Kalli wird blass.

»Ruby, bitte«, sagt er leise und es soll eindringlich klingen. »Nicht schon wieder.«

»Ich kann's beweisen.«

Kalli beugt sich vor und legt seine Hand auf ihre. So was hasst sie.

»Ruby, du solltest vielleicht …«

Das Telefon klingelt. Kalli erschrickt. Er rennt ins Wohnzimmer.

Was soll ich vielleicht? In die Klapse?

Ruby steht ruckartig auf. Dabei kippt ihre Kaffeetasse um und malt ein schwarzes Gesicht auf das Leinen. Das Gesicht hat zwei Augen und einen Mund. *Du hast mich ermordet*, sagt der Mund. Ruby beißt auf ihre Unterlippe, bis sie Blut schmeckt. Dann schleicht sie aus der Küche. Sie hört deutlich: »… ist noch hier.« Jetzt schweigt Kalli. Ruby öffnet die Wohnzimmertür. Kalli ist im Nebenzimmer, genau wie gestern Abend. Ruby will sich bemerkbar machen.

»Gib ihm ein sattes Trinkgeld.«

Also läuft das Telefonat noch. Ruby zögert.

»Besser, der kleine Stricher arbeitet für uns. Als Wachhund.«

Stille.

»Jetzt ... ähm ... Schluss, länger geht nicht mehr. Ciao.«

Kalli kommt durch die Verbindungstür. Mit schnellen Schritten durchquert er das Wohnzimmer und den Flur.

»Tut mir furchtbar leid«, jammert Ruby, als er in der Küchentür auftaucht. »Ich wasche es aus.«

»Nein, nein.« Kalli fasst ihren Arm. Das wird er selbst machen, später. »Du musst jetzt gehen.«

Ruby registriert seinen unruhigen Bick zur Küchenuhr mit den drei gelben Küken, deren Schnäbel die Stunden, Minuten und Sekunden anzeigen.

»Warum so eilig?« Ruby ist mittlerweile davon überzeugt, dass Kalli ein mieses Spiel treibt. Sie weiß nur nicht welches, aber sie wird es herausbekommen. Also langsam. Sie nimmt ein neues Brötchen und beginnt, es mit Lachsstreifen zu belegen.

»Ruby, ich weiß nicht genau ...«

»... wann deine Frau zurückkommt?«

Kalli windet sich einen Moment, dann nickt er. »Ja.«

»Für deine Frau wird eine Welt zusammenbrechen.«

Kalli presst die Lippen aufeinander.

»Ruby, es war wirklich sehr schön mit ...«

»Halt die Klappe«, unterbricht sie ihn schroff. »Scheiße.«

Kalli sieht überzeugend unglücklich aus.

»Du musst das verstehn, sie ist sehr ... moralisch.«

Fick dich! Es geht um Zeitdruck, nicht um Moral.

Ruby gräbt die Zähne in den roten Lachs. Er ist weich und fleischig. Sie hört das Kaffeegesicht hämisch lachen. *Beiß nur zu!* Kalli hat sich gesetzt und zappelt mit den Knien wie ein Schuljunge.

»Bitte, Ruby, du musst jetzt ...«

»Ist es nicht ehrlicher, wenn du es ihr einfach sagst?«

»Ruby, bitte, jetzt ...«

»*Ich* bin nicht das Arschloch.«

Zumindest nicht das einzige.

Kalli springt auf und dreht sich weg. Was soll sie nicht in seinen Augen sehen? Ruby hat jetzt die Lust verloren. In jeder Hinsicht. Sie lässt die zweite Brötchenhälfte unangetastet liegen, schlürft einen letzten Schluck Kaffee und steht auf. Gestern Abend in der Schlafzimmertür war ihr wieder die Wirkung einer vorgeschobenen Hüfte klar geworden. Schritt für Schritt schiebt sie sich zur Haustür.

»Los, komm schon«, befiehlt sie.

Kalli trägt ihr wie ein begossener Pudel die Lederjacke hinterher, von der sie immer behauptet, sie hätte sie in Ceuta gekauft, *duty free.* Sie gibt sich keine Mühe, unauffällig aus dem adretten Vorgarten zu kommen. Sie öffnet die Garage mit einem energischen Ruck.

»Einsteigen.«

Im Nachbarfenster hängt eine Alte, Ruby hat sie längst erkannt. Ob sie den Stock von ihrem verstorbenen Gatten wieder flicken kann? Kalli hat den Volvo rausgefahren und Ruby steigt ein.

»Liebst du sie eigentlich?«

Kalli schweigt, die Hände um das Lenkrad gekrallt. Eigentlich Antwort genug. Plötzlich steigt er mit aller Kraft auf die Bremse. Mit quietschenden Reifen kommt er so grade noch vor einer roten Ampel zum Stehen. Ein Fahrradfahrer zeigt ihm den Stinkefinger. Dann nickt er hastig.

Du kannst ja nicht anders, denkt Ruby. *Du kämst ohne sie gar nicht klar.*

Kalli fährt sie nach Hause, wenn man den gelblichen Kasten mit der bröckelnden Fassade ein Zuhause nennen kann.

»Soll ich mit hochkommen?«, fragt er.

»Nein.«

»Dann kannst du mir die … diese Sachen zeigen.«

»Jetzt glaubst du mir also doch?«

Kallis Blick ist verzweifelt. Entweder ist er ein begabter Schauspieler, oder sie hat sich in ihm geirrt und es gibt gar keine Maske und darunter keine Fratze. Aber eigentlich glaubt sie das nicht. Soll er doch mitkommen.

Sie riecht es schon von draußen. Chemie. Putzmittel, Waschpulver vermischt mit Spülwassermief. Auf einmal ist sie sogar froh, dass Kalli dabei ist. Kalli drückt auf die Schelle. *Ding-ding-ding-dong.* Beethoven. Wie bei Änne und Knut.

»Schön«, sagt Kalli.

Ruby schließt auf und hofft, dass er ihre zitternden Hände nicht sieht. Ihr erster Blick geht zum Balkonfenster. Nichts. Kein Auge oder was auch immer. Ruby atmet tief. Vielleicht hat sie sich alles nur eingebildet. Das Gespenst, das die Filme auf die Schädelrückwand schickt, die Finger, Zehen und Augen. Vielleicht war gar nichts. Vielleicht ist sie krank. Bloß eine Psychose. Dann entdeckt sie die blitzblanke Küchenspüle. Wann soll sie die geschrubbt haben? Sie schlägt mit aller Kraft auf die Sessellehne. Keine Staubwolke, alles gebürstet und gesaugt. Was soll sie jetzt Kalli sagen? War nur ein Scherz, hier ist nichts. Und die Zunge dort, die hab ich selbst auf das Frühstücksbrett genagelt, den Nagel exakt durch die Stelle, wo Abenaa ihr Zungenpiercing hat. Hatte. Ruby kann nicht anders. Sie schreit. Kalli will sie beruhigen, sie festhalten, aber sie schlägt um sich und trifft Kallis Arme, Schultern und Gesicht. Als ihr die Luft ausgeht, lässt sie sich gegen seine Brust fallen.

»Ruby, das ist nur eine Zunge.«

»Das ist Abenaas Zunge.«

Die kennt Kalli natürlich nicht. Weder Abenaa noch ihre Zunge.

»Von einem Schwein vermutlich«, redet er mit beruhigender Stimme auf sie ein.

Ja, von einem Schwein!

Kalli streichelt ihren Kopf. »Du wolltest sicher was Leckeres kochen. Oder einen Salat?«

Ruby würgt. Sie reißt sich los und rennt zum Klo. Noch während sie kotzt, sieht sie, dass auch hier die Heinzelmännchen geputzt haben.

»Ruby?« Kalli schaut durch die Tür. »Ich muss jetzt aber wirklich …«

»Hau verdammt noch mal ab«, krächzt Ruby. Natürlich versteht sie, dass er zurück muss. Ins traute Heim, zu seiner Frau, die sonst Fragen stellt. Sie wischt ihren Mund mit Klopapier ab, mit weichem, weißen, geblümten. Nie hätte sie so was gekauft.

»Ruby …«

»Scheiße, Mann. Welchen Teil von *Hau ab* hast du nicht verstanden?«

Ruby wirft das dreckige Papier in seine Richtung, verfehlt ihn aber meterweit. Sie schreit, bis sich endlich die Wohnungstür hinter ihm schließt. Dann lässt sie sich auf die kalten Fliesen sinken. Was geht hier vor, was passiert hier, passiert mit ihr? Etwas schleicht herum, schleicht sich an. Etwas, das Finger und Zungen abschneidet und Augen an Fenster klebt. Und es hat irgendwie mit Kalli zu tun, gibt es da noch einen Zweifel? Denn dieses Etwas telefoniert mit Kalli, und Kalli sagt ihm, dass die Luft rein ist. *Sie kommt so bald nicht zurück, dafür sorge ich schon.* Der Satz hallt noch in ihrem Kopf. Um sie ging es da, nicht um Kallis Frau. So passt es zusammen. Kalli ist nicht mehr der schüchterne Junge von damals. Dreißig Jahre können einen Menschen umkrempeln, das Innere zerfressen und als Eiter nach außen pressen. Die Rache des Eierlosen an dem Mädchen, das nur vorbei geschaut hat. An ihr!

Ruby durchsucht die Wohnung. Alles ist gewischt, geputzt, gesaugt. Und die beiden »versteckten« Notvorrat-*Jelzins* sind verschwunden. Die kann sie getrunken haben, bevor sie losgezogen ist, oder auf der Bank, wo sie von der prügelnden Alten geweckt wurde. Kann sein, das wagt sie nicht auszuschließen. Kann aber auch sein, dass die Heinzelmännchen sie weggekippt haben. Scheiße, es kann so vieles sein.

Ruby rennt ins Treppenhaus, sie will Knut zur Rede stellen. Wer war in ihrer Wohnung? Sie fällt mit ihren Stilettos fast die Stufen runter – wann hat sie die Teile denn angezogen? – und überholt Otto, der asthmatisch hinter ihr herschreit.

»Stehenbleiben!«

War doch grade erst Monatsende. Ruby kümmert sich nicht um sein Fluchen. Die Kellertür gegenüber der Hausmeisterwohnung steht offen. Ein Kerl kommt heraus, der wie ein Sanitäter aussieht. Er schwitzt und keucht. In den Händen hält er die Griffe einer Bahre. Darauf liegt eine Frau, die wie Änne aussieht.

Ruby prallt rückwärts gegen die Wand. Jetzt kommt auch Otto angejapst.

»Was ist denn hier los?«

»Erfroren«, sagt der zweite Sanitäter, der jetzt im Kellereingang auftaucht und das Fußende trägt. »Wie der andere auch.«

Welcher andere?

»Welcher andere?«

Warum ist Otto das Echo meiner Gedanken?

Der Sani antwortet nicht. Dafür erscheint eine zweite Bahre mit Knut darauf, ein dritter Sanitäter vorne und Lucky am Fußende. Als er Ruby sieht, grinst er. Otto folgt dem Zug nach draußen, Ruby wie in Trance hinterher. Die beiden Toten werden durch die Rückklappe in einen Krankenwagen geschoben. Lucky klatscht nach getaner Arbeit in die Hände.

»Ich war zufällig hier«, sagt er. Ruby sieht ihn an. Lucky macht eine Scheibenwischerbewegung vor ihrem Gesicht. »Hallo, jemand zu Hause?«

Ruby schüttelt den Kopf.

»Schau mal«, sagt Lucky als der Krankenwagen wegfährt und Otto zurück ins Haus jappst. »Hab ich auf der Wiese gefunden. Er holt ein Auge aus der Hosentasche, wirft es in die Luft und fängt es wieder auf.

Scheiße.

Sie kann sich nicht erinnern, das Auge auf die Wiese geworfen zu haben. Also doch nicht Kalli, sondern dieser miese kleine Stricher! Sie stürzt sich auf Lucky und schlägt mit beiden Fäusten zu. Sie hört einen langen und schrillen Schrei. Ihren eigenen. Harte Hände packen ihre Schultern und Arme.

»Ganz ruhig, Kleine.«

Es ist einer der beiden Bullen, die gerade aus dem Keller gekommen sind, aus dem Kühlraum, vom Tatort. Wieso sie das weiß? Ruby wehrt sich nicht mehr. Durch einen Schleier sieht sie Lucky davonrennen.

»Wohnst du hier?«

Ruby nickt.

»Was hast du die letzten vierundzwanzig Stunden gemacht?«

»Hattest du mal was mit mir?«

»Kaum.«

»Seit wann duzen wir uns dann?«

»Hör mal gut zu, der Doc sagt, die beiden sind nicht länger als zwanzig Stunden tot. Wenn du … okay, schon gut, wenn *Sie* für die Zeit kein Alibi haben, dann …«

»Ich war bei 'nem Freund.«

»Du hast Freunde?«

»Arsch.«

»Und weiter?«

»Loch.«

»Lady, ich kann auch anders.«

Ruby guckt an ihm runter bis zur Körpermitte, was die meisten Kerle, die sie kennt, nervös macht. Der Bulle bleibt cool, was sie sogar beeindruckt.

»Wie heißt der Freund?«

»Kalli.«

»Kalli.« Er drückt ihr Kinn mit dem behandschuhten Zeigefinger nach oben und schaut ihr gerade in die Pupillen. »Und weiter? Adresse, Telefonnummer, Länge.«

»Verarschen kann ich mich alleine.«

»Dann mach doch mal.«

»Hör du jetzt mal zu.« Ruby ist jetzt nicht mehr beeindruckt. »Du kriegst deine Infos, aber Diskretion, klar?«

Er grinst.

»Und guck nicht wie 'n Auto.«

»So einem Porsche hast du noch nie in die Lichter geschaut.«

Hast du 'ne Ahnung.

»Also versprochen?«

»Ja, ja, versprochen.«

»Krieg ich das schriftlich?«

»Ich kann dich auch vorladen lassen.«

Eigentlich scheißegal, denkt Ruby. *Und Kalli muss da jetzt durch.*

Sie nennt dem Bullen Kalli Grafs Adresse. Er bedankt sich und wünscht ihr ohne erkennbare Ironie einen schönen Tag. Ruby schiebt sich möglichst dicht an ihm vorbei und stöckelt die Treppe hoch, bis sie aus seinem Blickfeld ist. Dann erst rennt sie. Ihre Wohnungstür schließt sie doppelt ab. Auf dem Klodeckel findet sie zwei abgeschnittene dunkle Brustwarzen. Dazwischen ein blutiger Strich wie eine Nase, darunter ein lachender Blutmund.

Das kann Lucky nicht gewesen sein, Lucky war unten. Dann also Kalli, der hat sich im Haus versteckt, und als sie unten war … Aber warum, warum verdammt?

Yu.

Die Chinesin weiß mehr über Kalli. Ruby wechselt die Schuhe, steckt das lange Küchenmesser ein, und rennt wieder los. Die Bullen sind abgezogen. Vielleicht hätte sie denen ihr Klo zeigen sollen. Vielleicht besser nicht. Im Café Latte wird sie von der neuen afrikanischen Kellnerin misstrauisch gemustert. Die Chinesin? Die ist zurück nach China, vor ein paar Tagen. Mit ihrem Lover.

Mit Kalli?

»Mit wem?«

Mit diesem Gitarrenclown vorm Aldi. Den will sie groß rausbringen, ganz groß. Im Konzern ihres Vaters. Mächtiger chinesischer Musikproduzent.

»Echt?«

»Echt.«

In der hintersten Ecke des Cafés sitzt Marlowe und starrt mit nebligem Blick auf ein klares Getränk. Der Musiker und die Chinesin. Der Beginn eines wunderbaren Märchens. Ruby schüttelt langsam den Kopf.

»Ist noch was?«

Ruby rennt. Richtung Aldi. Alles Lüge. Von weitem schon hört sie die Stimme des Musikers. *And still those voices are calling from far away, wake you up in the middle of the night just to hear them say …*

Aber vor dem Eingang sitzt kein Musiker und singt.

Der ist in China, sagt die Verkäuferin mit den fettigen Haaren und den traurigen Augen, *far away*. Zurück in ihrer Wohnung leert sie wie eine Ertrinkende beide *Jelzins*. Sie liegt auf ihrem Bett, das Messer fest umklammert. Sie treibt auf einem Schiff im unendlichen Ozean. Um sie herum ein riesiger Swimmingpool. Gebratene Speisen fliegen in ihren Mund wie im Schlaraffenland. Vorneweg ein linker dunkler weiblicher Daumen, dann Finger, Zehen, Ohren, Augen, Brustwarzen und zuletzt ein abgeschnittener Kopf mit flatternden schwarzen Locken, der eine kilometerlange Blutspur über den Himmel zieht.

II

Der Marder I

Der Marder ist kein Tier, er ist ein Mensch. Als Kind war er zu dünn gewesen, seine Großmutter hatte versucht, ihn anzufüttern, vergeblich. Und er war sehr beweglich, sie sagten, er habe Knochen aus Gummi. Er hat zwei Gesichter, ein unsichtbares und eines für die Welt. Mit dem einen bewegt er sich im Schatten, mit dem anderen geht er unter die Menschen.

Der Marder klettert die Feuerleiter hoch. Er ist schnell, er hat das trainiert. Er verharrt minutenlang regungslos. Wo er ist, ist die Hauswand etwas dunkler. Er wittert, er riecht seine Beute. Und er windet sich durch angekippte Fenster, eine Akrobatennummer. Er wirft einen Draht um das Geländer, er zieht sich daran hinauf, er fliegt zum nächsten Vorsprung. Von Balkon zu Balkon ist ein Leichtes.

Leise öffnet der Marder die Tür. Da liegt sie. Sie schläft.

Ron I

Manchmal kam er wieder zurück. Etwas hinter den geschlossenen Augen wurde wach. Er roch nichts, er schmeckte nichts, aber er spürte die Wellen gegen das Boot schlagen. Wenn er die verklebten Lider zu öffnen versuchte, nahm er den schwachen Schimmer der Glühbirne wahr, die José hatte brennen lassen. In dem wirren Glitzern sah er Bäume, die sich im Wind wiegten, und hörte Vogelgezwitscher. Manchmal rief er leise nach Ruby, aber sie antwortete nicht. Er hatte kein Gefühl in Händen und Füßen, nirgends, da war nur ein undefinierbarer, dumpfer Schmerz. Die wachen Momente vergingen rasch, bald versank er wieder im allumfassenden gnädigen Schwarz.

»¡El jeque me matará!«

Es war Josés brüllende Stimme. Ron versuchte, die Augen aufzureißen. *Der Scheich bringt mich um!* Welcher Scheich? Ein stechender Schmerz traf ihn in die Seite. Dass er Josés Tritt überhaupt spürte, zeigte, dass er noch lebte. Ob das gut war oder schlecht, war schwer zu sagen. Irgendetwas klatschte neben ihm auf den Boden.

»Abenaas tetas.«

José Kreischen klang wie Gelächter. Die Tür knallte und das Schloss rastete ein. Der Capitán war wieder fort.

Ron konnte die Lider nicht öffnen. Sein Mund war trockener als der Sand der marokkanischen Wüste, er hatte quälenden Durst, er halluzinierte eiskalte Gebirgsbäche. Vor seinen Augen schwebte das ganze Repertoire des Schlaraffenlands, Gebackenes und Gebratenes und Schalen voller Früchte auf prächtig gedeckten, sich biegenden Tafeln. Frauen mit riesigen Brüsten brachten Wein in überfließenden Krügen, und mitten unter ihnen war Abenaa, bekleidet nur mit glänzendem Schweiß, und hielt ihm ein triefendes Stück Fleisch hin. Gierig sperrte er seinen Mund auf und biss hinein. Es schmeckte köstlich. Er kaute mit Genuss und schluckte. Satt und zufrieden glitt er zurück in die Dämmerung, in den schwarzen Schlaf.

Als er das nächste Mal die Oberfläche des Bewusstseins durchstieß, fühlte er sich ausgeruhter, klarer. An Deck dröhnten Stiefelschritte und laute arabische Stimmen, eine von ihnen gehörte José. Ron richtete seinen Rücken an der Wand auf und rieb sich die Augen. Er schaffte es, die Lider zu öffnen. Die Glühbirne brannte noch, der Stuhl war zerbrochen und Rubys Matratze leer. Was hatte der Capitán mit ihr gemacht? War sie oben, wurde sie gerade verkauft? Jetzt wurden die Stimmen wütender, begleitet von dumpfen Schlägen wie bei einem Kampf. Irgendwann war es wieder still und Ron dämmerte weg, bis er von einem betrunkenen Singsang geweckt wurde.

»Los pollitos dicen pío, pío, pío, cuando tienen hambre, cuando tienen frío.«

Zwei halbverreckte Männer auf einem Totenschiff. Der eine leckte Kondenswasser von der rostigen Kajütenwand, der andere oben an Deck schüttete literweise Wein in die Kehle, sang ein Kinderlied und bekam kaum die Luke auf, geschweige denn diesen Frauenkörper die Treppe hinab, der ihm so leicht, so zerbrechlich vorgekommen war, als sie noch lebte. Er lachte gurgelnd, als das tote Fleisch die steile Treppe runter in den Bauch des Trawlers rutschte und auf den Stahlboden klatschte.

»Los pollitos dicen pío, pío, pío.«

Fast wäre er selbst hinterher gestürzt. Im letzten Moment bekam er das Geländer zu fassen und schlug mit dem Knie gegen die Stahlwand. Der Alkohol betäubte den Schmerz. Ron hörte seinen Singsang näher kommen. José mühte sich mit dem Schloss. Langsam ließ sich Ron zur Seite gleiten. Der Capitán sollte nicht merken, dass es ihm besser ging, was Ron selbst nicht erklären konnte. Er schloss die Augen.

Josés Gebrabbel war kaum zu verstehen. Irgendwas mit Nachschub. Etwas landete neben Ron auf dem Boden, dann bekam er einen Tritt in die Rippen, begleitet von einem hässlichen Knacken. Abenaa sei in seinen Armen gestorben, heulte José, und eine Handschelle schnappte um Rons linken Arm, der bisher frei gewesen war. Ron könne mit ihr machen, was er wolle. Und dann krepieren. Glas splitterte und die Tür krachte ins Schloss. Als Josés Schritte nicht mehr zu hören waren, öffnete Ron wieder die Augen.

Es war dunkel. Vorsichtig streckte Ron die Hand aus. Er fand Splitter der Glühbirne, die José zerschlagen hatte, und dann nackte Haut. Abenaa. Langsam ließ Ron seine Fingerspitzen über ihren Körper wandern. Sie war kalt, klebrig, wie

Wachs. An der Stelle ihrer Brüste fühlte er blanke Knochen. Rippen. Um ihren dünnen Hals schloss sich wie ein Schmuck ein stählerner Ring. Eine Eisenkette verband diesen mit der Handschelle um Rons linken Arm. Ihre Ohren fehlten, ihre Augen waren leere Höhlen, aus denen er seine Finger erschrocken zurückzog.

Er konnte nicht mehr zwischen Traum und den halbwachen Halluzinationen unterscheiden. Fieber schüttelte ihn und der Leichengestank war unerträglich. Aber er musste atmen. So lange es noch ging. Er hatte kein Gefühl für Minuten, Stunden oder Tage. Die erträglichste Zeit tauchte er in den Marianengraben ab, sah auf dem Weg nach unten groteske Lebewesen mit leuchtenden Tentakeln, Riesenquallen und immer wieder Delfine. Auf einigen ritten Meerjungfrauen, schuppig wie Fische, dunkelhäutig wie Abenaa, andere elfenbeinfarben wie … Am lichtlosen Grund des Grabens angekommen war er glücklich und wollte nie mehr an die Oberfläche.

Doch sein Bewusstsein glitt hartnäckig wieder hinauf und sein Kopf stieß durch die Wasserfläche in die vergiftete Luft. Er hatte schmerzenden Hunger und noch schlimmeren Durst, aber er wagte nicht, seinen Arm nach Abenaa auszustrecken. Einmal fühlte er eine Bewegung unter der Hand. Reflexartig schloss sich seine Faust. Seine Fingernägel waren so lang, dass er damit das Tier aufspießen konnte. Eine Kakerlake wahrscheinlich. Die aß er und kämpfte gegen die Vorstellung, dass sie nun in seinem Magen herumkroch, durch den Darm, dessen Länge das Sechsfache seiner Körpergröße betrug, auf der Suche nach einem Ausweg. Ron begann, seine Fingernägel auf dem Eisenboden spitz zu feilen, bis sie besser geeignet waren für die Kakerlakenjagd. Im Laufe der nächsten Stunden oder Tage bekam er Übung darin, zwischen seinen Tauchgängen zum Marianengraben, dem tiefsten Punkt der Erde.

Etwas tat sich an Deck. José war zurück, wo immer er auch gewesen war. Kurz darauf wurde die Luke aufgerissen und Stiefelschritte polterten die Eisentreppe runter.

»¡Carajo! Das stinkt wie die Pest.«

Ron stellte sich tot. Etwas anderes würde José auch nicht erwarten. Der Capitán war erstaunlich nüchtern. Er hatte sich ein Tuch vor das Gesicht gebunden. Um sicherzugehen, dass Ron hinüber war, brach er ihm mit einem Tritt eine weitere Rippe. Ron biss ein Stück von seiner Zunge ab, aber gab keinen Laut von sich. Hechelnd wie ein Hund schloss José die Handschellen auf. Dann schleifte er Abenaas Rest nach oben.

Ron war übel vor Schmerzen, aber er durfte sich nicht übergeben. Als José zurückkam, hatte Ron sich keinen Zentimeter bewegt, nur seine Zungenspitze hatte er geschluckt, sicherheitshalber. Der Capitán packte Rons Füße und versuchte, auch ihn die Eisentreppe hinaufzuzerren. Ron zählte mit dem Hinterkopf jede einzelne Stufe. Nach der achten gab José fluchend auf und ließ Rons Beine los. Noch bevor Ron unten aufschlug, war er längst im Marianengraben.

Beim nächsten Auftauchen hing er über Josés Schulter. Unter wütendem Schimpfen hievte der Seemann seinen Gefangenen nach oben, vermutlich um ihn an die Barrakudas zu verfüttern, die an dieser Küste in einer besonders aggressiven Variante vorkamen. José musste die Leichen loswerden, denn Mord war selbst in Marokko nicht legal, zumindest ging Ron davon aus. An Deck warf ihn der Capitán ab und sackte neben ihm auf die Planken. Keuchend beugte er sich über sein Gesicht und betrachtete ihn mit glasigem Blick. Im diesem Moment öffnete Ron die Augen. Er konnte kaum etwas erkennen, so sehr blendete ihn das Licht der Laterne am Steuerhaus.

»¡Carajo!«

José starrte ihn an wie den Teufel persönlich.

»¡Santa Maria, Madre de Dios!«

Er begann zu zittern, ein kindliches Wimmern drang aus seiner Kehle. Er hatte plötzlich furchtbare Angst, Ron könne ein *demonio* sein, ein böser Geist. Dann schrie José, dass es bis Casablanca zu hören war. Ron hatte ihm die langen scharfen Fingernägel des rechten Zeige- und Mittelfingers in die Augen gestochen, so wie er es an den Kakerlaken trainiert hatte.

Als Josés Röcheln verstummt war, kroch Ron über ihn hinweg und schleppte sich bis an die Reling. Es war Nacht, Neumond, und so stürmisch, dass vielleicht doch niemand Josés Schrei gehört hatte, weder in Casablanca, noch in dieser Ansammlungen von armseligen Gebäuden, die sich Al Mançouriya nannte, das Kaff, das der Scheich für die diskreten Übergaben der *Haushaltshilfen* nutzte.

Ron kroch auf allen Vieren in die Kombüse. Er fand Wasser und Lebensmittel, und eine schwache Erinnerung befahl ihm, langsam zu trinken und zu essen, um wenigstens einen Teil der Nahrung bei sich zu behalten. Jede Bewegung wurde begleitet von fürchterlichen Schmerzen. Aber er musste dieses verfluchte Schiff verlassen, bevor der Scheich auf die Idee kam, mit José ein Hühnchen zu rupfen. Ron stopfte wahllos Essbares in einen Leinensack, kletterte über die Reling und kämpfte gegen den Schwindel, der ihm den erlösenden Trip in die Tiefsee versprach. Er hangelte die Strickleiter hinunter und fiel erschöpft in das morsche Beiboot, das José nach seinem letzten Landausflug an Steuerbord befestigt hatte. Er war sich nicht sicher, ob er die Strecke bis zum Strand überleben würde, aber er schwor sich, falls er festen Boden unter die Füße bekommen sollte, würde er sie suchen. Es hatte nicht viel gefehlt, und sie wäre ungeschoren davon gekommen. Schon nach ein paar Ruderschlägen in dieser stockfinsteren Neumondnacht hörte er ein lautes Platschen aus der Schiffsrichtung, aber er konnte nichts erkennen. Sein Kopf sackte zur Seite, als hätte jemand die Halssehnen durchtrennt, und er versank in lichtloser Tiefe.

Kindergeschrei weckte ihn. Irgendwelche Touristenblagen bespritzten ihn mit Wasser, suchten aber kreischend das Weite, als sie sein Gesicht sahen. Vorsichtig richtete Ron sich auf. Jetzt war der Strand leer. Der Leinenbeutel mit Brot und Käse lag im Bug und war durchweicht. Langsam begann er zu essen. Warum war er nicht er tot? Wäre verflucht nochmal besser für alle. Wer zum Teufel hatte den Wind gelenkt und das Boot an den Strand geschoben, welche unbarmherzige Macht aus welchem Jenseits hatte ein Interesse daran, dass Ruby zerstört wurde? Mühsam hob er die Beine über Bord und stand zitternd im flachen Wasser, als direkt vor ihm ein augenloses Gesicht auftauchte. Ein Wasserschwall schoss gurgelnd aus seinem Mund, als sich der Capitán auf ihn stürzte. Ron erwischte seinen Hals und drückte ihn ins Wasser zurück, bis die finalen Luftblasen aus Mund und Nase quollen. Dann ließ er los, drehte sich zum Land und torkelte den Strand hinauf. Ein ausgetretener Pfad führte zwischen vertrockneten Feldern ins Landesinnere. Einmal schaute er sich um, aber von dem Capitán war nichts mehr zu sehen. Vielleicht war es ein Spuk gewesen. Nur ein paar schreiende winkende Kinder hatten sich zurückgetraut und zeigten ins Wasser, als hätten sie einen seltenen Fisch entdeckt. Die Sonne stand bereits senkrecht, als er die Straße erreichte. Links ging es nach Al Mançouriya, rechts nach Casablanca, und geradeaus zur Küstenautobahn. Gegenüber wartete das *Café Mimi* auf die Touristen mit ihren nervigen Blagen und auf rastende LKW-Fahrer. Ron fand in der Nähe einen verfallenen Holzschuppen, legte sich auf einen schmutzigen Strohrest und schlief augenblicklich ein. Als er aufwachte, war es schon wieder Abend. Er folgte dem Wegweiser zur Küstenautobahn.

Die Suche nach Ruby hatte begonnen.

Ron brauchte fast fünf Monate für den Rückweg. In Tanger lebte er einige Wochen auf der Straße und schlief unter Brücken oder in Gräben, bis sich endlich ein Gemüsehändler fand, der ihm einen Lieferantenjob anbot. Ron ernährte sich von aussortierten Früchten und sparte jeden Dirham für die Überfahrt nach Algeciras und den Lohn für ein paar nette Jungs, die ihm einen spanischen Pass besorgten. In Algeciras steuerte er zuerst das *Casablanca* an. Die Dicke von Gegenüber, deren Fliegenfängertitten aus dem Fenster hingen, als hätte sie sich seit Monaten nicht bewegt, ließ ihn ein paar Nächte auf ihrem Bärenfellbettvorleger schlafen, aber nur weil sie auf Deutsche stand und Ron die Aufschrift ihrer Fußmatte übersetzen konnte. *Trautes Heim, Glück allein.*

Ron versuchte es ein paar Mal mit der Touri-Abzocke. Es gab noch ein paar Interrailer, die auf die coolen Braungebrannten mit den Rastalocken reinfielen, aber auch die lernten dazu und Ron kassierte eine gebrochene Nase. Und immer wieder drehte er sich um, wenn er nachts durch die Gassen am Hafen schlich, weil er das augenlose Grinsen des Capitán im Rücken spürte. In einer Neumondnacht ließ er sich mit einer jungen Hure ein, die ein schrottreifes Auto besaß. Er überredete sie, mit ihm nach Frankreich zu fahren. »Zurück nach Europa.« Die Kleine fuhr wie der Henker. Er mochte sie und erzählte ihr auf der Fahrt alles. Bei Perpignan stritten sie sich über irgendwas und sie schmiss ihn mit gezücktem Messer raus.

Ab jetzt wurde das Trampen schwierig. Die Franzosen hatten 1987 die Schnauze voll von den endlosen Reihen der Backpacker, die an den Stränden schliefen, Liebe und Dreck machten, und die besserzahlende Kundschaft vergraulten. So machte Ron den größten Teil der Côte d'Azur zu Fuß und nahm jeden Kellner-, Putz- oder Nachtwächterjob an. Wenn es seine Arbeitgeber gut mit ihm meinten, bekam er ein Bett, aber meistens schlief er im Park bei den Clochards und wurde morgens von den Gummiknüppeln der Flics geweckt. Drei Wochen verbrachte er wegen Diebstahls in einer Arrestzelle in Menton.

Auf dem Bauernhof ließ er sich nicht blicken, den umging er weiträumig. Nein, er hatte keine angenehme Zeit. Nur ein einziger Gedanke ließ ihn alles ertragen, sein Leben hatte nur noch einen Zweck.

Ron schaffte es nach Deutschland. Zuerst war es ungewohnt, die Sprache zu benutzen, und er fiel ständig in eine spanisch-französische Melange zurück. Er hielt sich mit Gelegenheitsjobs über Wasser. Mal versoff er seinen Lohn in einer Woche, mal kaufte er Koks und eine Hure. Eine dieser Damen hatte es ihm angetan. Sie war nicht mehr jung, konnte aber mit den Schamlippen rauchen, was sie für ein paar Drinks in einem Hinterzimmercasino vorführte. Sie erinnerte ihn ein bisschen an die Dicke vor dem *Casablanca* und er vertraute ihr, bis zu dem Abend, an dem sie ihn zu Black Jack überredete und Ron bei Sonnenaufgang ganz wörtlich in hohem Bogen aus dem Schuppen flog, breit und pleite.

Den Rest des Monats bettelte er seine Kollegen an oder hielt am Bahnhof die Hand auf. *Haste mal 'ne Mark?* Natürlich kriegte sein Chef das spitz und warf ihn raus. Drei Monate später landete er in Darmstadt. Kein schöner Ort. Dort lief ihm im Juni 1988 Ferdi Sobiralsky über den Weg.

»Mensch, Ferdi!«

»Gibt's nicht, Alter!«

Ferdi Sobiralsky, der Arsch des Jahrgangs, von allen gehänselt und geschnitten, zu keiner Party eingeladen, hatte die Baufirma seines früh verstorbenen Darmstädter Onkels übernommen und hatte den Laden echt im Griff. Darauf hätte vor fünf, sechs Jahren kein Schwanz einen Pfennig verwettet. Das Geschäft brummte und Ferdi bretterte mit seinem Porsche 911 den Rhönring entlang.

»Nicht zu fassen!«

»Und selbst?«

»Haste 'n Job für mich?«

Und Ferdi Sobiralsky, der Arsch der Penne, musterte ihn wie ein exotisches Tier, kraulte sich die Klöten und stellte ihn ein. Als Arsch der Belegschaft. Hilfsarbeiter aufm Bau, Steine schleppen, Bier holen, angeschnauzt werden, das volle Programm vorwärts und rückwärts und am nächsten Tag noch mal. Ferdi zahlte einem abgrundfinsteren Schläger Rons Spielschulden, der sie ihm sonst aus dem Gedärm geprügelt hätte. Ab jetzt arbeitete Ron seine Schulden bei Ferdi ab, mit Zinsen. Das hieß, Ferdi behielt einen Teil seines Lohns ein. Wie viel das war, wusste Ron nicht genau, und es war ihm egal, ob Ferdi ihn beschiss. Ron wohnte auf sechzehn Quadratmetern und soff meistens nur, wenn die Erinnerung ihn überflutete. Oder der Hass. Dann schloss er sich ein, und die Nachbarn wunderten sich über die gurgelnden Geräusche aus seiner Wohnung. Was wussten die schon von einer Hölle, in der Ron mit Kakerlaken kämpfte, die er mit angespitzen Fingernägeln aufspießte, von augenlosen Wasserleichen, die ihn aus jeder noch so flachen Pfütze anstarrten, und von Ruby, der er das Herz aus dem Leib riss. Sie hätte sie beide retten können. Aber sie war abgehauen, hatte ihn im Dreck krepieren lassen. Beinahe. Die Kakerlaken hatten sein Leben gerettet, und was sonst noch, daran wollte er nie mehr denken.

Die Welt drehte und veränderte sich. Die DDR verschwand mitsamt Erich Honecker und seiner Margot in irgendeinem ostdeutschen Abfluss, die UDSSR wurde Geschichte und mit ihr der Kalte Krieg. Ron bekam Haarausfall und die Rastapracht war bald Erinnerung. Nur Helmut Kohl blieb bis 1998. Da machte er nach sechzehn bleiernen Jahren Platz für Internet, Handyboom und 2002 den Euro. Was nicht kausallogisch war, aber gefühlt. Am 20. April 2005 schrieb die BLÖD-Zeitung *Wir sind Papst!*, und im Jahr drauf fand das Fußball-Sommermärchen statt. *Die Welt zu Gast bei Freunden*, jubelte Deutschland. Nur bei Ron blieb alles beim Alten.

Er hatte kein Mobiltelefon, geschweige denn einen Computer, nicht mal einen CD-Spieler. Wenn er sich Musik kaufte, was selten vorkam, dann Neuauflagen der alten Helden. In alphabetischer Folge: AC/DC , Barclay James Harvest, Birth Controll, Black Sabbath, Creedence Clearwater Revival, Eric Clapton, The Cure, Deep Purple, The Doors, Bob Dylan, Eagles, Golden Earing, Jimmy Hendrix, Iron Maiden, Judas Priest, Kiss, Led Zeppelin, Lynard Skynard, Meet Loaf, Nazareth, Ted Nugent, Pink Floyd, The Police, Queen, Rolling Stones, Carlos Santana, Bruce Springsteen, Thin Lizzy, Uriah Heep, Van Halen, The Who, ZZ Top. Alles auf Vinyl, was die Hardcore-Gemeinde nach wie vor für die bessere Qualität hielt.

Ron wurde eigenbrötlerisch, während Ferdi zu einem weltreisenden Businessman mutierte, der entgegen seiner Geschäftsphilosophie *Keine Frauen!* privat in allen Weltecken und Weltverstecken die Puppen tanzen ließ, was ihm zwei Scheidungen in der Heimat einbrachte. Zur Hochzeit Nummer drei war auch Ron eingeladen. Er sagte ab, als Ferdi ihm im Vertrauen steckte, dass die neue Frau Sobiralsky etwas reiferen Alters war und mit den Schamlippen rauchen konnte.

»Sex ist wie Schach«, sagte Ferdi und versuchte ein Lächeln. Kein schöner Anblick. »Wenn du es kannst, spielst du nicht mehr mit Anfängern.«

»Klar, Mann.«

Die Scheidung ein halbes Jahr später wurde zu einem anstrengenden Gerichtsmarathon.

»Das Leben ist kein Streuselkuchen.«

»Hast ja recht, Ferdi, Mann.«

Vierundzwanzig Jahre und eine weitere erstaunlich ausdauernde Frau Ex-Sobiralsky später, rief Ferdi ihn an einem sonnigen Augustmorgen in sein Büro.

»Vergiss es, ich mach nicht noch mal den Trauzeugen.«

»Schon gut, Mann. Warum hast du mir eigentlich verschwiegen, dass du die kanntest?«

»Wen?«

»Die Raucherin.«

»Was willst du von mir?«

Ferdi seufzte und zog einen gefalteten Brief aus einem Umschlag.

»Hier, 'ne Einladung. Dreißig Jahre Abi. Hat Kalli geschickt. Interesse?«

Kalli?

»Kalli Graf.«

Ach der. Ach du Scheiße.

»Ich hab kein Abi.«

»Verehrte Festgemeinde«, las Ferdi unbeeindruckt von Rons Einwand vor, »nun ist es beschlossen und verkündet, am 8. Oktober steigt unsere 30-Jahre-Abi-Party in der *Wolke 7*.« Ferdi sah von dem Zettel auf. »Das ist so 'n neuer Laden in Paderborn. Und Kalli schreibt, dass er alle einladen will, die irgendwie mal dabei waren. Aber er hat deine Adresse nicht.«

Kein Wunder.

»Ich kann leider nicht. Du weißt.« Ferdi grinste. »Muss nach Seoul.«

Nummer fünf, kleine Koreanerin, süß, widerspruchsarm, keine Fünfundzwanzig. Abholbereit.

»Ich weiß.«

»Soll ich Kalli deine Addy schicken?«

Eine Woche später bekam auch Ron eine Einladung. Kalli hatte handschriftlich ergänzt, dass er sich freue, ihn wiederzusehen. Ron verzog sein Gesicht zu einer schiefen Grimasse.

Anbei der aktuelle Stand der Namen, Anschriften, Telefonnummern und Elektropostadressen. Leider unvollständig. Es wäre eine verflixt gute Tat, wenn du die ergänzt zurücksendest. Wenn jede(r) alles durchschaut, müsste doch … ich denke du verstehst. Du bist ja auf'm Theo gewesen ;-)

Richtig witzig. Ron machte sich nicht die Mühe, die Liste durchzuarbeiten. An die meisten hatte er sowieso nicht die besten Erinnerungen. Nur ein Name interessierte ihn.

Melanie Dinstag. *Ohne e.*

Wie fett sie geworden ist. Ihre Oberschenkel quellen unter dem Saum des viel zu kurzen roten Lackrocks hervor. Wie lange hat er sie nicht mehr gesehen? Vierundzwanzig Jahre. Seit dem Sommer 87, als es nicht nur mit den Rockheroen zu Ende ging. Trotzdem erkennt er sie sofort. Er sitzt seit dem frühen Samstagmorgen auf einer halbverrotteten Bank nicht weit vom Eingang dieses Wohnblocks, auf dessen Klingelschildsammlung er ihren Namen entdeckt hat. *Ruby Tuesday.* Zwischen vielleicht vierzig anderen Schildern, beziehungsweise *Keine Werbung, FuckU, Pissoff* oder sonstigen unleserlichen und mehrfach überklebten Nettigkeiten.

Er gibt sich keine Mühe, sich zu verstecken. So wie sie geht, ist sie hackebreit und kann garantiert auf zwanzig Meter nichts mehr erkennen. Einmal wendet sie den Kopf in seine Richtung und zeigt ihm den Stinkefinger. Er grinst und hebt den linken Daumen. Beim Rückschwenk in Fahrtrichtung stolpert sie über ihre High Heels. Ein Jüngelchen mit dunkelblauen Haaren, das zufällig da ist, fängt sie auf. Völlig krank.

Plötzlich ein Impuls, zu ihr zu laufen. *He, Ruby, wie geht's, erkennst du mich noch? Hast dich ja verpisst, wolltest mich in dem Loch krepieren lassen, erinnerst du dich?*

Er bleibt natürlich sitzen und beobachtet, dass sie dem Bengel eine scheuern will. Dann stakst sie weiter Richtung Aldi. Er verlässt die Bank, tritt die selbstgedrehte Van Nelle aus und sieht noch, wie sie einem Gitarrenbettler einen Kuss gibt. Sofort wechselt der Typ das Lied und spielt *Hotel California*, Ron erkennt es nach zwei Akkorden. Seltsam, er hätte nicht gedacht, dass er irgendwo noch Platz für Sentimentalität hat. Ein letzter Blick, auch der Blaukopf ist von der Bildfläche verschwunden, dann wendet er sich ab und betritt das Haus.

Links befindet sich eine Wohnung mit der Aufschrift *Hausmeister*. Von dort stinkt es nach Kohl. Rechts steht die Tür zum Keller offen. Er will aber nach oben. Am Aufzug klebt ein Zettel, *Ausser Betrib!*, also nimmt er die Treppe. Jemand hat den mittleren Meter jeder Stufe gewischt, an den Seiten klebt der Dreck der Jahre. Getrocknetes in diversen Gelb- und Brauntönen, Zigarettenkippen und Dinge, über deren Ursprung er lieber nichts erfahren möchte. Aus den Ecken kriecht schwarzer Schimmel. Der Name, den er sucht, steht etwa in der Mitte der Klingelschilder, also beginnt er ab dem dritten Stock die Aufschriften der Türen zu entziffern. Ein großer Teil der Bewohner scheint keinen gesteigerten Wert darauf zu legen, identifiziert zu werden. Im vierten Stockwerk wird er fündig. Jemand hat mit Filzstift *R. T.* auf das Türblatt gemalt. Er geht näher ran. Sie ist nicht da, also kann er gefahrlos klingeln. Drinnen schnarrt es gequält. Sekunden später öffnet sich die Tür der Nachbarwohnung.

»Die is nich da.«

Er starrt die Frau an.

»Was kuckst du?«

Er ist für einen Sekundenflash wieder unter Deck. Neben ihm liegt Abenaas verwesende Leiche. Ihr Gesicht hat die gleiche Farbe, wie das der Nachbarfrau.

»Schuldigung«, murmelt er und will schnellstmöglich verschwinden. Sie versperrt ihm den Weg. Sie ist kräftig, vielleicht Anfang Vierzig und nicht hässlich. Er wundert sich über diese Feststellung, aber er trifft sie wie ein Reflex.

»Was willst du von ihr?«

Die Lady füllt den knappen Raum zwischen Wand und Treppengeländer fast vollständig aus. Er steckt in der Klemme, er müsste sie zur Seite drängen, um abhauen zu können.

»Ich … hab mich vertan.«

»Hast du nich.«

Sie gibt keinen Millimeter frei. Sein Hirn sucht hektisch nach einem Ausweg.

»Eine Überraschung«, hört er sich sagen. »Es soll eine Überraschung sein.« Und dann kommt ihm die rettende Idee. »Sie wird doch bald Fünfzig.«

»Wer?«

Testfrage, kein Zweifel.

»Ruby. Ruby Tuesday.«

Die Haltung der Lady entspannt sich. Dass er den Namen kennt, scheint sie zu überzeugen.

»Du kennst die Schlampe?«

Er nickt. »Von der Schule.«

»Kannst du dem versoffenen Stück sagen, dass sie endlich das Treppenhaus wischen soll?«

»Ich ... bitte sagen Sie ihr nicht, dass ich hier war, es soll eine ...«

»Überraschung, schon kapiert.«

Die Lady schiebt sich etwas dichter an ihn ran. Sie lächelt. Er spürt, dass ihm die Magensäure hochsteigt. So eine verdammte Ähnlichkeit.

»Geht's dir nicht gut, Kleiner?«

»Mir ist schlecht.«

»Iiieh!«

Sie drückt sich an die Wand. Ron hechtet an ihr vorbei die Treppe hinunter. Durch die zerbrochene Scheibe der Haustür sieht er sie zurückkommen, eine Plastiktüte in der Hand, in der sich zwei Flaschen abzeichnen. Er zwängt sich durch die Kellertür, stolpert im Halbdunkel hinunter und spuckt bittere Galle. Dann hält er die Luft an, weil er Geräusche hört, irgendwo vom Ende des Kellerflurs. Eindeutige Geräusche. Ein rhythmisches Stöhnen aus einer rauen Kehle und eine junge Stimme, deren Geschlecht sich nicht leicht zuordnen lässt. Sie feuert *Knuti* an, dass er endlich kommen soll. Ron tippt auf männlich, unter zwanzig.

Oben hört er jetzt die harten, kurzen Schritte, die Frauen in sehr engen Röcken produzieren. Eine Tür wird aufgerissen und er glaubt, den Kohlgestank bis hier unten riechen zu können.

»Knut!«, keift eine weibliche Stimme, die in Rons Fantasie nur einer nudelholzschwingenden Matrone gehören kann. »Essen!«

Und dann eindeutig Rubys Stimme, genauso nachlässig wie er sie in Erinnerung hat, mit einem schweren Schuss Alkohol auf der Zunge.

»He, Änne, Knuti is im Keller und schwer beschäftigt.«

»Nenn meinen Mann nicht Knuti!«

Ruby lacht schrill.

»Aber nich stören!«

»Hau ab, du …«

Rubys Stöckeln entfernt sich die Treppe hinauf. Im Keller ist es schlagartig still geworden. Jemand kommt den Gang entlang. Ron drückt sich in die dunkelste Ecke. Er sieht einen dicken Kerl mit zwei Flaschen den Treppenaufgang ansteuern.

»Knut, verdori nochmal!«

»Ich komm ja schon.«

»Was machst du schon wieder da unten?«

»Hab doch nur Wasser geholt.«

»Zackzack!«

»Ja, doch.«

Als sich die Tür der Hausmeisterwohnung hinter Ännes Keifen und Knuts Brummen geschlossen hat, will Ron ebenfalls den Keller verlassen. Da hört er leise Schritte. Verdammt, fast hätte er die andere Person vergessen, die *Knuti* angefeuert hatte. Ein schmaler Junge mit blauen Haaren erscheint im matten Licht, das durch die halbgeöffnete Kellertür fällt. Er knöpft seine Hose zu.

Eine Woche später ist Ron wieder da. Am frühen Samstagnachmittag macht er einen Rundgang ums Haus, die Lage sondieren. Auf der Rückseite des arg vernachlässigten Gebäudes windet sich eine nachträglich angebrachte Feuerleiter aus Stahl bis hoch zum Penthouse. Eine bemooste Treppe führt zu einer Kellertür hinunter, die abgeschlossen ist. Neben der Treppe stinkt brackiges Wasser aus einer offenbar selten benutzten Regentonne. *Knuti* schiebt einen ruhigen Job. Gestrüpp wuchert ums Haus und zwei Fußballtore sehen aus, als ob sie einen Pfostenschuss nicht überleben würden. Ganz hinten, versteckt unter dichten Glycinenranken, gibt es einen Geräteschuppen. Von dort hört Ron Geräusche. Durch ein Astloch an der Rückseite hat er den besten Blick auf das kleine Schauspiel, das dort geboten wird. Ron wartet, bis Knut in dem kleinen blauhaarigen Stricher steckt, dann spaziert er einfach zur unabgeschlossenen Tür rein und stellt sich neben die beiden.

»Hallo, Lucky« sagt er. Den Namen des Jungen hatte er deutlich verstanden. Und dann ebenso freundlich »Hallo, Knut.«

Knut geht gurgelnd in die Knie.

»Lass uns allein«, bittet Ron den Milchbubi. Als der draußen ist, beobachtet er genüsslich, wie Knut hastig seine Klamotten richtet. Dann diskutieren sie die Bedingungen, unter denen Ron bereit wäre, Änne nichts zu erzählen. Oder der Polizei, die sich für sein Alter interessieren wird. Nicht Knuts, Luckys. Knut schiebt Panik, als hinge sein Leben davon ab, oder zumindest diese laue Bequemlichkeit, in der er sich mit Änne eingerichtet hat. Und Ron hat ein paar sehr konkrete Vorschläge. Der Hausmeister kann sie einfach nicht ablehnen. Die folgende Nacht verbringt Ron im Nordhotel, einer Absteige im Westen der Stadt, die in Ausstattung und Service sogar den niedrigen Preis noch unterbietet.

Am nächsten Abend betritt Ron erneut das Haus. Immer noch oder schon wieder stinkt es nach Kohl, als ob das zum Wochenende gehört, wie der Stammtisch am Sonntagvormittag oder der wöchentliche Beischlaf. Ron hat sich verkleidet, mit Blaumann und Baseballkappe, und hat sogar einen Schnäuzer angeklebt. Auf der Treppe begegnet er keinem Menschen. Im dritten Stock dröhnt alter lauter Rock durch eine Tür ohne Namensschild, dafür mit einem Hundeschiss davor. *AC/DC. Highway to hell.* Ron drückt die Erinnerung zurück, jetzt bloß nicht an früher denken. Er hat einen Plan und der erfordert seine ganze Konzentration. Er schellt an der Tür der Afrikanerin und hofft, dass sich jetzt nicht wie in einer abgelutschten Verwechslungskomödie Rubys Tür öffnet. Dies ist keine Komödie, auch die Realität scheint das begriffen zu haben. Die richtige Tür geht auf. Scheiße, sie sieht aus wie Abenaa. Wenn die wüsste.

»Hattest du letzte Woche schon so 'ne Rotzbremse?«

»Ist mir noch zu früh zum Lachen.«

»Ich mache nie Witze.«

Sie lispelt stark, was ihm neulich nicht aufgefallen ist. Oder macht sie sich über ihn lustig? Die Wunde an seiner Zungenspitze ist lange verheilt, aber man hört, dass das vordere Stück fehlt.

»Darf ich reinkommen?«

Sie scheint nicht überrascht.

»Erstmal nur in meine Wohnung.«

Sie tritt zur Seite, lässt ihn vorbei und schließt die Tür. Sie zeigt auf den einzigen Sessel und erklärt, dass sich ihr verficktes neues Zungenpiercing entzündet hat. Dabei holt sie aus dem Kühlschrank eine Flasche Bier und drückt sie ihm ohne Nachfrage in die Hand. Er reißt mit einem schmerzhaften Ruck den Schnäuzer ab und trinkt. Sie scheint solche Art von Besuch gewöhnt zu sein, Kerle, die verkleidet vorbeikommen, ein Bier trinken oder ihre sonstigen Dienstleitungen in Anspruch nehmen, bezahlen und wieder abhauen. Eine Nutte also. Ihm gefällt das nicht. Auch nicht, dass sogar ihre Flechtfrisur nach Abenaa aussieht.

»Woher weißt du von mir?«

Durch das gekippte Fenster dudelt von irgendwo oben die Tagesschaumelodie. Punkt acht. Ron nuschelt irgendwas von *Hausmeister*. Das scheint sie zu akzeptieren.

»Eine Stunde. Hundert, im Voraus.«

»Und die ganze Nacht?«

»Solange kannst du gar nicht.«

»Ich hab dich was gefragt.«

»He, mal nicht so aggressiv.«

»Und?«

»Fünfhundert.«

»Hab nur drei.«

Sie sieht ihn spöttisch an.

»Okay, bis Mitternacht. Aber keine Sekunde länger.«

Ron nickt und fischt drei Fünfziger, fünf Zwanziger, drei Zehner und drei Fünfer aus seinem Portemonnaie.

»Zweihundertfünfundneunzig.«

Er hat das Gyros mit Pommes vergessen, das er auf dem Weg runtergeschlungen hat. Sie kommt ganz dicht an ihn ran und legt ihre rechte Hand zwischen seine Beine.

»Dann ist halt fünf vor zwölf Schluss.«

»Sowieso«, flüstert er.

»Das war also deine Lieblingsreihenfolge«, stellt Lulu fest. So nennt sie sich, was ihm ebenfalls widerlich ist. Es ist mittlerweile halb elf. Sie liegen auf dem Bett und rauchen Marlboros, die sie spendiert hat. Sie hat ihm sogar ein neues Bier geholt.

»Und deine Freundin macht das nicht mit?«

Ron starrt wie eingefroren auf die Rauchkringel.

»Warum antwortest du nicht?«

»Halt die Fresse.«

»Sie hat dich also sitzen lassen. Vermisst du sie?«

»Wie Scheiße.«

»Ist ja gut.«

Sie ist wohl so eine Ansprache gewohnt. Sie steht auf und geht ins Bad. Er hört sie pinkeln, sie lässt sich Zeit. Er muss nachdenken, während er ihre Wohnung taxiert. In der Ecke steht eine afrikanische Trommel, davor ein Paravent mit Kirschblüten, auf dem zerschlissenen Perserteppich sind ein Sessel und zwei selbstlackierte Stühle um einen Fünfziger-Nierentisch drapiert. Auch der Second-Hand-Kleiderschrank und der Trödelmarkt-Kronleuchter sehen nicht nach Reichtum aus. Nur in ihren Arbeitsplatz hat sie investiert. Eisengestell im nachgemachten Jugendstil und Federkernmatratze. Ron streicht das Laken glatt, das bei seiner Lieblingsreihenfolge verrutscht ist. Klar hat er darauf bestanden und am Schluss den Froschschenkel-Witz gebracht. An der Reaktion darauf kann er drei Sorten von Frauen unterscheiden. Die Duldsamen, die froh über jedes Interesse sind und noch den schrägsten Vergleich akzeptieren. Die Aufgekratzten, die beim Stichwort *Frosch* sofort zu quaken beginnen, was ihn je nach Tagesform amüsiert oder auf die Eier geht. Und Nummer drei, von denen er eine gescheuert bekommt. Bei Lulu hat er Typ vier kennengelernt. Sie hat bloß den Mund verzogen und *Mach endlich!* geraunzt. Zum ersten Mal hatte Ron Schwierigkeiten, zum Abschuss zu kommen.

Die Badezimmertür geht auf und sie tänzelt auf schwarzen High Heels ins Zimmer, wenigstens fünfzehn Zentimeter. Eine Umdrehung edler und schärfer als rote, denkt er.

»Gefällt dir, was?«

Kurze Zeit später später sieht sie ihn mitleidig an. Er war viel zu schnell und ärgert sich. Sie zuckt mit den Achseln und spült mit einem Schluck aus seiner Bierflasche nach. Nimmt ein Taschentuch und wischt damit durch ihre Schamlippen, steht auf und stakst in die Küche. Er hört einen Mülleimerdeckel klappern. Sie kommt zurück und baut sich breitbeinig vor ihm auf. An ihrem Bauchnabel baumelt jetzt ein rubinrotes Herz an einer kurzen Silberkette. Passend dazu ein schlangenfalsches Lächeln.

»Kann doch jedem mal passieren.«

Der Spruch, den ein Mann am allerwenigsten erträgt.

»Fresse.«

Sie gähnt. »Du hast noch achtunddreißig Minuten. Ich mach dir 'n Kaffee.«

»Espresso.«

»Ganz nach Wunsch.«

Sie zieht arschwackelnd ab. Ron geht auf den Balkon, eine rauchen. Als er wieder reinkommt, hört er sie in der Küche klappern. Sein Herz setzt einen Schlag aus.

Der Marder II

Er steht hinter ihr. Sie hat jetzt einen Bademantel an und dreht ihm den Rücken zu. Sie füllt schwarze Brühe in zwei kleine Tassen.

»Das macht müde Männer munter«, säuselt sie.

Er ist der Marder. Er hat ein dünnes Stahlseil in der Hand, etwa einen halben Meter lang, an jedem Ende ein Holzgriff. Er schmiegt sich von hinten an ihren Körper. Sie maunzt wie ein rolliges Kätzchen und drückt ihren Arsch gegen sein Becken. Sie legt den Kopf in den Nacken und schnurrt.

»Kannst es wohl nicht erwart...«

Das Stahlseil umschlingt ihre Kehle und kreuzt sich in ihrem Nacken. Mit aller Kraft zieht er die Handgriffe nach außen, aber die Afrikanerin ist zäh. Sie schlägt um sich, versucht die Schlinge vom Hals zu zerren, greift nach seinen Händen, kratzt und tritt gegen seine Beine. Es schmerzt höllisch und beinahe hätte er locker gelassen. Dann reißt er mit einem kurzen, harten Ruck an den Holzgriffen, sodass sie in die Knie geht. Er kann sie nicht halten und wird mitgezogen. Es kommt ihm wie eine Ewigkeit vor, bis sie endlich schlaff wird, aber er zerrt noch ein paar lange Minuten mit aller Kraft an der Schlinge, er muss auf Nummer sicher gehen. Schließlich glaubt er, dass niemand noch länger die Luft anhalten kann. Langsam entspannen sich seine Muskeln. In diesem Moment schellt es an der Tür. Verdammt, wer kann das sein? Knut nicht, der hat einen Generalschlüssel. Jemand ruft durch den Briefschlitz.

»Ich bin's. Mach auf.«

Er erstarrt.

»Sorry wegen vorhin.«

Ungeduldiges Klopfen.

»Abenaa? Bist du da?«

Abenaa? Er ist verunsichert.

»Verdammt, sei doch nicht eingeschnappt. Ich hab was für dich.«

Eine flache Pappschachtel wird durch den Schlitz geschoben. Pralinen.

»Kalorienreduziert.«

Lachen.

»He, Abenaa, lass uns wieder vertragen.«

Einen Moment lang ist Stille, dann ist die Geduld aufgebraucht.

»Ach, scheiße. Fick dich.«

Er wartet, bis die Tür zur Nachbarwohnung geöffnet und wieder geschlossen ist. Erst dann atmet er wieder gleichmäßiger. Lulu oder *Abenaa* rührt sich nicht. Er steht auf, seine Knie knacken wie Detonationen. Er geht in die Küche. Er trinkt den Espresso, beide Tassen. Wo bleibt Knut, diese jämmerliche Schwuchtel? Warum kommt der jetzt nicht, das war so abgesprochen. Er sieht unruhig auf die Uhr. Schon fünf vor zwölf. Nebenan wird Musik aufgedreht. Irgendein Technoscheiß, der ihm auf die Nerven geht. Endlich hört er einen Schlüssel in der Tür. Knut kommt rein und sieht sich ängstlich um.

»Hast du alles vorbereitet?«, schnauzt der Marder ihn an.

Zitternd nickt der Hausmeister.

»Du nimmst die Beine.«

Er packt die Frau unter den Achseln, aber ihre Arme klappen nach oben, sodass er sie nicht halten kann. Und er erträgt ihren Blick nicht. Sie ist tot, aber starrt ihn mit weitaufgerissenen Augen an. Er lässt sie fallen. An der Garderobe findet er ein Kopftuch, dass er ihr fest über das Gesicht bindet. Dann wälzt er sie auf den Bauch, zieht den Stoffgürtel aus einem Mantel und fesselt ihre Hände auf den Rücken. Er dreht sie zurück und fasst erneut unter ihre Achseln. So geht es. Jetzt beginnt der gefährlichste Teil. Es ist zwar nach Mitternacht, aber in dieser Gegend haben die wenigsten einen Job, für den sie früh raus müssen, man muss mit Spätheimkehrern rechnen.

Ihre High Heels machen einen Höllenlärm auf den Treppenstufen. Warum hat er nicht daran gedacht, ihr die Dinger auszuziehen. Zu spät, jetzt muss es schnell gehen. Die anderen Hausbewohner werden hoffentlich annehmen, irgendeine besoffene Schnalle stakst durchs Haus. So eine wie Ruby. Keuchend zerrt er den schlaffen Körper weiter hinunter.

Ta-dack, ta-dack. Wie ein gestörter Herzschlag.

Wann setzt eigentlich die Totenstarre ein? Bei Lulu jedenfalls noch nicht.

»Verdammt schwer, das Teil.« Er versucht, seine Stimme tiefer klingen zu lassen, es misslingt. Immer wieder schaut er ringsum. Alle Türen bleiben geschlossen. Einmal meint er, weiter oben einen Kopf über dem Treppengeländer zu sehen, der blitzschnell zurückgezogen wird. Sicher eine Täuschung in der Dunkelheit.

Knut jedenfalls ist ein Totalausfall. Leise jammernd stolpert er hinter ihm und der Toten her. Zwischen seinen Beinen bildet sich deutlich erkennbar ein dunkler Fleck. Endlich haben sie die Haupttreppe geschafft. Knut denkt immerhin so weit mit, dass er die Kellertür aufreißt. Der Marder ist am Ende seiner Kraft. Er stürzt fast die Kellertreppe runter. Noch ein paar Meter über Beton und sie haben den Raum erreicht, von dem Knut behauptet, er sei sicher. Er lässt die Frau fallen, ihr Kopf schlägt hart auf. Eine schreckliche Sekunde lang hätte er schwören können, sie hätte beim Aufprall nach Luft geschnappt. Er beobachtet sie misstrauisch. Nein, sie regt sich nicht. Er zieht das Springmesser aus der Hosentasche, das er extra zu diesem Zweck eingesteckt hat. Es macht dieses charakteristische Geräusch, als die Klinge rausschnellt. Dann rollt er Lulus Körper zur Seite und durchtrennt die Fessel. Er reißt ihren linken Arm hoch und packt den Daumen. Ein schneller Schnitt und er hält ihn in der Hand.

Lulu stöhnt.

»Scheiße, die lebt noch!«

Wieder sein kieksendes Falsett.

»Tu doch was!«

Knut stirbt fast. Er stinkt nach Pisse und Angst.

»Scheiße!«

»Scheiße!«

Eine hohe Stimme und ihr halb ersticktes Echo.

Der Mond scheint friedlich, als sie den Keller durch den Hinterausgang verlassen. Der Marder hat dafür gesorgt, dass Lulu nie wieder stöhnt. Sie waschen sich die Hände im brackigen Wasser der Regentonne.

»Den Schlüssel.«

Knut zittert. Hauptsache, der kriegt jetzt keinen Herzkasper.

»Das geht doch nicht.«

»Den Schlüssel.«

»Aber nix zu Änne. Kein Wort!«

»Wenn du brav bist.«

Er grinst. Sein Gesicht ist im Mondlicht leichenblass. Jedenfalls sehr eindrucksvoll.

Knut nickt etwa zwanzig Mal.

Noch in derselben Nacht klettert er von Lulu rüber auf Rubys Seite. Von Balkon zu Balkon ist für ihn ein Leichtes. Leise öffnet er die Tür. Es dämmert schon, sodass er sie gut erkennen kann. Sie liegt nackt auf dem Bett und schläft mit offenem Mund, in der rechten Hand eine Flasche. Er zieht Plastikhandschuhe an. Nichts auf der Welt kann sie wecken, schon gar nicht das leise Klicken, mit dem er ihre altersmorsche Balkontür aufhebelt. Mit leisen Schritten geht er hinein. Es riecht ungelüftet, nach Essensresten, Urin und Alkohol. Ein paar Minuten bleibt er vor ihrem Bett stehen.

»Hallo, Ruby«, flüstert er. Dann schaut er sich in der Wohnung um. Die Spülmaschine steht offen, randvoll mit dreckigem Geschirr. Im Besteckkorb stecken drei goldene Löffel. Gute Idee. Er holt den Daumen aus der Jackentasche. Dann schließt er die Klappe und drückt auf Start.

Er klettert über die Balkone zurück und legt sich auf Lulus Bett. Es sind erst fünf Stunden vergangen, seit sie ihm ihre Sprüche reingedrückt hat, als wäre er ein x-beliebiger Freier. Das wird sie nun nicht mehr tun. Er streckt sich, das Spiel hat begonnen. Schlafen kann er nicht, dafür ist der Adrenalinspiegel zu hoch. Er beobachtet zwei Stunden lang die Wanduhr, dann steht er auf. Er stößt mit dem Fuß gegen einen Stuhl, weil er mit der Geographie dieser Wohnung noch nicht vertraut ist. Die Stuhlbeine schaben über das Laminat und machen einen Höllenlärm. Eigentlich müsste das durch die Wände zu hören sein. Tatsächlich wird nebenan die Tür geöffnet. Schritte nähern sich Lulus Wohnung. Durch den Spion, den er extra gesäubert hat, sieht er Ruby. Sie drückt die Stirn gegen das Türblatt und bleibt eine endlos lange Zeit regungslos stehen. Dann rennt sie rechts aus dem Bild. Dafür taucht Knut auf. Schweiß verdampft auf seiner Glatze. Er wischt sich die Stirn mit seiner Schiebermütze und schaut misstrauisch herüber. Dann stapft er weiter nach oben. Gerade will der Marder seinen Beobachtungsposten verlassen, da sieht er einen vielleicht zwölfjährigen Bengel. Seine Lippen bewegen sich, aber er kann ihn nicht verstehen. Der Bengel spricht zu Ruby, die wieder aufgetaucht ist. Sie holt aus, als wollte sie ihm eine scheuern. Der Furz haut ab und Ruby stapft mit angeekeltem Gesicht die Treppe runter. Die Luft ist rein. Er nutzt die Gelegenheit, um den linken Zeigefinger auf Rubys Küchentisch zu legen, so dass er auf die Wohnungstür zeigt. Ruby soll beim Reinkommen gleich wissen, wer gemeint ist. Später sieht er durch den geschlossenen Vorhang, dass sie auf dem Balkon etwas vergräbt, im Blumentopf. Er kann sich denken, was.

Mit dem Mittelfinger gibt er sich richtig Mühe. Den serviert er in der folgenden Nacht auf einem Teller, den er extra gespült hat, und drapiert ihn mitsamt Salatblatt auf einem alten Apothekerschrank, das einzige schöne Möbel in Rubys Müllreich. Rubys Balkontür hat er geölt, sie lässt sich jetzt lautlos aufhebeln. Er hätte allerdings auch das Fenster einschlagen können, denn Ruby ist nach zwei Wodkaflaschen, die leer vor ihrem Bett liegen, passed out.

Am nächsten Vormittag hört er sie nebenan schreien und mit einem Gegenstand auf den Boden schlagen. Sie hat sein Geschenk gefunden. Sie tut ihm nicht leid. Nichts übertrifft seine eigene Hölle, aus der er als Schatten aufsteigt und unter die Menschen fährt. Er verlässt unhörbar Lulus Wohnung.

Ron II

Ron kommt mit qualmender Kippe die Treppe hinauf, was hier niemanden stört. Sie liegt ausgestreckt vor Lulus Tür und späht in den Briefschlitz. Er muss über ihre Beine steigen und ist froh, dass er an die Kreppsohlen gedacht hat. Er geht einfach weiter hoch zum nächsten Stockwerk. Für einen Sekundenbruchteil treffen sich ihre Blicke. Wenn sie ihn erkennt, ist das Spiel vorbei. Später auf dem Weg zum Nordhotel bleibt er vor einem Kaufhaus stehen. Hier ist alles neu, aber die Straßenecke ist die alte. Beim Vorgängermodell war die *Splittergruppe* schwer in Aktion gewesen. Danach war der komplette Bürgersteig mit Scherben übersät. Verdammt lang her.

Am nächsten Tag nimmt er einen Pulli mit Kapuze, die er tief ins Gesicht zieht. Mit dem Schnäuzer sieht er aus wie ein türkischer Kleindealer und wird prompt vorm Aldi von einer Duttoma angepöbelt. Scheißegal. Er drängt sich an ihr vorbei in den Laden. Er braucht Lebensmittel und neuen Tabak. Van Nelle, dem Zeug ist er seit Jahren treu. Er beeilt sich. Er hält es nie lange in solchen Läden aus. Am unerträglichsten sind ihm diese Frauen mit den engagierten Stimmen, die immer klingen, als ginge es um die letzten Dinge, egal, ob sie über die Frisur der Kanzlerin, den Wurstpreis oder Selbstmordattentäter reden. Und die in solchen Läden immer vor den Regalen stehen, aus denen er sich bedienen will. Und die ihn so komisch angucken, wenn er sie bittet, zur Seite zu treten, als wäre was falsch mit ihm. Und die immer stinken, als hätte man sie zur Strafe für ihr Gekeife mit Fehlversuchen der Parfümindustrie überschüttet.

Und da steht sie. Sie scheint nichts von der Umgebung wahrzunehmen und läuft wie ferngesteuert durch die Regalreihen, bis ihre Füße vor dem Wodkaregal haltmachen. Sie erkennt ihn nicht, obwohl er ganz dicht an sie herankommt. Sie packt zwei Flaschen in ihre Tasche.

Der Marder III

Einmal wird es richtig eng, als Ruby versucht, auf Lulus Balkon zu klettern, gerade als er die Vorhänge ausnahmsweise für etwas Herbstsonne aufgezogen hat. Da erwischt sie ihn fast. Sie schafft es aber nicht rüber, sie ist zu fett, zu besoffen, zu fertig, alles zusammen. Und wohl noch nicht lebensmüde genug. Sie bricht den Versuch ab, nimmt einen Schluck aus der mitgebrachten Flasche und lässt sie fallen. Er steht hinter dem Kirschblüten-Paravent und beobachtet sie durch einen Schlitz. Ihr aufgequollenes Gesicht, ihre fahrigen Bewegungen. Sie balanciert längst auf dem Hochseil des Wahnsinns. So wie er selbst. Aber das reicht ihm nicht. Er will, dass sie abstürzt. Und sie wird abstürzen.

Weitaus größere Sorgen macht ihm Knut. Der Hausmeister kommt fast um vor Angst. Knut leiht ihm Ännes Geflügelschere. Die ist praktischer als das Springmesser, vor allem weil Lulu jetzt steifgefroren ist. Die Gefriertruhe im Keller war ein Weihnachtsgeschenk von Knut für seine Frau. Änne hatte deswegen ein furchtbares Theater veranstaltet.

»Kommt Änne nie hier runter?«

»Sie sagt, die Gefriertruhe ist überflüssig. Energieverschwendung. Sie hat sie nicht mal angesehen.«

Er schaut Knut in die Augen, von Marder zu Mann.

Scheiß Weiber.

Dann testet er die Geflügelschere am linken kleinen Finger. Als er zurück in Lulus Wohnung will, bemerkt er, dass er den Schlüssel drinnen vergessen und die Tür zugezogen hat. Scheiße. Also rennt er wieder runter und schellt bei Knut. Änne öffnet.

»Ja?«

Er weicht unwillkürlich vor ihrer Ringerfigur zurück. Sie bemerkt es und grinst.

»Ist Knut da?«

»Nee. Wer sind Sie?«

»Wann ist er zurück?«

Änne kommt näher. Sie durchbricht seinen Sicherheitsabstand, sie tritt in seinen Schatten. Das erste Mal seit Langem hat er Angst. Hinter ihr im Halbdunkeln sieht er die Pokale mit eingravierten kugelstoßenden Frauen.

»Du nix verstehn?«, fragt sie und ihr Atem riecht nach Kohl. »Du Türke?« Alles an ihr riecht nach Kohl.

»Sen domuz gibi pis kokmak.«

Das ist kein sauberes Türkisch, dafür aber sehr unfreundlich. Er dreht sich weg und haut ab in die Dämmerung. Die folgende Nacht verbringt er unter einer Brücke, weshalb Ruby an diesem Tag kein Geschenk bekommt. Ganz früh am nächsten Morgen findet er Knut in dem Geräteschuppen hinter dem Haus. Dass der Schuppen auch eine brauchbare Übernachtungsmöglichkeit gewesen wäre, ist ihm zu spät eingefallen, da lag er schon unter wärmenden Pappeschichten. Knut ist schwer verkatert und hat eine Fahne von hier bis Izmir.

»Den Generalschlüssel.«

Knut schaut ihn mit tränenden Augen an. Der Marder packt ihn am Kragen und zerrt ihn auf die Beine.

»Das darf ich nicht«, heult der Hausmeister.

Der Marder zeigt auf zwei gebrauchte Kondome.

»Was wird sie dazu sagen?«

Änne!

»Genau die.«

»Aber bring ihn mir sofort zurück.«

»Klar doch.«

Jetzt ist auch Rubys Wohnungstür kein Hindernis mehr, wie praktisch. An Rubys langem Schrei erkennt er, dass sie den kleinen Finger gefunden hat. Den rechten Daumen steckt er in einen Umschlag und schiebt ihn in den frühen Morgenstunden durch ihren Briefschlitz. Dann verschwindet er für längere Zeit. Lulu liegt tiefgefroren im Keller, da kann nichts schiefgehen, solange Änne nicht nachforscht. Aber die traut sich nicht, sagt Knut, weil sie im Keller Angst hat, wegen Ratten und Spinnen. Weiber. *Jaja*. Trotzdem schärft er Knut ein: *Pass auf sie auf!*

Am Freitag, dem 7. Oktober ist er wieder zurück. Nichts deutet darauf hin, dass jemand in der Zwischenzeit Lulus Wohnung betreten hat. Wen interessiert eine schwarze Horizontale.

Außer den Vermieter. Vielleicht. Aber erst bei Fälligkeit. Als erstes schraubt er aus dem Trödelmarkt-Kronleuchter alle Birnen bis auf eine raus, er wird jetzt doppelt vorsichtig sein. Dabei kracht der Leuchter runter. Alles auf dieser Welt hat ein Haltbarkeitsende, Haken wie Menschen. Nebenan tickt Ruby aus, sie klopft, schellt und telefoniert. Er fegt die Scherben zusammen und bewegt sich nur noch auf Kreppsohlen. In der Nacht holt er die restlichen Finger und alle Zehen. Er hat Sorge, er kann nicht einschätzen, wie lange das Spiel noch gehen kann, wann Ruby versuchen wird, Lulus Tür mit einer Axt aufzubrechen. Sie tanzt längst auf der Klippe. Er muss schneller vorgehen.

Am nächsten Morgen sieht er sie in aller Frühe die Treppe runter laufen, in schwarzen Stilettostiefeln, die bis übers Knie gehen, fast bis zum kirschroten Saum, der kaum ihre Pobacken fassen kann. Als das Stakkato ihrer Hacken das Haus verlassen hat, steckt er den rechten Zeige-, Mittel-, Ringfinger und kleinen Finger in ihren Briefschlitz, wie eine Hand, die nach draußen will. Damit ist er sehr zufrieden. Das wird sie zu einem Fehltritt verleiten, oben auf ihrer Klippe. Als sie nach einer halben Stunde zurückkommt, schreit sie nicht mal, so weit ist sie schon.

Am nächsten Mittag dröhnt von nebenan ein seltsames Morsezeichen. *Bam-bada-bam-bam* hämmert jemand an Rubys Tür. Kurzes Zögern, dann noch *bam-bam*. Jetzt unterhält sich eine Männerstimme mit Ruby. Als der Typ abhaut, sieht der Marder durch den Spion einen fetten Kerl die Treppe hochklettern, Glatze, Holzfällerhemd und kackbraune Hose, passend zum Haus, jedenfalls nichts, worüber man sich hier wundern würde.

Um 20.15 Uhr verlässt Ruby ihre Wohnung und geht die Treppe hoch. Drei Minuten später kniet er vor ihrem Bett und legt *ruby* aus zehn Zehen mit rotlackierten Nägeln. Dann klettert er über die Balkone zurück.

Ron III

Ron ist fast sechs Wochen in Darmstadt gewesen. Ferdi hatte am Telefon geheult und ihn zurückbeordert. Die Firma hatte einen Großauftrag aus Korea angenommen, was irgendwie mit Nummer Fünf zusammenhing, jedenfalls brauchte Ferdi jeden Mann. Nach drei Wochen fragte Ron, ob Nord- oder Südkorea. Es war Nord und es gab sowohl Ärger mit dem Wirtschaftsministerium als auch mit der kleinen Koreanerin, was Ferdi deutlich stärker traf.

Jetzt ist Ron wieder in Paderborn. Wie ein Pfahl bohrt sich ihre Nähe in sein Fleisch. Sie waren doch Ron'n'Ruby, sie waren auf dem Big Trip. Nichts ist verheilt, gar nichts.

Heute Abend steigt die 30-Jahre-Abi-Gedenkfeier in der *Wolke 7*. Ron rasiert sich sorgfältig, wäscht eine Garnitur schwarzer Klamotten und benutzt ein Deo. Dann geht er zum zehnten Mal die Einladungsliste durch, versucht, sich an möglichst viele Namen zu erinnern, an die Gesichter, die dazu gehörenden Sprüche, Macken und Neurosen, und sucht nach jemandem, mit dem er mehr als drei Worte wechseln will. Damit ist er schnell fertig, es gibt niemanden.

Nach der Tagesschau zwängt er sich in eine viel zu enge Jeans, die in den mageren Jahren gepasst hat, aber ihn zumindest nicht so fett aussehen lässt. Ein letztes Mal kontrolliert er sein Spiegelbild, kaum einer wird ihn wiedererkennen, davon geht er aus. Exakt um 20.34 verlässt er das Haus.

Es ist schon fast 21 Uhr, als er in der *Wolke 7* eintrifft. Der Laden liegt einsam auf dem Haxterberg mit weitem Blick über Paderborn bis zum Teutoburger Wald, wo Hermann, der Cherusker, die Römer verdroschen hat. Hier lässt sich's feiern, zugegeben.

Die Party ist in vollem Gang und es passt ihm, dass die anderen einen Alkoholvorsprung haben. So hofft er, dass Zuspätkommer im Gedränge weniger beachtet werden. Sie waren etwa hundert Schüler in vier Parallelklassen, da kennt nicht mehr jeder jeden, und mancher hat sich vom schlanken Wuschelkopf zum glatzköpfigen Fettwanst entwickelt, manche ist vom ehemaligen Schulschwarm zur lilagefärbten Abschreckung mutiert. Dreißig Jahre haben ihre Verwüstungen hinterlassen. Hypertonische Quadratschädel mit Landkarten aus roten Flecken ziehen neben einbalsamierten Mumien an ihm vorbei. Ron glaubt den schon damals linkischen Oberarzt wiederzuerkennen, den Theologiedoktor mit Halbglatze, das vom Leben angefressene Matheass, das heute eine Sprachschule leitet und jeden bittet, keine Witze über Frauen zu machen, die bei ihm Französisch lernen. Da ist der *Lippizaner*, den Ron identifiziert, weil er vor Aufregung auf den Fußspitzen tänzelt, was beweist, dass sich Bewegungsmuster dauerhaft im Körper festsetzen, der Typ aus der *C* mit Bodybuilderfigur, oder der Musiker, der sich immer noch mit seinem albernen Spitznamen anreden lässt und rumkaspert, als wäre das Leben eine nie endende Jamsession. Bei den Frauen ist seine Trefferquote erstaunlicherweise niedriger. Höchstens vielleicht den Gewaltzacken im Wurst-in-der-Pelle-Chic, oder das frühgerunzelte Äpfelchen, das diesem studierten Bügelbrett Frau Doktor Doktor Doppelname ins Gesicht lügt, wie gut es ihr geht, und die Ron zehn Minuten später heulend in die Toilette verschwinden sieht. Ein paar Lehrer sind auch gekommen, zum Glück keine, die Ron hatte.

Alles nette Menschen. Die Deformationen liegen im Auge des Betrachters, das ist Ron klar. Trotzdem.

Die erste halbe Stunde lässt er sich durch verbrauchte Gesichter und verbrauchte Sprüche treiben und wird von niemandem angesprochen. Er bestellt ein Bier, schaufelt eine Portion Schnitzel mit Röstkartoffeln rein und studiert die Bilder, die auf eine leere weiße Wand projiziert werden. Vom Abiumzug und der großen Sause. Auf einem erkennt er Ruby. Sie tanzt mit ausgebreiteten Armen und in den Nacken gelegtem Kopf, wie sie das auch in Frankreich gemacht hat, in der ersten Zeit jedenfalls. Auf keinem der Bilder ist er selbst dabei, er ist ja lange vor dem Abi geflogen.

Guck mal, wie die aufgegangen ist.

Der Lange aus der B traut sich schon gar nicht mehr her.

Hast du Susi gesehen? An der ist garantiert nichts mehr echt.

Da hat der Chirurg einen schlechten Tag gehabt.

Ich darf das ja nicht weitererzählen, aber die modelt für Unterwäsche. Behalt's für dich, versprochen?

Klar.

Meine Eltern sind beide tot.

Lorenz hat Selbstmord …

Weißt du noch, wie der mich auf der Klassenfahrt …

Ich hatte nie was mit dem!

Und Melanie?

Keine Ahnung. Die ist doch gleich nach dem Abi …

»Mensch, Ronnie!«

Er hat sie nicht kommen sehen. Er hat an sie gedacht, als er sie auf einem der Bilder erkannte, hat dann verstohlen nach ihr Ausschau gehalten, ohne Erfolg, hat sich sogar ein wenig vor einem Wiedersehen gefürchtet und ist zu dem Schluss gekommen, dass sie nicht hier ist. Jetzt steht sie vor ihm und packt seine Hände. Sie ist nicht mehr das scharfe Ding, das sind sie alle nicht, aber das alte Brennen in den Augen, das hat sie noch.

»Ron, ja, Scheiße. Komm mit.«

Sie lässt ihm keine Fluchtmöglichkeit, sie zieht ihn durch das Gin-Tonic-Geplaudere raus auf die Terrasse. Er folgt ihr ein paar Stufen hinunter in den Schatten einer Kastanie. Ehe er reagieren kann, hat sie die Arme um seinen Hals geworfen und ihre Lippen auf seine gedrückt. Er versucht, Luft zu bekommen und öffnet den Mund. Sie ist dicker geworden, seine Hände greifen in

Fettwülste und ihre Brüste bohren sich nur deshalb schmerzhaft in seine Rippen, weil sie einen stahlträgerbewehrten Push-up trägt. Aber ihre Zunge ist so gierig wie damals.

»He, du musst beim Knutschen die Augen zumachen«, beschwert sie sich, als sie, kurz bevor er zu ersticken droht, eine Pause einlegt.

»Woher weiß du, dass ich sie offen hatte?«

Sie grinst.

»Ich hab gespürt, dass dieser Abend noch eine gute Wendung nimmt.«

»Sicher?«

Sie hat damals schon alles gespürt.

»Ron, du Arsch.«

»Jess, du …«

Weiter kommt er nicht. Sie hat wieder ihre Lippen auf seine gepresst. Einerseits will er das nicht, andererseits … wenn nicht geschieht, was du willst, wolle, was geschieht. Sie dreht sich jetzt mit dem Rücken zu ihm und legt den Kopf an seine Brust. Sie wohnt jetzt in Osnabrück, plaudert sie. »Kannst ja mal vorbeikommen.« Zweimal ist sie geschieden und ein drittes Mal verheiratet, aber wahrscheinlich nicht mehr lange, ausgezogen ist er schon.

»Aber der kriegt das nicht auf die Kette. Läuft auch hier rum und posiert mit seinen Anabolika-Geschwüren, als ob mich das noch beeindrucken würde. Weißt du noch wir damals? O Mann, Ronnie, Scheiße, warum hast du mich nicht gefragt?«

Ron hat grad andere Probleme. Warum hat er bloß diese scheißenge Jeans angezogen?

»Was gefragt?«

»Tu nicht so.«

Okay. Warum er damals nicht mit ihr abgehauen ist.

»Weil du mich bei den Bullen verpfiffen hast.«

Jess starrt ihn entgeistert an. »Hab ich nicht«, flüstert sie. »Hat sie das behauptet?«

Ron zuckt mit den Schultern.

»Arsch.«

Ron verdreht die Augen.

»Und wo ist die kleine Ruby jetzt?«, fragt sie mit zarter Mädchenstimme.

»Keine Ahnung, ich ...«

»He, Jess, lass die Finger von dem, du bist verheiratet.«

Jess fährt wie von einer Tarantel gebissen herum. Ron stöhnt erleichtert. Ein bulliger Glatzkopf ist aus dem Nichts auf der Bildfläche erschienen und glotzt auf Jessis Stahlspitzen. Typ Waagenzerstörer, ein Schwergewicht, bei dem jede Waage in die Knie geht. Ungesund gerötetes Gesicht und nikotingelber Schnäuzer, dazu weiße Socken in schwarzen Slippern. Noch Fragen?

»Eggi, Scheiße, immer im richtigen Moment.«

»Ist er grade gekommen?«

»Arsch.«

»Ich meine, ob grade der richtige Moment gekommen ist.«

»Darf ich vorstellen, Eggbert Kniest, Dirigent einer Putzkolonne, verheiratet mit meiner frigiden Schwester.«

»Halt die Klappe, Jess.« Eggbert wirft einen Blick auf Rons gequältes Gesicht. »Ich bin Chef einer Reinigungsfirma. *Hand-und-Fuß.* Falls du mal Bedarf hast.«

Jess schmiegt sich jetzt an Eggberts Vorderfront.

»Wer hat hier Bedarf?«

»Mach einfach den Mund zu, Jessilein.«

»Weißt du«, informiert Jessilein ungebeten den durchaus nicht interessierten Ron, »Rosamunde hat ihn genommen, weil er Geld transpiriert. Und kaum waren sie verheiratet, hat er ihr ein kleines Kaufhaus geschenkt, damit sie was zum Spielen hat und nicht zu Hause rumnörgelt. Mit Detektiv und allem.«

Jess kichert, was nicht sehr fröhlich klingt.

»Aber mit dem Detektiv hat er sich selbst ins Knie geschossen.«

»Ron heißt du also.« Eggbert stößt Jess ziemlich unsanft zur Seite. »Hör nicht auf sie. Wenn sie den Mund aufmachst, kommt Durchfall raus. Im Übrigen führt Rosamunde das Kaufhaus sehr erfolgreich.«

Jess kreischt vor Lachen. »Eggi ist zum Platzen eifersüchtig.«

»Jess, das ist zum …«

»Rosa musste den armen Herrn Bentrup neulich sogar rausschmeißen, weil Eggi es nicht ertragen hat.«

»Weil der geklaut hat.«

»Rosa hat ihn *Marlowe* genannt. Sie steht halt mehr auf so harte Jungs, und nicht auf …«

Eggbert presst ihr die rechte Hand vor den Mund. Und schreit, als sie ihn in die Hand beißt. Rons Zustand hat sich mittlerweile etwas normalisiert, sodass er an Flucht denken kann.

»He, Ronnie.« Jess stellt sich ihm in den Weg. »Nicht wieder abhauen. Nicht wieder, ohne mich zu fragen.«

Eggbert hält sich seine Hand. »Dich hat doch noch nie einer gefragt«, presst er wütend hervor. »Dich braucht keiner zu fragen.«

»Verpiss dich, Eggi.«

Aber Eggi bleibt einfach. Jess wendet sich demonstrativ Ron zu.

»Wieso weißt du eigentlich nicht, wo Ruby ist?«, schnurrt sie und lässt ihren Zeigenfinger sein Brustbein hinuntergleiten, als hätte Eggi sich in Luft aufgelöst. »Gib zu, du weißt es doch!«

Ron bereut inzwischen, hergekommen zu sein. Jess hat einen Schaden, da muss er dem Glatzenfrosch recht geben.

»Nee, echt nich.«

Jess' Finger fährt über die Wölbung seiner Wampe weiter abwärts, und Ron ahnt neue Komplikationen. Da spaziert der Grund für Eggberts Bleiben um die Ecke.

»Aber ich.«

»He, Kalli.« Jess hat ihren Finger von Rons Wampe genommen und schiebt ihn zwischen die Lippen. »Hallo, Rosaschatz«, nuschelt sie, als auch ihre Schwester hinter Kalli auftaucht. »Was heißt *aber ich?*«

Rosaschatz würde wohl den Preis für die teuerstgekleidete Frau der Veranstaltung bekommen, schätzt Ron. Immerhin hat sie die Preisschilder von den Designerklamotten entfernt. Schublade auf. Schnecke, die ihr labiles Selbst mit dem Zustand ihres Kleiderschranks verwechselt. Schublade zu. Wieder auf. Hält den Kopf leicht schräg und die Lippen etwas zu fest geschlossen, als würde sie jeden Gedanken mit *Du meine Güte* beginnen. Wieder zu.

»Was heißt *aber ich?*«, wiederholt Jess.

»Ich weiß, wo Ruby steckt.«

»Wisch dir erstmal den Lippenstift aus dem Gesicht.«

Jess legt jetzt auch den Kopf schräg und zwinkert ihrer Schwester zu. Kalli beginnt, hektisch über die linke Wange zu rubbeln. Auch Rosamunde hat sich furchtbar erschrocken. »Was für 'n Lippenstift?«

Jess lacht hysterisch. »Jetzt habt ihr euch verraten.«

Kalli hört sofort auf, zu rubbeln. Ihm schillert das schlechte Gewissen aus den Augen. Jess lehnt sich wieder mit dem Rücken vor Rons Bauch.

»Du weißt also, wo Ruby wohnt?«

»Mmh«, macht Kalli. Er versucht Eggberts forschenden Blick zu ignorieren. Rosa drängt Eggbert ein paar Schritte beiseite.

»Purer Zufall«, stottert Kalli. »Mein Cousin Otto, der hat ein Haus. So ein Mietsding. Hört mir überhaupt jemand zu?«

»Bin gespannt wie 'n Regenschirm«, säuselt Jess. Rosa und Eggbert tuscheln.

»Also, ich hab Otto bei 'ner Familienfeier getroffen. Meine Tante wurde Achtzig. Da ...«

»Da?«

»Da hat er von so ’ner komischen Mieterin erzählt. Also die sich Ruby nennt, Ruby Tuesday. Sogar auf dem Klingelschild. Da hat’s bei mir geklingelt.«

Jess bemüht sich erst gar nicht, zu grinsen.

»Hast du sie getroffen? Du warst doch total scharf auf sie, damals. Wie alle Kerle, nicht wahr, Ronnie?«

Ron grunzt irgendwas Unverständliches. Jetzt beginnt Kalli auch noch ausführlich zu berichten, dass er tatsächlich bei ihr war, in Rubys runtergekommener Wohnung. Ein paar Schritte entfernt zischt Rosa Eggbert an, laut genug, dass alle es verstehen.

»Da war nichts. Echt nicht.«

Kalli überhört es standhaft und redet weiter. Dass ihre Wohnung mindestens so kaputt ist wie Ruby selbst. Dass sie von Hartz IV lebt und den größten Teil der Staatsknete in Alkohol umsetzt. Dass sie echt am Rand ist. Und dass sie Gespenster sieht, Leichenteile und so, die sie in ihrer Spülmaschine findet.

»Boah, ey.«

Jess ist beeindruckt. Ron räuspert sich und versucht, hinter ihrem Rücken wegzukommen. Das verhindert sie, indem sie ihre Arme rückwärts um seinen Hals schlingt.

»Und waren da wirklich … äh … solche …«

»Quatsch.« Kalli schüttelt etwas zu heftig den Kopf. »Voll die Paranoia.«

Eggbert kommt zurück und schleppt Rosa mit, die sich an seinen Arm klammert und jetzt tatsächlich aussieht wie ein zu groß geratenes Mädchen, dem man einen Kaufladen zum Spielen schenkt, mitsamt Detektiv, damit man sie vor den Füßen weg hat. Sie haben die letzten Sätze mitgekriegt. Rosa stülpt die Lippen nach vorn zu einem rosa Schmollmund, als wäre das das angemessene Gesicht zu Rubys Paranoia.

»Die Ärmste.«

»Die hat doch ’n Schuss.« Eggbert meint wahrscheinlich mehrere.

Jess seufzt. »Auch früher schon.«

Kalli verteidigt Ruby. »Quatsch, früher nicht.«

Jess mit äußerst liebenswürdigem Gesicht: »Was wirst du denn so rot, ist doch nicht schlimm, dass du in sie verknallt warst.«

Kalli wieder: »Quatsch.«

Jess tritt von einem Bein auf das andere, und schaut dabei Kalli an. »Du kannst nicht lügen, kleiner Kalli. Konntest du nie.«

»Und wieso lässt dein Cousin das Haus so verkommen?«, erkundigt sich Eggbert und stiert in Rons gequälte Grimasse.

»Hab ich mich auch gefragt. Otto sagt, das Ganze lohnt nicht.«

»Der will bloß nichts reinstecken.« Eggbert zuckt die Achseln, er ist selbst Geschäftsmann und kennt das. »Möglichst lange Miete kassieren, dann den Kasten abreißen und was Neues hochziehen. Nicht die ganz feine Art, aber …«

Kalli nickt, als würde er was von feiner Art verstehen. »Hab schon überlegt, ob man ihr helfen kann.«

»Yeah!« Jess tanzt jetzt Samba vor Rons Bauch. »Wir gehen alle bei der alten Ruby vorbei und …«

»Sie wird bald Fünfzig«, murmelt Kalli.

»Scheiße.« Jess hält plötzlich still. »Am 11. 11. Das haben wir immer gefeiert. Voll heftig. Jedes Jahr, bis sie dann weg war. Mit Ronnie, nicht wahr?«

Sie strahlt Ron an, Ron schaut über sie hinweg.

»Hab ich dir heute schon gesagt, dass ich dich liebe?«, flüstert Rosa in Eggberts Ohr. Eggbert schaut sie ratlos an.

»Muss wohl einen Grund haben.«

»Geil!« Es ist nicht ganz klar, was Jess damit meint. »Ruby war echt die Schärfste.«

»Wir können sie ja besuchen«, sagt Rosa jetzt lauter. »An ihrem Geburtstag.

»Was soll das heißen?«, zischt Eggbert, der noch bei Rosas Gründen ist.

Rosa reagiert nicht und strahlt in die Runde. Andere Menschen befällt die Liebe wie eine Geisteskrankheit, bei ihr und Eggbert ist es höchstens eine Art Unwohlsein, hat Rosa mal in einer selten vertrauten Minute ihrer Schwester gebeichtet.

»Ruby besuchen, voll geil! Ich und Ronnie wollen.«

»Ronnie sieht aber nicht so aus.«

»He, Eggi, schon wieder eifersüchtig?«

Jess kichert albern und legt noch zu. Mit einem verzweifelten Ruck rettet Ron sich vor der Sambaqueen.

»Wir … wir haben uns nicht mehr so gut verstanden.« Er schaut erst Kalli, dann Eggbert, zuletzt Rosa an. »Am Schluss.«

»Och, Ronnie.«

»Ich hol mir jetzt 'n Bier.«

Ronnie verschwindet mit großen Schritten in Richtung Terrasse.

»Was hat er bloß?«, fragt Rosa mit angewidertem Blick auf Jessis schwingenden Hintern. Jessis Antwortblick kommt einem Tritt in die Zwölf gleich.

»Ich hab noch eine viel bessere Idee.«

»Behalt sie für dich.« Rosamunde zieht Eggbert ebenfalls in Richtung Terrasse. Kalli sieht ihnen nach. Dann wendet er sich Jess zu. Sie steht jetzt ganz dicht vor ihm. Wenn Ron nicht will. Kalli kann ihren Atem im Gesicht spüren und noch so grade »Was für eine Idee?« murmeln.

Davon hat Ron nichts mehr mitgekriegt. Er kann sich nur schwer entscheiden, ob er die ganze Veranstaltung hochinteressant oder zum Kotzen finden soll. Ein paar Biere helfen bei der Entscheidung. Danach findet er auch den Anabolika-Fresser spannend. Der hat inzwischen beschlossen, die 35 Euro Eintritt zu verflüssigen und in Weizenbier anzulegen.

»Hallo«, sagt Ron und stützt sich neben ihn auf den Tresen. »Wie geht's?«

»Schrei mich nicht an.«

»Doch so schlecht.«
»Und selbst?«
»Brauchbar.«
»Easy, Träsch.«
Keine Ahnung, wieso der ihn noch kennt. Ron fällt kein Name zu ihm ein. Ziemliche Hackfresse, setzt sein Glas an und saugt es halb leer.
»Machst 'n so?«
»Podologe.«
Er macht keine Anstalten, das zu erklären, und Ron verspürt keinen Drang, nachzufragen.
»Und selbst?«, fragt der Podologe nach einem weiteren Schluck, der nur noch Luft im Glas hinterlässt. Ron zuckt mit den Achseln. Er sieht Eggbert nach draußen stürzen, die Hand vor den Mund gepresst. Rosa hinterher. Podolo bestellt noch zwei.
»Darmstadt.«
»Scheiße.«
»Kennst du Ferdi Sobiralsky?«
»Nur vom Wegsehen.«
»Bei dem jobbe ich.«
»Echt?«
»Echt.«
»Ist der hier?«
Ron zeigt quer durch den Raum auf einen armfuchtelnden Dicken in einer weiblichen Traube. Die Koreanerin war endgültig abgesprungen, also hatte Ferdi gerade nichts Besseres vor.
»Boah«, sagt Podolo und nickt Richtung Traube. »Mein Gürtel ist breiter als der ihr Rock.«
»Ist dein Bier schlecht?«
»Alle Arschlöcher. Außer ich.«
Da ist er ja an den Richtigen geraten. Die Sorte, bei der man sich fragt, wie sie es fünfzig Jahre mit sich selbst ausgehalten

hat. Sitzt da, guckt den Weibern die Klamotten weg, kommt nicht dran und kotzt sich aus.

»Was finden die bloß an dem? Strunzdumm, der Typ, immer schon gewesen.«

Er meint Ferdi.

»Der ist solo«, sagt Ron.

»Bin ich auch.«

Was sonst?

»Der hat Knete«, sagt Ron.

Podolo ist sprachlos und schaut ihn ungläubig an. Plötzlich beginnt er, brüllend zu lachen und verschüttet dabei sein halbes Weizen. Das blondere der Thekenmädels kommt mit genervtem Gesicht und Aufnehmer um den Tresen. Podolo erhebt sich.

»Ich muss mal. Stange Wasser in die Ecke stellen.«

Er löst sich schwankend von der Theke.

»Bis später.«

»Ja. Du mich auch.«

»Heimaturlaub in Haderzorn?«, atmet ihn ein Raucher an. »So haben wir früher das Kaff hier genannt. Weißt du noch?«

Ron stößt sich ebenfalls von der Metallreling ab und steuert einfach geradeaus. Er hat ganz vergessen, selbst zu rauchen. Muss er noch nachholen. Aus dem Gang zum Frauenklo kommt Jess und zieht Kalli hinter sich her. Kalli humpelt ein bisschen.

»Hi, Ronnie.«

Jess rennt platt vor seine Brust. Sie hat glasige Augen.

»Ich hab 'ne super Idee«, schmatzt sie und schlingt theatralisch die Arme um Rons Hals. Kalli steht daneben und versucht, unauffällig einen Fleck auf der Jeans zu verreiben.

»Du musst unbedingt mitmachen.« Betonung auf *unbedingt.*

»Lass mich los.«

»Huhu!« Jess winkt über seine Schulter weg zur Terrassentür. »Rosa!«

Sie schmiegt sich an ihn.

»Eggi und Rosa machen auch mit.«

Eggi wird von Rosa durch den Raum geführt. Er ist blass und nimmt ein Glas Wasser von einem Tisch. Niemand protestiert. Eggi leert es in einem Zug.

»Alles wieder im Lack?«, schreit Jess ihn an und knabbert sofort wieder an Rons Kinn.

»Das wird eine tolle Überraschung.« Betonung auf *tolle.*

Eine halbe Stunde später sitzen sie immer noch zu fünft um einen Ecktisch. Eggi hat eine Cola umgeworfen und wischt mit einem Papiertuch in der braunen Pfütze rum. Ansonsten schweigt er. Rosas Lippen sind zu einem schmalen Strich gepresst, als wären sie mit einem Rasiermesser ins Gesicht geschnitten, während Jess gerade die Story von ihrer Wüstenrennmaus erzählt, der Ruby den Kopf abgebissen hat, was nicht ganz stimmt, aber egal, und von spitzgefeilten Heftzwecken unter ihrem Bettbezug, damals in der Riemeke-WG, *Ronnie, weißt du noch?*, die Ruby aus Rache da versteckt hat, weil … *hihihi.* Kalli glotzt sie an und nickt immer nur. Er ist voll auf Jess-Droge. Das brünettere der Thekenmädels bringt eine neue Runde.

»Prost«, schreit Eggi und schwenkt sein Glas über den Tisch.

»Das wird eine *tolle* Überraschung.«

»Ja«, sagt Rosa, die anscheinend stocknüchtern ist. »Ich kann ein bisschen was dazu tun, aber nicht mehr als Fünftausend.«

»Und die kann bei mir …«, beginnt Eggi und wird von einem heftigen Schluckauf unterbrochen. Rosa beobachtet ihn scharf. »Die kann bei Eggbert als Putze anfangen«, beendet sie den Gedankengang ihres Ehemanns.

»*Toll!*«

»Du mein Honigtropfen«, lallt Eggi. Schluckauf. Keiner lacht.

»Kalli meint, Otto spielt mit.« Nur Jess freut sich.

»Keine Ahnung«, nuschelt Kalli.

»Wir kriegen von Otto den Schlüssel und machen eine *Überraschung.*«

»Keine Ahnung«, nuschelt Kalli noch mal. Niemanden interessiert das. Alle schauen auf Eggbert, der sich hochgedrückt hat. Dann schwingt er um die eigene Achse und rennt los, Richtung Terrasse, gefolgt von einer vollkommen angepissten Rosa. Jess hat sich in Kallis Arme geflüchtet, oder umgekehrt. Ron lässt das junge Glück allein und setzt sich noch mal zu dem Podologen, der inzwischen wieder an der Theke klebt. Wörtlich, den Pullover in einer angetrockneten Bierlache. Die 35 Euro hat er längst wieder drin.

»Und vorher?«

Ron zuckt mit den Achseln. Dann erzählt er ein bisschen Unzusammenhängendes von Frankreich, dem Bauernhof, der Kifferkommune, allgemeines Zeug, nichts Wichtiges.

»Mit Ruby, oder?«

Auch Podolo erinnert sich an Ruby. Alle erinnern sich an Ruby.

»Du warst mal mit der.«

Ron beobachtet die Schaumschlieren in seinem Weizenglas. »Ja, war ich mal.«

»Ich war auch mal in Frankreich.«

Podolo berichtet jetzt, wie er auch mal in Frankreich war. Da hat er mit Triathlon angefangen, was bei ihm wie eine fernöstliche Kampfsportart klingt. Aus den Augenwinkeln sieht Ron, dass Jess aufsteht und nach draußen abschiebt. Gemeinsam betrachten sie ihren schwingenden Hintern.

»Steiles Teil«, lallt der Podologe, und Ron fällt ein, dass er ja der zweite Ex von dem steilen Teil ist.

»Und du warst mal mit Jess.«

Podolo winkt mit seinem Glas, die Thekenmädels nicken.

»War nicht so gut?«

Irgendwie ist bei Podolo ja alles scheiße.

»Erst prickelnd, dann ein fader Abgang, verstehst du?«

Nein.

»Tauchen im Meer. Unter Wasser fliegen, die ganze Scheiße da oben hinter dir lassen.«

Ron nickt. Das erinnert ihn an den Marianengraben.

»Am besten für immer, verstehst du?«

Ron macht irgendeine Bewegung mit dem Kopf.

»Man bräuchte ein U-Boot, mit dem man da unten bleiben kann, für immer. Nie mehr auftauchen, das wär geil.«

»Geil«, macht Ron das Echo.

»Verstehst du, ich hab noch 'ne Vision, ich hab noch Kraft!« Podolo ist laut geworden, und das blondere Thekenmädel schaut warnend herüber.

Jetzt steht auch Kalli auf. Er läuft aber nicht hinter Jess her, sondern aufs Klo. Aufs Männerklo, allein. Ron kann sich später nur mit Mühe an alles erinnern, was Podolo noch erzählt. Er ist längst zu besoffen für Details. Mal nickt er, mal sagt er *ja* oder *geil*, ansonsten schweigt er in sein Glas. Irgendwann ist er beim letzten *geil* angekommen und trinkt sein Bier aus.

»Ich geh eine rauchen.«

»Ja«, nuschelt Podolo mit einem seligen Lächeln. »Ich ändere mein Leben, und du gehst eine rauchen. Verstehst du?«

Ron flieht durch die Terrassentür nach draußen. Es ist kühl geworden und nieselt. Unter dem schmalen Vordach drängen sich die letzten Süchtigen. Ignaz, ein eingeschweißter Typ mit Schweinsäuglein, legt eine intellektuelle Bremsspur nach der nächsten hin, naturlustige Frohsinnige unterbieten sich mit meilenweit angekündigten Pointen und an der Peripherie lungern die, die schon vor dreißig Jahren nicht als Pausenfüller taugten.

Ron hat eine Schachtel *Winston* besorgt, um sich nicht zu blamieren, wenn er zum Drehen zu besoffen ist. Das Zeug schmeckt zum Würgen. Jetzt eine Van Nelle, *The Rising Hope.* Früher hat er kurz vorm Koma noch drehen können. Kalli taucht auf. Der Klobesuch hat Spuren auf der Bundfaltenhose hinterlassen.

»Haste mal 'ne …« Kalli zeigt auf Rons Hand. Ron klopft eine aus der Schachtel und gibt ihm Feuer. Als Kalli ausgehustet hat, quatscht er Ron schwindelig, doch bei der Überraschung mitzumachen. Damit er Kallis Gesabbel nicht weiter ertragen muss, singt Ron mit Ignaz und Franjo *Born in Paderborn* zu Bruce Springsteens *Born in the USA.* Das geht nicht? Und wie das geht. Kalli findet das großartig und haut Ron begeistert auf die Schulter. Ron stolpert rückwärts und tritt jemandem auf den Fuß.

»Sorry«, sagt er und dreht sich um. Dicht vor ihm schnappt ein Mund nach Luft. Lippen wie Schläuche, Susi, das Unterwäschemodel. »Hab ich dich belästigt?«

»Leider nicht«, kichert Susi.

Ron legt seinen Zeigefinger auf ihre Lippen.

»Botox?«

»Sehen die nicht gut aus?«, wispert sie und wedelt mit den Wimpern.

»Genau«, sagt Ron, »die sehen nicht gut aus.«

Sie hat erstaunlich viel Kraft. Ihre Finger hinterlassen ein gleichmäßiges Muster auf seiner Wange. Ron nickt anerkennend, während Susi zur Tür stöckelt. Neben ihm kriegt Ignaz Atemnot. Sein Lachen wechselt zu Husten. Ron drückt ihm im Weggehen eine halbgerauchte Winston in die Hand.

»He, ich rauche gar nicht.«

»Dann lernst du es eben.«

Als er den Feiersaal betritt, sieht er zuerst Podolo, der an der Garderobe mit seinem Spiegelbild diskutiert. Dem Ton nach zu urteilen, sind sie nicht einer Meinung. Gleich haut er ihm eine rein, denkt Ron. Da kommt schon Agnes oder Ines auf ihn zugerauscht.

»Was hast du mit Susi gemacht? Die sitzt auf dem Klo und heult sich die Augen aus.«

»Nichts«, brummt Ron. Jetzt bloß nicht so ein *Wie-konntest-du-nur-Scheiß.* »Ein bisschen die Wahrheit …«

»Welche verdammte Wahrheit?«, keift Agnes oder Ines. »Fick dich!«

Wahrscheinlich die beste Idee. Er lässt sie stehen und rettet den Spiegel vor Podolo. Er bringt ihn nach draußen, wo schon ein Taxifahrer auf Beute lauert.

»Heute ist der beschissenste Tag meines Lebens«, verabschiedet sich Podolo.

Ron pinkelt in die Büsche und setzt sich auf eine versteckte Bank, bricht den Filter von einer Winston ab und raucht.

Der beschissenste bis jetzt, denkt er, und wünscht Podolo einen guten Flug.

Am anderen Ende der Nacht steigen Kalli und Jess zusammen in ein Taxi. Ron hofft, dass sie ihn auf seiner Bank nicht entdecken, er will nichts mehr reden, mit niemandem. Er sieht sie knutschend und grapschend abfahren. Eggbert, der sich offensichtlich erholt hat, steht plötzlich neben ihm und fragt, ob er in seinem Taxi mitfahren will. Ron schaut sich nach Rosamunde um. Sie wird von den zwei Thekenmädels aus dem Lokal geführt.

»Voll hacke«, sagt Eggi und blickt zu seiner Frau. »Also, wie isses?«

Als er sich wieder umdreht, ist Ron verschwunden.

Am nächsten Mittag wird Ron von dröhnender Rockmusik geweckt. Er wohnt hier nicht allein. Die Bässe verprügeln sein schmerzendes Hirn. Ron versucht, sich an den Rückweg durch die Nacht zu erinnern, es gelingt ihm nicht mal ansatzweise. Er traut sich keinen Schritt vor die Tür. Gegen drei Uhr ruft Kalli an. Ron hat ihm anscheinend seine Handynummer gegeben.

»Sie ist unterwegs.«

»Ähm … wer?«

»Ruby. Otto hat sie weggehen sehen.«

»Otto?«

»Mein Cousin.«

Ach ja.

»Kommst du auch?«

»Ich …«

Langsam gibt der Nebel eine Erinnerung frei. *Überraschung!* Hat er wirklich versprochen mitzumachen?

»Du hast versprochen mitzumachen.«

Kalli klingt ein wenig genervt. Ron schließt die Augen. Er sieht Kalli auf der Terrasse, dann Susi, die ihm eine klebt, dann Podolo im Streit mit dem Spiegel. Was auch immer er noch alles versprochen hat, er ist aktuell nicht imstande, darüber nachzudenken.

»Okay«, hört er sich ins Handy murmeln. Und einen unfassbaren Geistesblitz später: »Wo wohnt die denn?«

»Ich beschreib's dir.«

Eine Stunde später steht Ron vor Rubys Wohnblock. Kalli kommt auf einer Schrottmühle um die Ecke geradelt, offenbar in allerbester Laune. Er winkt mit dem Schlüssel. Hat er heute schon von Otto geholt, johlt er. Ron tippt auf eine ordentliche Portion Restalkohol im Blut, oder auf ungewöhnlich langsamen Alkoholabbau. Vielleicht fehlt ihm ja so ein Enzym wie den Chinesen. Fast gleichzeitig fahren Rosa und Eggbert mit ihrem Zweitgolf vor, Eggi am Steuer. Rosa hat sich alle Mühe gegeben, die Spuren der Nacht zu übermalen. Sieht schlimm aus. Jess kommt reichlich zu spät, sie hat den Bus genommen und macht ebenfalls einen ziemlich abgeräumten Eindruck. Kalli meint, ein paar einführende Worte absondern zu müssen. Irgendwie, dass es so was wie uns kaum noch gibt in der heutigen Zeit. Solche, die aus purer Freundschaft helfen, und darauf können wir stolz sein.

»Können wir?«, fragt Rosa mit heute besonders schrägem Kopf und zeigt auf den Hauseingang.

»Ja«, sagt Kalli, »wir können.«

Dann stiefeln sie im Gänsemarsch im Haus hoch, immer exakt in der Mitte der Treppenstufen, wo es am wenigsten klebt. Kalli macht den Häuptling und rennt vorneweg. Eggbert grunzt, dass das hier allem Möglichen spottet, unter anderem jeder Beschreibung, und Rosa presst ein *haha* raus. Jess hat noch kein Wort gesagt und Ron betrachtet ihre bei jeder Stufe abwechselnd hervortretenden Hinterbacken. No Samba today.

Sie trauen sich nicht, länger als eine halbe Stunde in Rubys Wohnung zu bleiben. Jess und Rosa spülen in Windeseile das Geschirr und die Männer erstellen eine Mängelliste. Weil Jess beharrlich schweigt, stellt sich Ron ihr in den Weg.

»Was ist los?«

»Nichts«, faucht sie. »Gar nichts.« Damit lässt sie ihn stehen. Ron beobachtet, dass auch Kalli sie beiseite nimmt, versteht aber nichts von ihrem ebenfalls sehr knappen Wortwechsel. Jess ist nicht auf der Höhe, gar nicht.

Kurz darauf verlassen sie das Haus. Jess ist sofort weg zur Bushaltestelle. Kalli schließt sein Fahrrad auf, das selbst in dieser Gegend nicht geklaut würde. Nein, danke, sagt Ron zu Rosa, er wolle nicht irgendwo abgesetzt werden. Er wohne im Nordhotel. Als die Mitverschwörer abgefahren sind, ärgert es ihn doch, dass keiner darauf bestanden hat, ihn zu sich einzuladen. Andererseits ist ihm das recht. Er möchte niemandem zu viel erklären müssen. Oder was vorlügen, was noch anstrengender ist.

Ron macht einen Spaziergang ums Carrée. Als er sich wieder dem Haus nähert, sitzt da dieser Stricher auf der schrottigen Bank.

»Na?«

Ron bleibt stehen, mehr aus Überraschung, dass der es wagt, ihn anzusprechen. Dann hat der Pickel auch noch eine Frage.

»Wie geht's?«

»Leck mich.«

»Da musst du dich ganz weit hinten anstellen.«

»Ich bin keiner von deinem Ufer.«

»Sicher.«

Irgendwas in seinem Ton klingt nicht gut. So nach *Ich weiß, was hier läuft, was du treibst.* Und er hat sich nicht getäuscht.

»War Abenaa gut?«, grinst das Strichmännchen und pustet eine blaue Strähne aus den Augen. Ron braucht einen Moment, bis ihm klar wird, wen er meint. Sein schwules Ohrläppchen ist mit einem Colaverschluss getunnelt. Widerlich.

»Halt die Fresse.«

»Du warst bei ihr und seitdem ist sie verschwunden.«

Ron setzt sich neben ihn, die Bank ächzt gefährlich.

»Ach ja? Und wo ist sie?«

»Seh ich aus wie ein Auskunftsbüro?«

»Hat dir schon mal einer was in die Waffel gesemmelt, dass dir die Zähne in Doppelreihe zum Arschloch rausspazieren?«

»He.« Er grinst weiter. »Locker bleiben.«

Nach dieser Bezeugung gegenseitiger Zuneigung dauert es noch etwa zehn Minuten, dann haben sie sich geeinigt. Lucky hat Ron beobachtet, wie er aus Abenaas Wohnung kam, in der Nacht, in der Abenaa verschwand. So kurz nach elf. Ein paar Tage vorher hat Abenaa behauptet, dass Ron nach Ruby gefragt hat, dasselbe sagt auch Knut. Lucky verrät für einen seiner Meinung nach fairen Preis nichts von alledem an Ruby. Ob der Colaverschluss die Story mit der Geburtstagsüberraschung schluckt, kann Ron schwer einzuschätzen. Für einen täglichen Zehner zusätzlich verspricht er, die fünf Freunde über Rubys Status auf dem Laufenden zu halten.

Schläft. Ist weg. Kommt zurück.

Ron will sich die Knete später von den anderen zurückholen, zumindest vier Fünftel. Eigentlich ein sauberer Deal. Noch am Abend telefoniert Ron mit Kalli. Sie haben jetzt einen Informanten. Kalli bleibt nichts anderes übrig, als einverstanden zu sein. Ron nimmt ihm noch das Versprechen ab, Ruby nichts von seiner Anwesenheit zu verraten, für den Fall, dass Kalli ihr über den Weg läuft. Von wegen Überraschung. Kalli sichert ihm wortreich sein Stillschweigen zu. Er klingt immer noch ziemlich betrunken. Ron übernimmt die Aufgabe, sich um ihr neues lebendes Frühwarnsystem zu kümmern.

In den nächsten Tagen wird Rubys Altglas entsorgt, die Vorhänge erneuert und die Klobrille ausgetauscht, um nur die augenfälligen Veränderungen zu nennen. Bei den Kleinigkeiten wie Staubsaugen, Hygieneartikel auffüllen, Vorräte ergänzen und so weiter ist nicht davon auszugehen, dass Ruby sie in ihrem Zustand bemerkt.

Bei Heinzelaktion Nummer fünf am Donnerstag wäre beinahe etwas schief gelaufen. Sie treffen sich wie üblich in einer Nebenstraße, um möglichst wenig aufzufallen. Es ist schon nach 18 Uhr und nicht mehr lange hell. Ron kommt zu spät. Lucky hat ihn schon am Mittag informiert, dass Ruby ziemlich schräg drauf ist und auf einer Parkbank beim Freibad liegt, vermutlich hackedicht. Gegen 17 Uhr hat sich Kalli bei Jess gemeldet. Ruby sei jetzt bei ihm und es ginge ihr nicht gut. Wahrscheinlich bleibt sie über Nacht. Klar hat Jess nicht mit entsprechenden Bemerkungen gespart, als sie die anderen informierte, aber was anderes erwartet auch keiner von ihr.

Rosamunde hat sofort einen neuen Duschvorhang aus ihrem Kaufhaus besorgt und Eggbert einen modernen Duschkopf aus dem Baumarkt, *Rainshower* mit Massagefunktion, plus komplett neue Armaturen. Den Klodeckel haben sie gestern ausgetauscht, heute ist das restliche Bad dran. Nicht zu viel auf einmal, hat Kalli geraten, damit Ruby nicht überfordert wird. Als ob das nicht sowieso Rubys Dauerzustand ist. Von ihrem Treffpunkt begeben sie sich zum Wohnblock. Eggbert, den Ruby nicht kennen kann, immer eine Straßenecke voraus. Wenn die Luft rein ist, reibt er seine Hände, und die anderen kommen nach. Droht Gefahr, hat Rosa vorgeschlagen, solle er zwanzig Kniebeugen machen, damit er endlich abnimmt.

Im Treppenhaus ist es erstaunlich still. Niemand streckt den Kopf aus der Tür, was natürlich bedeuten kann, dass alle hinter den Türspionen stehen. Am Montag hat sie die Dicke aus der unteren Wohnung links mit der Aufschrift *Hausmeister* angequatscht. Die hat sich dann mit der Auskunft zufrieden gegeben, sie seien Schulfreunde von Otto Graf und auf dem Weg zu ihm. Vorgestern hat der Parkinson-Opa aus dem dritten Stock ihnen misstrauisch hinterher geglotzt, als wisse er genau, warum sie auftauchen. Jess ist zu ihm hin und hat *Buh* gemacht. Da hat er ganz abscheulich geflucht, aber seitdem ist er unsichtbar. Jess meint, er sei vor Schreck krepiert. Sie erreichen Rubys Wohnung und Rosa wundert sich zum fünften Mal, dass es in der Nachbarwohnung absolut totenstill ist.

Eggbert muss schellen. Vorsichtshalber verstecken sie sich kichernd wie die Schulkinder eine Treppe höher. Rubys Klingel drahtbürstet durch die Gehörgänge und Eggbert nimmt sich vor, eine neue zu besorgen, gleich morgen früh, falls Ruby da noch bei Kalli ist. Jess ist davon überzeugt, so schnell lässt Kalli die nicht gehen. Kallis Frau ist ja verreist.

»Und überhaupt, deren Ehe … ich kann euch sagen.«

»Was denn?«, fragt Rosa.

Jess macht grinsend eine Reißverschlussgeste quer über den Mund, und Rosa verdreht die Augen.

Sie betreten Rubys Wohnung. Eggbert zuerst, dann die beiden Frauen und zuletzt Ron. Als er den Fuß über die Schwelle setzt, sieht er sofort das Auge, das von außen am Balkonfenster klebt. Mit drei schnellen Schritten ist er an den anderen vorbei und reißt das Fenster auf.

»Puh, ist das ein Gestank.«

Rosa, die pingeligste von ihnen, sieht ihn verwundert an.

»Geht doch. Montag war's schlimmer.«

»Also«, stammelt Ron, »find ich nicht.«

Er hält das Auge in der hohlen Hand. Keiner der anderen hat bemerkt, dass er es abgerissen hat.

»Verwöhnte Nasen«, brummt Eggbert und legt los, er will keine Zeit verlieren.

Rosa und Jess folgen ihm ins Bad, wo Eggi sich schon an den versifften Duscharmaturen zu schaffen macht. Rosa reicht ihm Haushaltshandschuhe, Eggi zieht sie widerspruchslos an. Man kann nie wissen. Die beiden Frauen machen sich über die Duschwanne her, über die Seifenreste, die immerhin beweisen, dass Ruby so was benutzt, die Kalkrückstände und besonders die Haare, die den Abfluss verstopfen.

Ron steht in der Badezimmertür und schaut Eggi zu. Das Auge hat er in hohem Bogen aus dem Fenster geworfen. Es ist mitten auf der ungemähten Wiese gelandet, wo es hoffentlich bald ein Vogel oder ein Hund findet, oder wer sonst noch Augen frisst. Er jedenfalls hat es nicht dorthin geklebt. Er hat das geplant, aber er hat es nicht getan. Niemand kannte seinen Plan, außer Knut. Knut also, unfassbar.

Eggi hat Probleme, den verkalkten Duschkopf abzukriegen und flucht, dass sogar Jess noch was dazulernt. Irgendwann streift Jess die Handschuhe ab und drückt Ron zurück ins Wohnzimmer, während Rosa sich neben ihren Gatten stellt und beruhigend auf ihn einredet.

»Eifersüchtig?« Jess hat sich eng an Ron geschmiegt und flüstert ihm feucht ins Ohr.

»Wieso?«

Jess versucht, entrüstet auszusehen. Sie meint natürlich Kalli und Ruby. Ron grinst. Dann lässt sie ihre Hand über seinen Rücken gleiten.

»Gehen wir zu mir?«

Ron grinst ohne Pause. Seine Hand klatscht auf ihren Po.

»Nicht so laut«, flüstert Jess und fährt mit der Zunge durch seine Ohrmuschel. Einen Augenblick lang kommt er wirklich in Versuchung. Dann schiebt er sie zur Seite.

»Ich hab's eilig.«

Ehe Jess von Enttäuschung auf Wut umschalten kann, ist Ron aus der Wohnung. Zwei schnelle Blicke, das Treppenhaus ist menschenleer. Er verschmilzt bereits mit den Schatten, als er Jess hört.

»Ron.«

Ihre Absätze klappern ein paar Stufen hinunter.

»Ron, du Arsch!«

Der Marder IV

Der Marder lacht lautlos. Er schleicht auf Zehenspitzen durch Lulus Wohnung und öffnet die Balkontür. Vorsichtig lehnt er sich zum Nachbarfenster hinüber. Es ist inzwischen dunkel geworden, sie haben die Deckenbeleuchtung angeschaltet, durchaus ein Risiko. Das Licht macht die Fensterscheiben von innen zu Spiegeln und jemanden außerhalb unsichtbar. Er sieht die schicke Frau, die auf den Eierkopf einredet und furchtbar genervt ist. Die andere Frau hat begonnen, mit einem Lappen die Regale abzuwischen. Die schicke fragt sie etwas. Die andere schüttelt mit dem Kopf und zeigt vage quer durch die Wohnung. Anscheinend will sie noch weiter putzen. Eierkopf hat schon die Wohnungstür geöffnet und ruft ungeduldig. Die schicke zeigt ihm einen einzelnen Finger.

Als die beiden endlich verschwunden sind, beendet die andere augenblicklich ihre Putzerei. Offenbar hat sie das gar nicht vorgehabt. Der Marder sieht sie langsam durch die Wohnung schlendern. Sie wirft einen kurzen Blick in die Küche und einen langen ins Schlafzimmer, schaut hinter den zerschlissenen Sessel und hinter die Jacke, die neben der Tür hängt. Als ob sie sich erst an das Herumschnüffeln gewöhnen muss. Sie streicht über den Speer, den Ruby zwischen Matratze und Rahmen geklemmt hat. Dann beginnt sie, Schubladen aufzuziehen, ohne ein erkennbares System, getrieben von der Gier, in ein fremdes Leben einzudringen und Dinge zu finden, die andere verstecken. Jeder hat doch Geheimnisse. Eigentlich Dummheit; wenn man krepiert, hilft das beste Versteck nicht. Jedenfalls nicht eins im Wäscheschrank. Die Frau nimmt zwei Slips heraus und hält sie unter die Deckenlampe. Sie betrachtet die kleinen runden Dinger, die darauf glitzern. Man könnte sie für Heftzwecken halten. Die Frau legt die Wäsche in den Schrank zurück und zieht einen schwarzen schmalen Stab hervor. Sie dreht ihn, dann legt sie die Lippen darauf und küsst ihn. Auch eine Form, mit Ruby Kontakt aufzunehmen. Als sie den Stab zurücklegt, ist der Marder schon vom Balkon verschwunden.

Am nächsten Morgen hört er nebenan Geräusche. Eine halbe Stunde später bimmelt es wie Beethovens Fünfte: *Ding-ding-ding Dong.* Albern. Das dröhnende Zuschlagen der Nachbartür zeigt, dass jemand die Scharniere geölt, aber die Konsequenzen nicht bedacht hat. Der Marder wartet einen Moment, bis sich die Schritte im Treppenhaus verflüchtigt haben, dann öffnet er die Tür, lauscht und wittert. Es stinkt. Ein Hund hat in den Gang geschissen, sonst aber ist die Luft rein. Nachdem er den Hundeschiss in Frischhaltefolie gewickelt und in Lulus Kühlschrank gelagert hat, macht er sich auf den Weg in den Keller. Hoffentlich kommt Änne nicht doch mal auf den Gedanken, in der Gefriertruhe nachzuschauen.

Lulus augen- und ohrenloses Gesicht glotzt ihn aus der geöffneten Truhe an. Obwohl er versucht gegen den Ekel und die Angst anzuatmen, rauscht das Blut dröhnend in seinen Ohren. Er überhört die Schritte.

»He, keine Panik.«

Der Marder knallt den Deckel der Truhe zu und wirft sich auf den Ankömmling. Er schlägt ein paar Mal blind und ziemlich heftig zu.

»Scheiße, Mann, spinnst du?«

Es ist Knut. Der Marder ringt nach Luft.

»Keine Sorge, Mann.«

Aber er macht sich Sorgen. Nicht nur wegen Änne. Wie lange hält Knut noch dicht? Wann verplappert er sich bei diesem Lucky, der sich zweifellos jedem andient, der ihn bezahlt?

Doch es geht weiterhin gut. Am Freitag nagelt er Lulus Zunge auf Rubys Frühstückbrett. Später, als Ruby noch mal runterrennt, dekoriert er innerhalb weniger Minuten den neuen Klodeckel mit zwei Brustwarzen und malt eine blutige Nase dazwischen und einen lachenden Mund darunter.

Kaum ist er damit fertig, hört er Geschrei. Irgendwo unten im Haus kreischt Russlana Zeter und Mordio. Er verlässt Lulus Wohnung und läuft beinahe einem Kerl im Blaumann in die Arme, der von oben kommt. Unter seinem Hundeschnäuzer hängt eine qualmende Kippe.

Ron IV

»Die Polizei verhört die Dicke«, grinst Lucky. Ron hat ihn vor dem Haus abgefangen. Noch bevor Ron nachfragen kann, hält Lucky schon die Hand auf. Ein Zehner wechselt die Hosentasche, dann berichtet er, dass Russlana schon von der Polizei verhört worden ist, als Erste, weil die am schwersten zu übersehen ist. Bis zur Schmerzgrenze gelangweilt erzählt Lucky von den beiden Leichen und verlangt noch einen Hunderter, weil sich doch das Gefahrenpotential drastisch erhöht habe. Hier im Haus sterben sie ja wie die Fliegen und die Bullen sind einfach an allem interessiert. Ron schiebt ihm ohne zu überlegen seine Faust gerade ins Gesicht.

Ferdi ist froh, dass Ron seinen Urlaub halbiert hat und bereits nach einer Woche wieder auftaucht. Wieder ist ein Großauftrag reingekommen, diesmal aus Indien. Eshita heißt die bildhübsche Kontaktfrau. Jede Hand wird gebraucht. Sie reden kein Wort über die Party. Ferdi, weil es ihm peinlich ist, dass er am nächsten Morgen neben der dümmsten Schnecke aller Klassen aufgewacht ist, und Ron, weil er sowieso keine Nachfragen will.

Eine Woche später ruft Ron Luckys Handy an, entschuldigt sich für seine Kurzschlussreaktion und erkundigt sich nach seiner Nase. Lucky ist noch etwas verschnupft, aber bereit, bei verbindlicher Zusage eines Hunderters Näheres zu berichten. Er habe auch niemandem irgendwas verraten, was Ron glauben muss, weil ihm gar nichts anderes übrigbleibt. Ron will wissen, was geschehen ist, verspricht den Hunni und Lucky erzählt.

Änne und Knut sind im Kühlraum erfroren, unten im Keller, da wo die Riesentruhe steht. Irgendwer hat die alte Kühlanlage wieder aktiviert. Bei Knut hat man K.O.-Tropfen im Blut nachgewiesen, plappert die Blaumeise. Man geht davon aus, dass Änne ihm das gegeben hat, weil der Gerichtsmediziner bei Änne nichts Giftiges im Blut gefunden hat und der Oberbulle daraus einen Tatverdacht ableitet. Alle Bewohner des Hauses sind vernommen worden.

»Alle?«

»Was an den Ohren?«

»Auch …«

»Ruby?«

»Mmh.«

»Klar.«

»Und sonst?«

»Nichts sonst.«

»Keine weiteren … Funde?«

»Noch mehr Leichen, meinst du?«

»Vergiss es.«

»Ich kann dich beruhigen, Lulu ist noch nicht wieder aufgetaucht.«

»Wie kommst du jetzt auf die?«

»Nur so.«

»Ciao.«

»Und der Hunni?«

»Ich komme am 7. November.«

»Wehe, wenn nicht.«

Ja, fuck, wehe, wenn nicht. Kaum hat er Lucky weggedrückt, tippt er Kallis Nummer ein. Kalli ist sofort misstrauisch, als Ron sich nach dem Stand der Dinge in Ottos Mietshaus erkundigt, nach den Todesfällen und so. Dann will Ron noch wissen, ob Ruby was damit zu tun hat.

»Wieso …?«

»Nur so, ich weiß nicht.«

»Hat sie nicht.«

»Sicher?«

»Mann, Scheiße, ja. Die hat ein Alibi.«

»Weil sie die Nacht bei dir war?«

»Das hat sie jedenfalls diesem Schnüffler gesteckt.«

»Und?«

»Was und?«

»War sie?«

Kalli seufzt abgrundtief unter der Last seines schlimmen Schicksals und weicht erst mal der Wahrheit aus. »Die Bullen haben mich verhört.«

»Und deine Frau?«

»Weiß nichts.« Und panisch schiebt er hinterher: »Kein Wort zu Dorothea, klar?«

»Sag bitte.«

Erneuter Seufzer, noch abgrundtiefer. »Bitte.«

Ron lacht. »Und jetzt?«

»Alles geht weiter wie geplant. Wir treffen uns an Rubys Geburtstag um neun Uhr vor der Haustür. Du bist doch noch dabei, oder?«

»Klar.«

»Bis dann.«

Ron glaubt den Druck von Kallis Finger auf das rote Telefonsymbol bis ins Kleinhirn zu spüren. Den hat's arg erwischt. Er starrt aus dem Fenster. Es regnet seit Tagen. Von weitem sieht er den Darmstädter Fünffingerturm, dessen mittlerer Finger sich am höchsten in die grauen Wolken streckt. Ein paar unangenehme Sekunden lang fühlt sich Ron persönlich gemeint. Konzentration.

Am vorletzten Donnerstag klebte außen an Rubys Balkonfenster ein Auge. Ron kapiert es nicht. Kann es tatsächlich sein, dass dieser verfickte Hausmeister seinen, Rons Plan in die Tat umgesetzt hat? Im Alleingang, oder zusammen mit wem? Und vor allem warum? Jetzt liegt möglicherweise in dieser Riesentruhe die Leiche einer dunkelhäutigen Frau aus Ghana, und es wird nicht lange dauern, bis die Bullen deren Inhalt genauer in Augenschein nehmen, Und dann jeden Bewohner des Hauses einzeln vornehmen, möglicherweise auch einen blauhaarigen Stricher, der gegen Bezahlung jedem was bietet. Knut ist ja jetzt fein raus.

Am Montag, dem 7. November, kommt Ron zurück nach Paderborn. Der Großauftrag in Ferdis Firma ist abgearbeitet und Ferdi nach Neu-Delhi gereist. Ron kann seine zweite Urlaubswoche nehmen. Er hat sich vorgenommen, bei ihr zu schellen, ihr wenigstens einmal gegenüber zu stehen. Als er in seiner üblichen Verkleidung mit Blaumann und angeklebtem Schnäuzer das Haus betritt, läuft er direkt einem Fettsack mit Glatze in die Arme. Könnte nach Kallis Beschreibung Otto, der Vermieter, sein. Otto schaut ihn überrascht an.

»Sie kenne ich doch irgendwoher. Ach, mein Gedächtnis ist löchrig wie meine Unterhose.«

Otto sieht ihn erwartungsvoll an, aber es kommt kein Lacher.

»Helfen Sie mir auf die Sprünge.«

»Nicht, dass ich wüsste«, nuschelt Ron. »Ich will zu der im fünften.«

»Ah«, macht Otto und schüttelt mit wissendem Grinsen seine Hand. »Zu der Dicken.«

»Mmh.«

»Russlana.«

»Genau.«

»Hoho.«

Riecht nach *Wodka teuer*, denkt Ron.

»Ich wusste gar nicht, dass die jetzt auch. Hoho.«

»Hoho«, gibt Ron das Echo und ist an ihm vorbei.

»He«, ruft ihm Otto nach. »Brauchen Sie 'ne Wohnung? Hier unten ist eine frei.«

Danke für die Information, denkt Ron, während er drei Stufen auf einmal nimmt. Dann steht die Hausmeisterwohnung also noch leer und die Chancen steigen, dass noch niemand seine Nase in eine gewisse Truhe gesteckt hat. Als Otto sich verzogen hat, schleicht er runter in den Keller, er will Gewissheit. Er kennt den Raum und die Truhe, er hatte alles mit Knut vorbereitet. Dann hatte er gekniffen und seitdem mit dem Hausmeister kein Wort mehr gewechselt. Vielleicht ein Fehler.

Er hat gelbe Plastikhandschuhe mitgebracht, zieht sie über und öffnet den Deckel. Er findet seine Vermutung bestätigt. Unter einer tiefgefrorenen Schafskeule, Fertigpizza, steinhartem Gemüseallerlei, Undefinierbarem, einem Miniregenschirm und abgelaufenen, grauen Hähnchenschenkeln liegt Lulu-Abenaa, die an einem Dienstag geboren wurde und an einem Sonntag starb. Ron rennt, durch den Keller, raus, ums Haus und kotzt zwischen die Torpfosten. Gut, dass er nicht schon in die Truhe, dann hätten die Bullen seine Desoxyribonukleinsäure gehabt.

Der Marder V

Der Marder hat sich für die vier Tage bis zu Rubys Geburtstag eingedeckt. Falls Ruby seine kleinen Aufmerksamkeiten schon vermisst haben sollte, wird sie sich jetzt wieder daran gewöhnen müssen. Gleich am Abend drapiert er Abenaas Nase auf einem Dessertteller, den er auf dem Küchentisch platziert. Als er Rubys Schrei hört, schaut er auf die Uhr. 17.23. Quersumme 13. Was nichts zu bedeuten hat, sich aber gut anfühlt.

Am nächsten Vormittag sieht er Ruby unten bei den Mülltonnen. Den ausgestanzten Bauchnabel mitsamt dem albernen Rubinherzpiercing findet sie in ihrem Kühlschrank, fast exakt um Zwölf. High Noon.

Mittwoch hätte sie ihn beinahe erwischt. Er schafft es so grade noch über das Balkongeländer, als sie die Wohnung betritt. Deshalb liegen die fünf Zähne unordentlich auf den Badezimmerfliesen. Mehr hatte er nicht aus Lulus Kiefer brechen können. Das Geräusch dabei war ihm selbst unheimlich. Ruby schreit um genau 13.45 Uhr. Wieder Quersumme 13. Interessanter Zufall. Er steht hinter den zugezogenen Vorhängen und beobachtet Ruby durch einen schmalen Schlitz. Sie kommt raus auf den Balkon, sie bewegt sich apathisch, wie ferngesteuert, ihr Mund redet tonlos, als sie einen Zahn nach dem anderen auf den Rasen fallen lässt, wie bei einem Abzählreim. Er kennt ihn.

Los pollitos dicen pío, pío, pío, cuando tienen hambre, cuando tienen frío.

Unvermittelt dreht sie sich um, als hätte sie etwas in ihrem Rücken gespürt. Für einen Sekundenbruchteil treffen sich ihre Blicke. Rubys Augen sind grau, stumpf, sie schaut, aber sie sieht nichts. Er hasst seine Reaktion, aber es schnürt ihm die Kehle zu. Er muss es zu Ende bringen.

Noch zwei Tage. Die schicke und die andere Frau, der Eierkopf, dieser Kalli und Ron kommen nicht mehr. Er vermutet, dass sie die Lust verloren haben. Hauptsache, sie vergessen das wichtigste Ereignis nicht. Rubys Geburtstag.

Am nächsten Tag beginnt er, alles was er in Lulus Wohnung berührt hat, zu säubern, aber er weiß natürlich, dass die Polizei heutzutage Methoden hat, die an Zauberei grenzen. Deshalb macht er genau das Gegenteil, was der gemeine Tatortgucker erwartet. Er hat DNA gesammelt von möglichst vielen Menschen und Tieren, und damit infiziert er jetzt die Wohnung. Haare von Ruby natürlich und welche aus Kallis Badezimmer. Den Lippenstift, den die schicke Frau bei Ruby vergessen hat, und den Dildo, den die andere Frau kontaminiert hat. Knuts Taschentuch, das er auf den Kellerstufen fand, und zwei Rotzfahnen aus öffentlichen Mülleimern, einen Zettel mit Eggberts Handschrift, der neben seinem Zweitgolf lag, und den Hundeschiss aus dem Treppenhaus, benutzte Zahnstocher aus dem Café Latte und sämtliche Servietten, die er dort gesammelt hat. Und einiges mehr. Dann hört er Ruby die Wohnung verlassen und legt Lulus Schamlippen auf ihr Bett.

Ron V

Ron ist unruhig. Es ist nur eine Frage der Zeit, bis die Bullen die verstümmelte Leiche im Keller finden. Und bis der blauhaarige Pisser auspackt. Ron maskiert sich wieder mit Blaumann und Schnäuzer, trotzdem erkennt Lucky ihn sofort. Er sitzt wie üblich mit übereinandergeschlagenen Beinen und ebensolchem Grinsen auf der Schrottbank in der erstaunlich milden Novembersonne.

»Hundert«, sagt er, nicht laut, aber klar verständlich.

Ron versucht erst gar nicht so zu tun, als sei er nicht Ron. Er gräbt in der Blaumannhose und wirft Lucky einen Schein in den Schoß.

»Was habt ihr mit Ruby vor?«, fragt Lucky.

Scheiße, denkt Ron, man darf sich von so einem Stück Scheiße wie dem da niemals abhängig machen. So was muss früh genug aus dem Weg geräumt werden.

»Nichts.«

»Ruby hat morgen Geburtstag.«

Ich weiß.

»Ich weiß, dass du das weißt.«

Sie sehen sich etwas zu lange in die Augen. Dann dreht sich Ron weg und geht mit langen Schritten zum Aldi.

Der Marder VI

Den restlichen Tag vor dem Tag verbringt er in Cafés und auf einer Parkbank. Er blättert lustlos in einer Zeitung, die er sich mit einem Eis am Kiosk gekauft hat. Nichts als Meldungen über Pseudohandlungen, mit denen die Menschendarsteller ihre Zeit totschlagen, bis es endlich vorbei ist. Wie viel spannender ist dagegen eine echte Tat!

Gegen 17 Uhr gönnt er sich einen fetten Döner und ein Bier. Er wirft die Hälfte weg und betritt ein Kaufhaus, er hat bis zum Abend Zeit. Das Kaufhaus ist nicht nach seinem Geschmack, zu bunt, zu laut. Er findet nichts, was ihn interessiert. Während er gelangweilt in einem Bildband über Paderborn blättert, setzt sich ungebeten die Frage nach morgen auf seine Schulter. Was machst du, wenn alles getan ist? Einfach wieder zurück, alles auf null? Was wird aus einem, der keine Aufgabe zu erledigen hat, keine wirklich echte Tat? Muss er sich eine neue suchen? Geht das überhaupt, oder muss vielmehr die Aufgabe zu einem finden, muss das Leben sie stellen? So wie das Leben ihm die Sache mit Ruby zugeschoben hat. Er hat das ja nicht so gewollt, es ist so passiert. Er zwingt sich, die Grübeleien über ein wie immer geartetes Morgen zu verschieben. Bis danach.

Ein junger Kerl mit südländisch schwarzen Haaren nähert sich ihm, beziehungsweise schleicht Regalreihe für Regalreihe heran. Er duckt sich und lässt ihn nicht aus den Augen, und er hat das komische Gefühl, dass der Typ ihn ebenfalls im Blick hat. Ist das Paranoia? Der Wahn, dass man sich besonders dann beobachtet fühlt, wenn man unsichtbar sein will? Sein muss. Der Schwarzhaarige benimmt sich auffällig unauffällig. Er kauft nichts, er schnürt bloß mit wachen Blicken durch die Reihen. Die Erklärung kommt mit der schicken. Sie steuert direkt auf den Schönling zu und redet mit ihm. Der Typ lächelt, nickt und verschwindet wie im Nichts, einer von der Sorte, die sich jeder Wandfarbe anpasst.

Er beeilt sich und findet endlich, was er sucht. Ein Kopftuch mit Goldstickereien. Er bezahlt schnell und verlässt das Kaufhaus.

Das Beruhigende an der Zeit ist, dass sie irgendwann vergeht. Es wird früh dunkel, wegen der schweren Wolkendecke, die sich im Laufe des Nachmittags über den Himmel geschoben hat. Er zieht seine Kapuze tiefer ins Gesicht und nähert sich ein letztes Mal dem hässlichen gelben Wohnblock. Die widerliche Mischung von Bier und Döner stößt ihm auf. Neben dem Haus gibt es einen flachen Bau, unscheinbar wie eine Lagerhalle und runtergekommen, wie so vieles in dieser Gegend. Darin befindet sich ein diskreter SM-Club, aus dem Damen in kurzen Röcken und hohen Hacken rauskommen und von Figuren in schwarzen teuren und besonders flachen Autos abgeholt werden. Das Haus hat weder ein Klingelschild noch einen Namen, lediglich eine kleine schwarze 6 ist auf den schmutzigen Putz gemalt. Nachts schleichen sich gut angezogene einzelne Herren an, tapsen mit verstohlenen Seitenblicken die Stufen zum Eingang hinauf und werden nach Gesichtscheck und Passwortkontrolle reingelassen. Und bekommen für hundert Tacken den Arsch verhauen. Seitlich führt eine Schräge zu einem Garagentor im Untergeschoss, hinter dem sich ein langer Flur verbirgt, von dem Türen rechts und links abgehen. Hier haben ein knappes Dutzend Paderborner Bands ihre Probenräume, deren Musik der Soundtrack ist für die gut gekleideten einzelnen Herren im oberen Stockwerk. Wer weiß. Wer schwarz. Wer's glaubt.

Auf der Mauer vor der Nummer 6 sitzt Lucky. Er hat von der Schrottbank hierher gewechselt, seitdem sitzt er da. Warum ist schwer zu sagen. Einer wie Lucky hat manchmal Pläne, manchmal sitzt er bloß da und wartet auf nichts. Sieht den Leuten zu, teilt sie ein in seine Kategorien, sortiert sie nach Alkis und Junkies und wundert sich seit vier Wochen, dass der Musiker nicht mehr da ist. Gerade heute hätte er gern *Hotel California* gehört.

Er bleibt stehen, als er Lucky sieht. Er schließt die Augen. Als er sie wieder öffnet, ist Lucky, der Stricher, die Hure, der Typ, der es schafft, sieben Hände gleichzeitig aufzuhalten, verschwunden. Obwohl einer wie Lucky nie ganz verschwunden ist. Er steht in irgendeinem Schatten und beobachtet. Das hat er mit ihm gemeinsam, aber auch das ist jetzt egal. Ein letztes Mal drückt er die Haustür mit der längst wieder kaputten Scheibe auf.

Er hört sie singen. Laut, besoffen und schrecklich.

And in the master's chambers, they gathered for the feast, they stab it with their steely knives, but they just can't kill the beast. You can checkout any time you like, but you can never leave! And still those voices are calling from far away, wake you up in the middle of the night just to hear them say: Welcome to the Hotel California …

Irgendwann in dieser Nacht endet Rubys Geschrei. Er liegt wach in Lulus Bett. Die Wohnung stinkt nach der DNA, mit der er sie präpariert hat. Spät fällt er doch noch in einen Komaschlaf, aus dem ihn ein Geräusch weckt. Oder ein Traum.

Erschrocken schaut er auf die Uhr. Es ist bereits kurz nach neun. Es beginnt.

Eilig springt er in seine Klamotten, zieht das Bett ab und stopft die Laken in seinen Rucksack. Er wird sie später in einen Container der Kleidersammlung entsorgen, wenn alles vorbei ist. Dann holt er die Plastiktüte aus dem Kühlschrank und schleicht raus auf den Balkon. Es ist noch stockdunkel, das gelbe Licht einer Lampe irgendwo unten an der Hausecke reicht nicht bis hierher. Niemand ist zu sehen, morgens ist hier nichts los. Er klettert rüber auf Rubys Seite.

Sie liegt wie tot im Bett. Er hat richtig vermutet, sie hat gesoffen, auf dem Boden liegen drei leere *Jelzins*, seine verbündeten Teufel. Plötzlich denkt er erschrocken, sie könne bereits krepiert sein, die Teufel hätten sie ausgerechnet in dieser Nacht mit zur Hölle genommen.

Scheiße, ja, sie hat wirklich ihre Strafe erhalten, von ihm und vom erbarmungslosen Leben. Es ist vollbracht, fast, es fehlt noch der letzte Tritt. Den er ihr geben wird. Er zieht Plastikhandschuhe an, wie jedes Mal, wenn er bei ihr ist. Dann öffnet er leise die Balkontür. Wie leicht das geht. Ruby schnarcht. Aus dem Koma wird sie nur etwas Besonderes wecken, und das hat der Marder mitgebracht.

Er geht zu dem Speer, der nach wie vor am Fußende des Bettes zwischen Matratze und Rahmen klemmt. Dann zieht er Lulus Kopf an den Haaren aus der Plastiktüte und drückt ihn auf die rostige Spitze. Sorgfältig, fast zärtlich legt er das goldbestickte Kopftuch darüber, das er in Rosas Kaufhaus erworben hat. Dann stellt er sich breitbeinig hinter den Speer und schreit mit seiner hohen, sich überschlagenden Stimme so laut er kann.

»Rahma!«

Ruby regt sich nicht.

»Rahma!«

Scheiße, sie wird doch nicht schon hinüber sein!

»Rahmaaaaa!«

Endlich bewegt sie sich. Sie reibt sich die Augen, sie hebt den Kopf und versucht, durch den Schleier vor den Augen etwas zu erkennen. Die Dunkelheit, der Nebel, eine Erinnerung drängt sich mit aller Grausamkeit nach vorn. Und aus dem Nebel taucht Abenaas Gesicht auf. Ihr Kopf, blutverschmiert, aufgespießt auf einem rostigen Pfahl, irgendwo hoch über ihr.

Ruby schreit. Sie packt das Messer, das sie auch in dieser Nacht mit ins Bett genommen hat, ein Automatismus, der inzwischen auch im Suff funktioniert. Sie stürzt sich mit einem gurgelnden Schrei auf den Kopf, sie sticht zu, zwei Mal, zehn Mal, hundert Mal, bis er zu Boden fällt. Dann knicken ihr die Beine weg, sie sackt auf die Knie, sammelt mit beiden Händen die zerfetzten Reste auf und nimmt sie in die Arme, wiegt sie wie ein totes Baby vor ihrer Brust.

Er sieht ihr vom Balkon aus zu. Sie sitzt mit dem Rücken zu ihm. Das war's. Er wundert sich ein wenig, dass er nichts fühlt. Keinen Triumph, keine Freude, keine Trauer. Was soll er auch fühlen, jetzt wo alles vorbei ist.

Da sieht er, dass sie ihren Kopf hebt. Im ersten Schreck befürchtet er, sie hätte ihn bemerkt und würde sich zu ihm umdrehen. Aber sie schaut zur Tür, sie hat dort etwas gehört. Das Geräusch eines Schlüssels. Die Tür öffnet sich. Jemand kommt herein. Er ahnt mehr, als dass er es erkennen kann: Es ist Kalli! Er hat Ruby noch nicht gesehen, er schleicht, weil er glaubt, sie schliefe, er will sie nicht wecken. Er macht kein Licht.

Kalli stolpert beinahe über Ruby und erstarrt, als er ihren Aufschrei hört. Kalli fasst sich erstaunlich schnell und hockt sich neben sie. Er kann nicht erkennen, was Ruby da an ihre Brust presst. Er legt seinen Arm um ihre Schultern. Der Schatten vor dem Fenster sieht, dass Kalli seine Lippen bewegt, er kann aber nichts verstehen. Er klettert lautlos zurück auf den Nachbarbalkon.

III

Änne

Sie war sechzehn und der Kerl doppelt so alt, bärtig und langhaarig. Bis weit nach Mitternacht hatten sie am Baggersee gesessen, geredet, gelacht, geknutscht und Shit geraucht. Er hatte unter dem vollen Mond auf seiner Gitarre das *Concierto de Aranjuez* gespielt, nur für sie. Irgendwann hat ihr Metzgervater sie von der Polizei suchen lassen. Als sie die Taschenlampen am anderen Ufer sahen, hatten sie sich auf Umwegen davongeschlichen. Am nächsten Tag hatte sie ihr Vater ins Gebet genommen, bis sie streichfähig war, und anschließend hatte er auf den Gekreuzigten an der Wand gezeigt und mit hochrotem Metzgerkopf geschrien, dass der alles sieht. Alles! An den Haaren hatte er sie in den Keller gezerrt, wo es diesen Raum gab, in dem die Schweinehälften hingen, die sie selbst dort hineingeschleift hatte, jeden Freitag, wenn Schlachttag war. Hier feierte ihr Hintern Hochzeit, dass sie eine Woche nicht sitzen konnte. Klein-Änne heulte und bettelte, aber der Metzger verzog keine Miene und ließ sie mit den unheimlichen Gestalten allein, den zersägten, bösen Geistern ringsum an den Wänden. Bei konstant sieben Grad. Als er die Tür schloss, wehrte sie sich mit Händen und Füßen, aber gegen die Kraft des Metzgers hatte sie keine Chance. Dann war er weg.

Bald wurde ihr kalt. Sie begann, mit den Füßen zu stampfen und die Arme um den Körper zu schlagen, immer in der Angst, die Kadaver zu berühren. Irgendwann lehnte sie sich an die einzig freie Stelle der Wand und sackte in die Knie.

Als sie wieder zu sich kam, lag sie in Decken gehüllt in ihrem Bett. Ihre Mutter kam herein und brachte heiße Brühe. Nach zwei Wochen begann die Lungenentzündung abzuklingen, aber ein Rest Kälte blieb für immer. Nie wieder hat sie Schweinefleisch angerührt. Und nichts konnte sie dazu bringen, diesen Kühlraum je wieder zu betreten. Diesen und jeden anderen auch nicht. Selbst einen ganz normalen Haushaltskühlschrank zu öffnen, kostete sie Überwindung.

Den Gitarrenspieler hatte sie nie wiedergesehen, aber Änne hatte seitdem beschlossen, stark zu werden, richtig stark. Sie spezialisierte sich auf Kugelstoßen. Bald gewann sie Pokale, für die ihr der Hausmeister des Vereinshauses ein Regal zimmerte. Er hieß Knut. Es war durchaus nicht die romantische Liebe, von der sie in den einschlägigen Zeitschriften gelesen hatte, die in der elterlichen Metzgerei für wartende Kunden auslagen. Knut war schon ein wenig angestaubt, hatte aber ein paar gute Stories von seiner Zeit als Harley-Rocker drauf. Ihn störte es jedenfalls nicht, dass ihr Lack bereits tiefe Kratzer hatte.

Kurz darauf bekam Knut eine neue Stelle angeboten, die ihm gefiel, weil es als Dreingabe eine mietfreie Wohnung gab. Also zogen sie hierher in das gelbe Haus. Das Regal mit ihren Pokalen dübelte sie an die Flurwand.

»Im Keller gibt's einen Kühlraum wie in eurer Fleischerei«, teilte Knut ihr eine Woche später freudestrahlend mit. »Funktioniert noch.«

Sie biss die Zähne zusammen und antwortete, so was brauche heutzutage kein Mensch mehr, jeder habe doch seinen eigenen Kühlschrank in der Wohnung. Außerdem sei das Energieverschwendung.

»Ja«, hatte Knut gesagt. »Genau.«

Und dabei blieb es, vorerst. Von ihrem Geheimnis, ihrer panischen Angst vor kalten Räumen, erzählte sie ihm nichts. Änne arrangierte sich mit ihrem neuen Leben, so gut es ging. Sie war Einzelkämpferin, sie war es gewohnt, keine Freunde zu haben, und das änderte sich auch im gelben Haus nicht. Knut war schon nach ein paar Wochen dicke mit einem Typen aus dem dritten Stock, der tatsächlich eine Harley im Keller stehen hatte.

Alle im Haus nannten ihn Opa Strang. Zu zweit machten sie wilde Touren, Knut auf dem Sozius. Sie fuhren bis nach Amsterdam, wo Opa Strang Haschisch einkaufte, das roch Änne im ganzen Treppenhaus. Damit war es schlagartig vorbei, als sie einen üblen Crash bauten. Knut hat Änne nie erzählt, wie das passiert war, aber die Harley war danach Schrott, Opa Strangs dritter Lendenwirbel und Knuts linkes Knie ebenfalls. Seitdem zog Knut das linke Bein nach und der windige Opa klagte über Rückenschmerzen, falls er nicht gerade über was anderes klagte. No Sex, no drugs, no Rock'n'Roll und so weiter.

Als dann die Phase ihrer Ehe begann, in der sie sich wochenlang anschwiegen, hatte Knut kurz vor Weihnachten diese Gefriertruhe gekauft. *Zur Versöhnung*, hatte er gesagt, dabei hatten sie sich nicht mal richtig gestritten. Scheidung wäre eine Möglichkeit gewesen, aber abgesehen von den Kosten hätte keiner von ihnen wen für eine neue Runde gefunden.

Das Teil war ein Monster mit mehr als 600 Liter Fassungsvermögen. Energieeffizient, wie Knut betonte, jedenfalls im Vergleich zu anderen in der Größenordnung. Er ließ die Truhe in den Keller schaffen, in den ehemaligen Kühlraum. Änne hatte an diesem Weihnachten geweint und als Knut wissen wollte, warum, hatte sie behauptet, sie sei so gerührt. In der folgenden Nacht hatten sie sogar miteinander geschlafen. Es war das letzte Mal. Einerseits, weil es bei Knut nicht mehr gut klappte, andererseits, weil Änne sich wunderte, dass Knut immer zur selben Nachmittagszeit im Keller verschwand. Sie stieg ihm an einem Herbstfreitag nach. Vom Fuß der Kellertreppe sah sie ihn im Kühlraum verschwinden. Sie kämpfte gegen die Bilder von blutigen Schweinehälften und gegen den süßlichen Geruch und hörte Schritte von oben. Als dieser Bengel den Kellerflur entlangtappte, stand Änne im tiefen Schatten eines alten Kleiderschranks.

Änne ist ja nicht dumm. Und nicht blind. Sie hat den Jungen schon oft gesehen und weiß Bescheid. Zum Beispiel, dass die graumelierten Herren solche Knaben nicht heranwinkten, um mit ihnen über Philosophie zu diskutieren. Änne kauft einen damals schwer angesagten Walkman mit eingebautem Mikrophon. Kurz bevor Knut wieder zu seinem Kellergang aufbricht, schleicht sie zum Kühlraum und öffnet unter Aufbringung allen Muts die Tür, hinter der in ihrer Fantasie die Wände voll halber Tiere hängen. Obwohl sie weiß, dass das nicht sein kann, ist sie erleichtert, dass es wirklich nicht so ist. Der Raum ist leer. Zum ersten Mal sieht sie das Monster. Wie ein riesiger Sarg steht die Gefriertruhe an der linken Schmalseite vor der kahlen Wand. Ein hellrotes Lämpchen und ein schwaches Summen zeigen, dass sie in Betrieb ist. Zitternd vor Angst, dass jemand plötzlich die Tür schließt und sie mit den Schweinegespenstern allein lässt, betritt sie den Raum. Sie legt sich flach auf den rauen Betonboden und schiebt den Walkman unter die Truhe, so weit ihr Arm reicht. Sie hat Atemnot, sie erstickt fast, und sie schreit leise, als sie das Monstrum streift. Hastig zieht sie den Arm zurück. Als sie sich wieder erhebt, sieht sie die Armaturen, mit denen früher die Raumkühlung in Gang gesetzt wurde, und den riesigen Ventilator an der Decke, der die Kälte gleichmäßig verteilt. Sie kennt sich damit aus, es ist exakt die gleiche Anlage wie im Keller ihres Elternhauses, die wurde damals oft verkauft. *Funktioniert noch*, hat Knut gesagt. Änne wirft einen panischen Blick zur Tür, aber die ist noch offen. Länger hält sie es jetzt nicht mehr aus. Sie flieht aus dem Raum und kann sich in letzter Sekunde hinter dem morschen Kleiderschrank verstecken.

Knut kommt den Gang entlang, schnieft, wie man schnieft, wenn man sich unbeobachtet glaubt, und betritt den Kühlraum. Minuten später taucht dieser Hungerhaken auf. Was Knut bloß an dem Jüngelchen findet. Änne fasst ihre Brüste und drückt sie. Er könnte eine gestandene Frau haben. Sicher, der Lack hat nicht bloß Kratzer, er ist ab, längst. Sie streicht über die Speckrollen und vergräbt die Hände zwischen den Schenkeln. Fette wabbelige Dinger, deren Anblick sie selbst kaum erträgt, oder nur, wenn sie von Stoff verhüllt sind.

Nein, da ist keine Sehnsucht mehr. Es schmerzt nicht mal richtig, dass Knut was auch immer bei diesem Waschlappen sucht. Es zerfrisst sie bloß.

Am nächsten Tag zieht sie den Wintermantel an, bevor sie in den Kühlraum geht, und holt den Walkman unter dem Bauch des Ungeheuers hervor. Die Kassette hat sich nach fünfundvierzig Minuten selbst abgestellt. Aber fünfundvierzig Minuten reichen. Sie kämpft drei Tage mit sich, ehe sie Knut zur Rede stellt. Sie beginnt beiläufig.

»Ich habe da so einen Bengel im Keller gesehen.«

Knut erschrickt furchtbar, das kann er nicht verbergen, nicht vor ihr, nicht nach fünfunddreißig Ehejahren.

»Höchstens sechzehn. Kennst du den?«

Sie stellt sich ganz dicht vor ihn. Sie kann den Schweißperlen auf seiner Stirn beim Hervorquellen zuschauen.

»Der würde mir auch gefallen.«

Sie drückt die Spitze ihres rechten Zeigefingers in die weiche Stelle unter seinem Kinn, bis er ihr in die Augen schauen muss.

»Soll ich dir vorspielen, was mein neuer Walkman am letzten Freitag aufgenommen hat?«

Knut bricht zusammen. Er flennt und verspricht, die Finger von dem Jungen zu lassen. Er schwört Stein und Bein. *Es war ein Ausrutscher,* sagt er, *es kommt nicht mehr vor.*

Natürlich glaubt sie ihm nicht. Als er ein paar Tage später aus dem Gartenhäuschen kommt, kniet sie sich mit ausdruckloser Miene vor ihn auf das Linoleum und knöpft seinen Hosenlatz zu.

»Hast du vergessen.«

Änne steht vor dem Aldi und hört dem Gezupfe des Gitarrenspielers zu. Nach wie vor beschert ihr das eine luftabschnürende Sehnsucht. Ob sie sich mal ein Herz fassen und den Typ nach dem *Concierto de Aranjuez* fragen soll? Sie lässt es lieber, er sieht nicht danach aus, er spielt eindeutig in der falschen Liga. Sie geht zum Haus zurück und hört die Musik von Joaquín Rodrigo inwendig. Da läuft ihr Lucky über den Weg. Sofort ist die Musik aus. Lucky kommt von irgendwo oben. Änne fragt nicht, bei wem er gewesen ist, sie weiß es eh. Sie packt sein dünnes Ärmchen, Änne ist noch immer stark. Sie zerrt ihn die Kellertreppe runter, den muffigen Gang entlang, in den Kühlraum rein. Sie drückt ihn mit ihrer Kugelstoßerfigur gegen die Truhe, sie blickt ihm ins Gesicht und wundert sich, dass das Kerlchen keine Angst zeigt.

»Weißt du, wie das ist, wenn ich jetzt die Kühlung einschalte?«, fragt sie leise, »und dann abschließe?«

Und plötzlich fühlt sie seine Finger in ihren Haaren. Sein Mund nähert sich ihrem Mund und haucht einen Kuss darauf. Änne erstarrt. Dann schiebt sie ihn von sich und geht einen Schritt zurück. Er folgt ihr. Sie umkreisen sich wie lauernde Tiere. Dann geht Lucky zum Angriff über. Er fasst ihren Kopf mit beiden Händen und drückt seine Lippen auf ihre, dass es schmerzt. Ein süßer Schmerz.

Sweet pain.

Lucky ist nicht sanft und schon gar nicht schwach. Er schleudert sie herum, dass sie mit dem Rücken zu ihm vor der Gefriertruhe steht und sich festhalten muss. Dann klickt eine Handschelle um ihren rechten Arm und um den Deckelgriff der Truhe. Änne erschrickt fürchterlich. Er lacht, und dann hört sie wieder die Musik, und durch die Klänge des Concierto ihr eigenes süchtiges Stöhnen, ihr Anfeuern des kleinen Strichers.

Als es vorbei ist, kann sie nicht sagen, ob er es beendet hat, oder ob sie zusammengebrochen ist. Sie sitzt am Boden, nassgeschwitzt und verdreckt, die rechte Hand hängt in dem Eisenring. Lucky steht neben ihr und streichelt zärtlich ihren Kopf. Die Welt ist ein Rattenloch.

»Danke.«

Das hat sie nicht gesagt, das kann nicht sein.

»Das war schön.«

Und das schon gar nicht.

»Dass das noch einmal passiert, bevor ich krepiere.«

Er sieht sie an. Nichts kann sie lesen in seinem Gesicht, das ihr gar nicht mehr so jung vorkommt.

»Brustkrebs.« Wie kann sie da nur lächeln. »Höchstens noch ein halbes Jahr.«

Sie will, dass er noch bleibt, sie will diesen Augenblick in alle Ewigkeit verlängern. Sie fühlt seinen Blick, der bis weit hinter ihre Pupillen reicht. Und sie weiß, er glaubt ihr kein Wort. Der Zauber ist schon zerstört, bevor auch nur ein Hauch der Ewigkeit vergangen ist.

»Bald ist Knut frei«, sagt sie noch. »Dann kann er machen, was er will. Und so oft er will.«

»Nein.« Luckys Blick ist jetzt kalt. Er flüstert. »Nicht so oft er will, sondern so oft *ich* will.«

Ihr ist nicht mehr wohl.

»Knut treibt's mit Minderjährigen, das mögen die Bullen nicht.« Und dann fügt er leise hinzu: »So wie du.«

Änne spürt die Panik kommen. Sie schaut sich nach einer Kamera um, kann aber keine entdecken. Wie hatte sie nur in seinen Augen das Paradies sehen können? Das Paradies ist kalt und die Hölle tiefgefroren. Er löst sich von ihr und geht zur Tür. Änne ist unfähig, sich zu rühren. Sie sitzt in einer kalten Pfütze.

»Deine schlaffen Titten sind widerlich.«

Änne starrt ihn an.

»Und deine fetten Schenkel, dein Kuharsch. Findet Knut auch.«

»Ich …«

»Du hast kein Brustkrebs. Du hast Krebs im Kopf.«

»Hör auf.«

»Lass uns einfach in Ruhe.«

Änne reißt an der Handschelle. »Bist du wahnsinnig?«

»Sonst sag ich allen, dass du mit mir …«

»Das wird dir keiner glauben.«

»Oh, doch. Wenn ich das rumerzähle, wird was hängen bleiben, sicher. Es gibt genug, die sich das Maul zerreißen. Da wird immer wer sein, der sagt: Sie hat doch! Die Alte vom Knut und der Stricher. Schau sie doch an. Da kann man Knut verstehn.«

Änne springt auf. Ihr ist schwindelig und unsagbar kalt. Sie bekommt keine Luft, sie muss aus diesem Raum. Sie stolpert, greift ins Leere, stützt sich an der feuchten Wand ab, alles dreht sich, der riesige Ventilator bläst ihr Eiseskälte ins Gesicht und tausend Schweinehälften umkreisen sie, grunzend, quiekend, lachend wie Lucky. Sie kämpft sich den Kellerflur entlang, die Treppe hoch, sie versucht, den Schlüssel in die Wohnungstür zu bekommen. Da erst merkt sie, dass sie noch eine Handschelle am Gelenk hat, an der ein Stück Kette baumelt. Billiges Plastik, ein Kinderspielzeug. Sie hat es problemlos abgerissen.

»Kann ich Ihnen helfen?«

Otto Graf, der Vermieter, nimmt ihr den Schlüssel ab und schließt auf. Und grinst.

»Haben Sie getrunken?«

»Mir ist nicht gut.«

»Das sehe ich.«

Änne knallt die Tür zu und sieht deshalb nicht, wie Otto dem Jungen zuzwinkert, der in diesem Moment aus dem Kellereingang kommt, sich die Stöpsel seines Walkman in die Ohren steckt und die Aufnahme abhört, die er gerade gemacht hat.

Drei Tage später bekommt Änne Post ohne Absender. Den Briefumschlag hat jemand direkt in den Hausbriefkasten geworfen. Darin befindet sich eine Tonkassette. Änne zerstört sie mit einem Griff. Wie hatte das passieren können? Wie konnte sie sich mit diesem Stück Mist einlassen, ihm von ihrer Angst erzählen? Wie hat sie in ihm den letzten Strohhalm sehen können? Und wieso hat sie dabei diese Musik gehört?

Absolute Stille zieht in die Hausmeisterwohnung ein. Knut macht das nichts, Änne kommt in seinen Träumen schon lange nicht mehr vor. Und Änne geht nie wieder in den Keller. Sie schickt Knut, wenn sie Sachen für die Truhe hat.

»Da unten sind Spinnen und Ratten«, sagt sie.

Knut wird daraus nicht schlau. Änne, die Kugelstoßerin. Irgendwie passt das nicht, aber egal. Dann kommen sie sich wenigstens nicht in die Quere.

Und dann erwischt ihn Ron. In diesem Schuppen hinterm Haus. Auch Ron fordert einen Preis für sein Schweigen. Er möchte was in der Gefriertruhe deponieren, morgen Nacht, ein größeres Stück Fleisch. Und Knut soll ihm dabei helfen. Das findet Knut sogar großzügig.

Aber kommt es anders. Es ist nicht Ron, der ihm das Stück Fleisch zeigt. Und als er es sieht, wird ihm flau, er will sich weigern. Und macht dann doch mit, weil alternativlos. Unzucht mit Minderjährigen, das hören die Bullen nicht gern. Knut bekommt Panik, als er nachrechnet, wer alles schon von seinem Geheimnis weiß, aber hat er noch eine Wahl? Und die Sucht nach Luckys Körper kann er nicht lenken, die lenkt ihn. Änne weiß das. Änne ermuntert ihn inzwischen sogar. Denn Änne sieht sein Ende.

Alles ist längst zu weit gegangen. Es muss beendet werden, Änne hat schon zu lange gewartet. Aus dem Küchenfenster sieht sie blaue Haare auf der Schrottbank, die Beine übereinandergeschlagen. Natürlich ist Lucky misstrauisch, als sie ihn heranwinkt, aber ein Hunderter überzeugt ihn, für einen Hunderter besorgt er alles. K.O.-Tropfen sind da eine der leichteren Übungen.

»Morgen«, sagt er.

»Morgen früh«, fordert Änne.

Lucky nickt und zieht ab.

Den restlichen Tag über plant Änne diesen letzten Morgen.

Lucky hält sein Versprechen, will aber einen Fünfziger als Nachschlag. Änne lächelt und gibt ihm einen Hunderter.

»Wieso das?«

»Was soll ich damit?«, antwortet Änne.

Lucky nickt.

»Brauchst du sonst noch was?«

»Nein.«

»Schade.«

Er verschwindet und hinterlässt sein Bild auf Ännes Netzhaut. Das nimmt sie mit in den Keller. Sie bekämpft die Panikattacken und betritt den Kühlraum. Die riesige Truhe steht im trüben Licht der Glühbirne an der Wand, ein summender Sarg. Änne friert, ihr wird nie mehr warm. Jetzt hätte sie doch noch einen Wunsch an Lucky, diesen kleinen Scheißer. Änne lacht. Dann nimmt sie sich die alten Armaturen vor. Probeweise schiebt sie einen Hebel nach oben. Sofort setzt sich der Ventilator an der Decke in Bewegung und bläst seinen eisigen Atem in den Raum. Änne drückt den Hebel zurück in die Ausgangsposition, die Bestie schweigt.

Jetzt zur Truhe. Darin befindet sich eine Schafskeule, damit hat sie Knut in den Keller geschickt. Änne hebt den Deckel an. Sie hat hunderte zerlegter und ausgeweideter Tiere gesehen. Die Reste einer schwarzen Frau liegen unter der Keule. Nein, Änne hat damit nicht gerechnet. Aber sie hat längst die Fähigkeit verloren, sich zu wundern, was Menschen sich antun. Die aus dem vierten hat es also nicht mehr nach Hause geschafft. Nach Ghana, wo es wärmer ist. Ihr Name war irgendwas mit *A*.

Änne trifft eine ganz spezielle Auswahl für das heutige Festessen. Knut soll schließlich was von seinem Geheimnis haben, wenn er aus der Muckibude kommt, wo er so fleißig trainiert, wie er sagt.

Gegen Mittag kommt Knut zurück. Er muss noch Rasenmähen, brummelt er.

»Was gibt's zu essen?«

»Gulasch«, antwortet Änne. »Ein ganz besonderes.«

»Meinetwegen.«

Zehn Minuten später knattert der Aufsitzmäher ums Haus. Um vier legt sich Knut ein Stündchen aufs Ohr und wird eine Stunde später von einem verführerischen Duft geweckt. Knut schnüffelt begeistert. Dann schlingt er das Gulasch runter, wie er immer alles runterschlingt. Er ist kein Genussmensch, noch nie gewesen. Er kann ein Glas Bier ohne zu schlucken durch die Kehle gießen.

»Warum isst du nichts?«

»Ich hab's am Magen«, sagt Änne und starrt auf seinen kauenden Mund. Sie hat ihn mal geliebt, tatsächlich. *Geliebt.* Welch ein Wort!

Das Problem ist, Knut in den Kühlraum zu bekommen. Änne hat zwar Kraft, aber die Medikamente machen unendlich müde. Doch für diese letzte Anstrengung muss es reichen. Sie schleift Knut die Kellertreppe hinunter. Schwerer als eine Schweinehälfte ist er nicht. Sie zerrt ihn in den Kühlraum, verriegelt die Tür, und brüllt wie beim Kugelstoßen, als sie ihn auf die Truhe hievt. Hände und Füße fesselt sie mit Kabelbindern, und fixiert ihn mit Klebeband auf den Truhendeckel. Das Gesicht lässt sie frei, er soll atmen können, es soll nicht zu schnell gehen. Dann aktiviert sie die Kühlung.

Sie betrachtet sein gerötetes Gesicht. Alle Gemeinsamkeiten

sind ihnen im Lauf der fünfunddreißig Jahre abhanden gekommen. Jetzt plötzlich haben sie wieder eine, eine letzte. Als Änne die Kälte in die Knochen kriecht, legt sie sich neben Knut. Sie hatte zuerst geplant, mit ihm in die Truhe zu steigen, aber dazu hätte sie Platz schaffen müssen. Das Fassungsvermögen des Monstrums ist zwar riesig, aber für drei Personen reicht es nicht. So ist alles relativ.

Der Tod durch Unterkühlung tritt nicht sehr schnell ein. Knut wacht noch einmal auf. Er ist verwirrt, er weiß nicht, wo er sich befindet. Änne erklärt es ihm. Als er endlich bereit ist, ihr zu glauben, beginnt er zu weinen und zu betteln. So wie Klein-Änne damals. Sie hat schon Angst, dass es gar nicht mehr aufhört, aber irgendwann ist Knut still. Es ärgert sie, dass sein Mund wie ein Lächeln aussieht, als er stirbt. Bei ihr selbst dauert es länger als bei dem Hänfling, bis die Kälte durch die Fettschichten dringt und die Organfunktionen abschaltet.

Wir haben's schon lange nicht mehr gemacht, denkt sie zum toten Knut rüber. Das letzte Mal, nachdem du mir *zur Versöhnung* dieses Teil geschenkt hast, weißt du noch? Ich hab die Schenkel zusammengekniffen, seit ich weiß, dass du auf *Lucky Strike* stehst, oder wie soll ich das ausdrücken? Du hast sie nicht wieder auseinander bekommen, du nicht, du kleiner, süßer, schmieriger Schwächling. Da war dann geschlossen. Nix mehr Bungabunga. Manche sagen, es gäbe weniger Mord und Totschlag, wenn die Kerle öfter dürften. Also wenn wir Weiber sie öfter ließen.

Haha.

Änne kann den Kopf nicht mehr bewegen, so dreht sie die Augen nach hinten und starrt Knuts Gesicht auf der Schädelrückseite an. Das hat sie noch nie gekonnt, aber besser jetzt gelernt als nie.

Weißt du noch, wie du mir das Bord gebaut hast, für die Pokale, und ich es dir mit unserem ersten Kuss bezahlt hab? Nee, jetzt hast du keine Erinnerung mehr, an gar nichts. Atmest nicht mehr, bist tot. Und scheiße, ist das kalt. Sie friert entsetzlich, aber sie ist noch wach. *Warum hast du es schon geschafft und ich nicht?*

Über den Rand eines Regalbretts ragt die Spitze einer Geflügelschere, ihrer Geflügelschere. Sie hat sie schon vermisst. Soll sie? Keine schlechte Idee.

»Mich zu zerstückeln, warst du ja zu feige.«

Knut reagiert nicht. Änne schließt die Augen. Ein paar Minuten hat sie noch. Die Diagnose des Arztes war eindeutig. Sie hat auf Ehrlichkeit bestanden, er hat mit den Schultern gezuckt. Es könne sich nur um wenige Wochen handeln, dann beginnen die Schmerzen, dann bleibt nur noch Morphium und dann hopp. Änne hat mit dem Gedanken gespielt, ihre rechte Brust zu amputieren, so wie die Amazonen, um besser Bogenschießen zu können. Aber der Arzt hat nur den Kopf geschüttelt. Metastasen in allen inneren Organen.

Dann müsse er sie wohl komplett amputieren, hat Änne gesagt, und dabei gelächelt.

Ich mache das anders.

Wie?, wollte der Arzt wissen.

Änne war ganz dicht an ihn herangetreten. Sie hatte ihm einen Kuss auf die Wange gegeben und war gegangen.

Kurz bevor Änne hinübergleitet, kurz vor dem unwiderruflichen Verschwinden, denkt sie: Eigentlich ärgerlich, dass jetzt nichts mehr kommt. Aber warum hat Knut, der verdammte Kerl, so gelächelt? Eine letzte gnädige Endorphinausschüttung, was sonst.

Na denn.

Kalli I

Ich habe mich verspätet. Sie sind offenbar schon nach oben, durch den Dreck, der in diesem Haus wie ein lebendiges

Wesen aus allen Ecken quillt. Verabredet war Punkt neun vor dem Eingang. Sie hätten ruhig auf mich warten können, die paar Minuten. Ich muss auf jeden Fall zuerst rein, das Feld sondieren, also zur Not noch was richten, damit die Geburtstagsüberraschungsgesellschaft Ruby nicht in völlig desolatem Zustand überrascht.

Es ist noch dunkel. Ich beeile mich, ich nehme zwei Stufen auf einmal und versuche, in der trüben Beleuchtung nicht zu stolpern. Jess ist für ihre spontanen, also unüberlegten Entschlüsse bekannt. Ab dem zweiten Stock kann ich nur noch eine Stufe pro Schritt. Ich hab null Kondition. Ja, früher, da hab ich Handball gespielt und Judo trainiert. Jetzt hängt mir die Zunge weiter aus dem Hals als mein scheißlangweiliger Job, und die Wampe wölbt sich als Balkon über dem Spielzeugladen, wie Otto immer sagt. Dorothea kann darüber nicht lachen. Doro geht regelmäßig zum Aerobic und hält ihre Figur.

Sie wird mich verlassen. Nach zweiundzwanzig Jahren. In fünf Tagen ist sie weg, sagt sie, *endlich!* Die Koffer sind bereits gepackt, die Liste der ihr zustehenden Einrichtungsgegenstände, Möbel, Bilder und Sonstiges, hat sie mir gestern auf den Schreibtisch gelegt, mit einem Smiley und einer Praline drauf. Das Smiley habe ich übermalt und die Praline weggeworfen. Wir haben uns 1988 kennengelernt. Ich hatte einen Job als Dozent für Wirtschaftsrecht in Paderborn gefunden und bin 1995 an die neugegründete FHW gegangen, wo ich noch heute unterrichte, unter anderem eine beträchtliche Anzahl chinesischer Studenten aus Qiungdao. Darunter auch eine Studentin namens Yu, deren Aussprache ich mir nicht merken kann. Vielleicht weil Yus Lächeln mich irritiert. Oder ihre sonstigen besonderen Kennzeichen. Dorothea hat übrigens Verwaltungsfachkraft gelernt, ist aber nach Dörthes Geburt zu Hause geblieben. Ich hab ja genug verdient. Dörthe ist unser zweites Kind, drei Jahre alt. Lennard ist vier Jahre älter.

So ist es gekommen, dass ich einer der letzten in Paderborn verbliebenen Theodorianer des 81er-Jahrgangs bin. Deshalb habe ich es übernommen, zur 30jährigen Abi-Feier die Mitschüler von damals zu mobilisieren. Eine Schweinearbeit, aber ich bin zäh. Habe Eltern angerufen, Verwandte, Freunde, Bekannte von Bekannten, bin durchs Internet gezogen, habe Telefonnummern gecheckt, alle einschlägigen Communities durchsucht, Facebook natürlich, Stayfriends, Xing, LinkedIn, Wer-kennt-wen und so weiter. Ich kann mir nichts vorwerfen lassen; wen ich nicht gefunden habe, der wollte nicht gefunden werden. Nach dem ersten Nachforschungsmarathon im Januar habe ich eine Mail verschickt. Man hat mich für meinen launigen Ton gelobt, und die, die hinter vorgehaltener Hand gegrinst und den Kopf geschüttelt haben *(Wie kann man nur, werd doch mal erwachsen)*, haben wenigstens taktvoll das Maul gehalten.

Auf der in der Mail erwähnten unvollständigen Adressen-Liste ist Ruby noch nicht vertreten, da ich zu dem Zeitpunkt noch nichts über ihren Verbleib wusste. Ron dito. Der Rücklauf ist erstaunlich spärlich, von den verstreuten ehemaligen Schulkameraden kommen nur wenige brauchbare Tipps. Einigen ist es offenbar nicht der Mühe wert, die Liste zu checken. Immerhin flattert, wenn auch mit reichlich Verspätung, die Nachricht von Ferdi Sobiralsky herein. Bei ihm arbeite seit dreiundzwanzig Jahren ein gewisser Ron Träsch.

Kennste den noch? War mit uns zusammen bis zur 10.

Und manchmal hilft der Zufall. Ich habe einen Cousin. Otto Graf. Der ist etwas aus der Art geschlagen und wird von der übrigen Verwandtschaft bestenfalls ignoriert. Ein schmieriger Typ, von dem eine Cousine dritten Grades behauptet, sie kenne ihn aus Hamburger horizontalen Zusammenhängen. *Jugendsünde, wenn du verstehst, aber nimm's mit ins Grab, Alter.*

Otto hat erst kürzlich auf Vermieter umgesattelt, behandelt aber laut Cousinchen seine Mieter ähnlich wie vorher seinen

Hamburger Laufstall. Nix reinstecken, also investieren, aber viel rauspressen, sprich abkassieren.

Ich treffe Otto bei einer Feier, zu der eine Tante aus Anlass ihres Achtzigsten die nähere und weitere Verwandtschaft geladen hat. »Vielleicht ja das letzte Mal, weiß man's?« Na ja, ich bin nicht so der superinteressierte Großfamilienmensch und verziehe mich irgendwann mit Otto und einer Flasche Tullamore Dew auf die Bank hinterm Haus. Da lassen wir uns die Sonne auf den Pelz brennen und in die Leber fließen. Otto ist schon gut dabei und erzählt Anekdoten von seinem Werdegang, die sämtlichst die Andeutungen der Dritte-Grad-Cousine übertreffen. Schließlich landet Otto bei *heutzutage*, bei seinem Mietshaus. Da hat er zum Beispiel den Hausmeister, Knut. Als der einzog, musste der 'ne Jacke anziehen, damit ihm der Wind nicht durch die Rippen pustete. Den hat Otto erst mal in die Muckibude geschickt und jetzt hält der den Laden in Schuss, jedenfalls, so gut er trotz seines Rentenalters kann. Und für nix, außer dem Wohnrecht.

»Aber gegen seine Alte, so 'ne Metzgerstochter, *verstehste?, hähä,* hat er keine Schnitte und spielt deshalb bei gewissen Jungs den spendablen Onkel, *verstehste?, hähä.*«

Dabei zwinkert Otto eindeutig vieldeutig. Oder dieser Scheißer im dritten, Opa Strang mit seinem Scheißköter, der behauptet, er sei mal Schlagzeuger in 'ner Hardrockband gewesen. Aber muss er deshalb das ganze Haus mit AC/DC terrorisieren? Und dann noch diese Maximalpigmentierte, die leider etwas zu oft die Miete tatsächlich pünktlich zahlt, *verstehste?, hähä!*

Nee, versteh ich nicht, nur vielleicht, aber dazu später.

Otto quasselt mit sonniger Leber weiter, erzählt von einer absolut schrägen Mieterin. Voll auf Alk, die Tusse, aber man ist ja kein Unmensch. »Weißt du, ich hab im Leben schon so viele gesehen, wie se auf der Straße verrecken, in Hamburg und so, *verstehste?*« (Diesmal ohne *hähä*). »Die heißt eigentlich anders, aber will unbedingt aufm Türklingelschild *Ruby Tuesday* haben. Voll schrill, die Alte.«

Jetzt singt Otto.

»Goodbye Ruby Tuesday, who is gonna hang a name on you, when you change …«

Ich muss ihn einfach unterbrechen.

»Weißt du, wie die richtig heißt?«

Nee, Namen kann Otto sich nicht merken.

»Kennste eine, kennste alle, *verstehste?, hähä*, Hauptsache, die zahlt pünktlich. Und wenn nicht …«, er beugt sich zu mir und bläst seinen Alk-Atem in mein Ohr, »… dann bezahlt se in Naturalien, man ist ja kein Unmensch, *verstehste?, hähä.*«

Ich will gar nicht verstehen.

»Melanie Dinstag ohne e?«, frage ich und Otto staunt.

»Genau, Alter!«

Otto hat keine E-Mail-Adresse von Ruby, also lasse ich mir die Anschrift von seinem Mietshaus geben und gehe hin. Ein untersetzter, durchaus kräftiger Kerl, auf dessen Arbeitskittel *Hausmeister* steht, beschreibt mir den Weg zu *Rubbi Tussdäi.* Die Treppe rauf, dritter Stock, da, wo *R. T.* draufsteht. Ich also die Treppe rauf. Mit jedem Schritt wächst der Ekel vor all den klebrigen Pfützen, Kippen und undefinierbaren Resten sowie einem kackfrisch dampfenden Hundeschiss. Schließlich stehe ich vor ihrer Tür. *R. T.* hat sie mit Edding draufgemalt. Aber ich traue mich nicht. Ich werfe nur den Brief in den Schlitz und warte zehn Sekunden, vielleicht auch zwanzig, dann renne ich weg. Feigling, der ich bin.

Der Brief enthält die Einladung, inklusive einer Liste der ehemaligen Mitschüler mit aktuellem Adressenstand und der Bitte, doch möglichst zu deren Vervollständigung beizutragen. Ruby reagiert nicht. Natürlich nicht, möchte ich im Rückblick sagen. Aber immerhin kann ich jetzt in der Liste ihre Adresse ergänzen. Ein paar Tage später trudelt die Nachricht von Ferdi

Sobiralskys ein und ich schicke den ganzen Kram an Ron Träsch.

Ruby ist also in Paderborn, und das schon seit Jahren. So nah, und ich habe nichts davon gewusst. Otto sagt, sie sei auf Alk, voll die runtergekommene Schlampe. Ich will das nicht glauben und werde von den Erinnerungen überrollt, besonders nachts, wenn ich nicht schlafen kann. Wie wir am Kneipentisch saßen, damals, wie wir ein Kaninchen zerteilt haben, für unsere gemeinsame Geburtstagsfeier, die einzige gemeinsame, aber die schönste ever. Im Jahr darauf wollte Ruby nicht mehr, so schade!

Ich hab alte Bilder rausgekramt. Eines beweist klar, wie dicht ich mal dran war. Man sieht sie darauf in weitem Indienkleid, wie es damals im Abklingen der Hippiezeit Mode war. Sie hebt mit der linken Hand den Rocksaum und streckt ein gebräuntes Bein nach vorn. Dorothea erwischt mich bei einem elend wehmütigem Seufzer. *Scheiße, voll peinlich.*

»Sexy«, sagt sie und zeigt auf das Foto. Ich werde knallrot.

»Was wirst du denn rot?«

»Werd ich gar nicht«, stottere ich. Dorothea nimmt mir das Bild aus der Hand und dreht es um. *Ruby* steht dort, und ein rotes Herz ist um den Namen gemalt.

»Hast du von mir auch solche Bilder?«

Ich schüttele den Kopf.

»Dachte ich mir«, sagt sie.

Irgendwann halte ich es nicht mehr aus. Ich muss sie sehen. In meiner Erinnerung ist sie so schön, leicht wie ein Schmetterling, der sich leider nie auf meine Blüten setzte (meine Güte, geht's noch?). Aber so was habe ich gedacht, damals. Pustekuchen, Pusteblume. Und was bis heute am meisten schmerzt, ist, dass sie bei Ron landete. Ron Träsch, dieser Kiffer, dieser Versager. Lächelnd stand sie an der Hausecke und winkte ihm zu und ich litt wie ein Hund. Nein, schlimmer noch, was weiß ein Hund von solchem Leid! Und Dorothea hat das gemerkt, vorhin mit dem Bild.

Also nehme ich allen Mut zusammen und gehe zu ihr. Das Haus kommt mir noch abgewrackter vor als bei meinem ersten Besuch. Diesmal ist von dem Hausmeister nichts zu sehen. Ich schleiche die Treppe rauf, vermeide mit den Fußspitzen Kot, Kotze oder was auch immer, und drücke ihren Klingelknopf. Das bösartige Geräusch erschreckt mich und ein lange trainierter Reflex lässt mich augenblicklich die Zeigefingerspitze an der Hose abwischen. Drinnen flucht jemand. Mein Herz pocht bis zum Hals, sie ist also da. Dann wird die Tür einen Spalt aufgeschoben.

Sie sieht entsetzlich aus. Wirre fettige Haare, aufgedunsenes Gesicht, aufgedunsen eigentlich überall, die Augen weit zurückgezogen in tiefe schwarze Höhlen. Mit der rechten Hand hält sie die Hälften eines zerschlissenen Bademantels zusammen. Ich hebe schüchtern die Hand und komme einen Schritt auf sie zu.

»Hallo, Ruby.«

Sie weicht zurück. Erkennt sie mich nicht?

»Kalli.«

Ihre Stimme ist kratzig. Schnapsrau.

Ich lächele irgendwie erleichtert und blicke zu Boden. Es fällt mir genauso schwer wie früher, ihr in die Augen zu sehen. Stattdessen zupfe ich an meinem linken Ohrläppchen, beobachte mich dabei, kann es aber nicht abstellen. Meine Augen wandern Rubys verrutschten Bademantel entlang und ich werde rot wie ein Schüler. Klar, bin ich schockiert und versuche, es zu verbergen, aber sie merkt es, natürlich, sie hat mich früher schon immer durchschaut. Wenigstens das hat sich nicht geändert, denke ich. Dann stehe ich in Rubys Wohnung. Ich habe mir ein paar Sätze zurechtgelegt, aber ich bekomme keinen heraus. Endlich doch einen: Ob ich sie zu einem Kaffee einladen dürfe.

»Nackt?«

Meine Kehle klebt.

»N…nein.«

»Setz dich doch, ich zieh mir schnell was an.«

Vorsichtig setze ich mich auf die äußerste Kante eines fleckigen Sessels. Ruby grinst zu mir rüber und lässt den Bademantel fallen. Vor Verlegenheit weiß ich nicht, wohin ich gucken soll. Aus den Augenwinkeln registriere ich ihre blauangelaufene Hüfte, ihren humpelnden Gang. Und den dreckigen Fußboden, die Müllmöbel, den Geruch nach Schweiß, Alkohol und ungeputztem Klo. Dorthin verschwindet sie und kommt nach wenigen Minuten zurück. Sie trägt einen schmuddeligen Rock und einem ausgebeulten Pullover, dessen Ausschnitt die Oberkante eines roten BH's freilässt. Armseliger Versuch, hätte Doro gesagt. Sie zwängt die Füße in abgetragene Cowboystiefel, die in schlankeren Jahren mal passten.

»Wir können.«

»Bist du gefallen?«, frage ich mitfühlend.

»Hab besoffen aufm Tisch getanzt«, sagt sie, als wär das normal.

Ich weiß nicht, was ich darauf sagen soll. War das eine Lüge? Wir verlassen die Wohnung. Im Treppenhaus stinkt es nach Kohlroulade und ein Stockwerk tiefer dröhnt ZZ Top hinter einer Tür. Das kenne ich noch.

Coz every girl's crazy 'bout a sharp dressed man.

Nein, *sharp dressed* bin ich nicht. Gewiss nicht.

Das Café Latte liegt nur zwei Straßen weiter. Ich kenne es gut, ich bin hier öfter. Mit meinen Studenten, das jedenfalls sage ich Doro. Ich vermute, dass sie mir das nicht glaubt, denn das Café liegt viel zu weit abseits der FHW, an der ich unterrichte, ich, der Diplom-Volkswirt Karlheinz Graf. Vielleicht hat Doro sogar rausgefunden, dass es nur eine Studentin gibt, die im

Café Latte regelmäßig verkehrt. Eine Chinesin namens Yu. Die kellnert hier.

Yu hat heute Dienst, was ich natürlich weiß, und kommt gleich an unseren Tisch.

»Hallo Yu«, begrüße ich sie. Ich bestelle Latte Macchiato, Ruby einen Pharisäer. Als Yu mit der Bestellung abschwirrt, dreht sie mir ihren Hintern zu. Schnell schaue ich weg und richte meinen Blick auf Ruby. Sie grinst zumindest nicht, trotzdem fühle mich erwischt.

»Wie hast du mich gefunden?«, will sie wissen.

Hastig erkläre ich, dass ich da jemanden kenne, der ihren Namen auf dem Türschild gelesen hat, also nicht ihren richtigen, sondern, naja, *Ruby Tuesday* ist doch ungewöhnlich, und da habe ich gedacht, dass sie es sein könnte.

»Wer ist dieser Jemand?«

»Kennst du nicht. Echt nicht«, lüge ich. Yu kommt mit den Getränken und erlöst mich von dem Thema.

»Danke, Yu.«

»Thank you«, sagt Ruby.

»Mein Name wird *Üh* ausgesprochen«, sagt Yu. »Der Herr Graf hat ein schlechtes Gedächtnis.« Lächelnd zieht sie ihre Bahn durch das Café. Ich zwinge meinen Blick auf den Latte. Ich bin nervös und rühre zu heftig. Dann reden wir endlich. Dies und das. *Weißtdunoch.*

»Wie wir durch die Kneipen gezogen sind, und du hast immer gelacht, du warst so …«

Ich weiß nicht, wie ich es ausdrücken soll, ohne dass Ruby denkt, ich sei noch verknallt in sie. Bin ich nicht, echt nicht. Eigentlich finde ich sie sogar abstoßend. Fettig und abstoßend. »… so lebenslustig. Ich hab dich … gemocht.«

Sie starrt mich bewegungslos an und ich überlege, wie ich aus der Nummer wieder rauskomme. Also rede ich weiter, von dem einzigen Geburtstag, den wir gemeinsam gefeiert haben.

»Weißt du noch, wie wir Kaninchenbraten gemacht haben, nur wir beide in der Küche bei meinen Eltern? Du hast mit der Geflügelschere …«

Sie schaut mich plötzlich so komisch an. So panisch.

»Warst du neulich beim Hausmeister und hast nach mir gefragt?«

Sie schreit fast und sieht mir direkt in die Augen, dass ich blinzeln muss.

»Wer, ich?«

Ich verstecke mein Gesicht hinter der Tasse und trinke den Latte aus. Und winke nach Yu.

»Einen Tee bitte, mit Milch und Zucker.«

»Brauner Zucker?«, fragt Yu.

»Weißt du doch.« Ich lächele sie an. Yu lächelt nicht.

»Sie ist eine meiner Studentinnen an der FHW.«

Ruby interessiert das nicht. Sie bestellt noch einen Pharisäer. Während Yu die Getränke holt, versuche ich weiter Konversation und schwärme von den geschmacklichen Vorzügen von braunem Zucker, schon wenn man ihn mit der Zungenspitze leckt. Yu kommt zurück und stellt Tee, Pharisäer und einen Zuckertopf auf die Marmorplatte. Ich stecke den Zeigefinger in den Topf, fische ein paar Zuckerkrümel heraus.

Mmh.

Als ich die Augen wieder öffne, bin ich enttäuscht, dass Ruby mir gar nicht zuschaut. Also fange ich wieder an zu reden. Ich möchte, dass ihre Gedanken bei mir sind, ich möchte am liebsten noch mal mit ihr Geburtstag feiern, wie damals, mit Kaninchenrollbraten.

»Weißt du noch? Dann hast du die Geflügelschere genommen und *Ritsch!*, das erste Beinchen abgeschnitten.« Die Erinnerung gefällt mir. »Und *Ritschratschritsch!*, die anderen.«

Sie hat ihre Augen weit aufgerissen.

»Was habe ich gemacht?«

»Du hattest echt Kraft.«

»Sag mal, spinnst du?«

Ich bin erschrocken.

»Ruby, liebe Ruby, erinnerst du dich nicht mehr? Mein Gott, du siehst so … so müde aus.«

Scheiße siehst du aus, denke ich eigentlich. *Entsetzlich scheiße.*

»Wie ist es dir ergangen, in all den Jahren? Ich kann dir doch helfen.«

Ruby starrt mich an. Ich werde aus ihr nicht schlau.

»Kalli«, sagt sie plötzlich ernst. »Weißt du … ich will nicht … ich komme klar.«

»Erzähl doch wenigstens, bitte.«

Auf einmal sehe ich nur das Weiße ihrer Augen. Als hätte sie die Augäpfel nach hinten gerollt. Dann nimmt sie einen großen Schluck und erzählt unglaubliches Zeug. Dass sie auf einem Schiff gewesen ist, das einen Motorschaden hatte und aufs offene Meer hinausgetrieben wurde. Auf den Atlantik, wenn ich richtig verstehe. Zwei Männer und zwei Frauen auf einem havarierten Kahn ohne Strom und ohne Vorräte. Und dass sie vor lauter Not Ratten gefressen haben. Und dass der Käptn mit ihr wollte.

Ich bin entsetzt. Das sind doch offensichtlich Lügen. Warum erzählt sie das? Holz hätten sie gekaut und eine Frau sei krepiert. Die Leiche hätten sie unter Deck gebracht und vor Hunger hätten sie …

»Ruby, bitte.« Mir wird schlecht. »Das denkst du dir doch nur aus.«

Sie zuckt mit den Achseln. »Wenn du meinst.« Dann lächelt sie. »Wie du siehst, bin ich nicht die Nummer vier gewesen. Ich bin komplett zurück und hab Schmuck gebastelt.«

»Schmuck?«, frage ich in der Hoffnung, dass Rubys Erzählung jetzt eine bessere Wendung nimmt.

»So ’n Zeug halt, was sich auf Märkten verkaufen lässt.«

Jetzt erzählt sie von irgendwelchen Mittelaltermärkten, das ist schon erträglicher. Ich werde entspannter. Bis sie nachlegt, die Nummer vier hätte es am besten erwischt.

»Ich glaub, an meinem Fünfzigsten mach ich auch Schluss.«

Als wär das eine Kleinigkeit. Verzweifelt schlage ich ihr vor, dass wir doch gemeinsam feiern können.

»Wie früher. Mit Kaninchen, weißt du noch? *Ritschratsch.*«

Ruby starrt mich an. Was hat sie denn jetzt schon wieder? Ich rühre immer mehr braunen Zucker in meinen Tee.

»Ruby, was ist mit dir los?«

»Was hast du in der Nacht von Sonntag auf Montag gemacht?«, fragt sie plötzlich.

»Das weißt du nicht?«

Sie weiß es wirklich nicht.

»Ich hab's ausbluten lassen, gehäutet, tranchiert.« Ich sehe sie flehend an »Wie jedes Jahr seit damals. Erinner dich doch. Bei meinem Geburtstag, nur wir beide. Ein leckeres Kaninchen, das versuche ich, dir doch vorzuschlagen. Das machen wir zu deinem auch.«

Ruby ist wie weggetreten. Und ich weiß mir nicht zu helfen. Ich quassele einfach weiter und werde dabei lauter. Komme von Hölzchen auf Stöckchen und frage schließlich, ob sie sich schon entschieden hat.

»Wofür denn?« Sie scheint von ganz weit weg zu kommen.

Ich bin verzweifelt. »Na, ob du zur Party kommst.«

Ruby sieht mich an wie einen Fremden.

»Dreißig Jahre Abi.«

Sie schüttelt den Kopf.

»Aber die Einladung, die hast du doch bekommen?«

»Hab einen abgeschnittenen Finger drin eingewickelt und beerdigt.«

»Ruby, warum sagst du so was?«

»Weil es stimmt.«

Ich bringe kaum eine Art Keuchen raus. Ruby springt auf, dass der Stuhl umkippt.

»Ich muss weg.«

Sie hat Panik, ich sehe es in ihren Augen.

»Ruby.« Hilflos greife ich nach ihrem Arm, aber sie entwischt mir. »Wir müssen uns wiedersehen.«
Sie schreit irgendwas, aber da ist sie schon aus der Tür.

Am nächsten Tag stehe ich schon wieder vor Rubys Tür. Mann, ich kann nicht anders, ihr geht es doch beschissen. Ich muss lange auf diese furchtbare Klingel drücken, bis sie öffnet.
»Hab geschlafen«, behauptet sie. Warum glaube ich ihr nicht? Ich kann sie zu einem neuen Café-Besuch überreden, und sogar, sich was Schickes anzuziehen. Naja, viel Auswahl hat sie da nicht. Ein roter Lackrock und eine schwarze Rüschenbluse.
Yu, meine chinesische Studentin, grinst blöd, als wir den Laden betreten. Werde mit ihr reden müssen, nicht, dass sie was Falsches rumerzählt. Wenn Dorothea erfährt, mit wem ich mich hier treffe, wird es zwischen uns noch düsterer als so schon.
Nein, ich hab nichts mit der, versuche ich Yu zu signalisieren.
»Was darf's sein?«
Yu lächelt ihr zauberhaftes chinesisches Lächeln. Völlig undurchschaubar. Wir bestellen dasselbe wie gestern. Pharisäer und Tee mit braunem Zucker.
Ich rede auf Ruby ein. Zuerst was Unverfängliches, ich lobe Yus Musikgeschmack, obwohl es mich in Wahrheit nervt, dass in letzter Zeit ständig Gitarrengezupfe läuft. Dann komme ich zum Eigentlichen, ich will Ruby überzeugen, dass die Abifeier ein tolles Erlebnis wird. Freunde von früher treffen und so. Man hat sich doch eine Menge zu erzählen.
»Ach, Melanie, du hörst mir gar nicht zu.«
Rubys richtiger Name ist mir rausgerutscht. Ruby scheint das gar nicht bemerkt zu haben.
»Doch, doch«, murmelt sie abwesend.
Melanie, was war ich mal in dich verknallt!
Habe ich das laut gesagt? Hoffentlich nicht. Ich räuspere mich umständlich und bemühe mich um einen festen Ton.

»Du warst doch mit diesem Typ zusammen. Wie hieß der noch? Irgendwas mit *F.*« Das sage ich, damit sie mich korrigieren kann. Sie reagiert nicht einmal, zuckt mit keiner Wimper.

»Ruby, ich kann dir kaum beschreiben, wie froh ich wäre, wenn du zur Abi-Feier kommst. Das wird dir echt gefallen. Die Leute von damals, wie die sich verändert haben. Das kann sein wie ... wie ein neuer Anfang.«

Jetzt blickt sie mich so an. So schwarz in den Augen.

»Ich hab dir doch erzählt, dass Wind aufkam und uns nach Süden getrieben hat, die afrikanische Küste runter, aber nie nah genug ran. Und dass wir nichts zu fressen hatten und Holz gekaut haben.«

»Ruby, nicht schon wieder.«

Aber sie ist nicht zu bremsen. Ein atemloser Redeschwall. Wie der Kapitän sie unter Deck gefesselt hat, Ruby und Ron. *Ron Träsch! Jajaja, scheiß Ron Träsch!* Und dass sie an die Wand gekettet waren und José sie verhungern ließ. So hieß der Kapitän. Ich höre mit weit aufgerissenen Augen zu.

»Und die Tote?«

Ruby scheint erstaunt.

»Welche Tote?«

»Du hast gestern gesagt, einer von euch ist gestorben. Ihr wart zwei Männer und zwei Frauen. Also muss ...«

»Verstehe. Zu dem Zeitpunkt war sie vielleicht noch nicht tot.«

»Du hast aber gesagt ...«

»Dann hab ich mich vertan.«

Ruby ist schroff oder genervt und schreit hysterisch. Ich bin fassungslos.

»Okay, erzähl weiter«, murmele ich.

Ruby tippt den rechten Zeigefinger in meinen braunen Zucker und schiebt ihn sich zwischen die Lippen. Verdammt erotisch.

»Wir haben sie halt gefressen.«

Ich verstehe nicht.

»Die Tote. Erst die Finger, dann …«

Ich würge.

»Ruby … das ist nicht …« Mir bricht der Schweiß aus. »Ruby, du hast eine schwere Zeit hinter dir, da ist es verständlich, dass du … du musst so was nicht erzählen. Nur die Wahrheit, und vielleicht auch die erst, wenn du so weit bist. Verstehst du?«

Ruby sieht mich völlig ausdruckslos an. Dann nimmt sie die Tasse und trinkt den Pharisäerrest in einem Zug.

»Seit ein paar Tagen finde ich Leichenteile in meiner Wohnung. Finger in der Spülmaschine zum Beispiel.« Und mit genüsslichem Gesicht: »Mmh, lecker. Wie damals.«

Ich presse mir die Hand vor den Mund. Ich bilde mir sogar ein, so etwas wie Triumph in ihren Augen zu sehen. Wie kann das sein?

»Ich haue jetzt ab.«

Nein!

Ich krame hektisch eine Visitenkarte hervor.

»Du kannst … kannst dich jederzeit an mich wenden. Ich meine, wenn du Hilfe brauchst, echt. Und …«

Ruby ist schon an der Tür und dreht sich noch einmal um. Yu steht plötzlich neben mir. Ich fühle ihre Hand auf meiner Schulter und schaue zu ihr hoch. Sie grinst. Ruby sieht aus, als wolle sie noch etwas sagen. Dann rennt sie weg.

Danach habe ich sie wochenlang nicht mehr gesehen. Ich schaffe es einfach nicht, sie nochmal in das Café einzuladen. Yu hat mich übrigens ausgelacht, als ich sie gebeten habe, mein Treffen mit der Lady im roten Lackrock für sich zu behalten. Dann hat sie sich ganz dicht vor mich gestellt, so dicht, dass ich ihren Körper gespürt habe, durch die Klamotten. Dann hat sie »Ich will nichts von dir« geflüstert, hat mir ins Gesicht gepustet und ist abgeschwirrt. Und ich hab wie bekloppt ihrem scheiß chinesischen Wackelarsch hinterher geglotzt.

Scheißweiber!

Es vergeht noch eine weitere Woche, bis ich sie wiedersehe. Am Donnerstag nach unserer Abi-Gedenk-Feier steht sie plötzlich völlig verdreckt vor meiner Haustür und redet wirres Zeug. Aber dazu später. Erstmal der Partybericht.

In den Tagen vor dem achten Oktober habe ich alle Hände voll zu tun, die letzten Dinge zu organisieren. Ich bin unermüdlich, ohne mich zu sehr loben zu wollen. Dann ist es so weit. Am Nachmittag des achten treffen wir uns in unserer alten Schule. Udo Lindenberg hat über die *Bonnies und Clydes von früher* gesungen, die jetzt *als Herr und Frau Bieder* rumlaufen. Na und? Wir werden alle vernünftiger und trauern dem so schnell verflossenen Leben nach. Alle kurz vor fünfzig. War da was? Kommt noch was? Manche tun locker, andere verbergen ihre Verbitterung notdürftig oder gar nicht. Manche stehen voreinander und können es nicht fassen, andere haben sich kaum verändert. Ein paar sind gestorben, ein paar sind noch immer allein, alte Sprüche schallen über den Schulhof und altgewordene Beine schlurfen die Treppen hinauf. Fette Hintern neben noch ganz knackigen. Glatzen neben grauen und gefärbten Haaren. Hinz war'n Arschloch, sagen die einen, andere halten ihn nach wie vor für den genialsten Physiklehrer, den das Theo je gesehen hat. Kersting geht's nicht gut und *Skippy* ist längst pensioniert. *Wisst ihr noch, Musik bei Engeling?* Auf der Stelle fangen drei an zu singen: *Na-ne-ni-no-nuh!* Gelächter. Der ist auch schon tot. Pogo hat seine drei Kinder aufm Theo. Muss das sein, braucht man heute noch Latein? Sonny sitzt auf Lanzarote und kann nicht kommen. Dietmar traut sich nicht her, oder? Günter schlägt sich ständig grinsend auf seine wachsende Wampe und erzählt jedem, er habe einen Medizinball verschluckt, *hoho*. Da hinten war früher der Chemieraum. Und oben im Turm haben wir Specki verkloppt. Erinnerungen, die einen fertig machen, weil scheißdreißig Jahre dazwischen liegen. Das geht allen Menschen so? Ja, aber jetzt uns!

Atempause am Nachmittag, kurzer Besuch zu Hause, wo mich Doro bei meinen Ankleidebemühungen erwischt.

»Triffst du sie heute?«

»Wen?«

»Die Kleine auf dem Foto. Frag nicht so doof.«

Wann fing das an, dass Dorothea zynisch wurde?

Dann der Abend. Ab 19 Uhr treffen sie alle in der *Wolke 7* ein. Kristin ist nicht gekommen, weil sie die *Location* scheiße findet. *Zu weit draußen*, schrieb sie, *das wird 'n trockener Abend* – was sich nicht bewahrheiten wird. Und Ulf hat einen Rückzieher gemacht, weil ihm einfiel, dass er schon die Party nach 25 Jahren nicht prickelnd fand. Hans-Peter nennt sich nur noch Hans und lässt schön grüßen, und Beatrix ist noch immer hübsch. Andere nicht. Elli ist trotz ihres Ex da, Frederike ist nicht da, obwohl ihr Ex auch nicht da ist. Carlotta sieht zufrieden aus, das Gegenteil wird keiner zugeben. Den ganzen Abend nicht. Ehemals schlanke Wuschelköpfe sind glatzköpfige Fettwanste, ehemalige Fettwanste sind abgemagert und machen Triathlon, wie dieser Podologe. Der ehemalige Schulschwarm ist zur rotgefärbten Abschreckung mutiert, und der Arsch des Jahrgangs, von allen geschnitten und zu keiner Party eingeladen, steht jetzt breitbeinig in einem Pulk Ladys und bringt sie zum Lachen, was am Alkohol liegen kann, oder weil manche Lady froh ist, dass sich wenigstens Ferdi noch für sie interessiert.

Dreißig Jahre Zerstörung.

Ein paar wenige Zufriedene.

Und Ron.

Ich entdecke ihn versteckt hinter Eggberts verfettetem Kreuz und Jess' gemachter Oberweite, jedenfalls glaube ich, dass die gemacht ist. Sie zumindest gibt sich keine Mühe zufrieden, glücklich oder entspannt zu wirken.

»Verpiss dich, Eggi«, empfiehlt sie aktuell ihrem Schwager.

»Wieso weißt du eigentlich nicht, wo Ruby ist?« Das geht an Ron. »Gib zu, du weißt es doch!«

»Nee, echt nich.«

»Aber ich«, mische ich mich ein. Ich habe Rosamunde im Schlepp, Jess' sparsame Schwester, die sich eine leicht schräge Kopfhaltung angewöhnt hat. Ich überlege, was das bedeuten kann. Jess ist angetrunken und benimmt sich ekelhaft. Sie behauptet, ich hätte rosa Lippenstift im Gesicht. Rosamunde ist genauso erschrocken wie ich, aber es war nur Verarsche. Im Übrigen haben wir das vorher kontrolliert. Trotzdem reibe ich mir reflexhaft die linke Wange, die einzige Stelle, wo was sein könnte, ehrlich. Jess lacht blöd.

Ich erzähle von Cousin Otto und seinem Mietshaus, und wie ich Ruby getroffen habe. In ihrer Messiewohnung, die Cafébesuche verschweige ich lieber. Dass die Wohnung mindestens so kaputt ist, wie Ruby selbst, dass sie von Hartz IV lebt und den größten Teil in Alkohol umsetzt. Und dass sie Gespenster sieht und Leichenteile in ihrer Spülmaschine findet. Ein bisschen übertreibe ich, weil ich Jess schocken will. Oder beeindrucken. Sie himmelt diesen Ron an, und ich kriege bloß sparsame Küsschen von ihrer sparsamen Schwester und davon auch noch rosa Ausschlag.

»Boah, ey.« Jess reißt die Wimpern hoch. Es hat also gewirkt. »Da waren wirklich … äh … solche …«

»Quatsch.« Ich schüttele cool den Kopf. »Voll die Paranoia.«

Eggbert und Rosa haben sich etwas entfernt und gestritten. Jetzt kommen sie zurück, Rosa zieht eine Fläppe. Jess tanzt vor Rons Bauch. Ron schwitzt.

Ich auch.

»Hab schon überlegt, ob man ihr helfen kann«, sage ich und versuche, entspannt zu klingen und mir das Schwitzen nicht anmerken zu lassen. »Sie wird bald Fünfzig.«

»Scheiße! Am 11. 11. Das haben wir immer gefeiert. Voll heftig.«

Und dann quasselt Jessi los. So wegen Rubys Geburtstag, dass wir sie besuchen sollen. *Boah, geil* und so. Ron haut einfach ab.

Eine Menge Alkohol später landen Jess und ich auf dem Klo, Frauenabteilung. Jess passt nicht besonders auf und als wir zurück in den Saal gehen, entdecke ich Flecken auf der Hose. Ausgerechnet jetzt schwankt uns Ron entgegen. Jess rennt ihm vor den Bauch und quatscht sofort los. Von ihrer *super Idee* und so. »Du musst *unbedingt* mitmachen.«

Ron will sie wegdrücken, wird sie aber nicht los. Da kommt Eggi von draußen vom Kotzen. Rosa dirigiert ihn mit Leichenbittermiene durch den Raum. Wir setzen uns zu fünft um einen Ecktisch. Eggi schmeißt sofort seine Cola um. Meine Herrn, ist Rosa angepisst. Jessi plappert ununterbrochen. Irgendein Müll von einer Wüstenrennmaus, der Ruby mal den Kopf abgebissen hat, und was mit Heftzwecken in ihrem Bett. Ich bin völlig besoffen vom Weizen und, ja, Mann, auch von Jess. Deshalb kriege ich kaum mit, was aus ihrem unermüdlichen Mäulchen plätschert. Von ihrem derzeitigen Kerl, ihrem Lebensabschnittsgefährten. Piet. Aus Amsterdam. *Voll cool* und so. Wohnt jetzt bei ihr. Und dass der Ruby in Frankreich getroffen hat. Ruby ist ihm aufn Sack gegangen. Hat an ihm geklebt wie 'ne Klette, hat sich bei ihm ausgeheult, voll deprimäßig.

»Musst du doch mitgekriegt haben, Ronnie.«

»Nee«, nuschelt der. »Haben uns getrennt. Irgendwann.«

»Verstehe«, sagt Jess. »Deshalb hat sie sich an Piet rangeschmissen.«

»Meine Fresse, Jess, hör mal auf zu labern.«

Jess starrt mich an. Wahrscheinlich staunt sie, was so 'ne nasse Nudel von sich gibt, wenn sie lange genug in Alk gebadet hat. Sie ist erstmal beleidigt und möchte das eine Weile durchhalten. Die nasse Nudel übernimmt.

»Scheiße«, sage ich, und der Promillepegel hat das Niveau der letzten Bedenken überstiegen. »Wir können doch die alte Ruby nicht im Dreck verrecken lassen. Ich meine, also wie wär's, wenn wir ihr wieder in die Senkrechte helfen. Wir fünf. Jeder kann doch mal abstürzen.«

Ich blicke zu Ron. Seine Augen werden zu Italo-Western-Schlitzen.

»Und dann braucht man gute Freunde in der Not.«

Ron starrt mich regungslos an, wie ein Reptil. Ich werd nicht schlau aus ihm.

»Was meinsse damit?« Eggbert schwimmt in einem Sliwowitz-Teqilla-Wodka-Escorial-Meer.

»Hört mal zu.«

Ich beuge mich über den Tisch und merke zu spät, dass jetzt meine Strickjacke Eggberts Colapfütze aufsaugt. Anstatt mich zu warnen, zieht Rosa bloß ein angewidertes Gesicht. »Meinem Cousin gehört der Schuppen, in dem Ruby wohnt.«

»Boah.« Jess will ironisch zu klingen und ist noch beleidigter, als keiner reagiert.

»Wassn …« Eggbert rülpst und die Besorgnis in Rosas Gesicht wächst.

»Du meinst …« Jess' Neugier kommt eben nicht gegen ihr Beleidigtsein an.

»Genau.«

»Was genau?«

»Otto gibt mir einen Schlüssel, und wir, ähm … könnten vielleicht …«

»Wir brechen …« Eggbert rülpst wieder und schluckt krampfhaft.

»Eggbert!« Rosa rückt sicherheitshalber von ihm ab. Ich habe endlich die Colapfütze bemerkt und wringe meine Strickjacke aus.

»Wir brechen bei Ruby ein und putzen ihre Wohnung.«

»Und kaufen schicke Vorhänge.«

Plötzlich hat jeder einen Vorschlag.

»Wie die Heinzelmännchen, *hihihi.*« Jess ist wieder dabei. Beleidigtsein ist anstrengend.

»Die wird Augen machen.«

»Und zu ihrem Geburtstag, da kommen wir alle.«

»Und du meinst, dein Otto spielt da mit?«

»Keine Ahnung«, nuschele ich, weil ich mir grad nicht sicher bin, ob die Idee nicht schwachsinnig ist.

»Wir kriegen von Otto den Schlüssel und machen eine *Überraschung.*« Jess ist jetzt völlig begeistert. Weiber und ihre Launen.

»Keine Ahnung«, nuschele ich noch mal möglichst undeutlich. Niemanden interessiert das, denn alle schauen jetzt auf Eggbert, der sich hochgedrückt hat. Dann schwingt er um die eigene Achse und rennt los, Richtung Terrasse, gefolgt von einer maximal abgenervten Rosa. Jess macht *Huh!*, und schlingt ihre Arme um meinen Hals. *He!* Ich gönne mir nochmal Push-up-Vollkontakt. Als ich wieder Blicke für meine Umgebung habe, sehe ich, dass Ron an der Theke von dem Podologen mit offenen Armen und vollem Bierglas empfangen wird.

»Aufs Klo?«

Irgendwie lallt meine Stimme. Jess schaut mich nur komisch an. Dann steht sie wortlos auf und haut ab. Ich wringe noch ein bisschen meine Jacke aus und mache mich allein auf den Weg. Zum Männerklo. Pinkeln.

Als es hell wird, sagt irgendwer, das sei das andere Ende der Nacht. Das gefällt mir. Auch dass Jess zusammen mit mir in ein Taxi steigt. Jess ist echt abgefüllt und will jetzt doch wieder mit mir. Knutschen und so. Weiber und ihre Launen. Ich lasse sie gewähren, ich meine, bevor sie den Taxifahrer anfällt. Hinter einem Busch sehe ich Rons Gesicht, jedenfalls glaube ich das. Es grinst. Eggbert taucht an der Peripherie auf. Ich winke. Das

Taxi macht eine scharfe Wende und drückt Jessis Stahlträger zwischen meine Rippen. Da muss ich wohl durch.

Mein Handy weckt mich. Ein Anruf von Rosa, sie spricht sehr laut. Was denn nun wäre, wir hätten doch was abgesprochen. *Für heute?* Jawohl, für heute. In meinem Schädel probt 'ne Death-Metal-Combo. Ich versuche, mich zu orientieren. Ich liege auf dem Sofa in meinem Wohnzimmer. Ich suche nach Erklärungen, wie ich hierher gekommen bin. Ich sehe ein Taxi und einen Taxifahrer. Und Jess, richtig. Ich glaube, ich habe Jess irgendwo abgeliefert. Oder nein, der Taxifahrer hat Jess aus dem Wagen in ein Haus begleitet, besser gesagt getragen, irgendwo in einer stockdunklen Gegend, die ich noch nie gesehen habe. Dann war es plötzlich taghell, als derselbe Taxifahrer mich vor meinem eigenen Haus ziemlich brutal geschüttelt hat und ziemlich scheiße grinsend eine Geldsumme genannt hat. Ich muss im Taxi gepennt haben. Ich habe bezahlt und bin ins Haus rein. Doro und die Kinder schliefen zum Glück noch. Ich bin aufs Wohnzimmersofa gefallen. Da liege ich jetzt mit dem Telefon in der Hand und lasse mich von Rosa anschreien. Es geht mir dreckig. Ich verspreche, den Schlüssel von Otto zu besorgen. Und allen Bescheid zu geben. Ich verspreche alles, wenn Rosa nur aufhört zu schreien.

Eine halbe Stunde später schaffe ich es, aufzustehen. Ich trinke einen Liter Wasser und rufe vorsichtig nach Doro. Dann nach Dörthe und Lennard. Niemand antwortet. Ich bin ganz allein. Ich setze Kaffee mit doppelt Pulver auf und dusche kochend heiß. Dann bin ich in der Lage, Otto anzurufen. Es ist halb zwei. Ich soll doch vorbeikommen, sagt er, klar, sofort. Ich pumpe mein Fahrrad auf und mache mich auf den Weg. Autofahren dürfte ich noch nicht. Außerdem hat Doro den Volvo genommen.

Als ich Ottos Haus betrete, schaue ich mich um, weil ich ihr nicht über den Weg laufen will. Die Treppenstufen sind noch immer klebrig, vielleicht sollte ich Otto darauf aufmerksam machen. Im dritten Stock AC/DC, im vierten getrockneter Hundekot, im fünften eine keuchende Dicke mit zwei Alditüten, im sechsten und siebten Totenstille. Von hier führt der einzige saubere Treppenabschnitt zum Penthouse hinauf, in Ottos Reich. Mein spezieller Cousin empfängt mich im Morgenmantel und Goldkettchen. Die Wohnung ist überheizt und stickig und ich schwitze schon nach dreißig Sekunden. Es riecht nach ungewaschener Kleidung und Dingen, die meine Großmutter nicht in den Mund genommen hätte.

Otto geht direkt an die Bar und gießt zwei Whiskeys ein. Einen stellt er mir vor die Nase. Dann lässt er sich in einen roten Ledersessel fallen. Scheiße, denke ich, ich bin mit dem Fahrrad hier und außerdem hilft nichts besser gegen Kater. Ich probiere das Zeug, es brennt die Kehle runter und macht wach. Bestimmt teuer. Ansonsten ist Ottos Geschmack unterirdisch. Jeder Puff hat mehr Stil. Also, ich bin noch nie in einem gewesen, echt nicht, aber ich denke mir das. Knöcheltiefer Teppich, indirekte Beleuchtung, schwule Musik, burgunderrote Plüschcouch, zwei Sessel und kunstlederbezogene Hocker vor der Chrombar. Und auf dem Riesenbildschirm läuft ein Softporno. Na, Glückwunsch.

Wir quatschen ein bisschen über Ereignisse, an die ich mich nur noch vage erinnere. Eine Großteil Kindheit ist auf meiner Festplatte gelöscht. Irgendwie hab ich mehr so dranlang gelebt, während Otto eine Menge abrufen kann. Oder so tut, als könnte er. Dabei kaut er an seinen Nägeln nach dieser festgelegten Dramaturgie. Kleiner Finger, Ringfinger, Mittelfinger, Zeigefinger, Daumen, und dann die andere Hand. Das macht er, seit ich ihn kenne, das ist tief eingefräst. Ich hab das auch mal gemacht, exakt in der Reihenfolge, ein Zeichen unserer genetischen Verwandtschaft. Zum Glück habe ich es irgendwann abgestellt.

Otto schenkt großzügig nach und mir gelingt es, das Gespräch auf sein Haus zu lenken. Ich will auf Ruby zu sprechen kommen und deute an, dass seine Mieter wohl einer ganz besonderen Kategorie angehören. Er beißt an.

»Mann, da sagste was. In diesem Haus wundert mich nichts mehr. Da gibt's welche, das gibt's gar nicht, der reinste Sondermüll, außer vielleicht …« Und hier wandert ein versonnener Blick zum Bildschirm, auf dem gerade eine dunkelhäutige Frau in die Kamera stöhnt, während ein weißer Fettsack ohne Kopf sie von hinten bearbeitet, der interessanterweise ein ähnliches Goldkettchen trägt wie Otto. Er winkt mich mit dem Zeigefinger näher ran, als käme jetzt das ganz dicke Geheimnis. »*Verstehste?, hähä.*«

Doch, ich verstehe. Otto hebt die fetten Schultern.

»Ich gönne mir mein Leben, solange es geht, *verstehste?* Und dieses Haus finanziert es mir. Wenn Schluss ist, springe ich halt. Ein letzter Flug.« Er deutet zum Fenster.

»Weshalb ich hier bin, also …«

»Wollte ich dich eigentlich die ganze Zeit schon fragen.«

Er ist echt geschockt von meinen Erläuterungen.

»Du hast sie nicht mehr alle. Dieser versoffenen Schnecke die Wohnung renovieren? Ich sag dir mal was, das hält keine drei Tage, das ist so sinnvoll wie Goldfische baden.«

Überzeugen kann ich ihn, als ich ihm erkläre, dass er die Renovierung ja für lau kriegt. Da will er plötzlich unserem Tatendrang nicht im Wege stehn und rückt den Schlüssel zu Rubys Wohnung raus.

»Aber macht keinen Scheiß, ja?«

»Kennst mich doch.«

Ottos Blick ist so glasig, dass ich ihn nicht deuten kann. Dann geht er zum Fenster und schiebt die Vorhänge ein wenig an die Seite. Jetzt springt er, denke ich.

»Ich musste eine Feuertreppe anbringen, mit Notausstieg auf allen Stockwerken, sonst hätte ich den Laden hier dichtmachen können. Was das gekostet hat, frag nicht nach Sonnenschein. Da unten geht sie.«

Ich bin mit zwei Schritten neben ihm. Sie ist es, kein Zweifel. Sie hat es eilig, sie stöckelt am Aldi vorbei Richtung Stadt. Ich verabschiede mich, so schnell es geht, ohne dass es unhöflich wirkt, und mache mich an den Abstieg. Es ist exakt drei Uhr. Noch im Treppenhaus rufe ich alle an und tue so, als wäre ich zu Hause. Dann schleiche ich mich an *Coz every girl's crazy 'bout a sharp dressed man* vorbei. Mit dem Fahrrad drehe ich eine Runde um den Block und treffe etwa gleichzeitig mit Rosas Golf ein, Eggi am Steuer. Ron wartet schon auf der Bank. Mit elf Minuten Verspätung taucht noch Jess auf, sie hat den Bus genommen und macht einen ziemlich desolaten Eindruck. Sie geht einfach an mir vorbei und verdreht die Augen, als ich ein paar einführende Worte sage, dass wir auf uns stolz sein können und so.

»Können wir?«, fragt Rosa, heute besonders schräg. Aber wir sind alle nicht ganz frisch.

Es geht los. Ich gehe voran. Ich habe noch kein Wort mit Jess gewechselt. In Rubys Wohnung spülen Jess und Rosa das Geschirr und wir Männer machen eine Mängelliste. Jess flüstert was mit Ron. Wenn es mit dem geht, dann mit mir auch. Ich nehme sie beiseite, hauptsächlich, weil ich wissen will, wie ich gestern nach Hause gekommen bin.

Jess schaut mich spöttisch an.

»Du kapierst es nie.«

Dann verlassen wir das Haus. Jess ist sofort weg. Ron sagt, er wohne im Nordhotel, ein ziemlich billiger Laden, ich kenne den. Ich schließe mein Fahrrad auf und fahre. Vielleicht hätte ich Ron einladen sollen. Oder vielleicht besser nicht.

Am Abend bekomme ich einen überraschenden Anruf von ihm. Ron ist recht kurz angebunden. Für einen täglichen Zehner habe er einen Informanten engagiert, der uns über Rubys Status auf dem Laufenden halten will. Das sei jetzt so geregelt und könne nicht mehr rückgängig gemacht werden. Über den Informanten erzählt er nur vage Dinge. Ein junger Kerl, der Ruby kennt.

»Vertrauenswürdig?«

Statt einer Antwort bittet er mich, Ruby nicht zu verraten, dass er im Lande ist, falls sie mir mal über den Weg laufen sollte. Von wegen Überraschung. Ich sichere ihm mein Stillschweigen zu. Er verspricht, sich ab jetzt um unser neues Frühwarnsystem zu kümmern. Ich habe kein gutes Gefühl dabei, ganz und gar nicht.

Kalli II

In den nächsten Tagen wird Rubys Altglas entsorgt, die Klobrille ausgetauscht und die Vorhänge werden erneuert, um nur die augenfälligen Veränderungen zu nennen. Bei den Kleinigkeiten wie Staubsaugen, Hygieneartikel auffüllen, Vorräte ergänzen und so weiter ist nicht davon auszugehen, dass Ruby sie überhaupt bemerkt.

Am Donnerstag passiert etwas. Ich stehe am Fenster, allein. Ich habe eine Flasche des teuersten Rotweins, den mein Keller zu bieten hat, dekantiert und karaffiert, und mir bereits ein Gläschen genehmigt. Ich genieße die angenehme Wärme im Magen. *Endlich frei!* Ein ganzes Wochenende, mehr als fünzig Stunden. Vor kaum zwanzig Minuten habe ich Doro und die Kinder verabschiedet. Sie sind zu meiner Schwägerin gefahren. Doros Schwester wohnt in Ravensbrück, also weit genug entfernt, dass sie nicht unvermutet auftauchen wird. Zumindest wahrscheinlich nicht. Ist sie noch nie. Sie gönnt mir ab und zu ein paar Tage solo, das sei wichtig für die Seele. Sagt sie. Andererseits muss sie mich dann ein paar Tage nicht sehen. Das hat sie einer sogenannten guten Freundin erzählt. Sagt die.

Ich liebe meine Frau nicht, das ist Vergangenheit, aber ich hasse sie auch nicht. Meine Gefühle ihr gegenüber sind indifferent. Damit es weitergehen kann, brauche ich diese Auszeiten. Ich bin dann erleichtert, wenn die Rücklichter ihres Golfs verschwinden, wenn das Haus so still wird, dass ich es aufatmen hören kann. Sofort gehe ich zur Tanke und kaufe ein paar Schnitzel, eingeschweißt in Zellophan und garantiert vitaminfrei, und dazu einen Sechserträger Paderborner Bier. Und ein paar DVDs, die Doro garantiert nicht mag. Dann lasse ich die Rollläden runter, latsche nackt durch die Wohnung, betrinke mich und gucke die Filmchen. Niemand redet mit mir, ich sage laut unanständige Dinge und niemand weist mich zurecht. Einfach geil, und mein Spiegel sagt *Du bist der Allergrößte, du hast es echt drauf.* Und der Spiegel hat recht.

Es ist kurz nach vier, ich will gerade die Rollläden im Wohnzimmer runterlassen, da sehe ich jemanden über die Straße rennen, direkt auf mein Haus zu. Eine Frau. Ich merke erst, dass ich winke, als sie zurückwinkt. Ich springe zur Tür und empfange sie mit ausgebreiteten Armen. Als sie mich erkennt, will sie ausweichen, aber ich habe sie schon umklammert.

»Welch eine Überraschung«, sage ich, »komm doch rein.«

Ruby ziert sich. Erst als ich versichere, dass meine Frau mit den Kindern übers Wochenende bei Verwandten bleibt, gibt sie nach. Sie lässt ihre speckige Lederjacke einfach fallen. Sie stinkt wie ein Otter und ich schicke sie duschen. Das gefällt ihr offenbar. Ich betrachte ihre Rückansicht, als sie die Treppe nach oben steigt. Mühsame Schritte, die Hand ans Geländer gekrallt, ein schwankender, fetter Hintern. Ich muss jetzt sofort telefonieren. Meine Finger tippen so hastig auf das Gerät ein, dass ich mich dreimal verwähle. Und dann erreiche ich bloß Rosas Anrufbeantworter.

»Sie ist bei mir«, teile ich dem AB mit, »ich versuche, sie möglichst lange aufzuhalten.«

Von oben höre ich Duschgeräusche. Ich hänge ihre Jacke auf einen Bügel, dann schleiche ich die Treppe hoch. Ich traue mich nicht, durchs Schlüsselloch zu spinxen. Die Duschgeräusche verstummen. Ich stelle mir vor, wie Ruby da steht und sich abtrocknet. Da klingelt das Telefon. Rosa ruft zurück. Ich renne runter und werfe fast die chinesische Vase um, die mir eine Studentin geschenkt hat. Nicht Yu, eine andere. Vermutlich eine Billigkopie, Doro benutzt sie als Schirmständer. Das Telefon finde ich im Wohnzimmer. Warum kann ich mir nie merken, wo ich es abgelegt habe? Rosa hat allen Bescheid gesagt, aber ihr fehlt Rons Nummer. *Ob ich den anrufen kann.* Ich drücke Rosa weg und suche Rons Nummer im Adressbuch. Mit der anderen Hand stelle ich die Karaffe mit Rotwein und zwei Gläser auf sie Kristallglasplatte des Wohnzimmertischs. Die Platte hat echt Geld gekostet. Ein bisschen Luxus darf ruhig. Ich höre Rubys Schritte auf der Treppe und verschwinde mit dem Telefon am Ohr im Nebenzimmer. Ein Knopfdruck im Vorbeigehen und schon schmusen sich Paul McCartney und Stevie Wonder durch *Ebony and ivory*, und dass sie *together in perfect harmony* leben. Eines meiner Lieblingslieder. Endlich geht Ron dran.

»Die Luft ist rein«, flüstere ich. Ron kapiert zum Glück schneller, als er abnimmt. »Sie kommt so bald nicht zurück, dafür sorge ich schon.«

Ich beende das Gespräch und gehe zurück ins Wohnzimmer. Ein winzigen Augenblick lang spüre ich das Adrenalin, dann packe ich ein Lächeln aus.

»Wie lange stehst du schon hier?«

»Grade reingekommen«, behauptet Ruby.

Ich weiß nicht, ob sie lügt, oder ob sie gelauscht hat. Ich biete ihr einen Sessel an. Und Rotwein.

»Ein Gläschen?«

Ebony, ivory, living in perfect harmony.

Ruby setzt sich. Ich fülle beide Gläser, obwohl sie nicht geantwortet hat, oder ich habe ihr Nicken übersehen.

»Prost.«

»Ja.«

Ich setze mich ihr gegenüber und betrachte sie. Wie soll ich anfangen?

»Ich freue mich sehr, dass du hier bist.«

Klingt das scheiße. Ruby nickt. Das interessiert sie nicht.

»Weißt du, was am vergangenen Wochenende war?«

Als sie auch darauf nicht reagiert, gebe ich selbst die Antwort. »Unsere Abifeier. Schade, dass du nicht da warst.«

Sie betrachtet irgendwas hinter meinem Kopf.

»Und weißt du, wer nach dir gefragt hat?«

Sie rutscht tiefer in den Sessel. Ich gieße Wein nach.

»Jess.«

Prustend hält sie sich die Hand vor dem Mund, ein rotes Rinnsal läuft vom Kinn in ihr Shirt. Aber immerhin eine Reaktion. Für alle Fälle habe ich eine Rolle Küchenpapier parat. Ich springe auf und wische über ihren Hals.

»Jess?«

»Hat erzählt, dass du ihrer Wüstenrennmaus die Kehle durchgebissen hast.«

Ruby würgt noch.

»Und Heftzwecken unters Bettlaken gelegt.«

»Jess erzählt Scheiße«, sagt Ruby. »Wie immer.«

Womit sie nicht ganz Unrecht hat. Ich frage, ob sie sich noch an Rosamunde erinnert, Jess' nette kleine Schwester, und denke, dass *nett* ja die kleine Schwester von *scheiße* ist.

»Die ist richtig zu Geld gekommen. Chefin von so 'nem Kaufhaus. Mit allem Drum und Dran, sogar mit Detektiv.«

Ich lache möglichst entspannt. Ruby zieht die Knie unters Kinn und starrt durch die Kristallglasplatte.

»Wir haben zu fünft ganz lange über Melanie gesprochen. Melanie Dinstag ohne e.«

Ich lache schon wieder.

»Manche sind echt alt geworden. Nur Jess nicht.«

Plötzlich hab ich einen Flashback: Der Taxifahrer, wie er Jess in den dunklen Hauseingang schiebt. Jess mit beiden Armen um seinen Hals. *Mann!*

»Und wer war der Fünfte?«

Ich bin irritiert.

»Welcher Fünfte?«

»Du hast gesagt, ihr wart fünf.«

»Kann sein.«

Da habe ich mich wohl verplappert. Ron will ich nämlich nicht erwähnen. Hab ich ihm ja versprochen.

»Mal mehr, mal weniger. Jedenfalls ... was wollte ich sagen?«

Wie komme ich jetzt aus der Nummer raus?

»Erzähl doch mal, wann bist du wieder nach Deutschland zurück? Jetzt mal ohne Horrorgeschichten.«

Ruby starrt durch mich hindurch. Sie beginnt zu reden, so leise, als hätte sie Angst vor dem Echo der Wände, aber was sie erzählt, klingt nicht unlogisch, manches richtig glaubhaft. Dass sie nach Deutschland zurückkam und Ketten in alter keltischer Flechttechnik verkaufte, und dass die Leute verrückt waren nach solchem Zeug. Von Abenden am Lagerfeuer und den alten Liedern. *Give peace a chance.* Dass sie halt viel getrunken hat in der Zeit. Und 1995 wieder in Paderborn gelandet ist. Zufall, echt. Und dass sie nach ihren Eltern geforscht hat, die längst tot waren und nichts zu vererben gehabt hatten.

Ich merke irgendwann, dass ich wieder an den Nägeln kaue, obwohl ich mir das doch abgewöhnt habe. Übrigens genau in Ottos Reihenfolge, aber das erwähnte ich schon. Sofort stecke ich die Hände unter die Schenkel. Ruby ist auch grade bei Otto angekommen. Sie erzählt von dem Billigblock, in den sie einzog, wo der Vermieter oben im Penthouse residierte. Sie ahnt natürlich nicht, dass ich mit Otto verwandt bin. Ruby lebte von Sozialhilfe und Hartz IV und war mal von Otto schwanger. Ach so, denke ich. Otto hat sie dann nach Holland geschickt. Haben damals viele gemacht, ich weiß.

»That's it.«

Ruby kichert wie Janis Joplin am Ende von *Mercedes Benz.* Ich sehe sie bewegungslos an und nehme den Zeigefingernagel wieder aus dem Mund. Was soll ich sagen?

»Dreiundneunzig«, sagt Ruby. Ihre Augen sind schneeweiß, als wären sie komplett nach hinten gedreht. Mir wird flau im Magen. Ich schleiche aus dem Zimmer. Es war ein Fehler, sie hereinzubitten, ein schwerer Fehler. Ich gehe in die Küche.

Essen!

Im Kühlschrank liegen die Zellophan-Schnitzel. Das geht nicht. Aus dem Wohnzimmer dringt Totenstille. Ich setze Wasser auf und werfe Spaghetti hinein. Endlich kann ich tief Luft holen.

»Ketchup oder Pesto?«, schreie ich und ich finde selbst, dass es wie Panik klingt. »Zu Spaghetti!«

Ruby antwortet nicht, oder zu leise.

»Was?«

»Ketchup«, brüllt sie plötzlich.

Mich ekelt, dass sie Pesto mit Ketchup mischt, zugegeben. Ich kann mir nicht helfen, aber ich finde sie abstoßend und faszinierend zugleich. Ich habe Angst, sie zu berühren und will sie andererseits unglaublich gern küssen. Ich versuche es mit der ältesten Methode, ich sorge dafür, dass ihr Glas nicht leer wird.

»Noch eins und du bleibst am besten hier«, sage ich nach dem dritten.

Sie reagiert gar nicht darauf. Sie isst und trinkt, als gäbe es morgen nichts mehr. Als der Topf leer, die erste Weinflasche gekillt und die zweite geöffnet ist, sage ich mit besorgtem Blick zur Uhr, dass sie jetzt aber wirklich nicht mehr allein durch die Nacht undsoweiter, es ist ja schon neun, und ich biete eine Hausführung an. Ruby durchschaut mein Manöver natürlich, was, wenn ich ehrlich bin, auch nicht anders zu erwarten war. Sie lehnt leider die Salbeibonbons für den guten Geschmack ab und schiebt durch die Küche hinter mir her. Oben veranstalte ich Sightseeing durch die Kinderzimmer und das Bad, obwohl sie das schon kennt. Zum Schluss natürlich: »Unser Schlafzimmer.«

Ich bin zu langsam. Ruby lässt sich auf die Matratze fallen und spritzt einen Schwall Rotwein auf das Laken. *Mann, scheiße!* Ich renne runter in die Küche, hole Salz, und rette, was zu retten ist. Dann denke ich, *egal*, behaupte, ich sei schwer müde, ziehe mich bis auf die Unterhose aus und verschwinde unter der Bettdecke.

Ruby schaut mir dabei zu, irgendwie gelangweilt. Dann sagt sie, dass sie erst noch muss, und geht zur Tür und bückt sich absichtlich ganz tief. Sie lässt die Türen sperrangelweit offen und ich kann alles hören. Plötzlich steht sie wieder im Türrahmen, die Wimpern auf Halbmast. Ein Bein schiebt sie vor und zieht in Zeitlupe den Rock runter.

Oh, Mann!

»Ehebruch?«, fragt sie.

»Ruby.« Meine Stimme zittert wie beim ersten Mal.

Mit Ruby ist es das Schönste, was ich seit langem erlebt habe. Ich beuge mich über sie und küsse ihren geschlossenen Mund. Zungenküsse mag sie wohl nicht. Das akzeptiere ich natürlich, weil doch gerade *Mann* sich um herrschaftsfreien Sex bemühen soll. Und ich hab eh Sorge, dass sie nicht besonders schmeckt. Ansonsten ist sie unglaublich direkt. Kaum frage ich, ob ich ihre Brust streicheln darf, nimmt sie schon meine Hand und legt sie drauf. Dann zieht sie meine Unterhose runter und lacht über den Eingriff, ich hab halt nur solche.

Ich brauche nur dazuliegen und sie machen lassen. Ich stöhne glücklich und Ruby schließt die Augen. Ihr gefällt es also. Sie ist übrigens nicht rasiert. Ich dachte, alle Frauen außer Dorothea sind das. Jess auf jeden Fall, wie ich bei einem zufälligen Blick unter ihren Rock gesehen habe. Sie hatte es gemerkt und gegrinst und ich bin knallrot geworden. Ich werde immer rot. Yu auch, glaube ich. Also rasiert meine ich.

Ich schließe ebenfalls die Augen und konzentriere mich auf Melanie. Wie wäre alles gekommen, wenn sie sich damals für mich entschieden hätte. Und nicht für diesen … ich mag seinen Namen nicht mal denken. Heimlich blinzele ich. Sie hat die Augen noch immer geschlossenen. Sie keucht, sie lächelt, sie brabbelt einen Namen. Es ist nicht *Kalli*. Ich komme. Jetzt schon, so ein Mist!

»O Piet«, verstehe ich.

Ich sacke zur Seite. Mein Bluthochdruck hämmert in den Schläfen. Sie nimmt ja hoffentlich die Pille und hat kein Aids. Oder sonstwas.

»Wer ist Piet?«, frage ich, als mein Puls aus der Gefahrenzone ist.

»Piet?« Ruby liegt neben ihm und starrt an die Decke, irgendwie erschrocken.

»Du hast *O Piet* gesagt.«

Sie reagiert nicht.

»Ist das der, von dem ich dich grüßen soll?«

Rubys Kopf hat sich so schnell gedreht, dass ihre Halswirbel knacken.

»Hab ich vergessen. Ist aber auch nicht so wichtig. Jess hat gesagt, ich soll dich von Piet grüßen. Ist ihr neuer Lover.«

Jetzt ist sie offenbar interessiert, na also. Ich quatsche weiter.

»Jess hat's faustdick.«

Ich schnalze anerkennend mit der Zunge. Sie braucht einen Moment.

»Ist er …?«

»Piet aus Amsterdam. Er sagt, er hat dich in Frankreich getroffen. Sie leben in Osnabrück. Jess sagt, er will …«

Jetzt wird's heikel. Aber ich will sie sogar ein wenig schockieren.

»Ist jetzt kein Kompliment für dich. Also …«

»Sag schon.«

»Du hättest ihn immer vollgelabert, so mit deinen Problemen, und an ihm gehangen wie 'ne Klette. Deshalb will er dich nicht sehen.«

Ruby wendet sich von mir ab. Wieder knacken ihre Halswirbel.

»Ich geh mal für kleine Jungs«, sage ich und gehe für kleine Jungs.

Nach Erledigung schleiche ich auf Zehenspitzen zurück. Ruby liegt auf dem Bett und starrt den Wasserfleck an der Decke an, die Beine weit genug geöffnet. Mein Puls gewinnt an Fahrt, Scheiß auf herrschaftsfreien Sex. Ich gehe ins Zimmer und knie mich zwischen ihre Beine. Das Wichtigste ist doch, dass ich es noch bringe. Ein bisschen stört es mich schon, dass sie alles völlig teilnahmslos geschehen lässt. Ihre Brüste schwappen wie zwei Quallen in unruhiger See. Ich schwitze furchtbar und tropfe die Quallen nass. Es dauert auch diesmal nicht lange, dann sinke ich neben Ruby aufs Laken. Mit einem zufriedenen Seufzer.

»Das war schön!«

Ruby hat sich immer noch nicht gerührt.

»Schön wild und …«, jetzt flüstere ich. Ich weiß nicht, ob ich *dreckig* gesagt habe. Der Lampenschirm zeichnet schwache Muster an die Wände. Langsam ziehe ich die dünne Bettdecke bis zum Kinn. Das Wort jedenfalls tanzt durch das Muster. Mir fallen die Augen zu.

Ruby ist vollkommen still. Nicht mal ihren Atem kann ich hören. Was sie jetzt wohl denkt? Fragt sie sich vielleicht, was ich jetzt denke? Ich tue so, als wäre ich eingeschlafen und beginne leise zu schnarchen. Plötzlich richtet sie sich auf. Ihre Bewegungen werden durch die Matratze übertragen. Ich höre, dass sie Doros Nachtschränkchen öffnet. Sie kichert, sie hat vermutlich die Kondome gefunden. Die müssten inzwischen abgelaufen sein. Als ich merke, dass ich die Luft anhalte, beginne ich sofort wieder zu schnarchen. Ich glaube sogar, ihre Körperwärme zu spüren, und meine Beine bekommen plötzlich einen unwiderstehlichen Bewegungsdrang. Trotzdem versuche ich, stocksteif zu bleiben, was furchtbar anstrengend ist.

Ich schwitze. Hätte ich doch bloß die Decke nicht so hoch gezogen. Ich blinzele. Es macht mich tierisch an, dass sie so nah ist, nackt. Mann, was fühle ich mich gut. Rundum komplett und vollständig. Ich habe gegessen, getrunken und gevögelt. Was braucht ein Mann mehr?

Klar, werden Sie sagen, mal wieder typisch, eine Runde *Fressen, Saufen, Vögeln* und schon sind die Kerle zufrieden. Haben Sie sich mal gefragt, ob das tatsächlich alles sein soll? Mit Glück etwa dreißigtausend Tage leben plus möglichst oft 'ne Runde *FSV.* Und warum bestimmte Leute immer den Geilen begegnen und andere immer den Arschlöchern? Präziser formuliert, ziehen sich Gegensätze an, oder Gleich und Gleich?

Schauen Sie: Wir spazieren durch die Welt und glotzen aus zwei Löchern in die Landschaft. Und was sehen wir? Andere Löcher, aus denen andere rausglotzen. Können wir uns vorstellen, dass hinter den anderen Löchern genauso komplizierte Leben stecken, wie hinter unseren eigenen? Eben! Niemals! Genauso wenig kapieren die anderen das. Die verstehen *mich* nicht, und ich *die* nicht. Staubkörner sind wir, in einem Vakuum, steuerunfähig und kontaktlos.

Zum Beispiel die Sache mit dem Klopapier. Reißen Sie auch die Blätter entlang der stählernen Abdeckung ab? Völlig gedankenlos, bloß besorgt um die eigene Bequemlichkeit und nie um die des Nachfolgers, der mühsam einen neuen Anfang unter der Abdeckung hervorfriemeln muss. Was das an Zeit verschwendet, überlegen Sie mal. Ich jedenfalls ziehe das Papier immer etwas weiter heraus, bis die Perforation, die mein Blatt vom nächsten trennt, zwei Zentimeter über die Abdeckung hinausragt. Dann erst reiße ich ab, entlang der Perforation natürlich. Eine kleine Mühe, eine große Wirkung. Wenn ich eine öffentliche Toilette benutze, bleibe ich manchmal, bis der nächste sein Geschäft erledigt hat und warte gespannt auf sein glückliches Lächeln. Natürlich weiß er nicht, dass ich sein Wohltäter bin, Dank kann ich nicht erwarten, will ich auch nicht. Leider verfliegt meine Freude, sobald ich einen Kontrollblick in die soeben verlassene Kabine werfe. Mit beinahe hundertprozentiger Sicherheit stimmt die Abrisskante wieder mit der Abdeckungskante überein. In solchen Momenten zweifele ich an der Lernfähigkeit meiner Spezies. Die meisten denken bloß bis vor die eigene Stirn, von innen, wenn Sie verstehen, und da reißt es dann ab. Nur ganz wenige denken diese zwei Zentimeter darüber hinaus.

Wie ich. Das macht den Unterschied.

Und diese Wenigen sind etwas Besonderes, da werden Sie mir zustimmen. Deshalb möchte ich, dass von mir etwas bleibt, das überdauert. Ein winziger Zipfel Unsterblichkeit. Wegen der zwei Zentimeter! Ich hechele doch nicht von *FSV* zu *FSV*, bloß damit die Menschheit weiter existiert. Wenn das alles wäre, hätte womöglich der Sauhund Brecht recht, dass wir sterben wie die Fliegen, oder welche Tiere auch immer, und dass danach nichts mehr kommt. Woher will der das wissen? Die mit der größten Fresse haben nicht öfter recht, sondern bloß die größte Fresse, achten Sie mal drauf.

Und sagen Sie jetzt nicht, dass so die Versager reden. Kommen Sie mir nicht mit *Ich bin okay, du bist okay, reicht doch, das Leben hat eben keinen Sinn und niemand ist einzigartig, und wenn alle das einsehen, sind wir zurück im Paradies.* Das meinen Sie nicht wirklich, da haben Sie aber die Rechnung ohne die Gier gemacht. Die nämlich kommt von hinten gekrochen, wenn man nicht mit ihr rechnet, fletscht die faulen Zähne und verbeißt sich in unserem Nacken. Die Gier ist der Anfang von allem. Nicht das Wort, nicht der Sinn, nicht die Tat (Goethe, Faust I), nein, einzig und allein die Gier. Da schielt der Affe aus seiner Höhle und hat Hunger, Hunger, Hunger, und immer mehr als die anderen. Genug kann nie genügen (Konstantin Wecker), der Sättigungspunkt liegt unerreichbar hinter dem Horizont. Und die Gier schreit nach mehr, mehr, mehr! Dann rennen wir los, zur Arbeit, die wir hassen, um Sachen zu kaufen, die wir nicht brauchen. Wir glauben, dass wir die Bestie reiten, aber das Gegenteil ist wahr, sie reitet uns. Wir heiraten, machen Karriere, haben Kinder und ein soziales Umfeld und wachen trotzdem immer an derselben Stelle auf. Wir glauben, wir drehen das große Rad, aber es ist ein Hamsterrad. Manche strampeln darin und erzählen weiß Gott was, wo sie alles gewesen sind, dabei haben bloß die Jahreszeiten gewechselt und nicht die Landschaften, nicht ein Mal. Wir werden zerfressen von der Angst, dass unsere Existenz genau dort endet, wo sie begonnen hat. Das Leben ist eben keine Kreuzfahrt.

Jetzt hat Ruby leise gefurzt. Würde Doro da liegen, hätte sie es hemmungslos knattern lassen und die Bettdecke in meine Richtung gelüftet. Ich hätte gestöhnt und sie hätte gesagt, ich solle mich nicht so haben. Ist Ihnen mal aufgefallen, dass man sich vor den eigenen Fürzen weniger ekelt, als vor denen der anderen? Interessant, finden Sie nicht?

Ach, Ruby.

Ich riskiere einen Blick durch einen winzigen Lidschlitz. Mit ihr wäre mein Leben anders verlaufen, ganz sicher, und ihres auch. Was war ich verknallt in sie. Kaputtgegangen ist es an dem Tag, als ich ihr mein schönstes Gedicht geschenkt hatte. Ich kann es noch immer auswendig.

Ich lebe in einer Kugel.
Jemand hat ein Loch hineingestochen,
es gibt also ein Außerhalb.
Manchmal hat meine Seele Risse,
durch die es eindringt.

Wie sie es fand? Ich erinnere mich verdammt genau. *Wichserscheiß!* Das hat sie an jenem Tag quer über den Schulhof geschrien und alle haben gelacht, Jess und ihre bescheuerte Schwester Rosa, Eggbert natürlich und am lautesten Ron mit seiner Entenstimme und seiner Hand auf Rubys Brust, das habe ich genau sehen, und Ruby hat bloß immer *Wichserscheiß* gerufen.

Inzwischen habe ich ihr das vergeben, zumindest habe ich es versucht, aber vergessen werde ich es nie. Ob Ruby das bereut hat? Ob sie sich vielleicht gewünscht hat, doch mit mir durch die Jahre gegangen zu sein? Von Geburtstag zu Geburtstag, von Kaninchenrollbraten zu Kaninchenrollbraten, die nie mehr so geschmeckt haben, wie der erste mit ihr. Ob sie sich überhaupt solche Fragen stellt, ob sie weiter denkt als bis vor die eigene Stirn? Ich werde mal auf ihre Klopapierabrisskante achten. Allzuviel Hoffnung habe ich da allerdings nicht, sie scheint nicht gerade von Ehrgeiz getrieben zu sein, aber das Los teilt sie mit dem Gros der Spezies. Seit Jahrtausenden sind wir doch bestrebt, mit immer weniger Einsatz immer mehr zu erreichen. Was früher ein Tagewerk war, dauert heute eine Stunde, eine Minute, einen Klick. Alles Beschwerliche braucht nicht mehr getan zu werden, nicht mal das Angenehme. Immer mehr haben immer weniger zu tun, aber was kommt dabei raus? Ein riesiger hallender Hohlraum, den wir mit irgendwas zu füllen versuchen, damit er nicht implodiert, und sei es via *FSV* mit Legionen von Nachkommen. Aber wäre das so schlimm, wenn er in sich zusammenstürzte, am besten bis zur Vorurknallgröße? Zumindest wäre dann endlich Ruhe.

Ich werde müde, ich möchte zum Ende kommen. Gut, das Ende: Seit wir denken können, also seit jemand ein Loch in die geschlossene Kugel unserer Instinktwelt gestochen hat, dringt es ein, das Außerhalb, dieses Wissen, dass wir sterben werden. Auch das ist verdammt schlecht geregelt, finden Sie nicht? Bloß weil wir zu einer intelligenten Spezies gehören, verdirbt uns unsere Intelligenz den ganzen Spaß. Kein Tier schert sich um den eigenen Tod. Welch grandioser, welch blödsinniger Einfall: Wir bekommen die Fähigkeit, nach dem Außerhalb zu fragen, nach dem, was hinter der schwarzen Wand ist, durch die sie alle verschwinden, aber wir bekommen nicht die Fähigkeit, diese Frage zu beantworten. Was für eine Schweinerei! Das Wissen um unsere Endlichkeit als Strafe für das Bewusstsein. Meine Scheiße, wer sich das ausgedacht hat, muss echt ein Arschloch gewesen sein. Auch wenn's ein Gott war. So, das musste mal gesagt werden.

Merken Sie sich also: Es gibt kein Zurück, keinen zweiten Versuch. *There's no way out of here.* Manche sagen: Zum Glück! Manche nicht. Aber von mir wird was bleiben. Und wenn es nur der veränderte Blick ist, mit dem Sie ab jetzt auf Klopapierabrisskanten achten. Zwei Zentimeter, sage ich nur.

Plötzlich krampft mein Zwerchfell und verursacht einen lauten Schnaufer. Ich registriere, dass Ruby den Atem anhält. Fünf Sekunden. Dann knipst sie das Licht aus. Jetzt wage ich zu blinzeln. In den Rolloritzen graut der Morgen. Ruby ist noch immer nackt. Ihre Atemzüge werden wieder gleichmäßig, und ich schlafe ein. Und träume von wilden Pferden.

Als ich aufwache, ist es bereits hell. Ich stehe auf. Ruby hat sich nicht bewegt. Behutsam decke ich sie zu. Auf Zehenspitzen schleiche ich die Treppe runter und bereite das Frühstück. Ich gebe mir ordentlich Mühe, es soll ein Festmahl sein. Weißes Leinen, Teller mit Wurstaufschnitt, alle Käsesorten, die der Kühlschrank hergibt, Lachs, Forelle und Matjes. Die Marmelade fülle ich in Glasschälchen, Wasser und Orangensaft in unsere teuren Kristallkaraffen, das Teeservice im Chinadekor kommt auf ein Extratablett und dazwischen postiere ich die chromblitzende Kaffeekanne, Stiftung Warentest sehr gut. Ich kann mich nicht daran erinnern, wann ich das zum letzten Mal für Doro getan habe. Irgendwann glaube ich, Geräusche von oben zu hören.

»Frühstück ist fertig«, rufe ich, so fröhlich ich kann.

Die Badezimmertür klappert, das weiß ich, weil ich alle Türen dieses Hauses am Klang unterscheiden kann. Ich warte noch ein paar Minuten, dann rufe ich noch einmal und möglichst entspannt.

»Haaallo! Kaffee wird kalt!«

Ich höre Ruby auf der Treppe. Dann steht sie vor mir. Ihre Haare sind wirr und fettig, das Gesicht sieht ungewaschen aus, Rock, Pullover und Strümpfe sind fleckig. Sie riecht nicht gut. Der Ekel von gestern vor dem Rotwein kommt wieder.

»Setz dich.«

Ich mache eine Kellnerbewegung. Plötzlich fühle ich mich unsicher, irgendwie falsch. Jedenfalls ist es nicht mehr geil.

»Gut geschlafen, Sch...«

Sie sieht mich so komisch an. Sie hat noch kein Wort gesagt. Seit … seit ich von Piet erzählt habe.

»Schönes Wetter heute«, rette ich meinen Satz.

Ich bin nervös.

»Tee oder Kaffee?«

»Kaffee.«

Ihre Stimme ist abweisend, zu leise. Ich gieße ihr ein und bin über meine zitternden Hände erschrocken. Mit viel Glück treffe ich die Tasse.

»Parkinson?«, fragt sie.

»Quatsch. Hab … mit dem Rauchen aufgehört, und morgens …«

Ruby schweigt und trinkt einen Schluck.

»Manchmal glaube ich, jemand ist in meiner Wohnung, wenn ich weg bin«, sagt sie unvermittelt.

Plötzlich habe ich Angst. Es war ein Fehler, das mit letzter Nacht. Ich kenne sie doch gar nicht. Sie ist nicht mehr die Ruby von damals, überhaupt nicht. Wir haben es getan und jetzt haben wir ein gemeinsames Geheimnis, sozusagen. Anders ausgedrückt: Sie hat mich in der Hand. Ich sitze in der Falle. Was hat mich bloß geritten?

»Wie … kommst du darauf?«

»Sachen sind repariert. Von den Leichenteilen hab ich dir schon erzählt.«

Und sie ist psychotisch. Ich bekomme Atemnot.

»Ruby, bitte«, sage ich und es soll eindringlich klingen. »Nicht schon wieder.«

»Ich kann's beweisen.«

Jetzt bekomme ich Panik. Ich beuge mich zu ihr über den Tisch und lege meine linke Hand auf ihre rechte. »Ruby, du solltest vielleicht …«

Das Telefon klingelt. Ich springe sofort auf und renne ins Wohnzimmer. Es ist Rosa. Zum Glück nicht Doro, die ankündigt, dass sie früher zurückkommt.

»Alles grün«, stammele ich und verziehe mich schnell ins Nebenzimmer. Rosa ist offenbar begeistert von ihrer gestrigen Heinzelaktion und quasselt ungewohnt ausdauernd. Ich muss sie schließlich unterbrechen.

»Nein, keine Sorge, sie ist noch hier.«

Rosa hat eine ganz andere Sorge. Da ist dieser Lucky, der steht vor ihrer Haustür und will seinen Lohn. Wie der denn an ihre Adresse gekommen sei. Woher soll ich das wissen?

»Gib ihm ein sattes Trinkgeld. Besser, der kleine Stricher arbeitet für uns. Als Wachhund.«

Ich höre noch drei Sekunden zu.

»Jetzt … ähm … Schluss, länger geht nicht mehr. Ciao.«

Hastig beende ich das Gespräch. Ich habe Ruby in der Wohnzimmertür gesehen, genau wie gestern. Ich werfe das Telefon auf den Glastisch. Ruby ist schon wieder in die Küche.

Verdammt, wenn sie gelauscht hat!

Ruby hat Kaffee auf dem guten Leinen verschüttet. Hoffentlich geht das in der Waschmaschine wieder raus, wie soll ich das sonst Doro erklären?

Warum nimmst du das Tischtuch, wenn du allein bist. Auf die Idee kommst du nicht mal an Weihnachten!

Das hier ist seltener als Weihnachten, denke ich. Das kann ich ihr leider nicht sagen. Oder muss ich das irgendwann? Bevor die Zeitbombe Ruby explodiert und alles petzt? War Ruby nicht schon damals in der Schule eine fiese Petze? Oder verwechsle ich sie jetzt mit der Blonden aus Etteln. Oder Atteln? Jedenfalls vom Dorf.

»Tut mir furchtbar leid.« Ruby will das Tuch vom Tisch ziehen. »Ich wasche es.«

»Nein, nein.« Ich packe ihren Arm. »Du musst jetzt gehen.«

Ohne Vorwarnung lächelt sie, setzt sich wieder, nimmt ein Brötchen und beginnt, es mit Lachs zu bepacken.

Ich hab's geahnt. Zeitbombe!

»Ruby, ich weiß nicht genau …«

»… wann deine Frau zurückkommt?«

Scheiße, ja!

Ich nicke etwas hektisch. »Ja.«

»Für deine Frau wird eine Welt zusammenbrechen.«

Ich beiße mir auf die Lippen. Dann nicke ich nochmal.

»Ruby, es war wirklich sehr schön mit …«

»Halt die Klappe.« Ich erschrecke über ihren schroffen Ton. »Scheiße.«

Ja, genau.

»Du musst das verstehn, sie ist sehr … moralisch.«

Ich sehe es ihr an, was sie denkt. *Scheiß Spießermoral.* Aber Moral ist nicht a priori schlecht. Moral ist Schutz. *Vor wem?*, würde sie fragen. Ja, vor wem? Der Menschen voreinander. Meine Moral schützt sie vor mir, gewissermaßen. Ich zwinge mich zur Ruhe, sehe, wie sie ihre Zähne in den toten Lachs versenkt. *Und warum muss ich vor dir geschützt werden?*, könnte sie fragen. Ich spüre die Schlinge um meinen Hals. Das ist alles nicht fair.

»Bitte, Ruby, du musst jetzt …«

»Ist es nicht ehrlicher, wenn du es ihr einfach sagst?«

Warum gibt sie keine Ruhe? Plötzlich kommt es mir hier drinnen eng vor, als würde die Luft nicht für beide reichen.

»Ruby, bitte, jetzt …«

»*Ich* bin nicht das Arschloch.«

Und damit hat sie auch noch recht. Ich springe auf und drehe mich zum Kühlschrank. Sie soll meine Augen nicht sehen, nicht die Panik, nicht die große Müdigkeit. Ich höre sie lachen und Kaffee schlürfen. Dann endlich schiebt sie den Stuhl zurück und ihre Arschbacken abwechselnd Richtung Haustür. Gestern Abend habe ich das noch toll gefunden. Gestern.

»Los, komm schon«, befiehlt sie.

Ich trotte hinter ihr her und denke in letzter Sekunde an ihre Lederjacke. Ruby zieht sie an und sagt, sie hätte die aus Ceuta, *duty free*. Sie gibt sich keine Mühe, unauffällig durch den Vorgarten zu kommen. Sie öffnet die Garage mit einem einzigen Ruck.

»Einsteigen.«

Im Nachbarhaus hängt die Alte im Fenster. Hoffentlich hält die ihr zerfleddertes Maul. Hoffentlich ist die so blind, dass sie Ruby nicht von Doro unterscheiden kann. Die Hexe soll sich bloß vorsehen, sonst komme ich ihr katholisch und dann wird's heiß.

»Liebst du sie eigentlich?«, fragt Ruby auf der Fahrt durch das morgendliche Paderborn.

Ich schweige und starre auf eine Göre, die mir die Zunge rausstreckt. Beinahe hätte ich eine rote Ampel übersehen. Ich steige auf die Bremse, dass die Reifen quietschen und mir ein Fahrradfahrer den Stinkefinger zeigt. *Wie kommt sie auf so eine verdammte Frage?* Ich nicke. Was sonst.

»Soll ich mit hochkommen?«, frage ich, als wir vor dem gelben Kasten anhalten.

»Nein.«

»Dann kannst du mir die … diese Sachen zeigen.«

»Jetzt glaubst du mir also doch?«

Ja, ich will es jetzt wissen. Ich bin längst zu weit gegangen. Ein wenig mehr Klarheit über Ruby wäre durchaus hilfreich.

»Gut, komm mit«, sagt sie.

Oben riecht es nach Putzmittel und Spülwasser. Ich ahne warum. Ich drücke auf die Schelle. *Ding-ding-ding-dong.* Beethoven. Eggbert hat's getan.

»Schön«, sage ich.

Ruby scheint es gar nicht aufgefallen zu sein. Sie wirkt nervös. Sie schließt auf und macht Licht. Ihr Blick scannt die ganze Wohnung, das geputzte Balkonfenster, die blitzblanke Küchenspüle. Ich zucke zusammen, als sie mit aller Kraft auf die Sessellehne schlägt. Keine Staubwolke. Langsam, wie an Marionettenfäden, geht sie zur Spüle. Darauf liegt ein Frühstücksbrett, auf das sie eine Zunge genagelt hat.

Scheiße, denke ich. Das ist der Beweis. Die ist drüber. Voll psycho. Jetzt schreit sie wie ein Tier. Ich greife nach ihren rudernden Armen, aber sie wehrt sich, sie schlägt um sich, trifft mich schmerzhaft. Dann sinkt sie vor meine Brust. Endlich. Ich habe keine Erfahrung mit psychotischen Ausrastern.

»Ruby, das ist nur eine Zunge.«

»Das ist Abenaas Zunge.«

Ich wage nicht zu fragen, wer das ist.

»Von einem Schwein vermutlich«, rede ich mit möglichst ruhiger Stimme auf sie ein. »Du wolltest sicher etwas Leckeres kochen. Oder einen Salat?«

Ruby würgt spastisch. Ich lasse sie los. Sie rennt zum Klo und kotzt das leckere Frühstück aus, mit dem ich mir soviel Mühe gegeben habe, und das mir möglicherweise so viel Ärger bescheren wird.

»Ruby?« Ich linse durch die Tür und sehe sie vor der Kloschüssel, die Haare im Lachs. »Ich muss jetzt aber wirklich …«

Wegen Dorothea. Aber das krieg ich jetzt nicht raus. Sie reißt heftig den Kopf rum.

»Hau verdammt noch mal ab«, krächzt sie und wischt ihren Mund mit geblümtem Klopapier ab. Rosas Geschmack, befürchte ich. Und ihre Abrisskante ist katastrophal.

»Ruby …«

»Scheiße, Mann. Welchen Teil von *Hau ab* hast du nicht verstanden?«

Sie wirft das dreckige Papier in meine Richtung, verfehlt mich aber meterweit. Sie schreit, bis ich es nicht mehr aushalte und die Wohnung verlasse. Noch bei meiner Flucht durchs Treppenhaus höre ich sie. Ich renne an dem glotzenden Hausmeister vorbei zum Auto. Hoffentlich hat Ruby nichts von meinen Telefonaten verstanden, zumindest nichts, was sie falsch, also richtig verstehen könnte. Hoffentlich werden meine Gewissensbisse nicht so schlimm. Hoffentlich redet Ruby niemals mit Dorothea.

Am späten Nachmittag kommt Doro zurück. Ich habe alle Spuren beseitigt und das Tischleinen in einem öffentlichen Mülleimer entsorgt. Beim Zusammenfalten habe ich die eingestickten Initialen entdeckt. *I. S.* Ich weiß natürlich, was die bedeuten. *Isolde Senkfuß* war Dorotheas Urgroßmutter. Wir haben die Tischdecke schon lange nicht mehr benutzt und vielleicht wird Doro sie nicht vermissen. Mir ist den ganzen Abend schwindelig. Doro kümmert sich zum Glück kaum um mich.

Am nächsten Morgen melde ich mich bei der FHW krank. Doro fragt nicht nach, sie hat es eilig. Sie setzt die Kinder bei der Schule ab und fährt gleich weiter zu ihrem Strickladen. Sie hat sich im letzten Jahr einen Traum erfüllt und in der Fußgängerzone einen kleinen Handarbeitsladen eröffnet. Sie ist keine zehn Minuten aus dem Haus, da schellt es. Draußen steht die Polizei. Ich bekomme so heftige Schweißausbrüche, dass es den Beamten nicht verborgen bleibt. Ich versichere ihnen, dass ich krank bin und bitte sie herein.

Ob ich eine gewisse Melanie Dinstag kenne.

Was soll ich denn machen? Ich muss das zugeben.

Ob Frau Dinstag letzte Nacht hier gewesen sei.

Worum es denn geht, möchte ich wissen und erfahre von Ännes und Knuts Tod. Ich bin fix und fertig.

»Zurück zu unserer Frage, war Frau Dinstag …«

»Ja, war sie.«

»Die ganze Nacht?«

»Ja.«

»Danke, das war's schon. Wenn Sie hier unterschreiben möchten?«

»Bitte …«

»Ja?«

»Würden Sie … bitte … meiner Frau nichts davon …«

Ich weiß genau wie das aussieht, wenn jemand ein Grinsen kaum unterdrücken kann. Scheiß Bullen.

Irgendwann im Laufe der nächsten Woche ruft Ron an. Er ist wieder in Darmstadt. Ron will Infos zu den Todesfällen in Ottos Mietshaus. Speziell will er wissen, ob Ruby was damit zu tun hat.

»Wieso die denn?«

»Nur so, weiß nicht.«

»Hat sie nicht.«

»Sicher?«

»Mann, scheiße, ja. Die hat ein Alibi.«

»Weil sie die Nacht bei dir war?«

»Das hat sie jedenfalls diesem Schnüffler gesteckt.«

»Und?«

»Was und?«

»War sie?«

Ich bekomme wieder diesen Schwindel. »Die Bullen haben mich vernommen.«

»Und deine Frau …«

»Weiß nichts davon.« Und panisch schiebe ich hinterher: »Kein Wort zu Dorothea, klar?«

»Sag bitte.«

Dieses Arschloch!

»Bitte.«

Ron lacht. »Und jetzt?«

Ich muss cool bleiben. »Alles geht weiter wie geplant. Wir treffen uns an Rubys Geburtstag um neun vor der Haustür. Du bist doch dabei, oder?«

»Klar.«

»Bis dann.«

Ich drücke meinen Finger auf das rote Telefonsymbol, dass es Ron bis ins Kleinhirn spüren soll.

Verdammte Kacke!

Vier Wochen vergehen. Ich bin mir nicht sicher, wer von uns Fünfen tatsächlich erscheinen wird. Auch zu Lucky besteht kein Kontakt mehr, allgemeine Funkstille. Eigentlich ist es mir auch egal. Eigentlich geht mir die ganze Bagage am Arsch vorbei. Eggberts Eiergesicht und sein ewiges Genörgel, Jess mit ihrem dauernotgeilen Getue, Rosas Leichenbittermiene und Ron, aus dem ich überhaupt nicht schlau werde, hinterhältig, irgendwie gefährlich. Nur nicht Ruby, die ist mir nicht egal. Deshalb werde ich an ihrem Geburtstag erscheinen. Auf jeden Fall.

In den vier Wochen verschlechtert sich das Verhältnis zwischen Doro und mir beinahe stündlich, bis Doro nur noch wie ein kalter Luftzug durchs Haus streift und ich mich mit einer Flasche Frustschutzmittel in mein Arbeitszimmer verdrücke. Ich beginne, alles aufzuschreiben. Alles, inklusive meiner Erkenntnisse über die Welt in jener Nacht. Per Hand in eine Kladde. Warum ich das tue? Vielleicht erinnern Sie sich an das Gedicht? Ich hatte schon immer einen Hang zum Schreiben, und mir ist so einiges klarer geworden. Manche brauchen dafür bis zu ihrem Fünfzigsten. Ich nehme sogar Anfang November mitten im Semester zwei Wochen frei, Verdacht auf Burnout, schreibt ein befreundeter Arzt. Ich schreibe wie ein Besessener, was mich von Doros giftigen Kommentaren ablenkt.

Als die Kladde bis zur letzten Seite voll ist, nehme ich sie mit auf einen langen Spaziergang um den Padersee. Auf einer Bank lese ich alles nochmal und leere dabei eine Flasche *Jelzin*. Da sehe ich sie, jedenfalls glaube ich das. Ich springe auf, rufe und renne ihr nach. Sie dreht sich um.

»Wag es nicht!«, schreit mich ein fremdes Gesicht an und streckt mir eine Dose Pfefferspray entgegen. Ich hebe abwehrend die Hände und nuschele irgendwas von einer Verwechslung. Es wäre so schön gewesen, ich hätte ihr sogar vorgelesen. Das Pfefferspray entfernt sich und ich schwanke zu meiner Bank zurück. Jetzt merke ich deutlich meinen Pegel. Auf der Bank liegt keine Kladde mehr. Ich suche zwei Stunden jeden Strauch und Grasbüschel in der näheren und weiteren Umgebung ab. Dann gebe ich auf.

11. 11. Die Jecken sind los. Weil Paderborn glaubt, dass auch der Westfale richtig lustig sein kann, hat sich vor ein paar Jahren ein Karnevalsverein gegründet. Statt *Alaaf* und *Helau* kräht der witzige Paderborner *Hasi Palau*, denn das Wahrzeichen der Stadt ist ein Drei-Hasen-Fenster, bei dem sich drei Karnickel drei Ohren teilen. Es ist zum Mitschunkeln. Schon seit dem frühen Morgen.

Sie haben sich vor dem Haus verabredet, um neun, sie wollen gemeinsam nach oben gehen. Eggbert und Rosa holen um Viertel vor Jess ab.

»Schön hast du's hier«, sagt Rosa mit abfälligem Blick in das Appartement ihrer Schwester. »Hast du aufgeräumt?«

Jess rächt sich und setzt sich auf den Beifahrersitz. Rosa muss auf die Rückbank, und Eggi kann sich kaum auf den Verkehr konzentrieren, weil Jessi ihm offenherzigen Einblick unter ihren rutschenden Rock gewährt. Eggi kommt ins Schwitzen, weil er nicht rauskriegt, ob sie einen rudimentären Slip trägt oder gar keinen. Das beschert ihnen kurz vor dem Ziel beinahe einen Unfall mit Hundt, der wütend bellt und ihnen die Stinkezehe zeigt.

»Soll ich lieber fahren?«, fragt Rosa von hinten, »ich weiß längst, was Jess drunter hat.«

»Ach, ja?«, fragt Jess.

»Ach, ja!«

Sie sind die ersten. Kalli ist noch nicht da, Ron auch nicht. Bei dem würde sich keiner wundern, wenn er gar nicht kommt. Aber Kalli?

»Vielleicht ist er schon oben«, schlägt Rosa vor.

Jess zieht den Rock zurecht. »Und bereitet Ruby schon vor, meinst du?«

»Hähä«, macht Eggbert.

Nicht mal Ännes fettiger Kopf schiebt sich aus dem Fenster unten links an die frische Luft und verschwindet sofort wieder, so feige wie typisch. Da rührt sich nichts. Ach, die ist ja tot.

»Gehen wir einfach hoch«, sagt Jess, die zu frieren beginnt.

»Wir warten.« Rosa amüsiert sich köstlich über Jess' Gänsehaut und Eggis besorgte Blicke. *Wann bietet er ihr seine Jacke an? Oder seine Unterhose.*

Aber auch Eggbert ist ein Feigling. Spannen ja, Handeln nein.

»Ich gehe jetzt.«

Jess handelt wenigstens. Eggbert trottet hinterher. Rosa folgt mit einigem Abstand, peinlich darauf bedacht, die Füße exakt in die Mitte der Stufen zu setzen, wo der Dreck schon abgetreten ist. Dann stehen sie vor Rubys Tür. Ratlos. Sie lauschen. Es ist still, kein Laut zu hören. Wie auf Verabredung flüstern sie.

»Klingeln oder auf Kalli warten?«

»Warten.«

Da hören sie jemanden die Treppe hinauf keuchen. Das ist er, völlig außer Puste. Genau so ein Schlappen wie Eggbert, denkt Rosa. Das hat keine Zukunft. Sie wird sich von Eggbert trennen. Das Kaufhaus gehört ihr und der neue Detektiv zappelt unrettbar in ihrem Netz. Gegen sie hat er keine Chance, auch der nicht.

Da stehen sie schon und warten. Jess im superkurzen Mini und High Heels. Ihre Beine sind immer noch verdammt scharf, muss ich zugeben, jedenfalls verglichen mit Doros Cellulitis. Wen sie wohl damit beeindrucken will, also Jess jetzt? Eggbert glotzt unentwegt auf die Stelle, wo sich ihre Oberschenkel treffen müssten, Rosamunde neben ihm, blass und hochgeschlossen, kneift die Lippen zusammen und hält den Kopf schief. Sie will bei niemandem mehr Eindruck schinden. Andererseits, hörte ich, hat sie einen neuen Detektiv, jung, schwarzhaarig, Latino. Eggbert ist im lockeren Dress erschienen, oder was Männer wie er für locker halten. Er bekommt kaum Luft, weil er den Bauch einziehen muss, damit der Knopf des Kordjacketts nicht abplatzt. Fehlt noch Ron, der eigentlich zugesagt hat. Verabredet war Punkt neun vor dem Haus. Aber ich bin ja auch zu spät und völlig außer Puste, als ich es endlich bis in den vierten Stock schaffe. Hoffentlich haben sie noch nicht geklingelt. Sie hätten ruhig auf mich warten können, die paar Minuten. Ich muss auf jeden Fall zuerst rein, das Feld sondieren, also zur Not noch was richten.

Kalli umarmt erst Jess und dann Rosa, die seine Fahne riecht und sich angeekelt wegdreht. Er murmelt was von *Noch die Kinder zur Schule bringen*. Jess gähnt, sie hasst Kindergeschichten, und Rosa weiß, dass er lügt, sie hat gestern Abend mit Doro telefoniert, etwa drei Stunden lang. Doro wird sich von Kalli scheiden lassen. Sie hat einen sehr speziellen Slip in der Ritze zwischen Matratze und Rahmen gefunden, der garantiert nicht ihr gehört. Und sie hat ein besonderes Tischleinen vermisst. Die Alte aus dem Nachbarhaus hat gesehen, wie Kalli das in einem Mülleimer entsorgt hat, ganz in der Nähe. Sie hat es wieder rausgezogen, gewaschen und an den eingestickten Initialen von Dorotheas Urgroßmutter die Besitzerin erkannt. Sie hat es über den Zaun gereicht, frau muss sich doch gegenseitig helfen, und dabei hat sie noch dies und jenes angedeutet, weil Zuschlagen so gut tut, wenn sonst im Leben nichts mehr gut tut. Doro jedenfalls war bedient.

»Habt ihr schon geschellt?«, will Doros zukünftiger Ex wissen.

»Nein.«

»Gut«, sagt Kalli. »Ich geh erstmal alleine rein.«

Weil er Sorge hat, Ruby könne sich furchtbar erschrecken, sagt er. Kalli steckt Ottos Schlüssel pianissimo ins Schloss. Jess findet blöd, dass Kalli allein vorgeht, sagt aber nichts. Rosa möchte am liebsten draußen bleiben, Kalli soll das Geburtstagskind doch vor die Tür holen. Eggbert ist alles egal, was sonst? Kalli dreht den Schlüssel.

»In fünf Minuten kommt ihr nach, schaut auf die Uhr.«

»Ja doch.«

»Mach hin.«

Kalli öffnet die Tür. Der Geruch, der ihm entgegenschlägt, ist kaum erträglich. Süßlich, und wenn man es nicht besser wüsste, nach Verwesung. Hinter ihm hört er Rosa angewidert schnüffeln. *Etepetete-Schnepfe!* Kalli zieht die Tür zu. Es ist beinahe stockdunkel und mucksmäuschenstill. Vielleicht schläft Ruby noch. Kalli orientiert sich an den dünnen Lichtstreifen, die durch die Rolloritzen fallen. Schritt für Schritt tastet er sich vor. Sein Fuß stößt gegen etwas. Kalli bückt sich und erschrickt. Seine Hand fasst in ein Haarbüschel. Jetzt erkennt er Rubys Umrisse. Sie sitzt auf dem Boden und starrt auf etwas, das sie in den Armen hält. Kalli kniet sich neben sie. Es sieht aus wie ein Kopf, den Ruby wie ein Baby wiegt. Ein Menschenkopf. Kalli legt seinen Arm um Rubys Schultern.

»Hallo, Ruby, herzlichen …«

»Du warst das«, flüstert Ruby kaum hörbar, »du hast einen Schlüssel. Du hast gesagt, die Zunge ist eine Schweinezunge.«

Kalli zögert. Er kann die Lage nicht richtig einschätzen.

»Weil du wusstest, dass es Abenaas Zunge war. Du bist das Schwein!«

Kalli kapiert es einfach nicht. Er berührt ihre Haare, Ruby zuckt zurück.

»Meine Frau hat sich gestern von mir getrennt«, sagt er hilflos, »weil sie deinen Slip mit den Heftzwecken in der Bettritze gefunden hat.«

Er weiß selber nicht genau, warum er das sagt. Vielleicht um Ruby auf den nächsten Satz vorzubereiten, auf die Möglichkeit, die sich durch ihn öffnet.

»Ruby, ich liebe dich. Noch immer.«

Er spürt einen Stich im Herzen und hält das zuerst für den Kuss der Liebe, bis er merkt, dass dies das Letzte ist, was er in diesem Leben noch spüren wird.

Dann steht alles still.

Marlowe

Das Leben ist ein Flipperspiel. Manche sind die Drücker, andere die Schläger und der letzte Arsch ist die Kugel.

Er heißt Arno Bentrup, und schon der Name ist eine Katastrophe. Er kommt aus Erpentrup, irgendwo am Osthang des Eggegebirges zwischen Pömbsen und Himmighausen. Er ist in den Siebzigern in Driburg im Internat der Barmherzigen Schwestern zur Schule gegangen und hat sich später bis in die Großstadt Paderborn durchgeschlagen. Hat bei der Bonifatius-Druckerei Drucker gelernt. Als fast alles, was er drauf hat, durch Computer übernommen wird, probiert er sich als Alleinunterhalter. Oft genug unterhält er sich wirklich bloß allein. Macht ein bisschen Kabarett auf Paderborner Off-Bühnen, die Älteren erinnern sich noch an das *KuKoZ* oder den *U-Bahnhof Weberberg*. Später versucht er sich mehr oder weniger erfolglos als Schriftsteller. Und immer träumt er vom Ruhm, vom Durchbruch.

Zum Geldverdienen nimmt er einen Job bei einer Sicherheitsfirma an, die ihn an das Kaufhaus Kniest vermittelt. Die Chefin von dem Laden ist echt scharf, was ihm den Weg zur Arbeit erheblich erleichtert, wobei man ehrlicherweise anmerken muss, dass Arnos Ansprüche mit den Jahren kräftig gesunken sind, und die seiner Bekanntschaften ebenfalls.

Ansonsten ist es ein Scheißjob und manches, was er erlebt, möchte er nicht mal an eine Klotür kritzeln. Er hasst es, diese armen Schlucker hochzunehmen. Keiner weiß besser als Arno, wie sich ein Scheißleben anfühlt. Höchstens noch diese Alkifrau. Er hat sie dreimal gesehen. Das erste Mal hat er sie beim Klauen erwischt. Irgendeinen Billigscheiß, vergoldete Löffel, die er ihr am liebsten kiloweise in den Arsch geschoben hätte. Aber er muss seinen Job erledigen und versucht, einen auf cool zu machen. *Rück raus, Baby*, und so. Sie stinkt nach Alk und leichter Beute und er ist scheißeinsam und hat Druck. Also hat er ihr zwischen die Beine gefasst, voll in superspitze Nadeln oder was auch immer. Die mit irgendeinem Scheiß verseucht sind, sodass sich die Einstiche entzünden. Nicht mal dem Betriebsarzt kann er erzählen, wie es zu den Verletzungen gekommen ist. Irgendwas von Stolpern und Stacheldraht hat er sich aus den Fingern gesaugt. Und die Tusse hat ihn genau in dem Moment fotografiert. Also in dem besagten Moment. Verfickte Kacke.

Ein paar Wochen später steht sie über eine Klobrille gebeugt.

»Seit wann kannst du lesen?«

Er hat sich dicht hinter sie gestellt, die rechte Flosse in einem dicken Verband.

»Ich brauch ’ne Brille.«

»Das auch.« Voll cool, oder?

»Die gefällt mir.«

Sie gefällt ihm so sehr, dass er seine verbundene Hand vor ihre Brüste schiebt. Die Kameras hat er ausgestellt.

»Scheißjob, oder?«, fragt sie und grinst.

»Halt die Fresse.«

»In deinem Alter findste keinen anderen mehr.«
»Ich hab gesagt, du sollst deine dreckige …«
»He, Marlowe.«
Sie hat sich zu ihm umgedreht. Keine fünf Zentimeter zwischen seinem und ihrem Gesicht. Allein von ihrem Atem wird er besoffen.
»Wieso Marlowe?«
»Hab ich mir für dich ausgedacht.«
»Schlampe. Hab ich mir für dich ausgedacht.«
»Was würdest du mir empfehlen, wenn ich jemals in diesem Leben noch was lesen sollte?«
»Du meinst, was du klauen solltest?«
Sie nickt.
»Du willst mich verarschen.«
Sie schüttelt den Kopf.
»Ich hasse Weiber wie dich.«
Sie schaut ihm ruhig durch die Augen bis an die Schädelrückwand, weiter kann er nicht zurückweichen. Und sie hat *Stimmt nicht* gesagt.
Dann steht die Chefin plötzlich hinter ihm. Er hat das ungute Gefühl, dass sie gelauscht hat.
»Hier stecken Sie.« Er hasst auch sie. »Kommen Sie. Es gibt einen Fall.«
»Do not go gentle into that good night«, flüstert er, dann folgt er Rosamunde Kniest. Erst zu dem Fall, dann in den Lagerraum für Hygieneartikel. Sie wählt ein schwarzes Kondom aus und haucht mit heißem Atem *Marlowe* in sein Ohr. Also hat sie gelauscht. Und eigentlich gefällt es ihm sogar. Sowohl das mit dem Namen, der nach hartem Kerl aus einem alten amerikanischen Krimi klingt, als auch, was das schwarze Kondom und seine Nachfolger erleben, das mit den gesunkenen Ansprüchen wurde bereits erwähnt. Und obwohl er sich nie wirklich glücklich fühlt, ist er in solchen Momenten mit seinem Dasein ganz zufrieden. Es dauert allerdings ein paar Wo-

chen, bis er realisiert, dass sie ihn nur als Mittel zum Zweck benutzt, um ihrem eierköpfigen Ehemann Hörner aufzusetzen. Bald darauf wird er gefeuert und durch einen Checker mit lateinamerikanischem Körperbau ersetzt. Er hat bis heute das Scheppern im Ohr, mit dem er auf dem Alteisenhaufen landet, aber Rosamunde geht ihren Weg konsequent, das muss man ihr lassen. Seinen Kampfnamen behält er bei.

Das Leben ist eine Ansammlung von beschissenen Zufällen.

Arno hat die Alkifrau dann im Café Latte gesehen, wo er jetzt öfter verkehrt, er hat ja Zeit. Sie sitzt auf einem der schmalen Stühle und fummelt an ihrem augenkrebsroten Lackrock rum. Dazu eine geschmacksfreie Rüschenbluse, die seit drei Ewigkeiten nicht mehr in Mode ist. Aber die Blicke ihres Kerls sind begeistert. Oder es ist nicht ihr Kerl, sondern bloß einer der's werden will.

Von ihr hat er seinen Namen. Er kann nicht einschätzen, ob sie ihn erkennt. Marlowe nippt an der durchsichtigen Flüssigkeit, die er immer bestellt. Vielleicht fragt sie sich ja, was er hier macht? Ob sie es gelesen hat?

Do not go gentle into that good night.

Dann schiebt ihm der nächste beschissene Zufall ein größeres Ding über den Pokertisch. Auf einer Bank am Padersee findet er eine von Anfang bis Ende engbeschriebene Kladde, die vermutlich dieser Typ liegengelassen hat, der kurz vorher dort gesessen hat und dann hinter so einer Tusse her getorkelt ist, zirka fünfzig und nachmittags um drei randvoll. *Willkommen im Club,* denkt Bentrup ihm nach. Er steckt die Kladde ein und macht sich aus dem Staub. Er kennt die Orte, wo man nicht gefunden wird.

Bentrup liest. Eine Geschichte wie ein Blues, deshalb liest er bis zum Ende. Dann geht er wieder zur Bank. Falls der Typ nochmal vorbei geschwommen kommt, will er ihm die Kladde zurückgegeben. Aber da kommt keiner, weder heute noch an den nächsten Tagen. Entweder wollte er das Teil loswerden, oder er ist ins Wasser gegangen, oder er hat den Verlust noch nicht bemerkt. Allein an dieser Aufzählung kann man schon die Fantasiebegabung von Arno Bentrup erkennen. Jedenfalls erinnert sich Marlowe an seine abgebrochene Karriere als Schriftsteller. Er nimmt sich Zeit, davon hat er mehr als genug, ergänzt hier was, streicht, was ihm unrealistisch erscheint, und baut sich selbst ein, wegen der Unsterblichkeit.

Ein paar Wochen später schickt er den Kram unter dem Pseudonym Arno Nühm an einen Kleinstverlag, der die Story druckt und bald darauf pleite geht. Bentrup nimmt am Ende die Restauflage selbst ab. Immerhin hat er nun bis an sein Lebensende Weihnachtsgeschenke. Auch wenn es ihn inzwischen wurmt, dass er nicht unter seinem Klarnamen veröffentlicht hat. Soviel zum Thema Unsterblichkeit.

Die Alkifrau hat er nie wiedergesehen. Und er hat nie erfahren, wer das arme Schwein war, das die Kladde auf der Parkbank liegengelassen hat. Am 12. November ist ihm mehrfach schlecht. Zuerst als er an der neuen Frittenbude vorm Aldi ein Zigeunerschnitzel bestellt.

»Sinti oder Roma?«, fragt der Griller mit sächsischem Akzent.

Das zweite Mal, als er auf dem Klo vom Café Latte einen Artikel im Westfälischen Volksblatt liest. Über den Mord an Karlheinz G und weitere grausige Funde in einem Paderborner Mietshaus, in dem *eher das sozial benachteiligte Klientel haust*, wie der Lokalreporter Jeff Steineck sich auszudrücken beliebt. Die Täterin, eine verwirrte Alkoholikerin, behauptete, so schreibt Jeff, sie habe seit einiger Zeit Leichenteile in ihrer Wohnung gefunden. Zuerst einen Finger in ihrer Spülmaschine. Die Gliedmaßen stammten von einer Ghanaerin, die ebenfalls in dem Haus wohnte. Deren zerstückelte Leiche fand die Polizei in einer Gefriertruhe im Keller. Die Tatverdächtige gestand, selbst die Frau getötet zu haben. Sie wurde in eine psychiatrische Klinik eingewiesen.

So ein Arschloch, denkt Arno Bentrup. Das war eindeutig seine Idee! Einer der siebenundzwanzig Käufer seines Werks hat die schamlos geklaut. Das Leben ist so scheißungerecht. Dann merkt er, dass die Zeitung vom vorletzten Jahr ist.

Marlowe geht zurück ins Café und kippt den chinesischen Spezialschnaps runter, den ihn diese süße chinesische Kellnerin empfohlen hatte und der eigentlich zum Kotzen schmeckt, den er aber immer wieder bestellt, weil dieser süße chinesische Hintern ihn brachte, dabei lächelte und zur Theke zurückwackelte, und den er immer noch wackeln sieht, auch wenn er mittlerweile durch einen afrikanischen Hintern ersetzt wurde. Und weil einer wie Marlowe allein von der Hoffnung lebt. Und weil es letztlich egal ist, was sein Hirn zum Drehen bringt, und sein Ding zum Tanzen.

In dem Moment wird ihm zum dritten Mal schlecht. Er stürzt los und kotzt ins Herrenklo vom Café Latte. Ein Sinti oder Roma klemmt in seiner Luftröhre und droht, ihn zu ersticken.

Hundt

Tom ist tot. Das sagen jedenfalls die Sanis, die ihn in einer geschlossenen Plastikkiste raustragen. Hundt hat sein Herrchen nie Herrchen genannt (für wie bescheuert halten die Menschen ihn denn?), sondern immer nur *Tom. Strange Tom.* Der mit dem Totenkopf. Eine Weile leidet Hundt wie ein Mensch, nein, schlimmer noch. Was weiß ein Mensch von solchem Leid!

Ein paar Tage jault er vor der Wohnungstür, bis man ihn verjagt, dann taucht er unter. Er tut sich mit Boris zusammen, dieser gescheckten Hündin mit dem verknoteten Fell, mit der er schon ein paar einschlägige Erfahrungen gemacht hat, die Hundt positiv beurteilt hat. Und mit einer streunenden Katze, die sie *Strange Cat* nennen. Erst passt es Hundt nicht, mit zwei Weibern zusammen zu ziehen, wo er doch jahrelang bei einem Kerl gewohnt hat, aber in der Not frisst der Teufel Whiskas. Sie leben in einem Holzverschlag, den Lucky gezimmert hat, im Kellereingang zu dem Loch, in dem er selber haust. Unten ein Doppelzimmer für die beiden Hunde, oben drauf das Miezhaus.

Sie erzählen sich viel in den langen streunenden Nächten. Hundt zum Beispiel, dass er mal einen Menschenfinger probiert hat, den eine Frau vor die Tür seines Ex gelegt hatte, diese stinkende Tussi, die über ihnen gewohnt hat. Das sei aber nicht sein Fall gewesen. Nee, entgegnet Boris, ihrer auch nicht, sie habe so einen Finger mal einer ebenfalls stinkenden Frau beim Aldi weggeschnappt. Vielleicht war es dieselbe Tussi.

Verteilen die Menschen neuerdings ihre Finger?

An einem Tag, als alle Menschen mal wieder besonders spinnen, wird Hundt morgens um neun fast von so einem verfetteten Eierkopf überfahren. Hundt bellt wütend und zeigt ihm den Stinkefinger. Im Auto sitzt noch eine Frau mit einem breiten Gürtel und eine, die all das anhat, was der anderen fehlt. Sie steigen vor Toms Haus aus und gehen rein. Die Gürtelfrau bekommt Gänsehaut.

Fuck you!

Ansonsten ist das Leben gut. Boris stellt sich nicht an und Strange Cat zickt nicht rum. Lucky sorgt überhaupt nicht für sie, das machen sie selbst. Er kommt und geht. Hat mal Geld, hat mal kein Geld, und gibt an mit seinem verdammt teuren und verdammt guten Aufnahmegerät. Vermutlich hat er das von einem dieser Männer geschenkt bekommen, oder ihm geklaut, oder ihm mit überzeugenden Argumenten abgequatscht. »Ich bin schneller bei den Bullen, als du in deiner Hose.« Wenn er breit ist, erzählt er, dass er von jedem Treffen eine Aufnahme macht, wofür die meisten seiner *Freunde* nochmal zahlen müssen. Er nennt es sein zweites Standbein.

Dann kommt der Tag, an dem Lucky sich nicht mehr blicken lässt. Ein paar Mondaufgänge später springt Strange Cat mit einem gewagten Satz über den Kellereingang auf die Fensterbank und späht durch die Rolloritzen in Luckys Wohnung. Lucky liegt auf seinem Bett. Ganz still, bewegungslos. Er hat sich vielleicht ein wenig zu viel gegönnt. Vielleicht ist er auch tot. Das beweist: Geld macht nicht glücklich. Deshalb sind Hundt, Boris und Strange Cat auch nicht auf Geld aus. Cat, die die feinste Nase hat, ist sogar der Meinung, dass Geld stinkt, besonders die Scheine, die durch unzählige ungewaschene Finger gegangen sind und in muffigen Portemonaies in durchschwitzten Hosentaschen gesteckt haben. *Igitt.* Statt sich um Geld zu kümmern, raubt das Trio Supermärkte aus, das heißt eigentlich nur den Aldi, dessen Lager ein gut verstecktes Loch hat, durch das zwei kleine Hunde und eine Katze problemlos passen. Und sie achten immer darauf, keine Spuren zu hinterlassen.

Sera

Ich bin der Marder.

Ich bin schuld. Dass Zoe starb.

Seitdem war nichts mehr wie vorher. Nicht das Kinderkriegen, das Kindersterben änderte alles. Ich hatte nichts mehr zu verlieren. Jeden Abend sprach ich mit Zoes Herzanhänger, den sie an ihrem letzten Tag trug. Eines Tages beschloss ich, Piet und diese Frau zu bestrafen. Piet hatte die Telefonnummer auf die Tapete gekritzelt, so fand ich raus, wo der Bauernhof lag. Ich fuhr hin und traf Pickelgesicht. Er sagte, der Kerl mit den Rastahaaren ist nach Marokko. Ruby auch.

Ich bin also nach Algeciras. Gegenüber vom Bahnhof hatte eine Hure ihre Titten aus dem Fenster gehängt und verscheuchte die Fliegen, die sich darauf setzten. Die erzählte mir, dass der Rastatyp mit seiner Schnecke auf Josés Schiff gegangen ist. Für weitere hundert Peseten erzählte sie mir noch einiges über Josés Mädchenhandel, den Scheich und die Bucht bei Al Mançouriya. Das hätte mir eigentlich als Rache genügen können. Doch es genügte mir nicht. Ich fuhr rüber und kaufte für ein paar Dirham einen schrottreifen Toyota Dyna und nahm die A1 bis Rabat, dann die A3 Richtung Casablanca. Kurz vor Casablanca fuhr ich auf die P3304 ab und logierte im Café Mimi, als Kerl verkleidet. Ich hatte schon Übung darin, meine Stimme tiefer klingen zu lassen und breitbeiniger zu gehen. Drei Tage wartete ich, dann tauchte Josés Trawler auf. Ich stand am Strand und beobachtete das Schiff mit dem Fernglas, Stunde um Stunde. Und dann sah ich sie. Sie sprang von Bord und schwamm zum Festland. Der Capitán folgte ihr in einem Ruderboot. Ich bin zum Toyota und öffnete die Plane möglichst einladend. Wie einfach es war, sie in die Falle zu locken. Minuten später kam der Capitán und schrie das ganze Café zusammen. Als er abhaute, bin ich zum Auto und hab die Plane angehoben. Ruby war mehr tot als lebendig. »Don't move!«, habe ich gesagt. Dann sind wir losgefahren. Bevor wir tanken mussten, habe ich sie nach vorn geholt und als Kerl verkleidet.

Und dann habe ich versagt. Ich schwöre, ich wollte sie töten, aber ich konnte es nicht. Ich habe sie geküsst. Ich brachte sie nach Algeciras zurück und warf sie aus dem Auto. Ich blieb dort, ich wusste ja, wie man als Frau am Bahnhof Geld verdient.

Einen Monat später tauchte er auf. Zuerst sah ich nur die Rastahaare und dachte, es sei Piet. Aber er war es nicht. In einer Neumondnacht schlief ich mit ihm. Er gefiel mir, außer seine Stimme. Er überredete mich, nach Norden zu fahren, zurück nach Frankreich, *nach Europa,* wie er sagte. Auf der Fahrt erzählte er mir alles, über sich, über Ruby, selbst Piet, das Arschloch, kannte er. Er merkte nicht, dass ich zwischendurch kaum atmen konnte. Für ihn war es eine Wohltat, alles auszuspucken, und ich wollte alles wissen. Für ein paar Kilometer waren wir eins, unsere Herzen schlugen im gleichen Takt, vereint in dem Wunsch, Ruby zu vernichten.

Ron'n'Sera.

Bei Perpignan wollte er weiter die Küste entlang und ich nach Amsterdam. Er griff mir ins Lenkrad und ich schmiss ihn mit gezogenem Messer raus.

Ich heiße Sera, ich bin sehr gelenkig. Als Kind war ich ebenso zart wie meine Tochter Zoe. Im Sommer '87 wurde ich 25. Ich versuchte, Ruby zu finden, aber es war, als sei sie bereits zur Hölle gefahren. Ich arbeitete im Zirkus als Schlangenmensch und als Einbrecherin, ich konnte mich durch gekippte Fenster winden. Ich bewahrte Zoes Herz auf. Jahr für Jahr. Nichts wurde gut, nichts verheilte, nur der Hass wuchs. Im Traum habe ich tausend Mal Rache genommen, tausend Strafen ausgemalt. Dann fuhr ich ihr hinterher in die Hölle. Beinebreitmachen für Kerle, die von anderen Frauen nicht mehr dazwischen gelassen wurden. Frauen haben eine gewaltige Macht, kein Wunder, dass die Schwanzträger sie wie Bestien fürchten. Meine einzige Verbindung zur Welt blieb Zoes Herzanhänger.

In der Hölle verbrachte ich 22 Jahre und 167 Tage. Dann blies ich einem Geschäftsmann aus Darmstadt die Eier aus. Es gibt keine Zufälle, es ist so gewollt, alles. Der Typ war so besoffen, dass er mich nach Darmstadt mitnehmen wollte, einen Kumpel aufmuntern. Nach Darmstadt! Ron hieß der Kumpel, komplett depressiv und jetzt sind ihm auch noch die Rastalocken ausgefallen.

»Ron?«

»Jau, Ron Träsch.«

Ich ließ mir seine Adresse geben. Das war im Juli 2011. Im August schrieb Ron mir zurück, er habe sie gefunden, er werde hinfahren, er habe einen Plan. Da beschloss ich, dass die Hölle nicht schlimmer sein kann als der Tod. Und dass unsere Herzen immer noch demselben Beat folgten. Und ich wollte dabei sein, wollte es auskosten und natürlich sichergehen, dass er nicht den Schwanz einzog, dieser Hochsprecher. Ich fuhr nach Paderborn. Ich stand hinter dem Geräteschuppen, als er mit Knut verhandelte, und ich kannte jedes Detail seines Plans. Ich bin ihm gefolgt. Ich war auf Lulus Balkon in jener Nacht. Als er nach dem Fick zum Rauchen raus kam, war ich längst einer der Schatten auf Rubys Seite.

Jetzt hätte er es tun müssen. Aber da hatte Rons Herz einen Aussetzer, unsere Herzen schlugen nicht mehr synchron. Schuld daran war diese Lulu, die ganz anders war, als die richtige Abenaa. Da hat Ron gekniffen. Schon deshalb hatte sie nichts anderes verdient!

Nichts ist Zufall. *Ich* musste Rons Plan zu Ende führen, deshalb war ich hier. So einen Draht hatte ich immer bei mir, ein sehr nützliches Werkzeug beim Klettern. Ich bin dann ein Stockwerk höher, durch ein angelehntes Klofenster rein. Ich war nichts als Schatten, ich habe gesehen, wie er rauskam, aus der Tür der schwarzen Nutte. Ich habe geschellt und sie hatte nichts gegen einen weiteren Freier. Sie war überrascht, dass eine Frau aus dem Overall stieg, aber bei entsprechender Bezahlung hatte sie nichts dagegen. Diese Gier in ihren Augen kannte ich zu gut. Die war ihr Schicksal, also ihr Tod. Und der Hausmeister, dieser elende Wicht, spielte mit. Seine Angst vor Änne war größer, als jede andere Angst. Selbst die vor der Polizei.

Das lernte ich zu verstehen, als ich vor ihr stand. Änne war drüber, jenseits der Linie, Änne durchbrach mühelos meinen Schattenkreis. Änne kam mir zu nahe. Aber es ist gut gegangen, sie hat mich nicht durchschaut. Manchmal habe auch ich Glück.

Ron habe ich nur einmal wiedergesehen. Ich stand im Aldi neben ihm, als er beinahe Ruby angesprochen hat, vor dem Schnapsregal. Da habe ich Abenaas Ringfinger in Rubys Tasche gesteckt.

Goodbye Ruby Tuesday

Ruby kniet am Boden und hält Kalli im linken Arm wie ein Baby, mit dem rechten umklammert sie Abenaas Kopf. Beide wiegt sie in den Schlaf. Kallis Blut rinnt warm in ihren Schoß. Der Mensch ist ein Auslaufmodell. Jemand summt fast unhörbar.

Sie selbst.

Als sich die Wohnungstür zum zweiten Mal öffnet, schaut sie nicht auf. Vier Leute kommen herein. Einer von ihnen macht Licht. Sie singen: »Happy birthday to you, happy birthday to you, happy birthday, dear Ruby, happy …«

Kalli hat das Messer zwischen den Rippen genau im Herzen. Er ist tot.

Der Gesang bricht ab. Ruby hebt den Kopf und schaut in die Gesichter. Jess lacht bewegungslos. Rosamunde begreift noch nicht. Eggbert Kniest erinnert Ruby an seinen jüngeren Bruder Gerold, den Ron in Algeciras ausgenommen hat. Rubys Augen rollen zurück. Sie sieht das *Casablanca*. Ron steht strahlend vor dem Eingang, die Arme ausgebreitet wie Alexis Sorbas.

Ihre Augen rollen wieder nach vorn. Ron steht hinter den dreien, er lächelt zärtlich und hat die Arme ausgebreitet. Wie in Algeciras. Jetzt hebt er den Daumen, wie in ihrer letzten Nacht in der Riemeke-WG. Ruby lächelt zurück.

Was kann euch Angst noch rühren?
Ihr sterbt mit allen Tieren
Und es kommt nichts hinterher.

Dann drehen sich ihre Augen endgültig nach hinten. Sie hört die Stimme ihrer Mutter. *Lass das, sonst bleiben sie so!* Ja, Mama, jetzt ist es soweit. Leise beginnt sie zu singen. Und Rons hohe Stimme singt mit.

She would never say where she came from,
Yesterday don't matter because it's gone.
While the sun is bright
Or in the darkest night,
No one knows, she comes and then she goes.
Goodbye Ruby Tuesday,
Who is gonna hang a name on you?
When you change with every new day,
Still I'm gonna miss you.

Don't ask her why she needs to be so free,
She's gonna tell you it's the only way to be.
She just can't be chained
To a life where nothing's gained
And nothing's lost, but such a cost.
Goodbye Ruby Tuesday,
Who is gonna hang a name on you?
When you change with every new day
Still I'm gonna miss you.

»There's no time to lose«, I heard her say.
You gotta catch your dreams before they slip away.
Dying all the time,
Lose your dreams and you may lose your mind.
Is life unkind?
Goodbye Ruby Tuesday …

… fade out

Cool-down

Der Marder sitzt auf der Bank vor dem Haus, reißt den Schnurrbart ab und grinst über Boris' erstauntes Gesicht. Er öffnet die Haare, schält sich aus dem Overall und ist darunter eine Frau. Boris denkt: Das hab ich gleich gerochen.

Das konnte kein Zufall sein. Dass dieser Geschäftsmann aus Darmstadt ausgerechnet zu mir kam, dass ich Ron nach all den Jahren wiederfand. Und dass die auch noch Abenaa hieß, wie die auf Josés Schiff. Solche Zufälle gibt es nicht. Es musste doch genau so laufen.

Piet ist jetzt mit dieser Jess. In Osnabrück. Wieder ein Zufall, was taucht der hier auf. Ich war der Kerl im Cabrio, der Ruby beinahe über den Haufen gefahren hat, als sie vor der stockschwingenden Oma flüchtete, ich war mit im Haus, in der Nacht, als Ruby bei Kalli war. Sie haben nichts von mir bemerkt, natürlich nicht. Ich habe schon die Frau besucht, die die linke Doppelhaushälfte bewohnt, in deren rechtem Gegenstück Jess wohnt. Mit ihrem neuen Lover. Ich habe Ruby zerstört, aber meine Mission ist erst erfüllt, wenn Piet soweit ist.

Ich bin nicht schuld!

Zugabe

José

Noch lebt Ron. Aufgrund seiner Spanischkenntnisse gibt er sich in Dänemark unter falschem Namen als Gastarbeiter aus und ergattert einen Job als Matrose auf einem Fischtrawler. Am 21. Dezember wird »José« in einer Sturmnacht im nördlichen Eismeer von Bord gespült. Erik behauptet hinterher, er habe einen weißen Delphin davonschwimmen sehen. Sein Obermaat allerdings sagt vor Gericht aus, der Kapitän habe so viel Aquavit intus gehabt, dass er, wenn er an Land gewesen wäre, statt des weißen Delphins weiße Mäuse gesehen hätte.

Erik „The Bear" Lindberg

Nach seiner unehrenhaften Entlassung aus der dänischen Marine kehrt Erik *The Bear* Lindberg Dänemark den Rücken und lässt sich auf Island nieder, wo er seine alten Tage verlebt und es als der letzte Fan von Björk Guðmundsdóttir zu einiger Bekanntheit bringt.

Björk Guðmundsdóttir

Isländische Sängerin. Plant im Jahr 2012 ein Cover-Version des Stones-Hits *Goodbye, Ruby Tuesday*, lässt es aber, weil der Maya-Kalender am 21. Dezember 2012 endet. Da lohnt sich der ganze Aufwand nicht mehr.

Maya

Indigenes Volk in Mittelamerika. Abgeleitet von einem deutschen Namen.

Meier

Auch Meyer, Maier oder Mayer. Häufige Vornamen: Sepp, Schlau. Absurd die Kombination mit dem weiblichen Vornamen Maya.

Absurd

Wort, das bei häufiger lauter Wiederholung seinen Sinn verliert. Man weiß einfach nicht mehr, was gemeint ist.

Der weiße Delphin

Am Morgen des 22. Dezember wird ein weißer Delphin an den Strand der Nordseeinsel Pellworm gespült. Drei junge Mädchen der Umweltschutzorganisation *Grünfrieden*, die gerade an einer Übung zur Rettung gestrandeter Meeressäuger teilnehmen, rennen fröhlich herbei. In dem Augenblick klappt die obere Delphinhälfte mit der goldenen Aufschrift *Podolo Underseas Ltd* zur Seite und Ron steigt heraus. Schreiend rennen die Mädchen davon. Ron schaut ihnen nach. Auch seine Mission ist noch nicht erfüllt.

Sie lebt noch.

Michael Böhm

Herrn Petermanns unbedingter Wunsch nach Ruhe

176 Seiten, gebunden
Edition 211 im Bookspot Verlag
ISBN 978-3-937357-80-5
14,80 €

Es ist diese Ruhe, die Leo Petermann, Exchef des Softwareriesen »Pythagoras«, in das Haus über dem See lockte. Er beschäftigt sich mit seiner Kunstsammlung, seinen Büchern, erfreut sich an seinen Rosen, hat nun Zeit zum Schreiben, einem Jugendtraum. Hin und wieder genießt er die Wärme seiner Geliebten. Vor allem aber badet er regelrecht in der Stille der Landschaft.
Doch auf einmal ist es damit vorbei. In unmittelbarer Nachbarschaft stellen junge Motorradfreaks den Alltag auf den Kopf. Die Kakophonie des Lärms lässt die kleine heile Welt in tausend Teilchen zerspringen. Aber Petermann ist entschlossen, seinen Garten Eden zu verteidigen. Er sorgt auf seine Art dafür, dass der Frieden in seinen beschaulichen Weiler zurückkehrt.

»... eine herrlich böse, im wahrsten Sinne des Wortes abgründige Geschichte, die zu lesen es in jedem Fall lohnt. Ein ganz besonderes Buch!«

Eva Hüppen, www.leser-welt.de

Michael Böhm

Herr Petermann und das Triptychon des Todes

192 Seiten, gebunden
Edition 211 im Bookspot Verlag
ISBN 978-3-95669-018-1
14,80 €

Leo Petermann genießt die Ruhe in seinem Landhaus, will viel Zeit mit seiner Geliebten Magdalena verbringen, eine Partie Schach mit dem Freund und Nachbarn Korbinian spielen, sich um den Bau seines Segelbootes kümmern.
Doch auf einmal trüben ungute Störungen sein friedliches Leben. Da wird Magdalena von einem Architekten belästigt und auf einem Kongress in Wien trifft er unerwartet seinen Ex-Geschäftspartner, der ihm eine wirre Geschichte von einem geheimen »Todesfonds« erzählt. Als Petermann sich mit dem Fonds zu beschäftigen beginnt, entdeckt er schnell dessen perfide Struktur.
Quintus Heinrich, Chef der Cautio-Versicherung, den Petermann von der Uni kennt, ist der Erfinder dieses Fonds. Ein eisiges Duell nimmt seinen Anfang. Petermann gedenkt, unbedingt als Sieger vom imaginären Schlachtfeld zu gehen und nutzt dafür alle seine Möglichkeiten ...